ROSALINDS LEUGEN

MUNA SHEHADI

De drie dochters
ROSALINDS LEUGEN

Vertaling Henske Marsman

HarperCollins

MIX
Paper from responsible sources
FSC® C021394
www.fsc.org

Voor dit boek is papier gebruikt dat onafhankelijk is gecertificeerd door FSC®
ten behoeve van verantwoord bosbeheer.
Kijk voor meer informatie op www.harpercollins.co.uk/green.

HarperCollins is een imprint van Uitgeverij HarperCollins Holland, Amsterdam

Oorspronkelijke titel: *Private Lies*

Vertaling: Henske Marsman
Omslagontwerp: Zero Media GmbH, München
Omslagbeeld: Vuurtoren: stocksy / ©Leslie Taylor; zee: stocksy / ©Javier Pardina; pier en boom: FinePic®, München
Zetwerk: Mat-Zet B.V., Huizen
Druk: ScandBook UAB, Lithaunia

ISBN 978 94 027 0337 5
ISBN 978 94 027 5831 3 (e-book)
NUR 302
Eerste druk augustus 2019
Zevende druk maart 2021

Originele uitgave verschenen bij Headline Review, een imprint van Headline Publishing Group.

HarperCollins Holland is een divisie van Harlequin Enterprises ULC

www.harpercollins.nl

Ter herinnering aan mijn geweldige ouders,
Fadlou en Alison Shehadi,
die ontzettend trots zouden zijn geweest.

Hoofdstuk 1

20 januari 1967 (vrijdag)

Vandaag kreeg ik het allerbeste en het allerslechtste nieuws dat je je maar kunt voorstellen. Het beste nieuws was dat ik de rol van Sarah Brown heb gekregen in de voorjaarsmusical Guys and Dolls*! De hoofdrol, terwijl ik pas in de vierde zit! Deedee Cutler schamperde dat het alleen maar kwam doordat ik het lievelingetje van Mr McGregor ben. Toen zei ik tegen haar dat groen een lelijke kleur is en dat die haar totaal niet staat. Ze werd kwaad, maar dat kan me niet schelen, want het is gewoon zo.*

Ik zou vandaag de hele dag in de zevende hemel geweest zijn, als toen niet ook het allerergste gebeurde en mijn humeur volledig verpest werd. Nan werd ongesteld. Ze was de enige van ons hele jaar die nog ongesteld moest worden, op mij na. Toen ze het tegen me zei, loog ik dat ik al een hele tijd geleden ongesteld was geworden, maar haar niet had willen kwetsen. Ik kan het niet uitstaan dat ik de laatste ben. De laatste van de hele school. Waarschijnlijk de laatste van het hele land. Ik moet huilen terwijl ik dit opschrijf. Mama doet alsof het niet belangrijk is, maar zo doet ze over alles. Christina maakt me bang door te zeggen dat ik naar de dokter moet gaan, dat zestien echt veel te oud is. Misschien moet ik tegen haar ook maar gaan liegen, dan houdt ze tenminste op. Maar we gebruiken dezelfde badkamer, dus dat maakt het wel lastig om te doen alsof.

Nu moet ik nog harder huilen. Ik hoop dat ik dit ooit teruglees en dan moet lachen om hoe ongerust ik was, en hoe jong en dom omdat ik dacht dat er iets aan me mankeerde.

Ik denk dat er iets aan me mankeert.

Rosalind scheurde het plakband van de zoveelste kartonnen doos die ze in het huis van haar vader en stiefmoeder van zolder had gehaald. Ze hoopte dat er deze keer iets bijzonders in zat, een van de vele fantastische outfits van haar moeder die ze bij een Hollywoodpremière of prijsuitreiking had gedragen, nieuwe familiefoto's, brieven of dagboeken – vergeten sieraden? Alles was beter dan nog meer papierwerk: studiespullen, financiële stukken, juridische papieren.

Rosalind en haar zussen Olivia en Eve doorzochten elk voorwerp, elke map, elke envelop in elke doos die naar Maine was gestuurd vanuit het huis in Californië waar ze waren opgegroeid. In de jaren vóór haar dood, de ergste jaren, had hun moeder de neiging gehad om alles te verstoppen waar ze waarde aan hechtte, omdat ze ervan overtuigd was dat iemand het wilde stelen. Een zilveren haarborstel in een pannenset. Een diamanten ketting onder in een doos tissues. Een gesigneerde foto van een beroemde tegenspeler in een reisboek. Toen papa met pensioen ging als docent en aan de andere kant van het land ging wonen, in zijn bescheiden huis aan de kust van Maine, het voormalige zomerhuis van het gezin, moest alles uit de enorme villa in Beverly Hills wat verkocht of weggegooid moest worden helemaal nageplozen worden. Nu hun vader na zijn beroerte plotsklaps met Lauren naar een verzorgingstehuis in Blue Hill was verhuisd, gingen de drie zussen opnieuw aan de slag en doorzochten ze elke millimeter van elke doos die ze tien jaar eerder nog niet hadden uitgeplozen.

Rosalind tilde een flap op en tuurde behoedzaam in de doos. Met een grimas zag ze de mappen, allemaal keurig gelabeld in haar vaders nette handschrift. Ze bladerde erdoorheen en voelde een welbekend verdriet opwellen toen ze ontdekte wat erin zat: Jillian Crofts commerciële en filmcontracten, tientallen, in chronologische volgorde vanaf 1970, toen ze haar eerste rolletje kreeg in een film van Steve McQueen als serveerster die zijn bestelling opnam, tot en met 2001, het jaar van haar dood, met een kleine rol in een B-film en een tv-reclame voor L'Oréal.

Met een zucht nam Rosalind elke map door, door alle losse vellen bladerend, schuddend aan papieren die aan elkaar geniet waren, in de hoop dat er iets geweldigs tussen zat dat over het hoofd was gezien en haar zou opvrolijken. Maar helaas.

'Wat doen we met mama's contracten?' Ze wachtte op het antwoord van haar zussen, die waarschijnlijk allebei iets anders zouden zeggen.

'Weggooien.'

'Bewaren.'

Na een week met Olivia en Eve kon ze dat behoorlijk goed inschatten.

'Als jullie ze niet willen, wil ik ze wel,' zei Olivia. 'Ik ben wel benieuwd hoe de contracten in de showbizzwereld zijn veranderd.'

'Prima.' Rosalind stond op en sleepte de doos naar Olivia. Ze vermeed Eves blik, want ze wist dat haar jongere zus wilde zeggen dat de contracten voor Olivia's kookprogramma waarschijnlijk weinig gemeen hadden met de internationale kaskrakers waar hun moeder in had gespeeld.

Ze stortte zich op de volgende doos van de nog steeds indrukwekkende stapel. Snijden, scheuren, openen. Vluchtig door de in vloeipapier verpakte inhoud gaan.

Ha! Ze glimlachte toen ze een plastic schouder uit het witte papier zag steken. Dat leek er meer op. De Heart Family-poppen, haar geliefde speelmaatjes. Opgetogen pakte ze het hele gezin uit. Eerst de moeder met haar stijve, roze jurk en blonde suikerspinkapsel, dat na jaren van stress pluizig was geworden, haar huid nog steeds gaaf op een rode kras op haar rechterkuit na. Operatie? Of een botsing met een pen? Vervolgens de vader, keurig in een blauw overhemd met witte boord, rode stropdas en afschuwelijke witte bretels. Koel en onverstoord, geen vlekje te bekennen. Het leven van een man was stukken makkelijker.

'Kijk.' Ze hield het gelukkige echtpaar omhoog. Terwijl Eve en Olivia met Ken en Barbie speelden, was Rosalind verknocht gebleven aan de traditionele Heart Family. Papa ging elke ochtend naar zijn werk in zijn vierkante Volkswagen Cabriolet. Mama bleef thuis om voor de schattige tweeling te zorgen, een jongetje en een meisje. 'Knappe huisvrouw en aantrekkelijke man, na al die jaren nog steeds gelukkig getrouwd.'

Eve keek op. Haar blonde paardenstaart viel over de half ontblote schouder onder haar gescheurde T-shirt. 'O ja, die oubollige dingen. Daar speelde jij altijd mee.'

'Ja, je was er echt verslaafd aan.' Olivia gaapte en strekte haar indrukwekkend gespierde armen boven haar hoofd. 'Ik had gedacht dat je onderhand wel getrouwd zou zijn en tien kinderen zou hebben.'

'Ja, hoe staat het daarmee?' vroeg Eve.

'Wat denk je zelf? Welke man kan hier nou aan tippen?' Rosalind schudde demonstratief papa Heart heen en weer. 'Witte bretels! Wanneer heb je die voor het laatst gezien? Hij heeft me verpest voor andere mannen.'

'Don paste perfect bij je.' Olivia schudde spijtig haar hoofd. 'Je had ze toch voor hem kunnen kopen?'

'Don had wel meer nodig dan een paar bretels.'

Eve schoot in de lach. Olivia deed haar mond open om iets te zeggen, maar proestte het toen uit. 'Jij bent vreselijk!'

'Bedankt.' Rosalind grinnikte en hoopte dat ze het onderwerp zouden laten rusten. Haar zussen bedoelden het goed, maar 'goedbedoelend' kwam in hun geval meestal neer op 'bemoeizuchtig'. Ze ging weer aan het werk en pakte de Heart-tweeling uit, zittend in hun blauwwitte tweelingbuggy met roze wieltjes. Ook zij leken geen dag ouder geworden, want dat waren ze ook niet.

'Kijk eens wat ik gevonden heb!' Olivia hield een krantenknipsel omhoog. 'Een artikel uit *People*, van april 1981, getiteld: "Onze gebeden zijn verhoord". Moet je luisteren. "Na zeven jaar ingehouden teleurstelling hebben de nog altijd glamoureuze Jillian en haar knappe echtgenoot, dramadocent Daniel Braddock, eindelijk hun eerste kind gekregen. Op 30 maart werd Olivia Claudette Braddock geboren."' Glimmend van trots drukte ze de krant tegen haar borst. 'Niet te geloven dat ik dit nooit eerder heb gezien.'

'Niet? Mama heeft me die van mij wel laten lezen.' Rosalind was bij de bodem van haar doos beland zonder de rest van de nalatenschap van de Hearts te vinden.

'De mijne zit in mijn babyboek.' Eve wierp een blik op haar oudste zus. 'Ik wist niet dat het zeven jaar heeft geduurd om jou te verwekken, Olivia. Rosalind en ik kwamen vrij snel daarna. Vier jaar en vijf jaar later. Kennelijk heb jij de machinerie aangezwengeld.'

Olivia tuitte haar perfect gestifte lippen. 'Waarom hebben ze me dit nooit laten zien?'

'Geen idee. Moet je dit zien.' Eve hield een zak omhoog vol plastic naamkaartjes. HALLO, IK BEN DANIEL BRADDOCK, stond erop. Het waren er tientallen, waarschijnlijk van alle congressen waar hij ooit was geweest. 'Waarom bewaarde hij die allemaal?'

Rosalind knipperde onschuldig met haar ogen. 'Voor het geval hij zijn eigen naam vergat?'

Eve snoof. 'Alsof de grote Daniel Braddock ooit zou vergeten wie hij was. Of het iemand anders zou laten vergeten.'

'Jezus, Eve.' Olivia zette haar handen op haar heupen, die in een hippe spijkerbroek gestoken waren. 'Papa ligt doodziek in het ziekenhuis en jij drijft de spot met hem?'

Rosalind zuchtte. Als Eve rechts afsloeg, ging Olivia steevast naar links.

'Zijn gezondheid verandert niets aan wie hij was, Olivia.'

'Wie hij is, niet was.'

'Kinderen!' Rosalind zwaaide opgewonden met Mrs Heart heen en weer. 'Wie wil er met mama zure zult maken?'

Eve negeerde haar. 'Wie weet wie hij nu wordt? Het was een zware beroerte.'

'In het Pine Ridge-ziekenhuis zeggen ze dat hij er waarschijnlijk normaal uit komt, of in elk geval bijna normaal. Hij was gezond.'

'Hij is negenenzeventig, Olivia.'

'Ik weet hoe oud hij is.'

Mama Heart was het gekibbel helemaal beu. 'Als jullie ophouden met ruziemaken, maak ik Saroma-pudding als toetje.'

'Wauw, Saroma-pudding.' Eve hield op met bekvechten. 'Die naam heb ik in geen twintig jaar gehoord. Wat was dat ook weer?'

'Briljant in de markt gezette kant-en-klaarpudding.'

'Hoe dan ook, papa heeft de oorlog meegemaakt. Vandaar de naamkaartjes.' Olivia, die zoals altijd het laatste woord wilde hebben, richtte zich weer op haar doos. 'Hij is niet van de wegwerpgeneratie.'

'Nou, ik wel.' Eve glimlachte koeltjes en gooide de naamkaartjes in de uitpuilende vuilniszak. De woonkamer was inmiddels bezaaid met vuilniszakken.

'Kom, laten we even pauzeren.' Rosalind legde de pop neer. 'Ik heb wat frisse zeelucht nodig.'

'Als we steeds pauze nemen, krijgen we het nooit af.'

'Dan ga jij toch gewoon door, Olivia? Jij bent hier maar een week, in tegenstelling tot Rosalind en mij,' opperde Eve liefjes.

Olivia wierp haar een minachtende blik toe – een van haar grootste talenten. 'Ik heb dinsdag een kookitem op het ochtendnieuws, en ik ovuleer deze week, dus ik moet met Derek naar bed. Als ik tijd heb om nog verder te helpen, kom ik terug. Maar ik moet helemaal uit LA komen, heel wat verder dan jullie.'

Rosalind stond op. 'Laten we even op de veranda gaan zitten. Het is al het hele weekend mistig, we zijn bezorgd om papa en dit is een rotklus. Een korte onderbreking zal ons goeddoen.'

Stilte.

Ze zette een autoritaire stem op. 'Anders haal ik mama Heart weer tevoorschijn.'

'Oké, oké.' Eve stak haar hand in de doos. 'Nog één map en dan stop ik. De laatste in deze doos.'

'Ik kom nu wel mee.' Olivia trok de katoenen handschoenen uit die ze droeg om haar nagels te beschermen en stopte een losgeraakte lok terug onder de zijden sjaal die ze om haar hoofd had gebonden. Olivia kon een baal vodden over zich heen gooien en er alsnog stijlvol en vrouwelijk uitzien. Eve kleedde zich alsof het haar niet kon schelen hoe ze eruitzag, maar dankzij haar lengte en regelmatige gelaatstrekken was ze toch een knappe verschijning.

Rosalind was 'leuk'. Dat was ze altijd geweest en zou ze ook altijd blijven. Soms dacht ze dat ze door een dronken ooievaar bij dit veel te knappe gezin was gedropt.

Ze stapte over stapels, dozen en zakken heen en ging Olivia voor naar de dichte veranda, waar je op heldere dagen een schitterend uitzicht had op Mount Desert Island en zijn beroemdste ingezetene Mount Cadillac. Vergeleken met bijvoorbeeld de Matterhorn stelde het niet veel voor, maar de plaatselijke bewoners waren er trots op, en vanaf de top keek je uit over de schitterende, kartelige kustlijn.

Deze middag hing er echter een hardnekkige mist boven de kust, die er al drie dagen hing, zonder ook maar een zweem van een bries om de nevel weg te blazen of een opening in de wolken om de zonnestralen door te laten. Zelfs Rosalind had er moeite mee om in al deze grijsheid iets positiefs te zien. Gelukkig rook het wel nog steeds heerlijk buiten, naar de zilte zee, de frisse naaldbomen die om het huis stonden – de geur van augustus en het naderende einde van de zomer.

De Braddocks waren elke zomer wanneer ze maar konden naar Candlewood Point gegaan, een tocht van ruim tien kilometer over een hobbelige zandweg vanaf het dichtstbijzijnde stadje Stirling. Hier, ver van het steeds drukker wordende zuidelijke deel van de staat, waren nog ongerepte natuur en ruimte te vinden, plekken waar je op het strand kon zitten en je je terug in de tijd waande.

Na de dood van hun moeder waren de zussen niet vaak meer naar het huis in Maine gegaan, en nog minder vaak nadat hun vader met Lauren was getrouwd, die twintig jaar jonger was. Druk-

druk-druk, hadden ze gezegd. Geloofde iemand het? Misschien zijzelf.

Het was fijn om weer terug te zijn. Rosalind snoof de buitenlucht op en bedacht dat haar moeder dat ook altijd deed, genietend van de frisheid en de helderheid, zo anders dan LA. Jillian Croft had veel van Maine gehouden, waar ze vandaan kwam: de geuren, het landschap, de kust, de vrijheid.

Ze hadden dit huis eind jaren zeventig gevonden, op het hoogtepunt van haar moeders filmcarrière – een plek om te schuilen voor haar fans. Rosalinds warmste herinneringen aan haar moeder lagen allemaal hier. Gekookte kreeft en de jaarlijkse visbarbecue, zeilen en kajakken, strandfeesten, samen spelletjes doen en liedjes zingen. Maar vooral had ze dierbare herinneringen aan een moeder die relatief rustig en stabiel was en die tijd had voor haar dochters. Een moeder die avondeten klaarmaakte, voorlas en spelletjes deed. Die ging vissen en mosselen zoeken, en in oude kleren en met een honkbalpet en zonnebril op in de wasserette zat, ook al wist iedereen in het dorp wie ze was, en die 's avonds als de meiden in bed lagen met papa lachte in plaats van ruziemaakte.

Hier nam haar moeder altijd haar medicijnen in. De rest van het jaar deed ze dat soms wel en soms niet. Rosalind, zielsblij met de zomerse rust en vrede, en de rest van het jaar verbijsterd en uitgeput door haar moeders stemmingswisselingen, had op het hoogtepunt van haar prepuberteit gevraagd waarom dat zo was. Jillian, met een schort voor dat rook naar de gekruide kip die ze in de ouderwetse oven aan het klaarmaken was, had haar middelste dochter een knuffel gegeven. 'Omdat ik hier Sylvia Moore ben, en Sylvia Moore is niet bipolair.'

Zoals gold voor heel veel dingen die haar moeder zei, snapte de jonge Rosalind er niets van. Sylvia Moore en Jillian Croft waren een en dezelfde; dan moesten ze toch dezelfde ziekte hebben?

Inmiddels meende ze het te begrijpen. Haar moeder was op haar zeventiende uit Maine vertrokken en had niet lang daarna haar naam veranderd, toen ze serieus aan de weg ging timmeren als actrice. De bipolaire persoonlijkheidsstoornis stak de kop op toen ze begin twintig was.

Olivia stapte de veranda op, deed haar sjaal af en schudde haar lange, benijdenswaardig dikke haar los. Kastanjebruin, dezelfde kleur als haar moeder had gebruikt. 'Leuk uitzicht,' zei ze droogjes met een blik op de potdichte mist boven de baai.

'Je ziet de nuances over het hoofd. Daar is het grijs.' Rosalind wees. 'Daar, tussen het grijs en het grijs in, is nog meer grijs. Zie je het?'

'Weet je nog dat mama een keer vertelde dat ze hier met papa was en de mist drie volle weken was blijven hangen? Zelfs zij stond op het punt te vertrekken tegen de tijd dat de zon doorbrak.' Olivia zuchtte. 'God, wat mis ik haar.'

'Ik zat net te denken dat ze hier veel meer zichzelf was.'

'Ja.' Olivia legde haar hand tegen het glas en staarde weemoedig in het niets. 'Super was dat, hè? Wanneer ze blij was en alles goed ging? En toen ging het aan het eind vreselijk mis.'

'Ja.' Rosalind wilde nooit aan dat deel denken. En het irriteerde haar mateloos wanneer Olivia daar zo gespeeld verdrietig over deed. 'Hoe is het met Derek? Gaat alles goed?'

'Wie het weet mag het zeggen.' Olivia snoof zo schamper dat een mug geschrokken opvloog. 'Hij is druk. Werkt hard. Reist veel. Het zwanger worden drukt zwaar op ons, of in elk geval op mij. Hij blijft er rustig onder, maar over twee jaar word ik veertig. Ik ben klaar voor ivf, maar hij blijft het maar voor zich uit schuiven.'

'Een vriendin van me heeft ivf gedaan. De eerste keer was het meteen raak.' Dat was gelogen, maar een leugentje om bestwil kon belangrijk zijn. Rosalind was bang dat Olivia ging geloven dat ze nooit meer zwanger zou worden en dat het een selffulfilling prophecy zou worden.

'Bij mama ging het ook niet vanzelf. Volgens dat artikel duurde het zeven jaar voordat ik kwam. Ik dacht dat ze gewoon het moment afwachtten tot de zwangerschap in haar carrière paste. In dat geval is het logisch dat het bij mij ook moeilijk gaat, aangezien ik van ons drieën het meest op haar lijk.'

Rosalind omhelsde haar zus, al kreeg ze er een beetje genoeg van dat Olivia dat altijd beweerde, ook al was het waar. Olivia had niet alleen hun moeders haar en wulpse figuur geërfd, maar ook haar openlijke sensualiteit. Mannen vonden Eve net zo aantrekkelijk, maar werden geïntimideerd door haar koele houding en bleven daarom op afstand. Maar voor Olivia vielen ze allemaal als een blok.

'Heb jij al een nieuwe vriend, Rozzy? Ik vind nog steeds dat je niet bij Don weg had moeten gaan. Hij was in elk geval beter dan die bomenknuffelaar in Denver, en veel beter dan dat beest waar je iets mee had voordat je uit LA vertrok... hoe heette hij ook weer?'

'Wolf.'

'Wolf! Dat was het.'

'Nee, ik heb geen nieuwe vriend.' Rosalind volgde Olivia's voorbeeld en staarde ook naar de grijze lucht. Ze wist niet wat ze erger vond: aanhoudende mist, iemand die haar keuzes in twijfel trok of Rozzy genoemd worden. 'Ik heb een goed leven. Ik hou van New York. Ik vind mijn werk in het café leuk. Ik schilder graag, en –'

'Schilder je? Op muren of op doek?'

'Doek. Olieverf.'

'Olieverf.' Olivia draaide zich om en keek haar nieuwsgierig aan. 'Ik weet nog wel dat je altijd zat te tekenen, maar sinds wanneer schilder je?'

'Ik ben er in Colorado mee begonnen.' Ze kon openlijk over elk deel van haar leven praten, maar zodra het over haar kunst ging, klapte ze dicht. Dan voelde ze zich naakt, en niet op een mooie manier. Ze had nu al spijt dat ze erover was begonnen. 'Ik ontwerp ook nog steeds kleding, ik sport regelmatig, ik heb mijn leesclubs en een hele hoop vrienden. Dat is voor mij genoeg.'

'Hou toch op. Jij bent de meest romantische van ons drieën. Je verpietert in je eentje. Kijk naar die poppen waar je vroeger zo dol op was.' Ze gebaarde naar Rosalinds lichaam. 'Waarom trek je geen normale kleren aan en ga je niet een keer naar de kapper? Die gebleekte look is veel te heftig, vooral als je haar zo kort is, en die opzichtige kleren in vloekende kleuren... Volgens mij schrik je alle normale, leuke mannen af. Je ziet eruit als een malloot.'

'Ik bén ook een malloot.' Rosalind wreef met een glimlach over haar korte haar. De hele week deed ze al haar best om de woorden van haar zussen van zich af te laten glijden en zichzelf wijs te maken dat ze het goed bedoelden. Dat ze het alleen maar hoefde aan te horen en vriendelijk moest blijven doen. Maar toch kon ze het niet uitstaan.

'Je bent geen malloot. Je doet alleen maar alsof. Je hopt van het ene naar het andere... settel je toch eens –'

'Zo ben ik altijd al geweest. Papa noemde me een kolibrie, weet je nog?' Ze was dol geweest op die bijnaam, bijna net zo dol als op het glanzende, fladderende vogeltje zelf, tot ze haar vader een keer met haar moeder hoorde praten en ze ontdekte dat het helemaal niet als compliment bedoeld was.

Papa gaf en papa nam, net als God.

'Die kolibrie is een smoesje. Niets blijft net zo leuk en spannend als in het begin. Je werk niet, je haar niet, een stad niet, en relaties al helemaal niet. Je moet lang genoeg bij een man blijven om tot iets diepers te komen.'

'Ja, dat zeg je wel vaker.' Als Olivia haar relatie met Derek diep vond, hield Rosalind het liever oppervlakkig.

'Hé, meiden?' Eve kwam de veranda op met een opengeslagen map in haar handen. Ze keek verontrust. 'Ik heb iets heel raars gevonden tussen de belastingpapieren. Het is een medisch dossier van mama.'

Olivia snoof. 'Wat is daar raar aan? Ze deed niet anders dan dokters bezoeken.'

'Het is niet van dokter Townsend of haar psychiater of de

verslavingskliniek. Het is van een gynaecoloog in New York, uit januari 1969, een jaar vóór ze met papa trouwde. Er staat: "Patient geeft aan problemen te hebben met geslachtsgemeenschap."'

'Gatver.' Olivia sloeg haar handen over haar oren. 'Dit hoef ik niet te horen.'

Rosalind trok een grimas. 'Arme mama.'

'Ze was achttien en had amenorroe.'

'Ameno-wat?'

'Ik weet wat dat is.' Olivia stak haar vinger op als een kind in de klas. 'Geen menstruatie.'

'Was ze zwanger?' vroeg Rosalind. 'Wat is er met de baby gebeurd?'

'Nee. Luister.' Eve keek weer op het papier, dat trilde in haar hand. '"Littekens bij het bekken wijzen op testikelverwijdering. Lijkt niet op de hoogte te zijn van haar aandoening."'

'Welke aandoening?'

'Testikelverwijdering? Had die arts niet in de gaten dat ze een vrouw was?' Olivia rolde met haar ogen. 'Ik herinner me die littekens. Ik heb ze een keer gezien toen ze zich aan het aankleden was, één aan elke kant, bij haar heupbotten. Er waren bij haar goedaardige tumoren verwijderd toen ze klein was. Testikels! Wat een kwakzalver.'

Rosalind kreeg kippenvel, wat altijd gebeurde wanneer er slecht nieuws op komst was. 'Staat er welke aandoening?'

'Onder aan de bladzijde staat een diagnose. Compleet androgeen ongevoeligheidssyndroom.'

'Wat?' Olivia liep naar haar zus toe en tuurde over haar schouder op het papier. 'Compleet androgeen ongevoeligheidssyndroom? Wat betekent dat?'

Rosalind kwam ook dichterbij en boorde haar nagels in haar armen. 'Kon ze niet tegen mensen die in de war waren over hun geslacht?'

'O nee, nee.' Olivia schudde droogjes haar hoofd. 'Dat kenden ze in de jaren zeventig nog niet.'

Eve kon niet lachen om de grapjes. 'Ik heb geprobeerd het syndroom op te zoeken, maar ik krijg Google hier nooit geladen. We hadden papa's internet niet zo snel moeten opzeggen.'

'Het is vast niets ergs.' Rosalind was daar helemaal niet zo zeker van, maar het voelde beter om het te zeggen, en bovendien was hun moeder achttien jaar eerder aan een overdosis gestorven, dus het was niet iets waar ze met terugwerkende kracht aan dood kon gaan. 'We kunnen het opzoeken wanneer we weer in het dorp zijn.'

'Zo lang ga ik niet wachten.' Olivia pakte haar telefoon, koos een nummer, hield het toestel tegen haar linkeroor en zette haar rechterhand in haar zij. 'Hoi, Donna.'

Rosalind keek even naar Eve, die een ongeduldig geluidje slaakte. 'Je vraagt toch niet aan je assistent of –'

'Prima. Druk. Hé, zou je even iets voor me willen opzoeken? De telefoon doet het hier wel, maar voor internet moeten we een halfuur rijden.' Olivia wendde zich af van Eve, die met haar ogen rolde. 'Dank je wel. Wat is "compleet androgeen ongevoeligheidssyndroom"? Ja, ik wacht wel even.'

'Jezus, Olivia.' Eve bladerde nog eens door de map en ging op een nogal logge stoel zitten die hun vader van drijfhout had gemaakt. Het was een lelijke, maar functionele stoel, en hun vader was er destijds apetrots op geweest. Hun moeder ging er altijd op zitten als hij er was, maar zodra hij uit het zicht was, ging ze snel ergens anders zitten. 'Misschien staat hier nog iets in wat uitleg biedt. Je had haar niet hoeven lastigvallen.'

'Geen probleem.' Olivia zwaaide haar haar naar achteren en drukte de telefoon weer tegen haar oor. 'Het is haar werk.'

Dat betwijfelde Rosalind ten zeerste. Net als dat het Donna's werk zou zijn om – tevergeefs, zoals voorspeld – een Chinees restaurant te vinden dat bezorgde op Candlewood Point.

'Heb je het gevonden? Mooi. Wat staat er?' Olivia luisterde aandachtig en trok wit weg. Ze hapte naar adem en haar ogen werden groot. 'Maar dat is... absurd.'

Rosalind liep naar haar toe. Onder al die dramatiek was haar zus oprecht overstuur. 'Wat is het?'

'Weet je het zeker?' Olivia stak een hand in de lucht om Rosalind af te weren. 'Weet je het heel zeker? Is er geen andere definitie? Nergens? Is dit "compleet androgeen ongevoeligheidssyndroom"? Dat zei jij toch, hè, Eve?'

'Ja.' Eve stond op uit haar stoel, nog steeds de map vastklemmend. 'Wat zegt ze? Ik word zenuwachtig van je.'

'Bedankt, Donna.' Olivia hing op en keek haar zussen aan. Ze zag er aangeslagen uit. 'De diagnose is vast verkeerd genoteerd. Of het dossier is verwisseld met dat van een ander. Of het is nep. Als onze moeder dat had, dan was ze nooit van ons bevallen. Dan had ze namelijk geen baarmoeder. Geen eierstokken. Geen eileiders. Geen enkel vrouwelijk voortplantingsorgaan.'

Condensdruppels van de mist vielen van de bomen en tikten op het dak van de veranda.

Rosalind huiverde. 'Wat?'

'Dat is onmogelijk,' zei Eve.

'Natuurlijk is het onmogelijk,' beet Olivia haar toe. 'We staan hier toch alle drie?!'

'Mag ik even kijken?' Rosalind pakte het document uit Eves map en bestudeerde het zorgvuldig. Het zag er heel echt uit: de naam en het adres van de arts stonden in het briefhoofd – James R. Winston – en de meisjesnaam van haar moeder was in lettertype courier op de juiste plek getypt: 'Sylvia Moore'. 'Er is vast sprake van een vergissing. Maandagochtend, morgen dus, bellen we de praktijk in New York en praten we wel even met deze arts of zijn assistent of zo.'

'Dit is vijftig jaar geleden. Ik denk niet dat hij nog in functie is. Waarschijnlijk leeft hij niet eens meer.' Olivia begon te ijsberen met haar telefoon nog in haar hand. 'En medische gegevens worden niet zo lang bewaard.'

'We zouden het Lauren kunnen vragen.' Rosalind stopte het papier weer in de map. Ze wilde er niet meer naar kijken. 'Misschien weet zij het.'

'Nee,' zei Olivia scherp. 'We gaan niet bij Lauren navraag doen naar mama's gezondheidsproblemen.'

Rosalind wist met moeite een ongeduldige reactie te onderdrukken. Hun vader was vijftien jaar eerder met Lauren getrouwd, drie jaar na het overlijden van hun moeder. Olivia deed nog steeds alsof hij een misdaad had begaan. 'We kunnen het papa niet vragen, niet voordat hij voldoende hersteld is om hele zinnen aan te kunnen. Gisteren noemde hij me "Roland".'

'Geen Lauren.' Olivia sloeg haar armen over elkaar. 'Dit gaat haar niets aan.'

'Ik begrijp hoe je je voelt,' zei Rosalind vriendelijk. 'Maar als Lauren iets weet, kan ze ons een hoop –'

'Als ze niets weet, vertel je haar iets waarvan ik vierduizend procent zeker weet dat mama niet zou willen dat zij het wist.'

'Oké, maar –'

'Hou op, Rosalind.' Eve gooide de map op de grote tafel waar ze met z'n vijven talloze malen omheen hadden gezeten voor een feestmaal. 'Het heeft geen zin.'

'Ik wil weten wat er aan de hand is.'

'Dat willen we allemaal, maar dit is niet de juiste weg.'

'Dit is belachelijk. Niet te geloven dat we het ook maar enigszins serieus nemen.' Olivia liep stampvoetend naar binnen. Eve haalde haar schouders op naar Rosalind, en Rosalind maakte hetzelfde gebaar naar haar. Een paar tellen later kwam Olivia weer naar buiten gebeend, dit keer met een fotoalbum in haar hand. 'Ik had dit tijdens het avondeten willen bekijken. Hier hebben we een heel boek vol bewijsmateriaal.'

'God, dat is waar ook.' Rosalind liet zich slap achteroverzakken van opluchting. 'De zwangerschapsbijbel.'

'Halleluja!' Eve stond op en boog zich net als Rosalind over het fotoalbum.

'Zwanger van mij.' Olivia wees op een foto, sloeg een paar bladzijden om en wees op een andere. 'Op het punt om van mij te bevallen, staand voor het huis in Beverly Hills. En dat is tante Christina, die voor ons alle drie vroedvrouw was. Hier is mama zwanger van jou, Rosalind. Bij zes maanden, en hier bij acht.'

'Maar vanwaar dan die diagnose?' vroeg Eve. 'Als het een vergissing is, waarom heeft zij of papa dat papier dan bewaard?'

'Hier is ze zwanger van jou, Eve, op vakantie in Parijs, eind 1989. Dit zijn wij alle drie.' Olivia sloeg het album dicht. 'Ik zei het toch?'

'Maar wat is er gebeurd? Hebben ze haar beter gemaakt?' Eve pakte het album van Olivia over. 'Zodat ze ons wel kon krijgen?'

Rosalind schudde haar hoofd en voelde zich een beetje misselijk worden. 'Geen enkel voortplantingsorgaan, zei Donna. Die groeien niet zomaar weer aan.'

'Misschien met transplantatie –'

'In die tijd kon dat zeker niet. Hoe dat nu is weet ik niet.'

Een vogel fladderde tussen de laaghangende takken van de jonge naaldbomen, piepte voorzichtig en deed er toen het zwijgen toe. De stilte was beklemmend. Zelfs de kleine golven tegen de rotsen leken te zijn bedaard.

'Misschien was ze zich op een rol aan het voorbereiden. Daar verdiepte ze zich altijd volledig in.' Eves gezicht klaarde hoopvol op. 'Weet je nog die keer dat ze naar Montana vloog om te leren paardrijden voor haar eerste film met Burt Reynolds? En voor haar rol in *Pioneer Spirit* sliep ze een week in een blokhut zonder faciliteiten. Ze vond het vreselijk, maar ze deed het wel.'

Rosalind wilde niets liever dan dat Eve de oplossing had, maar ze wist dat het niet zo was. 'Ik kan me geen rol herinneren waarin ze geen kinderen kon krijgen.'

'Waarom zou ze dan een heel medisch dossier laten aanleggen?'

'Om het echt te laten lijken,' zei Eve schor. 'Ik zie haar ervoor aan dat ze het bestudeerde om zich helemaal in te leven.'

Olivia schudde haar hoofd. 'Slecht verhaal.'

Eve zuchtte. 'Misschien moeten we toch met Lauren praten. Als het waar is, heeft papa haar vast iets verteld.'

'Niet als er niets te vertellen viel,' zei Olivia scherp. 'Als we het tegen Lauren zeggen, verraden we onze moeder. En wat als dit bekend wordt? Wat zou dat voor mama betekenen?'

Eve lachte verbitterd. 'Ik denk niet dat het mama nog erg veel zou kunnen schelen.'

'Jezus, Eve, wat hard. Ik heb het over de pers. Het zou een gekkenhuis worden. Ze doken ook boven op papa na zijn beroerte.'

'Het punt is...' Rosalind sloeg haar armen om zich heen en keek van de ene naar de andere zus. Haar maag draaide zich om. 'Het is wél waar dat we helemaal niet op elkaar lijken. Blond haar, bruin haar, rood haar, verschillende ogen, neuzen, jullie zijn lang en ik ben –'

'Hou op. Nu meteen.' Olivia pakte het fotoalbum weer en zwaaide ermee. 'Drie zwangerschappen, drie dochters. Zo is het genoeg.'

'Ik snap dat je van slag bent, Olivia. Dat zijn we allemaal. Maar we moeten alle mogelijkheden overwegen.'

'Oké.' Olivia gooide het album op tafel en sloeg haar armen over elkaar. 'Als we uitgaan van wat we zeker weten, namelijk dat ze zwanger was en van ieder van ons bevallen is, wat zijn dan de mogelijkheden?'

'Dat...' Rosalind haalde haar schouders op. 'Weet ik veel – dat ze de zwangerschappen gespeeld heeft?'

'Wat?' Olivia keek haar ontsteld aan. 'Waarom zou ze dat doen?'

Eve trok haar wenkbrauwen op. 'Dat lijkt me duidelijk.'

'Zodat niemand te weten kwam dat ze geen kinderen kon krijgen,' zei Rosalind.

'Waarom zou ze daar zo moeilijk over doen?'

'Omdat haar imago extreem belangrijk voor haar was,' zei Eve verbitterd. 'Dat weet jij net zo goed als ik. Het is cruciaal in jullie vak.'

'Zo cruciaal dat je drie zwangerschappen speelt? Drie bevallingen?' Olivia schudde haar hoofd. 'Ook een slecht verhaal.'

Eve zweeg en bestudeerde de diagnose. Rosalind wilde niet hardop toegeven wat haar zus waarschijnlijk dacht, namelijk dat, hoeveel ze ook van haar moeder hield, Jillian Croft het waarschijnlijk wel de moeite waard had gevonden.

'Oké, maar waar komen wij dan vandaan?' Olivia zwaaide met haar arm en liet hem op haar heup vallen. 'Een reageerbuis? De ooievaar? Amazonbaby.com?'

'Adoptie,' fluisterde Rosalind moeizaam, maar ze had het net zo goed kunnen schreeuwen. Olivia en Eve verstijfden. In de verte klonk het geblaf van een zeehond. Een vogel scharrelde op de grond in het bos.

Eve sloeg de map dicht. 'Dat zou betekenen dat papa niet onze biologische vader is.'

'Dit is nonsens!' Olivia drukte het album tegen haar borst. 'Mama's naam staat op onze geboorteakte en papa's naam ook. Dat zijn wettige documenten. Wat jij oppert, Roz, dat ze de zwangerschappen heeft gespeeld, onze bevallingen heeft gespeeld, onze geboorteaktes heeft vervalst… dat is een absurde klucht, waar veel te veel mensen bij betrokken zijn geweest, en voor zo'n lange tijd dat het al onwaarschijnlijk is dat het één keer werkt, laat staan drie keer.'

'Je hebt gelijk.' Eve schudde haar hoofd. 'Je hebt gelijk. Het slaat nergens op.'

'En alle verhalen over onze geboorte?' Olivia was nu op dreef. 'We kennen allemaal de details van de bevallingen.'

'Ja…' Rosalind dacht aan haar moeders enorme talent voor acteren en verhalen vertellen. Ze dacht aan het extreem ongemakkelijke en vage gesprek dat haar moeder met haar had gehad over menstruatie, hoe moeilijk ze het leek te vinden om antwoord te geven op Rosalinds vragen. Aan het feit dat haar dochters haar nooit helemaal naakt mochten zien, terwijl ze wel topless poseerde voor *Playboy*. 'Het heeft geen zin om te kissebissen, want we weten gewoon niet genoeg.'

'Dat is zeker zo. Laten we weer aan het werk gaan.' Olivia beende naar binnen. Eve wierp een blik op Rosalind en liep achter Olivia aan.

Rosalind volgde hen met lood in haar schoenen. Ze had het gevoel dat ze in een andere dimensie was beland, waar alles om haar heen er nog wel bekend uitzag, maar niets meer hetzelfde was. Haar moeder was openlijk drie keer zwanger geweest en was van hen alle drie bevallen, met haar zus als vroedvrouw. Een zus die elke naam die ze maar wilde op een geboorteakte had kunnen zetten. Of op drie aktes.

Maar dat zou ze niet boven op de last stapelen waar die arme Olivia en Eve al onder gebukt gingen. Niet nu. Er moest een logische verklaring zijn voor deze medische diagnose, die zo in tegenspraak was met wat ze van hun moeder wisten. Want anders zou dit oude, vergeten, verdwaalde papiertje hun leven volledig op zijn kop zetten.

Hoofdstuk 2

26 januari 1967 (donderdag)

Mama heeft me vandaag na school mee naar de dokter genomen. Christina had tegen haar gezegd dat ze dat moest doen toen ze me had zien huilen en ik zo stom was geweest om te zeggen waarom: omdat ik zestien ben en nog steeds niet ongesteld ben. Ik zeg nooit meer een woord tegen haar. Bij de dokter was het vreselijk. Ik heb sowieso al een hekel aan dokter Tibbet, want hij stinkt en maakt grappen waar zelfs een kind van vier niet om hoeft te lachen. Ik wilde niet eens dat hij me zág zonder kleren aan, maar hij begon me overal te betasten, zelfs daarbeneden. En toen werd het nog erger, want hij ging met een metalen geval naar binnen en begon te mompelen en verbaasd te kijken. Mama deed helemaal niets; ze hielp me niet en hield hem niet tegen, terwijl ik haar wel steeds aankeek en duidelijk liet merken hoe verschrikkelijk ik me voelde.

Hij stelde steeds het licht bij en voelde dan weer binnen in me, en dat deed onwijs veel pijn, maar ik zei niets. Ik wilde doen alsof het normaal was, zodat hij zou denken dat ik normaal was en me met rust zou laten.

Nu moet ik naar een andere dokter in Bangor. Dat is het enige wat hij tegen me zei, en ik durfde niets te vragen. Later vroeg ik het aan mama, en zij zei dat alles goed was en dat ze alleen iets wilden controleren. Ik geloof haar niet. Zie je wel dat er iets mis is met me?

Ik wil niet naar die andere dokter. Ik wil in het toneelstuk spelen en jongste hoofdrolspeler ooit zijn op school. Ik wil het eeuwige leven en op Broadway staan en in films spelen.

Christina wilde weten wat er aan de hand was, maar ik zei dat ze haar mond moest houden. Ik wou dat ik mijn eigen kamer had. Ik kan het niet uitstaan dat ik haar, en de rest van de wereld, niet kan buitensluiten.

Rosalind deed haar ogen open en zag het bomenbehang op haar slaapkamer. Ze voelde zich hol en verdoofd, en wist dat er iets groots en akeligs was gebeurd, maar kon er even niet op komen wat ook weer. Toen kwam de herinnering met een misselijkmakende schok bij haar binnen. Mama.

Ze ging op haar zij liggen en krulde zich op, wachtend tot de vloek voorbijtrok. Er was nog geen bewijs dat haar moeder het androgeen ongevoeligheidssyndroom had. Geen reden om zo overstuur te raken. En toch waren er door de diagnose gisteravond al puzzelstukjes op hun plaats gevallen in haar onderbewuste, waardoor ze ook zonder bewijs geloofde dat het waar was. Ze vertrouwde op haar onderbewuste, in elk geval meer dan op haar zussen.

Een streep zachtgrijs licht scheen onder het gordijn door naar binnen. Ochtend, nog heel vroeg of nog steeds heel mistig, of allebei. Er klonken geluiden beneden en een blik op haar wekker gaf haar in elk geval één antwoord: heel vroeg. Olivia was zich aan het klaarmaken om haar vliegtuig te halen.

Het was een opluchting om niet meer te hoeven proberen te slapen. Het enige positieve van haar slapeloze nacht was dat ze had besloten bewijs te gaan zoeken voor haar moeders diagnose en, als het nodig was, te achterhalen hoe zij en haar zussen familie waren geworden.

Gisteravond hadden Olivia, Eve en zij na de onaangename ontdekking besloten het uitpakken te laten voor wat het was en te gaan eten wat de gezinstraditie in Maine voorschreef. Niet de grootste en hun moeders favoriete traditie – de jaarlijkse visbarbecue –, maar een goede tweede, het karakteristieke eten van de kust: gekookte kreeft met verse witte broodjes, salade en zalige gembercake met slagroom. Ze zouden misschien voorlopig niet meer bij elkaar komen, afhankelijk van wanneer Olivia weer naar Maine kwam. Ze was het ongetwijfeld wel van plan, maar in het geval van Olivia betekende dat niet dat ze het ook echt ging doen.

Ze hadden heerlijk gegeten, maar de stemming was bedrukt geweest, ondanks de champagne met gerookte mosselen vooraf en een fles chablis bij het hoofdgerecht. De zussen konden de ontdekking niet uit hun hoofd zetten en het gewoon gezellig hebben, maar het lukte hun ook niet om erover te praten. Rosalind vermoedde dat daar meer tijd en informatie voor nodig waren.

Ze duwde de dekens van zich af en pakte de sweater van de stoel waar ze hem de avond ervoor op had gegooid. Ze stapte in een paar afgedragen roze sloffen die hier in Maine stonden voor frisse ochtenden en liep naar het raam om het gordijn open te trekken, hopend dat de mist was opgetrokken.

Ze slaakte een zucht van verlichting. De zon stond nog laag in het oosten en ging schuil achter de bomen rond het huis, maar de lucht kleurde langzaam roze en de baai was weer zichtbaar, evenals de kustlijn ertegenover. Het stille water, bezaaid met kleurrijke kreeftenboeien, vormde een perfecte spiegel voor de met naaldbomen bedekte eilandjes, hun rotsige fundament blootgelegd door het terugtrekkende tij. Op het strand voor het huis werden ook de stenen zichtbaar, begroeid met zeepokken en bedekt met bosjes blaaswier, die tot leven zouden komen tot een glooiend goudbruin veld zodra de golven terugkeerden.

Rosalinds vrees om Olivia en Eve van haar besluit op de hoogte te brengen werd wat getemperd. Het goede weer voelde als een positief voorteken.

Beneden stond Olivia voor de gootsteen, casual chic gekleed in een mouwloos wit shirt, een nauwsluitende zwarte broek en zwarte sandalen met hoge hakken, haar haar en make-up al perfect in orde. 'Hé, Rosalind, wat doe jij zo vroeg op?'

'Ik kon niet slapen.'

'Vertel mij wat. Maar normaal heb ik ook nooit van die belachelijk vroege vluchten. Ik schrik telkens wakker omdat ik bang ben dat ik me verslaap.'

Rosalind staarde haar aan. 'Heb je daarom niet goed geslapen?'

'Wil je koffie? Ik heb heel veel gezet in dat ding.' Ze wees naar het gestroomlijnde roestvrijstalen apparaat dat in de plaats gekomen was van de oude Krups die papa en mama tientallen jaren hadden gebruikt. 'Ik vind het echt verschrikkelijk wat Lauren met deze keuken heeft gedaan. Ze heeft de ziel eruit gehaald.'

'Het was een behoorlijk oude keuken.' Rosalind liep naar de koelkast en pakte er sinaasappelsap uit, snakkend naar iets verfrissends. 'Mama was niet echt een keukenprinses, en geen enkel apparaat deed het goed. Voor ons was het misschien wel leuk om steeds de oven open en dicht te doen om hem op temperatuur te houden, maar...'

'Dat is waar.' Olivia wreef weemoedig over het gladde granieten aanrechtblad. 'Ik mis die grote oude ijzeren gootsteen.'

'Hij was verroest.'

'Dat is waar, het zag er niet uit. Maar dit...' Ze gebaarde vol minachting om zich heen. 'Dit zou ieders keuken kunnen zijn, in elke wijk van elke stad of dorp. Vroeger was het de keuken van dít huis, als je snapt wat ik bedoel.'

'Ja, ik snap het.' Rosalind ging aan het kookeiland zitten. 'Het is een beetje doorsnee. Maar voor ons was dit een fantastisch vakantiehuis. Al die eigenaardigheden waren juist de charme ervan. Maar Lauren wilde hier per se wonen.'

'Dat is waar, maar ze had ongeveer een miljard dingen beter kunnen doen. Zwarte apparatuur in plaats van roestvrij staal, houten aanrechtbladen, houten kasten met ijzeren grepen...'

'Ik vind dat witte niet erg. Het was hier vroeger altijd zo donker.' Rosalind dronk haar sap op en schonk zichzelf een half kopje koffie in. Olivia hield van slappe koffie, dus het was nauwelijks de moeite van het drinken waard. 'Wat ga je doen wanneer je weer in Californië bent? Derek aan het bed vastbinden en seks eisen?'

'Zoiets.' Olivia schonk zichzelf bij. 'Ik zweer het je: dit babygedoe is funest voor ons seksleven. We vonden het altijd leuk om een beetje spontaan en gek te doen. Nu moeten we het verplicht om de dag doen tijdens mijn ovulatie; hij moet bovenop, en de hele tijd wil ik alleen maar dat hij zo snel mogelijk klaarkomt, zodat ik die spermacelletjes kan aanmoedigen. Hij weet wat ik denk en heeft dus het idee dat zijn orgasme niets meer met ons te maken heeft. Het kan me niet eens schelen of ik er een krijg.'

'Lieve hemel, Olivia, ik krijg bijna medelijden met Derek. Voor het eerst in mijn leven.'

'Ik weet het: ik ben vreselijk. Weet je wat nog erger is? Na de seks lig ik een uur lang als een dode kever met een kussen onder mijn kont en mijn benen in de lucht.'

Rosalind giechelde. 'Dat meen je niet.'

'Je moet de zwaartekracht benutten om de kikkervisjes in goede banen te leiden.' Olivia schudde mismoedig haar hoofd. 'Het is vreselijk.'

'Is het het nog wel waard?' Rosalind probeerde niet al te meelevend te kijken, want ze wist dat haar zus een hekel had aan medelijden. 'Na al die jaren?'

'Natuurlijk is het het waard. De arts zegt dat er niets mis is met me, en dat zegt Dereks dokter ook over hem. Uiteindelijk zou het toch moeten lukken.'

'Vindt Derek het het nog wel waard?'

Olivia's gezicht betrok. 'Niet echt. Volgens mij wil hij op zich nog steeds wel kinderen, maar hij lijkt er niet echt voor te willen gaan.'

Rosalind dronk fronsend van haar koffie. Ze had gezegd wat ze wilde zeggen toen Olivia zich verloofde, en had zich voorgenomen haar te steunen zodra ze eenmaal getrouwd was. Aangezien ze Derek een enorme eikel vond, viel dat vaak niet mee. 'Zou je niet liever getrouwd zijn met een man die net zo graag kinderen wil als jij?'

'Natuurlijk wel. Maar hoe dan – met mijn vingers knippen en poef, dan staat daar de ideale man?' Olivia lachte verbitterd. 'Ik ben bijna veertig, daar heb ik geen tijd meer voor. Derek is niet perfect, maar ik ben ook niet de allermakkelijkste om mee samen te leven.'

'Hoe kom je daar nou bij!' Rosalind grijnsde toen haar zus haar vernietigend aankeek. 'Hebben jullie adoptie overwogen?'

'We gaan niet adopteren.' Olivia stond op en goot de rest van haar koffie in de gootsteen. 'Ik wil mijn eigen kinderen, niet die van iemand anders.'

'Waarom niet?' Rosalind probeerde nonchalant te klinken. 'Als het waar is wat we gisteren ontdekt hebben, lijkt het erop dat wij ook geadopteerd zijn.'

'Hou op.' Olivia draaide zich met een ruk om en keek haar kwaad aan. 'Ik wil het niet meer over die onzin hebben, Rosalind. Nooit meer. Begrepen?'

Rosalind zette haar beker neer en staarde haar zus aan. Ze had weerstand verwacht, maar geen volslagen ontkenning. 'Dat meen je niet. Wil je dit echt negeren?'

'Inderdaad.'

'Waarom? Olivia, dit is iets heel groots.'

'Dat is het helemaal niet. Sterker nog: het is een piepklein muggetje, waar ik geen olifant van ga maken. Ik ben de dochter van Jillian Croft en Daniel Braddock.' Olivia wees op haar borstkas, toen op Rosalind en toen naar het plafond. 'Jij en Eve zijn mijn zussen. Dat gaat niet veranderen, wat er ook gebeurt, dus ik hoef verder niets te weten. Laat het rusten.'

'Dat kan ik niet. Ik moet het weten.'

'Bijt je hier niet in vast, Rosalind.'

'Hoezo niet?'

'Je verleden is een deel van je; je kunt het niet wegdoen omdat je er niet blij mee bent en jezelf een nieuw verleden aanmeten, zoals je met elk ander deel van je leven doet.' Olivia telde op haar vingers. 'Waar je woont, waar je werkt, met wie je een relatie hebt, hoe je eruitziet... Papa en mama waren misschien niet de ideale ouders, maar ze waren wel ónze ouders, en meer hoeven we niet te weten.'

Rosalind haalde diep adem. 'Ik begrijp hoe je je voelt. Maar –'

'Maar je gaat je er toch in vastbijten.'

Rosalind knikte langzaam toen ze het gezicht van haar zus zag verstrakken en haar blik zag verharden. Dat was Olivia's manier om met ongewenste emoties om te gaan. 'Ik wil de waarheid weten. En als blijkt dat mama ons niet kan hebben gekregen, dan wil ik weten wie mij wel gekregen heeft.'

Olivia draaide zich weer om naar de gootsteen, spoelde haar beker om en zette hem met gekromde schouders in de vaatwasser. Ze leunde even tegen het aanrecht, sloeg haar armen over elkaar en keek weer naar Rosalind. 'Oké, prima. Daar kan ik niets aan doen. Dat is jouw beslissing. Maar hou mij erbuiten, oké? Mijn leven is op dit moment al ingewikkeld genoeg.'

'Oké.' Rosalind liet haar opluchting niet merken. 'Dank je wel. Ik snap dat dit moeilijk voor je is, en ik wil dat je weet dat ik –'

'Ja ja, het is al goed.' Olivia grijnsde naar haar, pakte haar telefoon van het aanrecht en wekte hem met een tikje tot leven. 'Ai, bijna vijf uur. Ik moet gaan.'

Rosalind was nog steeds misselijk van de spanning, maar ze was allang blij dat Olivia niet met een hakmes op haar af gekomen was – bij wijze van spreken dan. Het gesprek met Eve zou makkelijker zijn. 'Zal ik even helpen je spullen naar de auto te dragen?'

'Graag.'

Ze liep achter haar zus aan door de woonkamer naar de hal, waar Olivia's gigantische koffer en een iets kleinere tas bij de deur stonden. Ze tilde de koffer op en sleepte hem mee naar buiten, over het schelpenpad naar de oprit, zich ondertussen afvragend waarom Eve en zij hun zus als een breekbaar wezentje behandelden, terwijl Olivia juist absurde bedragen aan een personal trainer uitgaf en waarschijnlijk fitter was dan zij allebei. 'Kun je de kofferbak openmaken?'

'Ik zet hem wel op de achterbank.' Olivia pakte de koffer op alsof hij vijf kilo woog en gooide hem samen met de andere tas achterin. 'Bedankt voor je hulp.'

'Graag gedaan.' Rosalind spreidde haar armen uit om haar zus te omhelzen. 'Goede reis, Olivia. Ik hoop dat je deze maand succes hebt in bed.'

'God, ik ook.' Olivia omhelsde haar lang en stevig. Zoals gewoonlijk rook ze fris en subtiel duur. 'Ik wil zo graag een kindje.'

'Het gaat lukken. Ik weet het gewoon.'

Olivia liet haar los, snufte een paar keer en knipperde met haar ogen. 'Ik weet dat ik verwend ben en ongelofelijk veel geluk heb, en ik weet dat mijn leven makkelijker is dan dat van heel veel anderen. Ik doe echt mijn best om dankbaar te zijn voor wat ik heb. Maar ik vind het een onverdraaglijk idee dat ik misschien geen kind krijg.' Haar stem brak; ze probeerde dapper te glimlachen, wat niet lukte, en Rosalind voelde een steek in haar hart.

'Blijf erin geloven, visualiseer de baby. Blijf die spermacellen aanmoedigen.' Ze glimlachte bemoedigend en knipte toen met haar vingers. 'Ik weet het! Je moet pompons voor Derek kopen en hem een dansje leren.'

'Wat?'

'Dan kan hij dat doen terwijl jij je dode tor nadoet.' Rosalind schudde met denkbeeldige pompons in de lucht. 'Hé, sperma, wees gezwind, zoek die eicel en maak een kind.'

Olivia schoot in de lach. 'Je bent echt een malloot.'

'Ik zei het toch?'

'Zorg goed voor jezelf, Rozzy.' Olivia omhelsde haar nog een keer en aaide haar over haar hoofd. 'Ik maak me zorgen over jou met dit nieuwe project. Ik wil niet dat je gekwetst wordt.'

'Ik word niet gekwetst. Ik ben groot en sterk.'

'Ja, vast.' Ze stapte in. 'En laat je haar groeien.'

'Dag, Olivia.'

'En verf het in een echte kleur.'

'Dag, Olivia!'

'Ik stuur je wat kleren. Maatje 36, 38? Je zult er nog van staan te kijken hoe anders mensen je dan benaderen.'

'Daaag, Olivia!'

Olivia lachte en startte de auto. 'Oké, oké, ik ga al. Geef Eve een kus van me!' De kiezels schoten onder de wielen vandaan toen ze gas gaf. Ze draaide de weg op, toeterde tweemaal en scheurde weg.

Rosalind kreunde. Hoeveel mensen zouden van die claxon wakker geworden zijn? De dichtstbijzijnde buren woonden honderden meters verderop in het bos, maar in deze opvallende stilte droeg het geluid erg ver.

Ze ging weer naar binnen en zette nieuwe koffie, die wél voor menselijke consumptie geschikt was. Sinds de dood van hun moeder was Rosalind de enige uitslaper in de familie. Eve zou zo wakker zijn, ook als ze niet wakker was geworden van het getoeter. Een goed ontbijt voordat ze aan haar lange reis naar Boston begon, waar ze voor een architectenbureau werkte dat hotels ontwierp, zou haar goeddoen. En haar misschien in de juiste gemoedstoestand brengen om Rosalinds plannen te accepteren.

Rosalind wierp een blik in de kasten en vond een ongeopend pak pannenkoekenmix dat er nog goed uitzag. Ze volgde de gebruiksaanwijzing voor het beslag en haalde uit een kast een grillpan die vermoedelijk meegeleverd was bij Laurens chique fornuis, want hij paste precies op het ovale vijfde pitje. Ze zette hem op het vuur en pakte vervolgens een koekenpan. In een kom brak ze vier eieren en klutste er een scheut melk en wat zout doorheen om roerei te maken zodra haar zus beneden kwam.

Het beslag siste in de pan. Terwijl de eerste pannenkoek gaar werd, sneed ze een zoete perzik in stukjes en deed er bosbessen uit de streek bij, die klein maar fijn waren, en lekkerder dan welke andere bessen ook. De pannenkoeken die klaar waren, legde ze op een metalen schaal in de oven om ze warm te houden.

Ze schonk net het laatste beslag in de pan toen ze boven Eves voetstappen hoorde. Tegen de tijd dat haar zus beneden verscheen, verfomfaaid en slaperig, in een versleten grijs T-shirt en een donkerblauwe joggingbroek, was Rosalind roerei aan het bakken.

'Mmm, dat ziet er goed uit. En ook nog fruit! Dank je wel.' Eve geeuwde en wreef over haar heup. 'Is er ook geroosterd brood?'

'Nee. Iets beters.' Rosalind deed de oven open. 'Pannenkoeken.'

'O, je bent een heldin, dank je wel.' Eve schonk zichzelf een kop koffie in. 'Is Olivia goed vertrokken vanochtend?'

'Ja. Ze ging zelfs min of meer op tijd weg.'

'Mooi zo.' Eve ging aan het kookeiland zitten en hield haar beker met beide handen vast. 'Hopelijk is het verkeer naar Bangor te doen.'

'Ja, ik hoop het ook.' Rosalind schonk ahornsiroop in een kannetje en zette het in de magnetron om het op te warmen. 'Hebben Mike en jij nog leuke plannen deze week?'

'Nee.' Eve sneed een flinke klont boter af en smeerde die op haar stapel pannenkoeken. Als Rosalind zoveel boter gebruikte, zou ze na haar laatste hap twee kilo zwaarder zijn. Eve zou waarschijnlijk afvallen door de lichaamsbeweging van het smeren. 'Geen enkel plan.'

'Dat klinkt spannend.'

'Niet echt.'

Rosalind keek naar haar zus. Die verveelde toon beviel haar niet. 'Waarom verzin je niet iets? Probeer een nieuw restaurant uit of zo.'

'Daar heeft Mike vast geen zin in.' Ze schonk siroop over haar pannenkoeken, die over de rand van haar stapel stroomde.

'Waarom niet?' Rosalind ging op een stoel tegenover haar zitten. Mike was best een aardige man, maar niet heel spannend. 'Wat is er loos?'

'Hij wil bijna nooit meer ergens heen. Of iets doen.' Eve prikte met haar vork in de druipende pannenkoek. 'Het is moeilijk in de zomer, wanneer hij niet werkt.'

Dat klonk niet goed. 'Is hij depressief? Vindt hij lesgeven niet meer leuk?'

'Misschien allebei.'

Rosalind at fronsend van haar roerei en dacht na of ze iets kon doen. 'Ben jíj depressief?'

'Misschien.'

'Eve.' Ze legde haar vork neer. Hoe was het mogelijk dat ze niets aan haar zus had gemerkt? 'Waarom heb je niets gezegd?'

'Dat leek me niet nodig. De familie heeft op z'n zachtst gezegd al genoeg op zijn bord.'

'Wat ga je doen? In therapie? Pillen?'

'Weet ik nog niet. Ik begin het nu pas te beseffen. Depressie is een sluipmoordenaar, weet je. Eerst maakte ik mezelf wijs dat we drie jaar samen zijn en dat de passie dan nu eenmaal uitdooft en zo. Toen maakte ik mezelf wijs dat ik tevreden was, niet verveeld. Rust, geen stagnatie. Tig andere redenen voor lethargie. En werk is werk. Ik had verwacht dat ik onderhand wel promotie zou hebben gekregen. Volgend jaar word ik dertig en ik ontwerp nog steeds badkamers en liftschachten. Noodzakelijk, belangrijk, maar...'

'Je bent toe aan verandering.'

Eve rolde met haar ogen. 'Dat zeg je altijd.'

'Ik meen het. Nieuwe baan, nieuwe vriend, nieuwe woonplaats, nieuwe wat dan ook.'

'Dat is altijd jouw oplossing. Niet gelukkig? Loop dan gewoon weg!'

'Ik loop niet weg. Ik wil gewoon niet gevangenzitten op een plek die niet goed voor me is of niet bij me past. En ik weet trouwens best dat Olivia en jij mijn manier van leven maar niks vinden. Dat hoef je niet steeds te benadrukken.'

Eve keek op van haar pannenkoeken. 'Sorry.'

Rosalind moest wegkijken. Iemand confronteren was altijd moeilijker dan het maar slikken, zoals ze meestal deed. Ze had een punt gemaakt en nu was zíj degene die zich wilde verontschuldigen. 'Ik weet dat je probeert te helpen. Denk gewoon na over wat ik heb gezegd. Misschien helpt een schop onder je kont. Ga een cursus doen, neem een puppy om Marx gezelschap te houden, verf je appartement paars. Iets nieuws.'

'Misschien heb je gelijk.'

'Natuurlijk heb ik gelijk!' Rosalind grijnsde en nam nog een pannenkoek, ondertussen glurend naar haar zus, wachtend op het juiste moment. 'Ik... Ik zit te denken om dat van mama verder uit te zoeken.'

'Dat gevoel had ik al, ja.'

'Ik wil zeker weten of ze die aandoening had, en zo ja, hoe we dan geadopteerd zijn en – voor mezelf in ieder geval – van wie.'

'Oké.' Eve legde haar vork neer en pakte haar koffie op. 'Waarom?'

'Als ik niet van papa en mama ben, van wie ben ik dan? Lijk ik meer op die mensen? Weten ze van mijn bestaan? Zijn ze naar me op zoek geweest?'

'Waarom alleen jij? Misschien zijn ze ook onze ouders.'

'Nee.' Rosalind schudde haar hoofd. 'Dat denk ik niet.'

'Oké.' Eve nam een slok. 'Ik luister.'

'Moet je ons nou zien. We zijn fysiek verschillend, qua temperament verschillend, verschillend in hoe we dingen leren en verwerken.'

'Dat is geen bewijs, maar het is inderdaad wel waar.'

'Ik wil bewijs.' Rosalind nam nog een hap van haar roerei. 'Ben jij niet nieuwsgierig?'

'Ik heb er bijna de hele nacht aan liggen denken. Ik denk wij alle drie.'

'Olivia wilde het niet toegeven.'

'Nee, nog niet. Geef haar wat tijd.' Eve zette haar koffie neer en legde haar onderarmen op tafel. 'Ik begrijp waarom je het wilt weten, Rosalind. Maar ik ben bang dat je gekwetst zult worden.'

Rosalind wees op haar eigen, stevige lichaam. 'Zie ik eruit alsof ik van watten en tandenstokers gemaakt ben?'

'Je zult de Hearts niet vinden. Onze familie was gestoord, maar dat geldt ook voor –'

'Meen je dat nou?' Rosalind legde haar vork neer om te voorkomen dat ze hem in de hand van haar zus zou steken. 'De Heart Family is speelgoed. Een fantasiespel. Denk je dat ik dat niet wist?'

Eve haalde haar schouders op. 'Even een theorie uitproberen.'

'Ik ben niet op zoek naar de Heart Family. Het lijkt me vreselijk, al dat middelmatige, dat voorspelbare.' Rosalind huiverde op een komische manier. 'Al dat roze, witte en blauwe plastic!'

'Oké. Wat wordt je eerste stap?' Eve pakte de koffiekan en schonk zichzelf bij. 'Ga je met Lauren praten?'

'Ik weet niet waar ik anders moet beginnen. Papa kan ik het niet vragen. Als hij van slag raakt, kan het zijn dood worden.'

'Je zou kunnen wachten tot hij zich beter voelt.'

'Eh...' Rosalind keek om zich heen, floot en tikte op het aanrechtblad.

Eve schoot in de lach. 'Je wilt niet wachten.'

'Natuurlijk niet. Ik moet het nu weten.'

'Zo ken ik mijn bedaarde, geduldige zus weer.'

Rosalind schepte nog wat meer ei op haar vork en keek toen opeens op. 'Hé! Weet je wat?'

'O jee.' Eve kneep haar ogen tot spleetjes. 'Ik word bang van die blik.'

'Op zoek gaan naar je biologische ouders is misschien juist iets wat jij ook moet gaan doen.'

'Of juist niet. Misschien kom ik wel uit een familie van depressieve seriemoordenaars.'

'Dan zijn het in elk geval lange, knappe, depressieve seriemoordenaars. Ik stam waarschijnlijk af van een geslacht van trollen.'

'Ik meen het, Rosalind. Ons gezin had veel erger gekund.'

‘Dat is waar. Denk ik.’ Rosalind zette haar bord in de gootsteen en draaide zich toen om. ‘Wacht, echt?’

‘Ha!’ Eve stond op en rekte zich grijnzend uit. ‘Ik moet gaan. Dank je wel voor het ontbijt.’

‘Graag gedaan. Ik doe de afwas wel. Jij hebt gisteravond het meeste gedaan.’

‘Weet je het zeker? Ook bedankt daarvoor dan. Wanneer ga je met Lauren praten?’ Ze stak onmiddellijk haar hand op. ‘Wacht, ik weet het al. Zodra ik de deur uit ben.’

‘Zo ongeveer.’

Nog steeds glimlachend schudde ze haar hoofd. ‘Als je haar maar niet ook een beroerte bezorgt.’

‘Niets brengt haar van haar stuk. Ze is de meest gelijkmoedige persoon die ik ooit heb ontmoet.’

‘Dit is wel vrij heftig. Let op. Op jezelf, bedoel ik.’ Ze omhelsde Rosalind en pakte haar koffie.

‘Beloofd.’

‘Ik ben zo terug.’ Eve ging naar boven en Rosalind ruimde de keuken op. Ze hield zielsveel van haar zussen, maar soms had ze het gevoel dat ze vier ouders had. Vijf, als ze Lauren meetelde. En ging ze er nu nog twee aan toevoegen?

Eve kwam weer naar beneden met haar bescheiden logeertas, en Rosalind liep met haar mee naar haar gestroomlijnde mosgroene Mercedes, die Eve had gekocht toen ze ging studeren. Hij was tien jaar oud, maar zag er nog gloednieuw uit, wat volgens Eve kwam doordat ze hem weigerde te gebruiken in Boston, dat berucht was om zijn gestoorde weggebruikers.

‘Goede reis.’ Ze omhelsde Eve stevig.

‘Bedankt.’ Eve stapte in en draaide het raampje omlaag. ‘Ik probeer over een paar weken terug te komen om verder te helpen. Succes met je onderzoek. Bel me als je iets ontdekt waar je van schrikt. Of gewoon om te zeggen hoe het gaat.’

‘Doe ik, bedankt.’ Rosalind merkte nu pas hoe gespannen ze was over het idee om dit alleen te gaan doen, en ze voelde dankbaarheid en opluchting bij Eves aanbod.

'Tot ziens!' Eve reed langzaam achterwaarts de oprit af en zwaaide met haar lange, elegante arm uit het raam voordat ze vrijwel geruisloos tussen de bomen verdween.

Rosalind sloeg haar armen om zich heen en bleef de auto nakijken, ook toen hij allang uit het zicht verdwenen was. Het was verstandig van haar geweest om haar zussen persoonlijk te benaderen, en nog verstandiger om ze afzonderlijk te spreken, zodat ze niet tegen haar en elkaar konden samenspannen. Ze had de toestemming die ze wilde. Nu stond ze voor de monumentale taak om te ontdekken of haar ouders hadden gelogen, en zo ja, om een heel nieuw beeld te scheppen van haar familie en waar ze vandaan kwam.

Och. Hoe moeilijk kon het zijn?

Ze lachte kort, draaide zich met tegenzin om en liep terug naar het veel te stille huis.

Hoofdstuk 3

15 februari 1967 (woensdag)

Ik denk niet meer aan dat gedoe met de dokter. Dat weiger ik gewoon. Ik heb geen kanker en daarmee uit. Ik voel me te goed om ziek te zijn, ik zit vol energie en slaap goed. Geen symptomen. Het is onmogelijk.

De repetities voor Guys and Dolls *gaan onwijs goed! Ik ben hiervoor in de wieg gelegd, ik weet het zeker. Het voelt alsof er op het podium een ander iemand in mij tot leven komt, iemand die niet onder de plak zit bij haar bekrompen ouders, in dit saaie dorp, dit gekooide leven. Iemand met een diepe behoefte om te stralen, ergens ver hiervandaan, die groots en meeslepend wil leven. Het klinkt misschien verwaand, maar dit is mijn dagboek en hier kan ik eerlijk zijn en hoef ik me geen zorgen te maken over hoe ik klink. Maar voor het geval dat iemand dit ooit leest… misschien ben ik wel een ster geworden en vind je mij geweldig en heb je na mijn dood mijn dagboek op een veiling gekocht? Hallo daar, ik weet dat ik verwaand klink, maar dat maakt me niet uit! Ik ben zo ontzettend blij dat ik iets heb waar ik goed in ben, waar ik speciaal in ben. Sarah Brown is een rol die ik speel, maar voor mij is ze echt. Ik voel haar, elke kant van haar, zowel het vrome, brave meisje als de vrije geest die los wil breken. Voor mij is ze echt en ook echt een deel van mij.*

Behalve dan dat zij vast precies op het juiste moment ongesteld werd.

De glazen schuifdeuren gingen open en Rosalind liep de lobby van Pine Ridge binnen, waar het vaag rook naar wat de bewoners als lunch hadden gegeten of wat ze voor avondeten zouden krijgen. Het verzorgingstehuis lag ten zuidoosten van Blue Hill boven op een kleine heuvel met een prachtig uitzicht op de andere kant van Mount Desert Island dan die de zussen op Candlewood Point konden zien. Als je dan toch in een verzorgingstehuis moest wonen, kon het niet in een mooiere omgeving dan hier.

Onderweg had ze een bezoek gebracht aan de bibliotheek van Blue Hill en had ze op de computers op de eerste verdieping meer informatie gezocht over het compleet androgeen ongevoeligheidssyndroom. Het misselijke gevoel dat haar borst en buik in bezit had genomen terwijl ze naar het beeldscherm tuurde, was met haar meegereisd hiernaartoe.

Vrouwen met dit syndroom kregen normale vrouwelijke trekken, net als mama. Ze voelden zich voor het merendeel ook vrouw, en de verdeling tussen hetero's en homo's was hetzelfde als in een normale populatie. Maar de meisjes werden zonder vrouwelijke voortplantingsorganen geboren en met niet-ingedaalde teelballen, die bij het begin van de puberteit verwijderd moesten worden om de kans op kanker te voorkomen. Ze hadden doorgaans geen schaamhaar en geen volledig gevormde vagina, die om een penis te kunnen toelaten geleidelijk moest worden opgerekt met steeds grotere dilatators. Dat proces duurde enkele maanden.

Mijn god.

Het bleef moeilijk te bevatten. Jillian Croft was zo ongeveer de belichaming van vrouwelijke seksualiteit geweest, zo'n vrouw die iedereen, man of vrouw, homo of hetero, aan het stotteren en blozen bracht door alleen maar te vragen hoe laat het was. Grote lichtbruine ogen die ze als wapen inzette, een aanstekelijke, stralende glimlach, een rijke, melodieuze en enigszins omfloerste stem, en de neiging om haar hoofd een beetje schuin te houden wanneer ze iets zei, wat zowel geoefend als kwetsbaar overkwam. Zelfs haar normale houding straalde sensualiteit uit: één heup naar voren gestoken, de rug licht gekromd, alsof ze voortdurend poseerde op de rode loper.

Was deze vrouw geboren met testikels?

Maar toen de diagnose gesteld werd, was de betoverende Jillian Croft nog Sylvia Moore, een tiener die tegen de wens van haar ouders in de bus had gepakt van Maine naar Manhattan en zonder hun medeweten rondhing bij de Stella Adler Studio of Acting, totdat Daniel Braddock, die destijds tegen de dertig liep en daar lesgaf, haar opmerkte. 'Ze was niet over het hoofd te zien,' zei haar vader altijd, waarop haar moeder dan moest glimlachen en Rosalind haar best moest doen om niet over haar nek te gaan.

Volgens het medisch document was Sylvia Moore op haar achttiende 'nog niet op de hoogte van haar aandoening'. Hun moeder had tegen Olivia gezegd dat haar littekens kwamen door de verwijdering van goedaardige tumoren, wat haar misschien als meisje was verteld in plaats van de waarheid. De operatie betekende dat ze naar een dokter was geweest vóór haar afspraak in januari 1969, een dokter die bekend was met haar aandoening en de juiste medische maatregelen nam.

Het was niet te geloven dat zowel die arts als haar eigen moeder niet aan Sylvia had uitgelegd wat er echt met haar lichaam aan de hand was en waarom ze niet in de puberteit kwam net als ieder ander meisje. Rosalind wilde naar oma Betty rijden en haar eens flink de waarheid zeggen. Hoe kon je dat je dochter aandoen?

Helaas was haar moeder niet de enige tegen wie gelogen was. Op een website voor patiënten vond Rosalind talloze hartverscheurende getuigenissen van vrouwen van haar moeders generatie en jonger, met verhalen over vervreemding, angst, depressie en zelfhaat. Ze wisten dat ze anders waren dan andere meisjes, maar bij de dokter werden ze betast, gefotografeerd en bekeken als excentriekelingen, in plaats van dat ze informatie, medeleven, advies of ondersteuning kregen. Rosalind hoopte maar dat de zorg na de diagnose inmiddels verbeterd was.

Bij de balie meldde ze zich aan als bezoeker, en bij 'doel van het bezoek' tekende ze voor de grap een paar hartjes. Alles was beter dan toegeven dat ze hier was om haar stiefmoeder te vragen wat ze wist over Jillian Croft en haar genderprobleem.

'Hallo.' De receptioniste begroette haar met een welgemeende glimlach. De glimlach, die ook op de lippen lag van de meeste andere medewerkers en bewoners, had de gezusters Braddock over de streep getrokken bij de vraag of hun extreem onafhankelijke vader zou kunnen aarden in Pine Ridge. 'Fijn dat de mist is opgetrokken.'

'Ja. Daar hebben we wel genoeg van gezien.' Rosalind legde de pen neer, liep over de paars-turquoise vloerbedekking van de gang en nam de lift naar de verpleegafdeling, waar mensen lagen die op weg waren naar de dood of juist herstelden van een ernstige ziekte of aandoening. De medewerkers deden wat ze konden om het er zo comfortabel en gezellig mogelijk te maken, maar het bleef een deprimerende omgeving vergeleken bij de ruime appartementen en knusse huisjes voor mensen die nog zelfstandig konden wonen. Het huisje dat haar vader en Lauren aanvankelijk op het oog hadden, was niet op korte termijn beschikbaar na papa's beroerte, maar Lauren kon terecht in een vrijwel identiek huis dat was vrijgekomen.

'Vrijgekomen' was een eufemisme voor het verdriet van een andere familie.

Rosalind bleef trillend van de zenuwen voor de deur van haar vaders kamer staan. Ze hield zichzelf voor dat zelfs als Daniel Braddock niet haar biologische vader bleek te zijn, hij altijd papa zou blijven, en Jillian Croft altijd mama. Dat hij en haar moeder misschien gegronde en onweerlegbare redenen hadden gehad om hun dochters niet de waarheid te vertellen, en dat ze het ooit misschien zouden begrijpen.

Als ze dat maar vaak genoeg tegen zichzelf zei, was het heel goed mogelijk dat ze het uiteindelijk zou geloven.

Tot nu toe echter nog niet. Zelfs na uren proberen kon ze geen enkele reden bedenken waarom ze haar en haar zussen niet de waarheid hadden verteld, behalve hun gigantische ego. Ofwel haar moeder kon het niet hebben dat iedereen wist dat ze onvruchtbaar was, ofwel haar vader kon het niet hebben dat iedereen wist dat hij zijn vrouw niet kon bezwangeren. Of allebei.

Haar vader zat vandaag rechtop. Hij zag er klein en mager uit in zijn ziekenhuisbed en staarde aandachtig naar zijn echtgenote, die net iets tegen hem had gezegd wat hij probeerde te begrijpen. Het was geen lange man – één meter zeventig ongeveer, korter dan haar moeder, die bijna één tachtig was, zeker als ze hoge hakken droeg –, maar bezat een brede borstkas en een imposante persoonlijkheid. Voordat Rosalind ging studeren en met een objectievere blik weer thuiskwam, had ze hem geweldig gevonden. Geweldig irritant, meestal. Haar vader geloofde dat er maar één juiste manier was om iets te doen of te vinden, en uiteraard beschouwde hij zichzelf als een van de weinigen die wisten wat die manier was.

'Hallo, papa. Ha, Lauren.'

Haar vader draaide zijn hoofd en keek haar met merkwaardig lege, donkere ogen aan. Rosalind kon nog steeds het beeld van deze verzwakte man in een ziekenhuisbed niet rijmen met de knappe, levendige tiran uit haar jeugd. Hoe vaak ze ook met hem overhoop had gelegen in haar leven, toch had ze het gevoel dat ze hem moest beschermen, alsof het haar taak was om te zorgen dat hij blij en gezond bleef.

'Hallo,' bracht hij moeizaam uit.

'Hoe voel je je vandaag?'

'Goeh.'

Dat betekende 'goed'.

'Het gaat beter vandaag. Hij zit rechtop.' Lauren knikte. Ze knikte heel vaak. Ze deed Rosalind denken aan van die poppetjes met wiebelhoofdjes die je vaak op de hoedenplank van auto's zag. Ja, ja, ja, ja.

Haar vader had Lauren aan zijn dochters voorgesteld niet lang nadat hun moeder was overleden. In elk geval niet lang genoeg, wat de zussen betreft: iets meer dan een jaar – nauwelijks lang genoeg om bij te komen van de schok en het verdriet. Hun vader was veel te uitbundig geweest bij het voorstelrondje; Rosalind begreep nu dat het door de zenuwen kwam, maar destijds leek zijn vrolijkheid hun alleen maar in te wrijven dat hun bijzondere moeder vervangbaar was. De zussen hadden naast elkaar gestaan: Eve nors, Olivia spottend, Rosalind haar best doend om te glimlachen, terwijl ze eigenlijk wilde schreeuwen en modder wilde gooien op Laurens degelijke schoenen. Lauren had daar roerloos gestaan, haar ogen knipperend achter haar bril, en naar hen alle drie geknikt. Haar kleurloze passiviteit en glamourloze omarming van de middelbare leeftijd hadden de dochters verbijsterd. Hun vader was met een vriendin op de proppen gekomen die de tegenpool was van hun extravagante moeder. Hij had waarschijnlijk rust nodig na zijn huwelijk met wervelwind Jillian Croft, maar voor zijn dochters stond Lauren gelijk aan een afwijzing van de moeder die ze aanbeden hadden. Olivia had het Lauren en haar vader nog steeds niet vergeven. Rosalind bijna. Eve kon het allang niets meer schelen; dat beweerde ze tenminste.

'Weten ze al wanneer je hier weg mag en bij Lauren in het huis kunt gaan wonen?'

Haar vader keek haar uitdrukkingsloos aan. Rosalind zuchtte. Dat was ze vergeten. Alweer.

'Langzaam,' zei Lauren. 'Hij kan het nog niet bijhouden. Probeer dat te onthouden.'

'Ja.' Rosalind ging op de rand van het bed zitten, waarvan de zijsteunen als slappe bretels omlaaghingen. 'Weten... ze... al –'

'Nog een paar weken,' zei Lauren stijfjes. 'Dan kan hij bij mij in het huis komen wonen, maar wel met 24 uurszorg.'

Bedankt, Lauren, dacht ze hatelijk. De eerste indruk van haar stiefmoeder was die van een bleke, mollige, onderdanige vrouw, maar wel met stiekeme passief-agressieve trekjes. 'Dat is fijn, papa. Het is... veel... comfortabeler... in het huis.'

'Ja.' Met een grimas zei hij: 'Dit is... zonder waarde.'

'Zonder waarde?' vroeg Rosalind voorzichtig.

'Waardeloos, bedoelt hij.'

'Ja, inderdaad.' Rosalind grinnikte, blij dat haar vader vandaag wat spraakzamer was. 'Maar je blijft hier niet lang meer.'

Haar vader kneep zijn ogen tot spleetjes. 'Want... anders.'

Ze kreeg een brok in haar keel en kneep zachtjes in zijn hand, getroost door de relatieve gewoonheid van hun gesprek. Haar onderzoeksplannen van vandaag leken even ver weg, een filmscript. 'Want anders' was in haar jeugd het eeuwige dreigement van haar vader geweest, een zin die nooit afgemaakt werd en ook niet afgemaakt hoefde te worden. Toen zijn dochters te oud werden voor dreigementen, werd de kreet een grapje in de familie: 'Want anders.'

'Hoe is het in het huis?' vroeg Lauren. 'Zijn jullie al bijna klaar?'

'Het schiet op. Maar het is een flinke klus.' Rosalind keek naar de grof geweven lakens op het bed. Een flinke klus, maar het enige waar ze aan kon denken, was dat ene stukje papier dat er niet had moeten zijn.

'Begin... boven. Eén Rome tegelijk.'

Ze grinnikte omdat haar vader zelfs vanuit zijn ziekenhuisbed nog de boel wilde regisseren. 'Eén Rome maakt nog geen zomer.'

'Je brengt hem in de war.' Lauren legde haar hand beschermend op het matras bij zijn been. 'Daniel, luister maar niet...'

'Zwaluw.' Hij knikte goedkeurend, waardoor hij Rosalind zoals altijd het gevoel gaf dat ze de loterij had gewonnen. Papa's plechtige goedkeuring. Zou ze daar ooit ongevoelig voor worden?

Er werd geklopt. Een grote vrouw met een heel ouderwets kapsel kwam zonder een reactie af te wachten binnenlopen. Er hing een frisse bloemengeur om haar heen. 'Hallo, Mr Braddock. Ik zie dat u vandaag weer familie op bezoek hebt. Wat leuk. Het is tijd voor uw logopedie.'

Haar vaders gezicht betrok. 'Later.'

'Ik weet dat u het niet zo leuk vindt. Het spijt me. Maar als u uw best doet, kunt u binnenkort weer goed praten.'

Rosalind greep haar kans. 'Lauren, zullen wij even koffie gaan drinken terwijl papa logopedie heeft?'

'Goed.' Ze gaf haar echtgenoot een zoen op zijn voorhoofd. 'Ik ben zo terug. Wees lief voor Clarissa. Ze wil je alleen maar helpen.'

'Onze.'

Rosalind trok haar wenkbrauwen op. 'Onze?'

Lauren dirigeerde haar de kamer uit en liep achter haar aan naar de steriele gang. 'Hij bedoelt onzin.'

Rosalind schoot in de lach. 'Je hebt kennelijk alle tijd gehad om zijn taal te interpreteren.'

'Ja.' Lauren zei verder niets meer, tot ze tegenover elkaar zaten in het café beneden, dat zowel voor bewoners als voor bezoekers van Pine Ridge bedoeld was. Rosalind was gewend geraakt aan haar vele stilzwijgen. Soms maakte ze een zin niet af en pakte ze hem dan minuten later pas weer op, wanneer Rosalind allang vergeten was waar ze het over gehad hadden. 'Het valt niet mee.'

'Dat kan ik me voorstellen.' Rosalind gebaarde met haar kop koffie. 'Zijn beroerte, jouw overhaaste verhuizing hierheen, het leegruimen van het huis aan ons overlaten. En nu moet je papa's woorden begrijpen alsof hij een peuter is.'

Lauren haalde haar schouders op en keek weg. Ook aan die gewoonte was Rosalind gewend geraakt, en ze volgde niet langer haar blik om te zien wat haar aandacht had getrokken. 'Ja, misschien wel.'

'Wat ik me afvraag…' Rosalind legde haar hand op het tafelblad vlak naast de arm van haar stiefmoeder. 'Heb jij ooit kinderen gewild? Van jezelf, bedoel ik?'

'Nee.' Lauren keek opnieuw weg, deze keer nog iets sneller. Vlak boven het openstaande knoopje bij haar kraag begon haar hals rood te kleuren; die kleur zou zich snel verspreiden, een teken dat ze zich niet op haar gemak voelde.

'Het zal niet makkelijk geweest zijn om ons drieën er opeens bij te krijgen,' zei Rosalind op rustige toon. Ze voelde zich schuldig dat ze Lauren emotioneel belastte voor haar eigen doeleinden. Maar het was beter dan haar zomaar ineens te overvallen met vragen over haar moeders inwendige organen. 'Olivia, Eve en ik waren aan het praten, en toen viel het ons op dat onze moeder nooit veel heeft gezegd over onze geboorte.' Dat was gelogen. Jillian had herhaaldelijk tot in detail uitgeweid over alle drie de bevallingen, wat achteraf bezien, nu Rosalind haar twijfels had, verdacht overdreven overkwam. 'Heeft papa jou ooit iets verteld over –'

'Natuurlijk niet. Waarom zou hij?' Lauren keek weer naar Rosalind. De rode vlekken zaten nu bijna bij haar kin en zouden snel zichtbaar worden op haar wangen, haar voorhoofd en de hoofdhuid onder haar peper-en-zoutkleurige haar. 'Daar had ik niets mee te maken.'

'Dat is waar.' Ze had de verkeerde tactiek gekozen. 'Wat ik eigenlijk wil vragen, is... heeft papa ooit gezegd dat onze moeder vruchtbaarheidsproblemen had?'

'Hoe bedoel je? Wat bedoel je daarmee?' Lauren keek haar strak aan met haar bleekblauwe ogen, die vergroot werden door haar bril met zilverkleurig plastic montuur. Haar hand op tafel begon te trillen. 'Waarom vraag je dat aan mij? Hoe kom je daar opeens bij? Waarom nu?'

Rosalinds hart begon te bonzen. Ze moest niet zo in haar koffiekopje knijpen. Een van hen moest kalm blijven tijdens dit gesprek, en het leek erop dat zij diegene zou zijn. 'Omdat we in de dozen op zolder iets gevonden hebben wat wijst op dat soort problemen. Mama heeft nooit iets gezegd –'

'Dat moet je maar aan je vader vragen. Niet aan mij. Maar vraag het niet nu. En ook niet binnenkort. Pas wanneer hij beter is. Nee, ook dan nog niet. Laat het los. Laat het gewoon zitten. Wat heeft het voor zin?' Lauren stond op en keek verlangend naar de uitgang.

Rosalind perste haar lippen op elkaar om niet tegen haar stiefmoeder te gaan gillen. Ze hield zichzelf voor dat Lauren al wekenlang onder enorme druk stond en dat het egoïstisch van haar was om haar op dit moment hiermee te confronteren. Tegelijkertijd had ze vurig gehoopt dat Lauren het hele mysterie overtuigend zou ontkrachten of uitleggen. 'Het is nogal belangrijk,' zei ze. 'Het zou betekenen dat we alle drie zijn geadopteerd, wat nogal een mededeling is op onze leeftijd. Als jij me zou kunnen helpen –'

'Ik moet terug naar boven. Daniel wordt steeds boos op de logopediste. Hij vindt het stom dat hij moet leren praten. Ik moet haar even gaan helpen.'

'Lauren...' Wilde ze nu doen alsof ze doof was?

'Het spijt me, Rosalind, ik kan je niet helpen.' Ze bedankte Rosalind voor de koffie en vertrok zonder hem op te drinken.

Shit. Er leek iets te zijn veranderd aan Rosalinds zicht: alles leek een glanzende, fonkelende aura te hebben. Haar oren tuitten en ze ademde kort en snel. Laurens reactie bevestigde het. Het document moest wel echt zijn. Jillian Croft kon geen kinderen krijgen.

Ha! Ze had gedacht dat ze hierop voorbereid was. Dat zij van de drie zussen de enige was die in staat was om deze informatie relatief rustig te verwerken.

Ze had het mis. Een betekenisloze lettergreep brak uit haar los, te hard, wat de aandacht trok van bewoners, sommigen met hun vork halverwege hun mond. Ze probeerde te glimlachen om te laten zien dat alles met haar in orde was, dat ze alleen een beetje gek deed.

En opeens werd ze ziedend. Trillend en ziedend, alsof een ander wezen bezit van haar had genomen. Misschien de duivel. Onvruchtbaarheid was niet iets om je voor te schamen, en adoptie ook niet, als je geen kinderen kon krijgen en voor die weg koos. Maar in Rosalinds wereldbeeld moest je je doodschamen als je niet één keer, maar drie keer een kind adopteerde, en niet alleen naliet om dat aan je kinderen te vertellen, maar zelfs je uiterste best deed om tegen hen te liegen, en een overvloed aan verzinsels bedacht om te bewijzen dat ze je eigen kinderen waren, terwijl dat niet zo was.

Verdomme, mama. Dat was nog egoïstischer, melodramatischer

en wreder dan Rosalind ooit van haar egoïstische, melodramatische moeder had verwacht. Erger dan haar woedeaanvallen en haar paranoia, haar gesmijt met voorwerpen en beschuldigingen. Erger dan de dagen dat ze vrijwel roerloos in bed lag, wegzakkend in een depressie, haar dochters de stuipen op het lijf jagend, terwijl ze alleen maar haar pillen hoefde te slikken om als moeder en mens te blijven functioneren. Zelfs nog erger dan de dag dat Rosalind de donkere slaapkamer van haar moeder was binnengeslopen om *Max en de Maximonsters* voor te lezen, aangezien haar moeder dat altijd aan Rosalind voorlas wanneer ze zich niet lekker voelde, en haar moeder haar had gezegd dat ze *Max en de Maximonsters* niet wilde horen. Toen Rosalind wilde vragen welk boek ze dan wilde horen, had haar moeder gezegd dat ze alleen maar dood wilde.

Rosalinds woede richtte zich ook op haar vader, want haar moeder had dit onmogelijk kunnen doen zonder de hulp van haar vader. Het zou Rosalind zelfs niet verbazen als hij achter het hele complot zat. Haar moeders organisatorische kwaliteiten waren volstrekt ontoereikend voor een dergelijke operatie. Papa stond altijd voor haar klaar, alsof haar bipolaire stoornis zijn fout was, praatte altijd zowel haar gedrag als zijn toegeeflijkheid goed, zonder ooit acht te slaan op wat het voor zijn dochters betekende.

Maar hij was de poppenspeler, die van een naïef dorpsmeisje een internationale ster had gemaakt. Het was niet meer dan logisch dat hij de drijvende kracht achter deze hele babyaanschaf was, en zo zijn mooie echtgenote opnieuw alles gaf wat ze maar wilde, waarmee hij tegenover de buitenwereld het beeld versterkte dat ze op alle fronten op-en-top vrouw was. En tegelijkertijd ook dat hij de enige man was die dit bastion van vrouwelijke perfectie had weten te veroveren, en hij niet één keer, maar wel drie keer voor nageslacht had gezorgd.

Verdomme, papa.

Ze had een halfuur nodig om voldoende tot bedaren te komen om het café uit te kunnen lopen, en vervolgens een kwartier om haar getril zover te laten afnemen dat ze naar huis kon rijden, en daarna nog drie kwartier om op te houden met huilen en de telefoon te kunnen pakken om de praktijk te bellen die op haar moeders diagnose stond. Om het echt zeker te weten. Of omdat ze een masochist was die telkens weer opnieuw een klap wilde krijgen.

'Hallo, ik zou graag de authenticiteit van een document uit uw praktijk bevestigd willen zien. Dokter James R. Winston, 5 januari 1969. De patiënt was Sylvia Moore.'

'Het spijt me, mevrouw, maar zo lang bewaren we onze patiëntgegevens niet.'

'Dat verwachtte ik eigenlijk al. Werkt dokter Winston nog bij u?'

'Nee, mevrouw. Ik werk hier al vijftien jaar en ik heb nog nooit van hem gehoord.'

'Zijn er misschien verpleegkundigen die mogelijk met hem gewerkt hebben, of die me met hem in contact kunnen brengen?'

Er viel een korte stilte die vijandig aanvoelde. 'Moment graag.'

Er klonk een wachtmuziekje, een nietszeggend vrolijk deuntje met een irritante beat eronder, dat ze bijna ondraaglijk vond om aan te horen. Rosalind liep naar de veranda en toen weer naar binnen. Vervolgens weer naar buiten. En weer naar binnen. Ze hoorde een klik.

'Mevrouw? We hebben hier een verpleegkundige die een jaar met dokter Winston heeft gewerkt voordat hij met pensioen ging. Ze zei dat hij een paar jaar later is overleden. Zij werkte hier echter niet in 1969, dus zij kan onmogelijk uw informatie bevestigen.'

'Zou ik haar even mogen spreken?'

'Ze is nu bij een patiënt. Met wie spreek ik?'

Haar eerste reactie was om een valse naam op te geven, maar dit soort informatie zou, als die al vrijgegeven werd, alleen aan naaste familie worden meegedeeld. Het was een risico dat ze moest nemen. 'Rosalind Braddock.'

'En wat is uw vraag precies?'

Rosalind deed haar mond open, maar er kwam geen geluid uit. Wat was eigenlijk haar vraag? 'Ik wil graag weten of het klopt.'

'Of wat klopt?'

Ze sloot haar ogen en haalde diep adem. 'Sorry, ik wist niet dat mijn moeder dit... probleem had. Daarom vroeg ik me af of het mogelijk was dat er door uw praktijk een valse diagnose is afgegeven.'

'Een verkeerde diagnose?'

'Nee, een valse. Op verzoek van de patiënt. Of tegen betaling... of, ik weet niet, een uitzonderlijke omstandigheid.'

Lange stilte. 'Een válse diagnose?'

Rosalind zuchtte. Ze klonk inderdaad belachelijk. 'Laat maar. Het slaat nergens op.'

'Welke diagnose staat er op het document?'

'Compleet androgeen ongevoeligheidssyndroom. Kunt u een bericht achterlaten aan de verpleegkundige die met dokter Winston heeft gewerkt en vragen of ze mij wil bellen?'

Weer een stilte. Rosalind had het gevoel dat ze de irritatiegrens van de verpleegkundige al een hele tijd geleden had overschreden.

'Mevrouw, het zou een ernstige schending van de beroepsethiek zijn als dokter Winston een voormalige patiënt zou hebben besproken met een verpleegkundige die haar niet behandeld heeft en die hier niet eens werkte toen de patiënt hier onder behandeling was. We hechten veel waarde aan de privacy van onze patiënten. Ik ben ervan overtuigd dat de verpleegkundige u niets kan vertellen. Wat uw andere vraag betreft: wij zouden onder geen enkele omstandigheid bewust een valse diagnose of een vals dossier aanmaken of afgeven.'

'Ja. Goed. Dank u wel.' Beschaamd hing Rosalind op. Ze had zich weliswaar onsterfelijk belachelijk gemaakt, maar ze had het tenminste gevraagd en antwoord gekregen, waardoor haar laatste sprankje hoop vervlogen was. Niet vals. Haar moeder had het syndroom echt.

Op de veranda plofte ze neer op de ligstoel waar zij en haar zussen vroeger altijd om vochten, tot hun vader uiteindelijk een rooster opstelde voor wie hem wanneer mocht gebruiken, en dat met een punaise op de balk boven de stoel prikte. De kleine gaatjes zaten er nog steeds in.

De tranen stroomden over haar gezicht. Haar moeder was niet haar biologische moeder. Of die van Olivia. Of die van Eve. Wat betekende dat haar vader ook niet haar biologische vader was. Of die van Olivia. Of die van Eve. Ze kon haar vader er niet mee confronteren vanwege het risico op een nieuwe beroerte, die hij misschien niet zou overleven, iets wat haar overigens eerder die dag geen slecht idee had geleken. Hij had hun de waarheid moeten vertellen. Hij had na de dood van hun moeder jarenlang de tijd gehad. En ervoor ook.

Dit zou niet mogen gebeuren. Niet nu, op haar vierendertigste. Nooit. Ouders moesten hun kinderen vertellen dat ze geadopteerd waren zodra ze in hun nieuwe gezin kwamen, zodat wanneer ze oud genoeg waren om het te begrijpen, de informatie zo'n onlosmakelijk onderdeel van hun identiteit was geworden dat die geen trauma of ellende zou opleveren. Dit was ellendig. En traumatisch.

Vijftien snikkende, snotterende minuten later besloot Rosalind dat het geen nut had om op de verboden stoel te zitten en tegen de oceaan te huilen. Ze had een huis vol troep om door te spitten voordat ze terug kon naar New York en haar geweldig versnipperde leven weer kon oppakken. Driekamerappartement bij Columbus Circle, waarvan ze één kamer had omgetoverd tot schilder- en ontwerpatelier. Eén deeltijdbaan bij Starbucks. Eén lidmaatschap van de sportschool. Twee leesclubs. Eén eindeloos fascinerende stad vol mogelijkheden om te dansen, te eten, concerten te bezoeken en andere dingen te doen.

Haar zussen hadden het mis. Ze vluchtte niet voor het leven; ze leefde juist zoveel ze kon.

Ze wreef met de rug van haar handen haar tranen weg, stond

resoluut op uit haar stoel en liep vastberaden weer naar binnen. Ze keek een halve minuut de woonkamer rond, die bezaaid was met platgetrapte dozen en uitpuilende zakken, en deinsde toen terug. Ze kon het toch niet aan.

In plaats daarvan liep ze de trap op naar het kleine kamertje achter in het huis, niet aan de zeekant, waar mama altijd sliep. Er stonden een tweepersoonshemelbed, een antieke commode en een houten stoel. Er was nauwelijks genoeg ruimte om tussen de meubels door te lopen. De kleine Rosalind had haar moeder weleens gevraagd waarom ze niet in de grote, zonnige kamer aan de voorkant sliep. Haar moeder had haar wang aangeraakt en gezegd dat het knusser en veiliger voelde in dit kleine kamertje, als een muisje in haar nest.

Rosalind vond dat beeld prachtig, ook al begreep ze er destijds niets van. In Beverly Hills had haar moeder een reusachtige slaapkamer gehad, met openslaande deuren met roze gordijnen ervoor, een gebloemde roze sprei op het kingsize bed, een blauw-roze gestreepte bank en bijpassende stoelen, een tafel, een enorm teakhouten bureau, een televisie, een loopband en een kledingkast die even groot was als een gemiddelde slaapkamer. Als je van knusse nestjes hield, waarom sliep je dan het grootste deel van het jaar in een hangar?

Toen ze het schemerige muizenkamertje binnenging, kraakte de gladde, koele houten vloer hier en daar. Voorzichtig ging ze op het bed zitten en liet ze haar benen bungelen, stilletjes hopend dat de geest van haar moeder zou verschijnen en alles zou uitleggen. Jillian Crofts persoonlijke bezittingen waren al lang geleden ingepakt of weggegeven, maar omdat Lauren deze kamer maar niets vond, stamden de meubels en de wandversieringen nog uit de tijd dat haar moeder hier sliep. Ze voelde haar moeders aanwezigheid sterk en keek rond, van het raam naar een aquarel van een zeegezicht van een door haar moeder geliefde plaatselijke kunstenaar, naar de commode, de stoel, het voddenkleed dat ze een keer in de zomer op het Blue Hill Blueberry-festival had gekocht... en weer naar de commode. Opeens kwam er een herinnering naar boven aan haar moeder die haar drie dochters een geheime la liet zien onder in die commode. Ze vertelde hun dat ze daar de in haar ogen bescheiden hoeveelheid sieraden die ze had meegenomen naar Maine bewaarde, zodat niemand ze kon stelen.

Rosalind duwde zich van het bed af en liep naar de eenvoudige kast met drie laden. Ze knielde neer en trok aan de sierlijst onderaan. De gecamoufleerde la gleed met gemak open. Geen vergeten sieraden, alleen schriften, drie stuks, in fletsblauw, -rood en -groen. Ze sloeg het blauwe schrift open. Een oud kasboek, met rijen getallen in haar vaders handschrift. Ze bladerde erdoorheen en keek vluchtig naar de getallen. Betalingen, elke maand, beginnend in 1980, eindigend in december 2003. Daarna niets. Ze bladerde terug naar het begin. Bij het eerste item stond er onder 'begunstigde' iets geschreven – een naam, een bedrijf? –, maar het was dik doorgekrast.

Dit was vreemd.

Ze pakte een ander schrift. Weer een kasboek. Weer een overzicht van betalingen, ook elke maand, beginnend in 1989, eindigend in april 2002. Bij de begunstigde stond een naam: Helen Phillips.

In het derde kasboek stonden opnieuw betalingen, ook weer elke maand. Hier vanaf 1984 tot aan vorige maand, een week voordat haar vader zijn beroerte had. Begunstigde: Leila Allerton. De bedragen waren in alle drie de schriften aanzienlijk en stegen in de loop der jaren gestaag.

Werknemers? Voor welke functie? Waarom lagen die kasboeken hier, terwijl haar vader het hele jaar door accountants en bankiers tot zijn beschikking had? Waarom moesten ze überhaupt iemand in Maine inhuren? Voor zover Rosalind wist, woonde Lauren hier bescheiden, net als de Braddocks in de zomer altijd hadden gedaan, als tegenwicht tegen de excessen van hun leven in LA.

Ze snapte er niets van. Iets illegaals? Minnaressen? Drie maar liefst? Rosalind kon het zich niet voorstellen. Haar vader legde een slaafse toewijding aan den dag voor haar moeder, zelfs in tijden dat ze geen medicijnen nam en een nachtmerrie was om mee samen te wonen. Aan Lauren leek hij even toegewijd.

Ze fronste haar wenkbrauwen. Afpersing? Dat klonk zo melodramatisch, iets wat alleen op tv gebeurde. Tenzij de afpersers op de hoogte waren geweest van haar moeders aandoening.

Misschien waren het verpleegkundigen of artsen van de praktijk waar haar moeder was behandeld, of anderen die op een of andere manier hadden bijgedragen aan de valse zwangerschappen.

Maar waarom waren er twee die geen betalingen meer kregen, de ene sinds kort, de andere al geruime tijd niet meer? Waarom was er één naam doorgekrast? Waren er twee vrouwen overleden? Afgekocht? Hadden ze het opgegeven? Had haar vader ze laten omleggen?

Ze moest lachen, maar hield daar even snel weer mee op. Als je ontdekt had dat je ouders over de meest basale feiten van je bestaan hadden gelogen, ging er een wereld aan afschuwelijke mogelijkheden voor je open.

Nee, geen moord. Haar instinct, dat de mogelijkheid van haar moeders diagnose vrijwel onmiddellijk had aanvaard, weigerde dat idee toe te laten.

Ze staarde opnieuw naar de getallen in de kasboeken. Elke maand hetzelfde bedrag voor iedere vrouw, geleidelijk aan toenemend. Inflatie? Verhoogde eisen? Hadden de drie vrouwen – kon ze er eigenlijk wel van uitgaan dat de doorgestreepte naam ook van een vrouw was? – samengewerkt? Of afzonderlijk?

Haar gedachten bleven in kringetjes rondgaan en leidden alleen maar tot bonkende hoofdpijn en een golf misselijkheid.

Ze legde de kasboeken neer, stond op en haalde diep adem tot haar buik weer tot rust gekomen was. Toen stak ze de gang over naar haar kamer, die uitkeek op de baai, de kamer die ze altijd had gedeeld met Eve, terwijl Olivia de slaapkamer naast haar moeder had. Haar vader had, later met Lauren, de grote kamer aan de zeekant aan het eind van de gang.

Ze voelde zich iets minder verward – al vroeg ze zich af of ze zich ooit niet meer verward zou voelen – en trok haar hardloopschoenen en -kleren aan. Na een glas water gedronken te hebben liep ze de voordeur uit. Toen ze bij de weg door het dichtbegroeide bos kwam, zette ze een drafje in. De lucht was koel en droog, en de zon wierp gevlekte schaduwen op het zand en het grind. De enige geluiden waren die van de vogeltjes en haar voetstappen.

Geleidelijk aan werden haar lichaam en haar stemming lichter en versnelde ze haar pas. Het was heerlijk om even te rennen na dagenlang over dozen gebogen te hebben gezeten, en na alle emoties van gisteren en vandaag. En het was altijd fijn om hier hard te lopen in plaats van op beton en asfalt, of op een loopband die nergens heen ging.

Onder het lopen kwam er een paardenvlieg dreigend rondjes om haar heen zoemen. Rosalind gromde ernaar. Die beesten konden gemeen steken en waren door hun kleine lijfjes moeilijk weg te meppen. Het waren vasthoudende metgezellen. Alleen Eve was het ooit gelukt om er eentje dood of buiten westen te slaan, terwijl Olivia en Rosalind meestal alleen maar gilden en zenuwachtig lachten. Zodra er eentje opdoemde, riepen ze meteen hun zus.

Pas na een kilometer gaf de vlieg het op en kon Rosalind in alle rust verder lopen. Ze eindigde haar rondje met een impulsief sprintje over de oprit. Hijgend liep ze het trapje op naar de glazen veranda, waar ze, ongehinderd door insecten, kon rekken en strekken. Haar hoofdpijn was weg, al zoemde het raadsel van de kasboeken nog wel als een paardenvlieg om haar heen. Jammer dat Eve deze niet kon doodmeppen.

Na het stretchen liep ze met hernieuwde energie naar de woonkamer. Ze sleepte de vuilniszakken naar de oprit, laadde de dozen met herbruikbaar afval in haar gehuurde Silverado-pick-up en reed ermee naar het recyclingcentrum dertien kilometer verderop. Toen ze weer thuis was, maakte ze een keurige stapel van de dozen die ze wilde bewaren of nog moest doorspitten, en zoog ze met een stofzuiger stof en papiersnippers van de versleten Perzische tapijten en de gelakte vurenhouten vloer.

Zo. In een minder chaotische omgeving kon ze alles wat ze had meegemaakt veel rustiger verwerken. Tenminste, dat was het plan.

Na het douchen mengde ze het restant kreeft met mayonaise en smeerde ze het op een paar geroosterde witte broodjes, en ze sloot de maaltijd af met een perzik en een plakje gembercake met een toef slagroom uit een spuitbus. In Beverly Hills hadden ze een kok die voor hen kookte, altijd gezond, altijd met pure ingrediënten, lang voordat gezondheid een hype werd in de keuken. Alleen in Maine mochten de zusjes kant-en-klaarmaaltijden eten met bewerkte ingrediënten. Limonade boordevol suiker, Pop-Tarts als ontbijt, Oreo-koekjes voor de lunch. De kinderhemel.

Toen ze haar solitaire maaltijd ophad, deed ze de kleine afwas en hing ze de droogdoek weer op het rek. Het huis was te stil, te leeg. Als kind was het een zeldzaam geluk geweest als ze alleen was in hun huis in Beverly Hills. Ook in haar New Yorkse appartement vond ze het zalig om alleen te zijn met haar boeken, verf en stoffen. Maar hier alleen zijn voelde verkeerd. Maine stond voor haar gelijk aan samenzijn. Maine betekende het Californische filmsterrenwereldje achterlaten en een normaal gezinsleven hebben. Of in elk geval wat Rosalind als normaal had beschouwd.

Wat een ironie.

Nu verkeerde ze in een schemerzone tussen een familie die zelfs niet aan die naïeve definitie voldeed en een familie die vooralsnog helemaal geen kenmerken had.

Ze overwoog om naar de Anchor Bar te gaan voor een borrel, maar verwierp dat idee al snel. Doorgaans vond ze het leuk om met onbekenden te kletsen, maar ze was bang dat ze vanavond geen luchtig gesprekje kon voeren. Wat in haar hoofd zat, kon ze niet voor zich houden; het zou eruit geperst worden als de lucht in een te hard opgeblazen ballon. 'Mooi weer vandaag, fijn dat de mist is opgetrokken, de kreeften zijn dit jaar wat duurder geworden, mijn moeder had geen baarmoeder.'

Gelaten liep ze de trap op om naar bed te gaan; ze hoopte maar dat door de jammerlijk mislukte slaappoging van afgelopen nacht de slaap nu makkelijker zou komen. Ze wilde net onder de wol kruipen met een boek voor een bijeenkomst van de leesclub die ze waarschijnlijk zou missen, toen de kasboeken in haar moeders kamer om nadere inspectie begonnen te roepen.

Nee! Genoeg emotionele turbulentie vandaag.

Nadat ze tien minuten lang steeds weer dezelfde alinea had overgelezen, gaf ze het op. Ze stampte naar haar moeders kamer, pakte de drie ellendelingen en nam ze mee terug naar haar bed. Telkens weer bestudeerde ze de pagina's, de data, de bedragen, drie namen, eentje doorgekrast. Ze had geen idee wat ze betekenden.

Uiteindelijk legde ze de schriften op haar nachtkastje. Ze deed het licht uit, trok de dekens over zich heen en sloot haar ogen, luisterend naar de golven die op het strand sloegen en de bladeren die ruisten in de wind.

Data, bedragen, namen...

Namen, data, bedragen...

In de baai klonk de spookachtige, galmende roep van de ijsduiker, beantwoord door de triller van een andere ijsduiker. Niet ver van het huis hoorde ze een dier door het bos lopen – geritsel van bladeren, brekende twijgjes. Waarschijnlijk een stekelvarken.

Namen, data, bedragen...

Bedragen... namen... data...

Rosalind sperde haar ogen wijd open. Data.

Ze deed het licht weer aan, pakte de kasboeken en begon koortsachtig de maanden op haar vingers af te tellen, steeds opnieuw om het honderd procent zeker te weten.

1980 tot en met 2003.

1984 tot nu.

1989 tot en met 2002.

De eerste betalingen begonnen een jaar en een maand voordat Olivia werd geboren. De tweede betalingen ongeveer een jaar voor Rosalinds verjaardag. De derde betalingen tien maanden voor die van Eve.

Het verband zou toeval kunnen zijn. Ze zou er volkomen naast kunnen zitten. De data zouden geen enkele betekenis kunnen hebben. Maar als ze gelijk had, en de doorgekraste naam was ook van een vrouw, dan keek ze nu misschien naar de betalingen aan de drie vrouwen die van haar en haar zussen waren bevallen.

Hoofdstuk 4

2 maart 1967 (donderdag)

Ik heb kanker. Ze moeten me opereren. Ik heb het op twee plekken, op mijn ene en mijn andere heup. Het is nog niet echt kanker, maar het zijn tumoren die kanker kunnen worden. Soms wil ik het uitschreeuwen, soms zijn de gevoelens zo sterk dat ik bang ben dat ik gek word. In de bibliotheek glipte ik weg bij mama en Christina om boeken over kanker te bekijken. Het is afschuwelijk en wreed. Er stonden ook foto's in van verschrikkelijke gezwellen op lichamen, en gaten die eruitzagen alsof de binnenkant van de huid naar buiten komt. Ik viel bijna flauw. Ik moest op de stinkende vloerbedekking gaan liggen. Ik wilde direct dood, zodat ik er nooit zo uit zou komen te zien.

Dit kan niet waar zijn. Ik bid al mijn hele leven tot God en heb altijd het gevoel gehad dat het niet alleen mijn plan is om later een belangrijk iemand te worden, maar ook zijn plan. En nu laat Hij dit gebeuren! Sterker nog: hij veroorzaakt dit.

Waarom? Waaraan heb ik dit verdiend? Wat als ik doodga voordat ik uit dit gehucht ontsnap? Ik heb mama gesmeekt om direct na de voorjaarsmusical geopereerd te worden, maar het lijkt haar koud te laten dat ik dood kan gaan aan die tumoren. Ze wil wachten tot de zomer, zodat ik geen school mis. Wat maakt het uit of ik school mis? Als we wachten, kan de kanker zich verspreiden. Volgens mij houdt mama niet heel veel van mij. Niet zoveel als van Christina, die lang niet zo mooi, getalenteerd en slim is als ik, dus waarom? Waarom? Vindt ze me niet de moeite waard? Papa ziet ons allebei niet staan. De enige plek waar ik me normaal en gelukkig voel, is op het podium.

Alsjeblieft, God, laat me hier niet aan doodgaan.

Rosalind schrok wakker uit een nachtmerrie waarin ze als klein meisje in een grote menigte gescheiden werd van haar moeder en in de massa naar iets roods zocht, de kleur van haar moeders jurk. Haar moeder draaide zich telkens om en wenkte, maar hoe snel Rosalind zich ook door de mensenmassa wurmde, toch raakte haar moeder steeds verder weg.

Er was geen deskundige voor nodig om deze droom te verklaren.

Het grootste deel van de nacht lag ze wakker en dacht ze aan de namen in de kasboeken: Leila Allerton, Helen Phillips en de doorgekraste naam. Ze werd heen en weer geslingerd tussen de overtuiging dat dit hun biologische moeders waren en de overtuiging dat dat onmogelijk was. Want het was gewoon te vreemd dat hun vader hen nog steeds betaalde voor de dochters die hij tientallen jaren geleden had gekregen.

Een uur voordat ze uiteindelijk in een onrustige sluimertoestand wegzakte, had ze met tegenzin besloten toch Lauren er weer mee te confronteren, ook al zou dat haar waarschijnlijk nog meer van streek brengen. Pff.

Ze trok het laken over haar hoofd en ademde de slaaplucht in. Rosalind had Lauren nooit erg gemogen, al zag ze wel in dat haar afstandelijkheid tegenover haar stiefmoeder deels veroorzaakt werd door waar Lauren voor stond, namelijk de vervangster van haar moeder, en niet door wie ze was. Nu ze blijkbaar betrokken was bij het complot om de waarheid verborgen te houden voor de drie mensen die er het meeste recht op hadden… werd het er niet beter op. Toch vond Rosalind het een vreselijke gedachte om haar met nog meer vragen te kwellen.

Met een zucht trok ze het laken weer van haar gezicht. Wie deed nou dit soort bizarre dingen? Geheime kasboeken en een leven lang leugens, mysterie en kwaadaardigheid. Een normaal mens deed dat niet. Niet iemand die bij zijn volle verstand was. En iemand met ook maar een greintje empathie, compassie of inlevingsvermogen al helemaal niet. Haar moeder was gebukt gegaan onder een psychische aandoening, maar haar vader niet. En Lauren ook niet. Sinds de dood van hun moeder, nu bijna twintig jaar geleden, had haar vader of Lauren geen moment gedacht: wacht eens even, misschien moeten we niet blijven liegen tegen de meisjes. Ze hebben recht op de waarheid, ook al slaan wij daarmee een slecht figuur.

Kennelijk was het nooit de bedoeling geweest dat Rosalind en haar zussen erachter zouden komen. Kennelijk dachten hun ouders dat ze het perfecte misdrijf hadden gepleegd. Kennelijk had met het verstrijken van de jaren de leugen zich steeds dieper geworteld, en hadden hun ouders, en later hun vader en Lauren, het steeds makkelijker gevonden om de leugen te laten floreren in plaats van hem met wortel en tak uit te roeien. Stelletje lafaards.

Ze schopte de dekens van zich af en liep naar het raam. Het was wederom een prachtige, serene dag. Het zonlicht twinkelde op het water, de blaadjes begroetten haar vrolijk zwaaiend vanaf hun twijgjes. Een paar zeemeeuwen vlogen voorbij. Een vissersboot minderde vaart, zodat een visser zijn kreeftenval binnen kon halen.

Er zouden vandaag harde windvlagen en woeste golven moeten zijn. Er zou een tropische storm moeten razen.

Je hebt de kin van je vader. De herinnering diende zich onaangekondigd aan. Het was hier geweest. Haar moeder had nuchter en kalm Rosalinds kin beetgepakt en hem trots geïnspecteerd. Rosalind was vervolgens de woonkamer binnengelopen en had naar haar vaders baard gekeken en tegelijk haar eigen gladde kaak aangeraakt. Ze had geprobeerd te begrijpen wat haar moeder ermee had bedoeld, tot haar vader had gezegd dat ze moest zeggen wat ze op haar lever had of hem anders met rust moest laten.

Er laaide een sprankje hoop op. Misschien was hij toch haar vader. Maar bij haar volgende gedachte vervloog die hoop alweer. Haar moeder had ook tegen Rosalind gezegd dat ze haar mond had. Olivia had haar figuur. Eve had haar lengte en haar jukbeenderen.

Leugens. Wie wist hoe ver terug ze gingen, hoeveel meer er nog waren verteld?

Met een brok in haar keel liep ze weg bij het raam en rukte ze de rest van de gordijnen open. Ze ging naar beneden, roosterde een snee volkorenbrood en besmeerde hem met pindakaas en jam. Ze pakte een banaan en een perzik van de fruitmand bij het raam en zette een kop koffie die even donker was als haar stemming. Ze ging op de veranda zitten en dwong zichzelf om te eten.

De drie eilandjes in de baai verkleurden onder de voorbijdrijvende wolken van geelgroen naar donker en weer terug. Een kolibrie vloog tot vlak bij het raam om naar binnen te turen, de vleugeltjes vaag, het glimmende lijfje heen en weer schietend. Haar naamgenoot.

Op eerste kerstdag – Rosalind moest zes of zeven zijn geweest – fladderde ze besluiteloos van het ene nog ingepakte cadeautje naar het andere, waarop haar vader haar een kolibrie had genoemd. Nieuwsgierig had ze gevraagd hoe die eruitzagen, en haar vader had haar een plaatje in zijn beduimelde vogelboek laten zien. De schoonheid van het diertje had haar betoverd. De zomer erna had haar moeder een voederhuisje voor kolibries opgehangen en had Rosalind er voor het eerst een in het echt gezien. Wat een prachtig vogeltje! Die glanzende kleuren, die elegantie! Ze had vreselijk te doen met haar lompe, kleurloze zussen.

En wat een klap in haar gezicht toen ze haar vader haar bijnaam vol ergernis had horen uitspreken – *Ze blijft nooit eens bij één ding* – en nog een klap toen het haar begon op te vallen dat haar zogenaamd minder mooie zussen alle complimenten van vreemden en aandacht van jongens kregen.

'Hé, kleintje.'

Zoals het een kolibrie betaamde, vloog hij weg naar andere oorden, misschien betere, misschien alleen anders. Rosalind keek hem jaloers na. Zij zat hier opgescheept met de ingewikkelde en pijnlijke nalatenschap van haar ouders. Het makkelijkst zou zijn om verder in te pakken en daarna terug te gaan naar New York, haar leven weer op te pakken en te doen alsof er niets veranderd was. Er was ook in feite niets veranderd. Nog niet. En er zou ook niets veranderen als ze dit zou laten rusten.

Maar daar was het nu te laat voor. Rosalind leek ook in andere opzichten niet op haar zussen. Zo kon zij bijvoorbeeld niet besluiten dat feiten niet bestonden en dat vervolgens geloven.

Toen ze haar ontbijt ophad, moest ze nog een uur wachten voordat de bibliotheek openging. Daar zou ze op internet in elk geval op zoek kunnen gaan naar Leila Allerton, aan wie de betalingen in het kasboek waren begonnen in het jaar dat Rosalind was geboren. De kans was klein dat ze een verband kon leggen tussen haar ouders en degene van wie die naam was, maar ze moest ergens beginnen voordat ze naar Lauren ging.

Ze was hyper van de koffie en de adrenaline, en deed snel de afwas. Daarna ging ze in de woonkamer met haar armen over elkaar staan en keek ze naar de stapel nog ongeopende dozen, als een leerkracht die naar haar meest gehate leerlingen keek.

'Jij. Hier komen.' Ze trok een slachtoffer naar zich toe, scheurde de tape eraf – een geluid dat ze inmiddels verafschuwde – en trok het vloeipapier weg dat bovenop lag.

'Ah!' Er verscheen een brede glimlach op haar gezicht. De rest van de heerlijk ongecompliceerde wereld van de Heart Family. De set met de school en de speelplaats, de camper, de fiets met kinderzitje. De grootouders – hoe had ze de grootouders kunnen vergeten? –, de Dombo-draaimolen, en natuurlijk het woonhuis van de Hearts. Ze giechelde toen ze het gammele bouwsel van blauw plastic zag, aan de voorkant en zijkanten open, de achterkant bekleed met pastelkleurig behang waarop schilderijen, planten en meubilair getekend waren. Wanneer had ze dit poppenhuis gekregen? Met haar verjaardag of met Kerstmis? Ze herinnerde zich haar moeders afkeurende blik en haar lichaam dat verstijfde toen Rosalind haar intens dankbaar om de hals vloog. 'Je hoeft me niet te bedanken.'

Rosalind had automatisch naar haar vader gekeken, want op hem rekenden de meisjes wanneer hun moeder onverklaarbaar gedrag vertoonde. Hij had geglimlacht en haar een vraag gesteld over haar gloednieuwe familie, waardoor ze zich weer op de cadeautjes had gericht en het leed snel vergeten was.

Nu bedacht ze dat haar moeder mogelijk haar medicijnen niet had ingenomen en paranoïde wanen had. Misschien had ze het perfecte poppengezin beschouwd als een persoonlijke aanval op haar onvermogen zelf een gezin te stichten.

Ze pakte de poppen erbij die ze al eerder had uitgepakt en zette papa en mama Heart tegenover hun kinderen in de woonkamer van hun huis.

'Kinderen, jullie moeder en ik moeten jullie iets vertellen.'

'Oké, papa.' De schattige tweeling was een en al oor.

'Wij zijn niet jullie echte ouders. Papa heeft jullie gekocht van andere vrouwen en daar hebben we al die jaren over gelogen. Hahaha!'

Mama moest ook lachen, want het was heel grappig. 'Hahaha!'

De kinderen konden er niet om lachen. Hoe konden papa en mama Heart zo wreed zijn? Was dit huis wel hun thuis? Het was allemaal nep!

Rosalind zuchtte. Ze moest een ander meisje blij zien te maken met deze poppen en ze weggeven voordat mama Heart aan de pillen en de wodka zat en papa Heart een hartaanval kreeg.

Ze borg de poppen op, nam een douche, kleedde zich aan en ging op weg naar de Blue Hill-bibliotheek. Behalve de twee namen in de kasboeken wilde ze ook opzoeken of haar moeders ontdekking van haar onvruchtbaarheid haar psychische aandoening kon hebben uitgelokt of verergerd. Ze had weleens gehoord dat een traumatische gebeurtenis schizofrenie kon opwekken bij mensen die anders gezond zouden zijn gebleven.

Een uur later kwam Rosalind het fraaie bakstenen gebouw op Main Street uit en ze bleef even staan om te bedenken wat ze nu zou doen. Ze vond het onbegrijpelijk dat de wereld er nog hetzelfde uitzag als altijd en dat iedereen gewoon zijn gang ging, want zij voelde zich als een astronaut die op de maan wandelde.

De computer in de bibliotheek had bevestigd dat een bipolaire stoornis opgewekt of versterkt kon worden door een schok of traumatische gebeurtenis, maar dat mensen en aandoeningen zo sterk verschilden dat Rosalind nooit zeker kon weten welk effect de diagnose op haar moeder had gehad. Ze had ook ontdekt dat Google veel te veel mensen kende met de naam Helen Phillips, die ze als Eves biologische moeder had aangewezen, maar slechts drie vrouwen die Leila Allerton heetten. De eerste was verpleegkundige in Waco, Texas, de tweede een gepensioneerd docente sociale wetenschappen in Spokane, Washington, en de derde een operazangeres in Princeton, New Jersey, waar Daniel Braddock had gestudeerd.

Rosalind had in elk geval aanknopingspunten. Desnoods kon ze een privédetective inhuren, maar dat was echt een laatste redmiddel. Hoe minder mensen de waarheid kenden over het verleden van Jillian Croft, hoe beter. De publieke verontwaardiging over haar onverwachte overlijden; de speculaties over zelfmoord; de fans die nog steeds smeekbeden stuurden met verzoeken om foto's, interviews, feiten over haar leven; af en toe een raar telefoontje, waardoor iemand van de familie wéér van telefoonnummer moest veranderen... Het was een wonder dat de pers na de beroerte van haar vader slechts twee dagen voor Pine Ridge had gebivakkeerd. Aan de andere kant was Daniel Braddock, ondanks zijn illustere carrière als dramadocent, voornamelijk beroemd vanwege zijn overleden echtgenote.

Iemand kwam achter Rosalind de bibliotheek uit en Rosalind ging opzij. Ze zag er nog steeds als een berg tegen op om haar stiefmoeder er opnieuw mee te confronteren, maar als Lauren Rosalinds theorie over de namen in de kasboeken kon bevestigen en haar kon zeggen welke Leila Allerton haar biologische moeder was, dan kon zij verder met haar onderzoek.

Ze hadden weer afgesproken in het Pine Ridge-café. Lauren was duidelijk op haar hoede en had al rode vlekken van de zenuwen toen ze over de rode vloerbedekking aan kwam lopen en tegenover Rosalind ging zitten. 'Waarom wil je me spreken?'

Ook leuk om jou weer te zien. 'Hoe is het vandaag met papa?'

'Hetzelfde.' Ze keek naar rechts. 'Wat is er, Rosalind?'

'Ik heb wat vragen over dingen die ik in het huis heb gevonden.' Rosalind schoof de koffie die ze voor Lauren had besteld naar haar toe en probeerde luchtig te klinken, alsof ze wilde vragen of haar stiefmoeder gehecht was aan een nietmachine die ze had gevonden.

'O.' Lauren liet haar schouders zakken, maar hield haar handen om de tafelrand geklemd. 'Wat voor dingen?'

'Kasboeken met betalingen.'

Lauren keek abrupt op. 'Betalingen –'

'Wie zijn Leila Allerton en Helen Phillips?' Ze zag Laurens gezicht vertrekken en vond het vreselijk wat ze haar aandeed.

'Geen idee.'

'Hun namen komen je blijkbaar toch bekend voor.'

'Rosalind...' Lauren perste haar lippen op elkaar en keek weer weg.

'Was Leila Allerton mijn biologische moeder? Was Helen Phillips Eves biologische moeder? Weet je wie de doorgekraste naam is? Was ze Olivia's –'

'Nee.' Ze legde een trillende hand tegen haar keel. 'Ik kan dit niet, Rosalind.'

'Alsjeblieft.'

Lauren schudde met korte rukjes haar hoofd, haar fletse ogen groot en vertekend door haar dikke brillenglazen. 'Ik kan dit onderwerp niet met je bespreken.'

'Je moet begrijpen hoe moeilijk dit is.' Rosalind probeerde redelijk te klinken, al wilde ze het liefst schreeuwen en de informatie uit haar stiefmoeder losschudden. 'Ik ben grootgebracht door een moeder die achttien jaar geleden is overleden. Daarna nam jij het over, moeder nummer twee. Nu is er misschien een derde in beeld, ook al hebben zij en ik maar negen maanden contact gehad. Vind je niet dat ik het recht heb om te weten wie dat is?'

'Je vader is degene die –'

'Mijn vader is voor onbepaalde tijd buiten bedrijf gesteld. Je hebt gelijk dat dit hem van streek kan maken en zelfs gevaarlijk kan zijn. Jij bent de enige die ik heb, Lauren.' Haar stem brak – een effect waar Olivia de actrice nog een puntje aan kon zuigen. Alleen was het in Rosalinds geval niet gespeeld. 'Kennelijk ben je ergens van op de hoogte.'

'Het is niet aan mij.' Lauren stond op en botste tegen de tafel aan, waardoor de koffie over de rand van haar kopje klotste. 'Het is niet aan mij, Rosalind. Je gaat te ver.'

'Alsjeblieft.' Rosalind stond ook op en pakte Laurens mouw beet, bang dat ze haar echt door elkaar zou schudden. 'Vertel me dan tenminste over Leila Allerton. Vertel me waar ze woont. Verder hoef je me niets te vertellen. Alsjeblieft. Laat me niet een privédetective moeten inhuren, die waarschijnlijk dingen ontdekt waarvan niemand, inclusief ikzelf, wil dat hij ze ontdekt.'

'Dat kun je niet maken.'

'Jawel hoor. Niemand houdt me tegen.' Ze had nog nooit op deze toon tegen haar stiefmoeder gepraat. Rustige, rechtstreekse rebellie was Eves specialiteit. Olivia was de gillende variant. Rosalind, typisch het middelste kind, probeerde altijd alle conflicten glad te strijken. 'Ik heb het recht dit te weten, Lauren. Deze informatie is van fundamenteel belang voor wie ik ben.'

'Je hebt het anders ook prima jarenlang zonder gered.'

'En dus is het niet erg?' Rosalind verhief onwillekeurig haar stem, en ze deed haar best hem weer te bedwingen. 'Laten we gaan zitten. Alsjeblieft.' Ze nam weer plaats en hoopte maar dat Lauren haar voorbeeld zou volgen, dat ze dit konden uitpraten zonder dat haar stiefmoeder weer naar boven verdween.

Tot haar immense opluchting ging Lauren met tegenzin weer op haar stoel zitten. 'Ik kan je niets vertellen.'

'Waarom niet?' Toen ze geen antwoord gaf, boog Rosalind zich naar voren, en haar woede gaf haar de moed om Lauren recht in de ogen te kijken. 'Er is tegen me gelogen, eerst door de twee mensen die ik het meest vertrouwde, en daarna door jou. Nu is het al zover dat ik een onbekende moet inhuren om achter de waarheid te komen die mijn familie me nog steeds niet wil vertellen. Een waarheid waar de media, mocht deze onbekende de informatie willen doorverkopen, een hele hoop geld voor over zouden hebben. Meer nog dan ik hem zou kunnen betalen om hem het zwijgen op te leggen.'

'Dat zou je nooit doen.'

'Als het moet, zal ik dat zeker doen.'

'Rosalind...' Lauren verborg haar gezicht in haar handen. 'Vraag dit niet van me.'

'Te laat. Ik heb het al gedaan. Je moet me helpen.'

Lauren boog haar schouders naar voren. Heel even was Rosalind bang dat ze letterlijk zou instorten, en ze wilde al opstaan om naar haar toe te gaan, toen Lauren haar handen langzaam liet zakken en ze onder haar kin tegen elkaar drukte. 'Weten je zussen het?'

Rosalind kromp ineen bij die vraag. Hoe graag ze deze informatie ook wilde hebben, ergens had ze kennelijk toch stiekem gehoopt dat ze het bij het verkeerde eind had, dat het één groot misverstand was dat eenvoudig uit de weg geholpen kon worden. 'Ze hebben allebei het papier gezien waarop stond dat mama compleet androgeen –'

'Sst.' Lauren keek schichtig naar de tafels om hen heen, die grotendeels onbezet waren.

'Dat is alles wat Olivia en Eve weten. Ze hebben de kasboeken niet gezien, en ik heb het hun nog niet verteld. Op dit moment ben ik de enige die het weet.' Rosalind kreeg de woorden nauwelijks over haar lippen. 'Geef me een woonplaats. Een staat. Ergens waar ik kan beginnen, zodat ik niet in het wilde weg aan vrouwen hoef te gaan vragen of Daniel Braddock hen heeft ingehuurd om –'

'Sst.' Lauren keek weer angstvallig om zich heen. 'Ik heb het hem beloofd, Rosalind. Ik heb mijn echtgenoot gezworen dat ik het nooit ofte nimmer iemand zou vertellen. Je weet niet wat dit hem heeft gekost. Wat het hem zou gaan kosten.'

Rosalinds woede ebde weg. Het laatste stomme sprankje hoop vervloog. Het was niet langer mogelijk dat dit een absurd idee was dat was ontsproten aan haar overactieve fantasie. Haar vader had zijn drie dochters van vreemden gekocht en had er om de een of andere reden voor gekozen hen in termijnen uit te betalen. Om hun het zwijgen op te leggen? Voor hun levensonderhoud?

Ze wachtte af en deed zo hard haar best om niet te huilen dat ze kramp in haar keel kreeg. Ze wilde niet te veel aandringen, maar was tegelijk doodsbang dat ze niet genoeg had aangedrongen. 'Alsjeblieft.'

Lauren haalde een met kant afgezet zakdoekje uit de zak van haar beige broek, bette haar ogen ermee en snoot haar neus. 'Probeer New Jersey. Princeton. Maar wees alsjeblieft voorzichtig.'

Princeton. De operazangeres. Een artiest, net als haar moeder. Een vrouw die er het levende bewijs van was dat de glamoureuze, gecompliceerde Jillian Croft, de eerste zestien jaar van Rosalinds leven haar geliefde moeder, niet van haar bevallen was. Rosalind deelde meer genen en kenmerken met een volslagen vreemde die haar vanaf een publiciteitsfoto op internet glimlachend aankeek, dan met de vrouw die haar had grootgebracht, een vrouw die ze van heel nabij had gekend – hoe ze eruitzag, hoe ze rook, hoe ze klonk.

'Waarom hebben ze het ons niet verteld?'

'Waarom denk je?' Lauren stond op en keek haar vol medelijden aan. 'Ze wilden niet dat jullie het wisten.'

'Maar dat is gestoord. En verkeerd.' Ze stond op en liep op haar stiefmoeder af. Toen ze een medewerker bij de tafel naast hen een ongeruste blik op hen zag werpen, ging ze op gedempte toon verder: 'Ze hebben tegen ons gelogen. Allebei. Over waar we vandaan komen. Over wie we zijn. Over wie zíj zijn.'

'Daniel zal altijd je vader zijn. Hij zal altijd Eves vader zijn en hij zal altijd Olivia's vader zijn. Nu moet ik weer naar hem toe.'

'Dat weet ik. Maar jij –'

'Ik wil hier nooit meer over praten, Rosalind. Ik meen het. Er valt verder niets meer te halen bij mij. Helemaal niets. Waar je ook mee dreigt.' Lauren trilde en haar ademhaling kwam met horten en stoten. 'Ik voel me verslagen. Ik heb Daniel mijn erewoord gegeven en dat betekent nu niets meer. Geloof me, jij bent niet de enige die hieronder geleden heeft.' Ze liep weg en liet haar onaangeroerde kopje in de plas gemorste koffie staan.

Rosalind keek haar na en wilde het liefst haar hoofd op tafel leggen en in snikken uitbarsten. Ze had een vreselijke, pijnlijke puinhoop gemaakt van een puinhoop die al zo vreselijk en pijnlijk was dat ze het niet voor mogelijk had gehouden dat het nog erger kon.

Er was geen weg meer terug naar speculeren, naar zichzelf heimelijk wijsmaken dat dit niet echt gebeurde. Dit kon ze nu niet langer als een intrigerend mysterie beschouwen. En ook al was het verleden onveranderbaar, ze kon haar jeugd nooit meer hetzelfde zien.

Ze kon alleen maar verdergaan en een nieuwe definitie zoeken van wie of wat haar familie was, en ervoor kiezen of ze deze grote onbekende in New Jersey zou opzoeken, die net zomin als Lauren wilde praten over wat ze had gedaan of wat ze wist.

Maar die ook het ontbrekende stukje kon zijn van een puzzel waarvan Rosalind het bestaan nooit had gekend.

Hoofdstuk 5

14 mei 1967 (zondag)

Vandaag was de matineevoorstelling van Guys and Dolls. *Het was de meest fantastische ervaring van mijn hele leven. Iemand zei dat ik net zo goed was als Jean Simmons, die Sarah speelde in de film. Iedereen klapte heel lang en hard toen ik naar voren kwam om te buigen. Het was een waanzinnige, ongelofelijke kick. Ik wilde dat het nooit ophield.*

Zaterdagavond heb ik wodka gedronken op het feest voor de acteurs bij Debbie Binger thuis. Ben Jacobs, mijn Sky Masterson, vroeg of ik met hem mee naar buiten ging en dat heb ik gedaan! We hebben gezoend. Hij is zo leuk! Hij zei dat ik de mooiste borsten had van de hele school. Maar hij mocht van mij niet met zijn hand in mijn broek. Dan zou hij erachter komen dat ik nog geen haar heb.

Ik vind het vreselijk om dat op te schrijven. Waarom heb ik dat niet? Waarom niet? Komt het door de kanker?

Vandaag heb ik na de voorstelling de hele weg naar huis gehuild, omdat dit misschien wel het laatste optreden van mijn leven was. Het enige wat mama zei was dat ik me niet zo moest aanstellen. Het kan haar niets schelen dat ik misschien doodga aan kanker. Maar ik kon niet ophouden met huilen, zelfs in bed niet, en Christina maakte een stomme grap over dat ik niet alleen op het podium dramatisch doe. Soms wil ik mezelf pijn doen. Soms wil ik andere mensen pijn doen.

Ik ben bang dat ik gek word.

Rosalind sloot de voordeur van haar nieuwe tijdelijke woning in Princeton, New Jersey, achter zich. Het was een fraai, wit koloniaal pand op Laurel Road, de straat waar toevallig ook het huis van Zaina Allerton stond. Zaina Allerton, die toevallig de moeder van Leila Allerton was. Leila Allerton, die toevallig de moeder van Rosalind Braddock zou kunnen zijn.

Na het moeizame gesprek met Lauren in augustus had Rosalind na twee minuten zoeken op internet lachwekkend eenvoudig Leila's adres gevonden. Na nog drie minuten zoeken – het lezen van Leila's Wikipedia-pagina – wist ze dat Leila aan de USC Thornton School had gestudeerd en een mezzosopraan was die met operagezelschappen door het hele land optrad. Na tien minuten googelen kwam ze erachter dat Leila samenwoonde met haar moeder, een van oorsprong Libanese weduwe, en dat ze een dochter had, Caitlin, zes jaar jonger dan Rosalind, die verloofd was met Emil Christopher, oud-student van Princeton University. Een kwartier zoeken had haar dus een derde moeder, een derde zus en een derde grootmoeder opgeleverd.

Opgewonden en verbijsterd was Rosalind de bibliotheek uit gekomen. Aan de ene kant wilde ze de eerstvolgende vlucht naar Newark nemen. Aan de andere kant had ze wel in de gaten dat ze waarschijnlijk meer tijd nodig had om dit nieuws te laten bezinken, en dat ze meer rust zou hebben bij het zoeken naar haar nieuwe familie wanneer ze de verkoop van het huis in Maine had afgehandeld.

Ze maakte het werk in het huis op Candlewood Point zo snel mogelijk af, waarbij ze nog een weekend lang hulp kreeg van Eve, totdat het helemaal leeg was en alle meubels en bezittingen die haar vader en Lauren niet op Pine Ridge wilden hebben waren verkocht, in de huizen van de zussen waren beland of elders waren opgeslagen. Rosalind had Eve niet verteld van de kasboeken. Daar wilde ze mee wachten tot ze meer informatie had.

Eenmaal terug in New York had ze met tranen in haar ogen de sleutels overgedragen aan de opgetogen makelaar – een huis van Jillian Croft zou een fortuin opleveren – en was ze haar volgende stap gaan plannen. Het was inmiddels september.

Haar eerste plan was geweest om naar Princeton te gaan, bij de Allertons aan te bellen, zichzelf aan te kondigen en af te wachten wat er zou gebeuren. Gelukkig had ze zichzelf voor die stommiteit behoed. Het was veel beter om geleidelijk aan een relatie met de familie op te bouwen. Met dat doel voor ogen had ze het aanbod van de makelaars in Princeton doorgepluisd en was ze tegen dit wonderbaarlijke toeval aan gelopen: een gezin in die straat moest plotseling verhuizen voor werk en was – uiteindelijk – bereid om het huis aan haar te verhuren voor twee maanden of tot het verkocht was, als dat later was.

Het enige wat ze nu hoefde te doen, op deze frisse, mooie eerste dag van oktober, was de straat oversteken, aanbellen en zich voorstellen als de nieuwe buurvrouw. Rosalind besloot dat ze dat alleen kon doen door niet te liegen, tenzij het echt niet anders kon, maar ook door alleen iets over zichzelf of haar familie te vertellen als iemand ernaar vroeg. Of tot het absurd werd om niet de ware reden voor haar aanwezigheid ter sprake te brengen. Of tot er iets heel anders gebeurde wat ze niet had kunnen zien aankomen. Ze had op z'n zachtst gezegd niet veel ervaring met het benaderen van tot voor kort onbekende ouders.

Schoorvoetend stak ze de straat over, daarna de tuin, onder een enorme eik en esdoorn door, die waarschijnlijk over een week zouden gaan verkleuren, over de inrit van de Allertons en het pad naar hun voordeur, langs rododendrons en azalea's die op de lente wachtten, en asters, chrysanten en sierkool die nu voor kleur zorgden. De tuin was net als de meeste andere tuinen die Rosalind in Princeton had gezien perfect onderhouden. Ze nam de laatste trede naar de deur, trok haar relatief tamme outfit recht – een paarse legging en tuniek met een zachte sjaal met uitbundig bloemmotief – en probeerde zich bewust te worden van dit moment. Ze nam de omgeving in zich op: het geluid van het verkeer op de snelweg een eind verderop, de lucht die vaag naar de herfst geurde, de bries die langs haar hals streek. Het was heel goed mogelijk dat nadat ze had aangebeld haar leven nooit meer hetzelfde zou zijn. Het belang van dit moment verdiende de volle aandacht.

Met trillende vingers stak ze haar hand uit. Voordat ze de bel aanraakte, zwaaide de deur al open, en ze zag een knappe vrouw van waarschijnlijk achter in de zeventig of begin tachtig, ongeveer even lang als Rosalind, met donkere ogen en perfect gekapt grijs haar. Ze hijgde alsof ze had moeten rennen om bij de deur te komen, ook al had Rosalind nog niet eens aangebeld.

Rosalinds adem stokte. 'Hallo.'

'Hai. Je bent vroeg, kom binnen. Caitlin is er nog niet. Ik ben Zaina.' Ze had een warme, zangerige stem, en haar zorgvuldige uitspraak verraadde dat ze buitenlands was. Dit was Rosalinds grootmoeder. Misschien.

Rosalind knipperde met haar ogen. 'Nee, ik ben... haar niet.'

'Wie niet?'

'Degene die u verwacht.'

'Ben je niet Angela? Caitlins vriendin die bloemiste is?'

'Ik ben Rosalind.' Ze wachtte af of Zaina geschokt zou terugdeinzen bij het horen van die naam, maar dat gebeurde niet. 'Ik huur tijdelijk het huis aan de overkant, dat van de Gardners. Ik kwam me even voorstellen.'

'Aha, sorry, dan heb ik me vergist. Leuk je te zien.' Zaina stak haar hand uit. Rosalind schudde die en deed haar best haar niet aan te gapen. De oudere vrouw had een olijfkleurige huid, enigszins hangende oogleden en donkere kringen om haar ogen, wat mensen met die teint vaker hadden. Ze had haar volle lippen in een dieproze kleur gestift, haar enige make-up. 'Waar zijn de Gardners heen?'

'Hij heeft een baan in San Francisco gekregen.' Ze zei er maar niet bij dat ze de makelaar bijna het mes op de keel had moeten zetten, aangezien hij haar eerst niet eens als huurder aan de Gardners had willen voorstellen, en dat ze nu een exorbitante huurprijs betaalde. Ze was er trots op dat ze doorgaans niet op grote voet leefde, maar kon niet ontkennen dat het soms best goed uitkwam om belachelijk veel geld te hebben.

Jillian Croft had haar aanzienlijke fortuin gelijkelijk onder haar dochters verdeeld. Als haar vader er al moeite mee had gehad dat hij niets had gekregen, had hij daar nooit iets van laten merken, waarschijnlijk omdat hij zelf ook al genoeg geld had.

'Aha. Nou, kom binnen, kom binnen.' Zaina maakte een ongeduldig gebaar, alsof Rosalind al diverse uitnodigingen had afgeslagen. 'Kom even koffiedrinken.'

'Dank u.' Met droge keel liep Rosalind het huis binnen, dat vaag naar oranjebloesem rook. Ze kon bijna niet geloven dat het best denkbare scenario was uitgekomen – het slechtst denkbare was geweest dat de deur in haar gezicht werd dichtgesmeten.

'Ik ben *ma'amoul* aan het maken, ken je die koekjes?'

'Nee.'

'Ze zijn Libanees, net als ik.' Ze legde een hand op haar omvangrijke boezem. 'Zalig. Je moet er eentje proberen. Ze zijn overheerlijk.'

Rosalind liep achter haar door het huis, een exotische potpourri van kleuren en stijlen. Op de vloeren lagen kleden in warme oriëntaalse kleuren. Ze wierp een blik de woonkamer in en zag een bordeauxrode bank, een groene loveseat en crèmekleurige leunstoelen met kussens waarop kleurrijke patronen waren geborduurd. De salontafel bestond uit een gegraveerd koperen dienblad op een houten onderstel. Planten tierden welig in potten op de vensterbank.

De keuken was okerkleurig met beige kastjes en zwarte aanrechtbladen en apparaten. Op het aanrecht stond een schaal met peren en kaki's, met daarnaast een kom met in cellofaan verpakte sesamkoekjes. Op het kookeiland, met aan één kant zwarte stoelen met gele kussens, stonden op een rooster bolle koekjes met een prachtig patroon af te koelen naast een pak poedersuiker en een meelzeef.

Een huis met een warme, rustgevende uitstraling. Rosalind had hier dolgraag willen opgroeien.

'Ik hou van sterke koffie. Lust je dat?' Zaina gebaarde naar de stoelen bij het kookeiland. 'Ga lekker zitten.'

'Ja, ik hou ook van sterke koffie.' Rosalind nam plaats en moest een domme grijns onderdrukken. Ze had zich talloze keren voorgesteld hoe het eerste contact zou zijn, maar zo warm en zoetgeurend had ze het nooit verwacht.

Zaina vulde een knalrode fluitketel met water en zette hem op het vuur. 'Wat brengt je naar Princeton?'

'Ik wilde even weg uit de stad.'

'New York? Ik neem aan dat je New York bedoelt. "De stad" kan in deze contreien nergens anders op slaan.' Ze deed genoeg koffiebonen in de molen voor meerdere koppen.

'Ja. Ik vind het leuk om nieuwe plekken te ontdekken en op verschillende plaatsen in het land te wonen.'

'Echt waar?' Zaina stond bij het fornuis en keek haar aan. 'Ik kan me niets ergers voorstellen. Wacht even, ik ga malen.'

Rosalind wachtte tot de herrie voorbij was. 'Mijn vader noemt me een kolibrie. Nooit te lang op één plek.'

'Dus je bent een nomade? Dan kun je nooit ergens wortelen.' Zaina strooide de gemalen koffie in een cafetière. 'Wat doe je voor de kost, dat je zo vaak verhuist?'

'Van alles.' Rosalind schoof onrustig heen en weer op haar stoel. 'Ik schilder, ik ontwerp kleding, ik werk parttime in een koffiebar...'

'Aha.' Uit Zaina's toon bleek duidelijk dat Rosalind nog een lange weg te gaan had voordat Zaina haar carrière de moeite van het bespreken waard vond. Maar dat was ze wel gewend.

'Wat een mooi huis hebt u.' Ze gebaarde naar de keuken en de woonkamer. 'Hoelang woont u hier al?'

'Lieve hemel.' Zaina liep naar het pak met poedersuiker en schepte een paar volle eetlepels in de meelzeef. 'Al heel lang – bijna zestig jaar.'

‘Princeton is een prachtige plaats.’

‘Ja.’ Ze kneep in de handgreep en de suiker sneeuwde op de volmaakte goudgele koekjes. ‘Een fijne plek om kinderen groot te brengen. Het is maar een uur rijden naar New York of Philadelphia, en er is van alles te doen. Maar het is enorm veranderd. Het is zo druk geworden! En duur! Vroeger was het een slaperig universiteitsstadje. Nu puilt het uit van de mensen en chique winkels. Je kunt niet eens meer beddengoed kopen in het centrum; daarvoor moet je naar een winkelcentrum. Die zijn ook explosief toegenomen. Vroeger was er maar één, Quaker Bridge, langs de snelweg. Nu stikt het ervan. Waar eerst alleen bossen en akkers waren, staat het nu vol met winkelcentra, nieuwbouw en kantoorpanden.’

‘Dat vindt u vast jammer.’ Rosalind plantte haar ellebogen op het kookeiland en boog zich naar voren, dichter naar haar potentiele grootmoeder toe. Ze zou hier wel de hele ochtend willen blijven zitten en naar dat zangerige, buitenlands aandoende stemgeluid willen luisteren, en toekijken hoe ze zich soepel en efficiënt door de keuken bewoog, waar ze duidelijk thuis was. Ze was een echte oma, zo eentje uit kinderboeken: hartelijk, een beetje mollig, en met de geur van versgebakken koekjes om zich heen.

‘Het is een grote verandering.’ Zaina zette de zeef neer en drentelde naar de ketel, die op het fornuis stond te fluiten. Ze schonk het kokende water in de cafetière. ‘Ik heb het geluk gehad dat ik hier was toen het nog ongerept en rustig was. Het oude Princeton.’

‘Hoeveel kinderen hebt u hier grootgebracht?’ Rosalind deed alsof ze het uit beleefdheid vroeg, maar kon nauwelijks verhullen hoezeer ze naar informatie hunkerde over de vrouw die mogelijk haar biologische moeder was.

‘Eén dochter. Leila. Ze komt zo terug met mijn kleindochter, Caitlin.’ Zaina liep naar een kast en haalde er een klein bord uit. ‘Heb jij broers en zussen?’

‘Ik heb twee zussen.’ Ze had zich erop voorbereid dat Leila’s naam zou vallen, maar toch schoot de adrenaline door haar lijf toen ze hem hoorde. Het was veel echter om hem uit Zaina's mond te horen dan om hem in een kasboek of op een computerscherm te zien staan. 'Kan ik u ergens mee helpen?'

Zaina zette het bord van wit porselein met een gekleurde bloemenrand voor haar neer. 'Je mag wat koekjes op het bord leggen, als je wilt.'

'Natuurlijk.' Rosalind maakte twee cirkels van de koekjes, terwijl Zaina de poedersuiker van het aanrecht veegde en de meelzeef wegzette.

'Hier is de koffie.' Zaina kwam ietwat amechtig aanlopen met twee bekers en de cafetière. 'Heb je weleens Libanese koffie gedronken?'

'Volgens mij niet.'

'Die zal ik een keer voor je maken. *Najjar* is de beste. Dik en donker. Daar krijg je haar op je tanden van.' Ze lachte en zakte op een kruk neer alsof ze moe was van het staan. Rosalind nam haar bezorgd op. Had ze astma? Was ze ziek? 'Mijn zus kon koffiedik kijken. Je drinkt dan je kopje leeg tot er alleen nog wat drab onderin zit, zet het kopje een minuut op zijn kop en draait het dan weer om. Aan de hand van de vormen die er dan in zaten voorspelde ze de toekomst. Het is natuurlijk allemaal onzin, maar wel leuk om te doen. Samia had ontzettend veel fantasie. Ze liet nooit merken dat ze het ter plekke verzon. Geweldige verhalen kon ze vertellen.'

'Woont ze nog in Libanon?'

Zaina schudde kort haar hoofd en sloot even haar ogen. 'Ze is bij God.'

'Neem me niet kwalijk.'

'Ach, het geeft niet. We gaan allemaal dood. Haar tijd was gekomen. Neem een koekje.' Ze hield Rosalind het bord voor. 'Ze zijn gevuld met walnoten en op smaak gebracht met oranjebloesem en rozenwater. Recept van mijn grootmoeder. Ik vul ze ook weleens met dadels.'

Het smaakvolle baksel verkruimelde in Rosalinds mond en ze

proefde de hemelse smaak van de geparfumeerde walnoten. Exotisch en verslavend. 'Ze zijn zalig.'

'Klopt.' Zaina giechelde en drukte de filter van de cafetière omlaag. 'Met dadels vind ik ze het lekkerst. We zullen een keer Libanees voor je koken. Een feestmaal.'

'Dat zou leuk zijn.' Zaina had geen idee hoe leuk Rosalind dat zou vinden. Ze was nog geen uur binnen en haar mogelijke grootmoeder behandelde haar nu al als lid van de familie, zonder te beseffen dat ze dat waarschijnlijk ook was.

De vader en moeder van Daniel Braddock waren al wat ouder geweest en leefden al niet meer toen Rosalind geboren werd. De ouders van haar moeder, Betty en Arnold Moore, woonden in een piepklein huisje in een piepklein dorpje, Jackman, Maine, zo'n honderdvijftig kilometer ten westen van Millinocket, bijna tegen de grens met de Canadese provincie Quebec. Ze waren sober en zwijgzaam, en overduidelijk stomverbaasd dat hun dochter Sylvia Hollywoodster Jillian Croft was geworden. Bij elk bezoek had Rosalinds moeder cadeaus meegenomen waarvan ze dacht dat haar ouders er iets aan hadden: kleren, keukenapparatuur, meubilair, kunstvoorwerpen. Ze zag ze nooit meer terug. Het avondmaal was altijd kort en ongemakkelijk – het eten werd op tafel gezet, ze aten het op en dat was dat. Elke uitnodiging om naar Californië te komen werd afgeslagen, hoewel opa en oma wel een paar keer de reis van een paar uur naar het zomerhuis op Candlewood Point hadden gemaakt. Als ze na een dergelijk bezoek weer vertrokken, voelde het alsof iedereen de hele tijd zijn adem had ingehouden. Na Jillians dood hadden Rosalind en haar zussen beleefd contact gehouden – verjaardagen, vakanties, af en toe een telefoontje –, maar ze waren er sindsdien maar een paar keer geweest.

Nu Rosalind ontdekte dat ze al die tijd misschien een oma zoals Zaina had gehad, kreeg ze heimwee naar wat ze allemaal had gemist. Bij Zaina op schoot voorgelezen worden. Stiekem snoepjes van oma krijgen als mama niet keek. Een feestmaal vanwege een nieuwe buurvrouw die er maar kort zou wonen.

Zaina schoof een beker naar Rosalind toe en hief de hare proostend op. 'Welkom in de buurt.'

'Bedankt.' De koffie was nog sterker dan Rosalind hem zette. 'Bent u opgegroeid in Libanon? Uw Engels is uitstekend.'

'Ja. Neem nog een koekje.' Ze keek zo blij toen Rosalind er nog eentje nam dat Rosalind geen spijt had van de calorieën. 'In Libanon leert iedereen Engels en Frans. In mijn tijd tenminste.'

'Wanneer bent u hier gekomen?'

'In 1961. Ik studeerde aan de American University of Beirut, waar ik een heel knappe Amerikaan ontmoette die Cecil Allerton heette. Ik ben met hem hierheen gekomen toen hij op Princeton University ging promoveren in de archeologie. Hij is in 1975 gestorven. Kanker.'

'Wat akelig om te horen.'

'Ach ja.' Ze knipoogde ondeugend. 'Iedereen gaat dood. Zijn tijd was gewoon gekomen.'

Rosalind lachte. 'Volgens mij heb ik dat al eens eerder gehoord.'

'Aha, daar zijn ze: mijn dochter en kleindochter.' Zaina's blik ging naar het keukenraam op het moment dat Rosalind het portier van een auto dicht hoorde slaan en er voetstappen klonken. Haar hart begon te bonzen. Onwillekeurig stond ze op, haar koffie nog in haar hand. De achterdeur ging open en Zaina draaide zich verwachtingsvol om.

De eerste die de keuken binnenkwam, was een jonge vrouw met een volle boodschappentas. Dat moest Caitlin zijn. Ze was blond en op een cheerleaderachtige manier mooi, type Reese Witherspoon. Dik haar met highlights, subtiele make-up, gave huid. Zo'n vrouw vergeleken bij wie Rosalind zich onhandig, dik en lelijk voelde. Er kwamen eenzelfde afgunst en irritatie in haar naar boven als ze bij Olivia en Eve voelde. Rosalind Braddock, verdoemd tot een leven met veel te knappe zussen.

Na Caitlin kwam Leila binnen in een wolk van frisse herfstlucht. Ze zag eruit zoals op de foto, maar dan veel levendiger. Als eerste zag Rosalind haar haar, dat ze op de foto naar achteren had gebonden. Nu hing het los – kastanjebruine krullen die om haar hoofd dansten en over haar schouders vielen. Vervolgens haar ogen, die even donkerbruin waren als die van Rosalind, maar minder donker dan die van Zaina, en waarin een warme, vrolijke glinstering lag. Daarna haar manier van bewegen: met snelle, lichte pasjes liep ze achter haar kordate dochter aan. Ze zette haar tas niet voorzichtig op het aanrecht, maar liet hem gewoon los, vertrouwend op zijn val, waarna ze opkeek.

Rosalind had op grond van de foto op internet al geconcludeerd dat ze niet erg op elkaar leken, op hun teint na, maar toch had ze gehoopt dat ze Leila intuïtief zou herkennen, dat ze op een diep niveau contact zou leggen met de essentie van haarzelf in een andere generatie.

Maar nee. Ze vond deze prachtige, schijnbaar zorgeloze vrouw even aantrekkelijk als elke andere onbekende.

'Hoe ging het?' vroeg Zaina.

'Vreselijk.' Caitlin wierp een blik op Rosalind. 'We konden geen enkele fatsoenlijke locatie vinden die beschikbaar is op de datum die wij willen.'

'Maar we waren wel erg kritisch. We vinden nog wel iets.' Leila trok haar bruine suède jas uit, die elegant om haar slanke lichaam viel, en deed haar sjaal met felle herfstkleuren af. Ze keek Rosalind recht aan. 'Hallo, ik ben Leila.'

Rosalind knikte en bloosde verlegen. Ze baalde van zichzelf dat ze na wekenlang fantaseren en dromen over deze ontmoeting zo onvoorbereid was.

'Dit is Rosalind. Ze huurt het huis van de Gardners. Rosalind, mijn dochter Leila en mijn kleindochter Caitlin.'

'Hai Rosalind, welkom in Princeton.' Leila's stem was even zangerig als die van haar moeder, maar wel krachtiger, gewend aan gebruik op een podium. Haar ogen stonden vastberaden. 'Weet jij hoe je een bruiloft moet organiseren?'

'O...' Rosalind schoot nerveus in de lach. Het klonk te hard in de kleine keuken. 'Ik wil het wel proberen.'

'Mooi zo. Kom maar op.'

'Mama!' Caitlin keek om de deur van de enorme dubbele koelkast, waar ze de boodschappen in aan het opbergen was. 'Ze maakt een grapje, Rosalind.'

'Klopt. Min of meer.' Leila bond haar haar in een paardenstaart. 'Ik ben nog net niet wanhopig genoeg om wildvreemden te ronselen.'

'Het komt wel goed,' zei Caitlin. 'Zodra we een locatie hebben. Ik kreeg trouwens een berichtje van Judy's vriendin Angela, die bloemiste.'

'Ze is niet gekomen.' Zaina fronste haar wenkbrauwen. 'Ik zat zo gezellig met Rosalind te kletsen dat ik er niet meer aan heb gedacht.'

'Ze had geen tijd. We moeten een nieuwe afspraak maken.'

'Caitlin zou volgend jaar gaan trouwen.' Zaina schonk haar kleindochter een liefdevolle glimlach. 'Maar toen ontdekte ik dat ik stervende ben.'

Rosalind hapte naar adem.

'Jezus, Teta, je hoeft mensen toch niet zo te laten schrikken?' Caitlin keek haar grootmoeder streng aan. 'Sorry, Rosalind.'

'Wat is het probleem?' Zaina leek het oprecht niet te begrijpen. 'Iedereen gaat dood. Mijn tijd –'

'Is gewoon gekomen, ik weet het.' Leila gaf haar moeder een knuffel. 'Ik ben heel blij dat je er vrede mee hebt, mama. Maar hou ook een beetje rekening met ons. Wij moeten er nog aan wennen.'

'Wat vreselijk.' Rosalind kreeg een brok in haar keel. Ze had nu ontzettende spijt dat ze in augustus niet direct hierheen was gekomen en het huis en de rest had laten barsten. Ze was gezegend met de ideale grootmoeder en nu zou ze haar verliezen.

'Ik ben er een paar weken geleden achter gekomen dat ik hartfalen stadium drie heb.' Zaina nam een slok van haar koffie alsof ze het over het weer had. 'De arts zei dat ik nog een paar weken tot een paar maanden te leven heb. Ik wil Caitlin zien trouwen met die jongeman van haar voordat ik me bij mijn echtgenoot voeg.'

'Dus nu proberen we een bruiloft te organiseren in een maand tijd in plaats van een jaar.' Caitlin sperde quasi in paniek haar ogen en haar mond open, en vouwde ondertussen de boodschappentas netjes op. 'Daarom zijn we nu een tikje gestrest.'

'Het is misschien een beetje raar, maar... ik heb op dit moment geen werk.' Rosalind probeerde niet al te gretig te klinken. Als ze meehielp bij het organiseren van deze bruiloft, zou ze regelmatig contact hebben met de familie. Ze zou niet zo'n irritante buurvrouw zijn die te pas en te onpas langskomt. 'Ik maak mijn eigen kleren, ik kan tekenen en schilderen. Ik heb een tijdje als decorateur gewerkt, als kapster, en voor een cateraar. En ik ken twee merken champagne die lekker én betaalbaar zijn.'

De drie vrouwen keken haar verbaasd aan.

'Je bent aangenomen,' zei Leila.

'Mama!' Caitlin lachte ongemakkelijk. 'Zij wil toch niet helpen met mijn bruiloft? Ze kent ons niet eens.'

Zaina lachte. 'Sorry voor mijn dochter, Rosalind. Ze komt meteen ter zake.'

'Eigenlijk...' begon Rosalind. '...zou ik het heel leuk vinden om te helpen, als jullie het goedvinden. Ik had nog niet bedacht wat ik hier in Princeton zou gaan doen. Mijn leven is in New York. Ik moest er gewoon even uit.'

'Als je kunt naaien, mag je mijn jurk maken.' Zaina keek haar stralend aan.

Caitlin schudde met opeengeperste lippen haar hoofd. 'Je trekt niet die jurk aan, Teta!'

'Natuurlijk wel. Het is de perfecte jurk. Ik heb hem bij elke bruiloft aangehad, en alle stellen bij wie ik op de bruiloft ben geweest zijn nog steeds gelukkig samen. Dus ik draag hem ook naar die van jou.'

'Mama,' zei Leila zachtjes, terwijl zij en haar dochter een blik wisselden. 'Die jurk is duizend jaar oud en dat is ook te zien.'

'Ik kan er eens naar kijken,' opperde Rosalind. 'Als u me vertelt of u Zaina of Teta heet.'

'Aha.' Zaina trok haar wenkbrauwen op. 'Een begrijpelijk misverstand. *Teta* is Arabisch voor grootmoeder. Zaina is mijn voornaam.'

'Dan zal ik een blik op de jurk werpen.'

'Geloof me, dat ding valt niet te repareren,' zei Caitlin. 'Het is een vod.'

Zaina boog zich naar Rosalind toe en fluisterde in haar oor: 'Kom morgen maar even langs, dan kijken we er samen naar.'

'Ik sta hier hoor, Teta,' zei Caitlin.

Zaina schonk haar kleindochter een liefdevolle glimlach. 'Ik ga dood. Ik mag doen wat ik wil.'

'Je weet dat argument wel uit te buiten.' Leila kwam achter haar moeder staan en sloeg haar armen om haar heen.

'Zoveel als het maar kan.' Zaina trok Leila's onderarmen nog wat steviger om zich heen, en voor het eerst die middag verdween de opgewekte, warme uitdrukking op haar gezicht. Leila vlijde haar wang tegen die van haar moeder. Rosalind voelde tranen achter haar ogen prikken en sloeg haar blik neer.

'We hebben bij Wegman babyartisjokken gevonden.' Leila liet haar moeder los en liep naar de koelkast. 'Voor bij de kip.'

'Heerlijk.' Zaina klopte op Rosalinds hand. 'Je moet blijven eten. Leila kan geweldig koken.'

'Dat is zo.' Leila gaf Rosalind een knipoog. 'Ik ben een tovenaar in de keuken.'

'Alles wat ze goed kan, heeft ze van mij geleerd. Behalve zingen. Dat heeft ze van God geleerd.'

'En van goede docenten.' Leila trok de groentela open; haar krullen gleden over haar rug. 'Ja, kom eten. Caitlins verloofde Emil komt, en zijn vriend Bryn ook.'

'Komt Bryn ook?' Caitlins glimlach was breed en spontaan – precies die van haar moeder. 'Dat wist ik niet.'

'Bryn is beeldhouwer. Een briljant kunstenaar, vriendelijk en beleefd, en ook nog eens heel knap. Tweeëndertig en nooit getrouwd.' Zaina trok haar wenkbrauwen op. 'Ben jij vrijgezel, Rosalind?'

'Mama, niet doen.' Leila rolde met haar ogen. 'Als je niet uitkijkt, Rosalind, koppelt ze je aan iedere man in Princeton.'

'Ik ben single, ja.'

'Dat is dan afgesproken. Jij eet vanavond bij ons.'

'Ja, vind ik ook.' Leila schonk zichzelf een kop koffie in. 'Om je welkom te heten in de buurt.'

'Libanezen nodigen altijd mensen aan tafel uit.' Caitlin vulde bij de gootsteen de fluitketel met water en wierp een blik op Rosalind. 'Het is iets genetisch, die drang om mensen te voeren.'

'En hun ook veel te veel te voeren.' Leila kwam naast Rosalind aan het kookeiland zitten. Van zo dichtbij zag Rosalind bij Leila, ook al had ze levendige ogen en een jeugdige uitstraling, de lijntjes rond haar ogen en mond en de losser wordende huid bij haar keel. 'Waar ben je opgegroeid, Rosalind?'

'Los Angeles.'

'Je meent het.' Ze lachte enthousiast. Het was moeilijk om niet mee te lachen, ook al begreep Rosalind niet wat er zo grappig was. 'Ik ben dol op die stad. Ik heb op de USC Music School gezeten, dus ik ken het vrij goed. Waar in Los Angeles?'

'Ik ben opgegroeid in Beverly Hills.'

'O, *Beverly Hills 90210*.' Caitlin zette de rode fluitketel op het vuur. 'Ik was stapelverliefd op Jason Priestley. Zat hij toevallig bij jou in de klas?'

Rosalind deed of ze even nadacht. 'Niet dat ik me kan herinneren.'

'Wat deden je ouders, dat je in Beverly Hills woonde?' vroeg Leila.

En daar had je het. Rosalind had zichzelf zo vaak op dit moment voorbereid, geoefend op de nonchalante toon die ze zou aanslaan, bedacht hoe standvastig ze zou zijn om haar gespannenheid niet te laten zien. Maar in werkelijkheid bleek dat bijna onmogelijk. 'Ik... Mijn moeder was... actrice. Mijn vader was docent. Dramadocent.'

'Dat meen je niet.' Leila draaide zich abrupt om, zodat haar haar over Rosalinds arm streek. 'Wat is je achternaam?'

Ze kreeg de brok van spanning in haar keel nauwelijks weggeslikt en riep het bijna uit. 'Braddock.'

'Mijn god!' Leila slikte en keek in haar koffie. 'Braddock.'

'Braddock als in Daniel Braddock? O mijn god!' Caitlins mond viel open toen Rosalind knikte. 'Mama! Je held.'

'Ja.' Het woord was nauwelijks hoorbaar.

Caitlin gaapte haar aan. 'Wacht even. Dat betekent dat je moeder Jillian Croft was!'

'Dit is ongelofelijk.' Zaina's ogen waren bijna even wijd opengesperd als Caitlins mond. 'Gewoon hier in onze keuken!'

'Wat fantastisch.' Leila lachte, maar bleef in haar koffie staren. 'Je moeder was geweldig. Ze had zoveel talent. En ik was een enorme fan van je vader, Rosalind. Nog steeds. Hij was een heel belangrijke inspiratiebron voor me, en voor veel jonge actrices. Wat erg dat hij deze zomer een beroerte heeft gehad.'

'Hij is aan het herstellen.' Rosalind bleef stokstijf zitten om het trillen te onderdrukken. 'Heb je mijn ouders ooit ontmoet?'

'Ja.' Leila hief haar hoofd op en keek Rosalind recht in de ogen. Ze glimlachte. 'In een boekwinkel in Santa Monica. Ik heb uren in de rij gestaan. Je vader signeerde een van zijn boeken.'

'Heb je hem ontmoet?' Caitlin keek haar ontzet aan. 'Dat heb je me nooit verteld. Waarom heb je me dat nooit verteld?'

Leila haalde haar schouders op. Haar knokkels trokken wit weg om haar beker. 'Weet ik niet. Het was bijna onwerkelijk, en het was zo speciaal om iemand te ontmoeten die zoveel invloed heeft gehad op mijn werk. Misschien was ik bang dat als ik erover zou praten het te gewoon werd. Er waren die dag zoveel mensen. Ik was een van de velen. Misschien is dat raar.'

'Heel raar,' zei Caitlin.

'Nou ja, dat was mijn overdreven romantische reactie destijds.' Leila zette haar koffie neer en stond resoluut op. 'We moeten weer aan het werk. We moeten iets afspreken met die bloemist en meer locaties bekijken. Rosalind, we eten rond halfacht. Kom je rond halfzeven terug? Emil en Bryn zijn er dan, en dan kunnen we even een drankje drinken samen. Goed?'

'Ja.' Rosalind stond op, doodsbang dat haar knieën het zouden begeven. 'Prima. Kan ik iets meenemen?'

'O...' Leila wierp een blik op haar moeders perfect uitziende koekjes. 'Je wilde de ma'amoul invriezen voor de kerst – toch, mama?'

'Ja. Voor de kerst.' Zaina raakte de rand van het bord aan. Er viel een stilte. Rosalind besefte dat niemand wist of Zaina er over drie maanden nog wel zou zijn. Het leek onmogelijk. Op haar kortademigheid na leek ze vitaal, robuust en vol humor.

'Een toetje zou super zijn, dat heb ik nog niet. Dank je wel, Rosalind. We praten vanavond verder, goed?' Leila wendde zich tot haar dochter. 'Laten we eerst eens kijken of we de gastenlijst kunnen terugbrengen tot hanteerbare proporties.'

'O, geen probleem, hoor,' zei Caitlin liefjes. 'Dan strepen we gewoon al jouw vrienden weg.'

'Haha.'

'Dag, Rosalind.' Caitlin zwaaide naar haar. 'Leuk je ontmoet te hebben. Tot straks.'

'Ja.' Ze deed een stap bij het zwarte kookeiland vandaan, dankbaar dat ze kon vluchten om zichzelf weer in de hand te krijgen. 'Leuk om met jullie kennis te maken. Dank je wel voor de koffie, Zaina.'

'Graag gedaan.' Zaina kwam moeizaam overeind. 'Ik ga een dutje doen.'

'Heb je hulp nodig met de trap, mama?'

'Ik ga wel naar de slaapkamer achter. Die is heel comfortabel.'

Rosalind liep naar de hal en merkte na een paar passen dat er iemand achter haar liep. Bij de voordeur draaide ze zich om.

'Leuk dat je langskwam.' Leila maakte de deur voor haar open. 'Tot vanavond, Rosalind.'

'Ja. Nogmaals bedankt voor de uitnodiging.' Rosalind aarzelde. Ze probeerde neutraal te glimlachen en keek naar Leila's mooie gezicht, in de hoop daarop iets te zien waaruit de ware aard van hun relatie zou blijken. Maar Leila schonk haar alleen een kalme, serene glimlach, die niet verdween toen ze zich omdraaide en de deur achter zich dichtdeed.

Hoofdstuk 6

25 juni 1967 (zondag)

Vorige week ben ik geopereerd. Het doet nog steeds zeer, maar minder erg dan eerst. Ze zeiden dat het nog geen kanker was. Vóór de operatie zetten ze me tegen een muur en maakten ze foto's van me in mijn blootje. Het was verschrikkelijk. Ik stond daar te bibberen en deed erg mijn best om niet te huilen, maar dat lukte niet. Ik was bang en schaamde me dood. Ik probeerde te denken aan Sarah Browns tekst uit Guys and Dolls, *en in gedachten haar liedjes te zingen, maar het bleef ontzettend vernederend. Ik vroeg aan de kattige verpleegster waarom ze dit deden, en ze zei dat het moest van de dokter en dat ze verder niks kon zeggen. Is dat normaal vóór een operatie? Ik begrijp het niet. Ik kreeg het gevoel dat ik een of ander gedrocht was.*

Wat ben ik blij dat ik geen kanker heb. Ik kan nog steeds alles doen wat ik wilde. Maar waar blijft mijn menstruatie? Over vier maanden word ik zeventien. Zeventien! Wat is er mis met mij? En waarom vertelt niemand me wat? Mama zegt alleen maar dat ik me nergens zorgen over hoef te maken en dat we het niet de hele tijd over mij hoeven te hebben. Ik haat haar. Ik haat mezelf nog meer.

Mijn lichaam is op de meeste plekken veranderd zoals het hoort. Ik zie eruit als een vrouw. Ik heb borsten en heupen. Maar ik ben geen vrouw als ik niet ongesteld word. Dus als ik nooit ongesteld word, en ik geen vrouw ben, wat ben ik dan wel?

Opnieuw stond Rosalind voor het huis van Zaina, Leila and Caitlin, met een nog warme appeltaart in haar linkerhand. Aan haar rechterhand bungelde een boodschappentas met vanille- en kaneelijs en een doos bonbons, beide gekocht bij Thomas Sweet, een vet- en suikerparadijs op Palmer Square in het centrum van Princeton. Daar moest ze niet te vaak komen als ze geen sumoworstelaar wilde worden. Ze had ook een stuk extra sterke Vermont-cheddar gekocht bij Bon Appetit, een delicatessenzaak in het winkelcentrum van Princeton die zoveel lekkere dingen verkocht dat ze zich er bijna niet van kon wegrukken. Naast het ijs, de bonbons en de kaas had ze ook nog een bos trosrozen in vrolijke kleuren in haar tas.

Ze wilde een goede indruk maken. Vanavond was een belangrijke volgende stap om de band te versterken na een in haar ogen positieve eerste ontmoeting. Uiteindelijk wilde ze het punt bereiken waarop ze Leila ongedwongen apart kon nemen om haar de vraag te stellen: ben jij mijn moeder?

Met de tas aan haar arm drukte ze op de bel, maar een klein beetje minder zenuwachtig dan eerder die dag. De deur werd geopend door een lange, opvallend knappe man met blond haar, ongeveer even oud als Rosalind. Ze herkende onmiddellijk Emil Christopher van de foto op internet met de aankondiging van hun verloving in *The New York Times*. Hij was zo knap dat het irritant werd – zijn persoonlijkheid zou het altijd afleggen tegen zijn perfecte uiterlijk. Blauwe ogen, gladde huid, strakke kaaklijn, klassieke, ietwat scherpe neus. Een mooiboy van het soort waar elke school in Beverly Hills vol mee zat en dat Rosalind nooit een blik waardig keurde. Zijn soort was genetisch geprogrammeerd om voor vrouwen als Olivia en Eve te vallen. En voor Caitlin natuurlijk. Ondanks deze objectieve en rationele overwegingen voelde Rosalind toch een enorme aantrekkingskracht.

'Hai, jij bent vast Rosalind. Ik ben Emil, Caitlins verloofde. Zal ik dat even van je aannemen?' Hij nam de taart en de tas aan zonder haar antwoord af te wachten. 'Mmm, dat ziet er goed uit. Heb je die zelf gemaakt?'

'Ja.'

'Echt een kunstwerk.' Hij grijnsde net iets te lang naar haar. Zijn kleding was perfect casual, met een spijkerbroek die net versleten genoeg was en een blauwgroen poloshirt. Rosalind sloeg haar ogen neer en baalde van zichzelf. Als ze nu verlegen ging doen, sterkte ze hem alleen maar in zijn overtuiging dat hij onweerstaanbaar was. 'Kom binnen, Rosalind.'

'Bedankt.' Ze liep achter hem aan naar de keuken en snoof de uitnodigende geuren op. 'Wat ruikt het hier lekker.'

'Het ruikt hier altijd lekker. Leila en Zaina kunnen allebei geweldig koken. Hallo allemaal, kijk eens wie er is? Compleet met een prachtige zelfgebakken taart.'

Er klonken hartelijke begroetingen en kreten van bewondering, alsof ze Rosalind al veel langer kenden dan een paar uur. Zaina zat aan het kookeiland, haar ogen stralend van blijdschap. Leila stond achter het fornuis met zwarte ovenwanten die tot haar ellebogen kwamen. Caitlin stond naast haar met een glas water in haar hand. Vlak bij Zaina leunde een man tegen het kookeiland. Hij ging rechtop staan toen Rosalind binnenkwam.

'Rosalind, dit is mijn vriend Bryn Griffiths.' Emil zette haar taart op het aanrecht. 'Bryn, de enige echte Rosalind Braddock.'

'Hallo, Rosalind.' Bryn beantwoordde haar glimlach niet, maar hij leek niet onvriendelijk, alleen gereserveerd. Hij was maar een paar centimeter langer dan zij, had een goed figuur, droeg een bril met een smal montuur en had warrige krullen. Precies wat je je voorstelde als iemand 'Ierse dichter' zei. 'Ik heb al veel over je gehoord.'

'O.' Ze knikte een paar keer en wist niet goed wat ze daarop moest zeggen. 'Goh.'

'Bryn is beeldhouwer.' Caitlin sloeg haar arm vriendschappelijk om zijn nek en leunde tegen hem aan. 'Hij is briljant.'

Schamper merkte hij op: 'Volgens jou misschien.'

'Dat is toch het enige wat telt?' Ze gaf hem een klapzoen op zijn wang.

'Bryn en Emil waren huisgenoten op Princeton.' Leila glimlachte afwezig en streek een lok van haar voorhoofd die niet weggestreken wilde worden. De rest van haar haar had ze in een knotje gebonden, wat haar lange, ranke hals en haar jukbeenderen benadrukte. Er lag een blos op haar wangen door de hitte van het fornuis en ze droeg een spijkerbroek en bordeauxrode sweater. Ze had een schattig rood-wit genopt schort met strokenrok voorgebonden, zodat het eruitzag als een hippe halterjurk. 'Wat een fantastische taart. Die korst kun je niet zelf hebben gemaakt; hij ziet er te perfect uit.'

'Kwestie van geluk.' En jarenlang obsessief oefenen. Taart was haar vaders lievelingstoetje geweest. 'Ik hoop dat je van appel houdt.'

'Wie houdt er nou niet van appel?' Leila trok haar ovenwanten uit en keek haar met een warme glimlach aan. 'Bedankt, Rosalind. Dat ziet er heerlijk uit.'

Rosalind voelde zich absurd gevleid. 'Er zit ijs in de tas. Twee smaken.'

Emil keek in de tas. 'En sterke cheddar. Hoe wist je als Californische dat ze die hier hebben? Ik dacht dat kaas en appeltaart typisch iets voor deze regio waren.'

'Mijn moeder kwam uit Maine.'

'Kwam Jillian Croft uit Maine?' Caitlin trok haar inmiddels welbekende verbijsterde gezicht met de grote ogen.

'In zekere zin.' Rosalind glimlachte, maar had spijt dat ze over haar moeder was begonnen. Ze wilde juist over déze familie praten. 'Sylvia Moore kwam uit Maine. Mijn moeder werd Jillian toen ze met mijn vader naar Los Angeles verhuisde en carrière maakte.'

'Waarom staan we allemaal hier te praten?' Zaina gebaarde ongeduldig naar de woonkamer. 'We moeten eten.'

'Ja.' Leila klapte tweemaal in haar handen, als een leraar die de klas tot de orde roept. 'Emil, schenk jij de arak in? Bryn, help even hiermee. Rosalind, we gaan niet helemaal op de Libanese toer, maar er zijn een paar dingen die we je graag wilden laten proeven.

Arak wordt veel gedronken in Libanon. Het heeft een anijssmaak, net als Franse pastis of Griekse ouzo, maar dan lekkerder.'

'En het is dodelijk.' Bryn pakte een dienblad vol kommetjes met verschillende soorten noten, olijven en andere dingen die Rosalind niet herkende.

'Nou en of,' zei Emil. 'Een paar glazen en de wereld is net een wenskaart.'

'Een wenskaart?' Bryn keek hem over zijn schouder aan, terwijl hij hun voorging naar de woonkamer. 'Je bedoelt eentje waarop staat: "Gecondoleerd met uw verlies van de macht over het stuur."'

Caitlin schoot in de lach.

'Wacht, ik weet er ook een.' Leila grinnikte nog na. 'Wat dacht je van: "Een ongeluk zit in een klein arakje"?'

'Goeie, mama!'

Rosalind kon zich niet inhouden. '"Ik drink aan je..."'

'Ja, Rosalind.' Leila applaudisseerde. 'Ook een leuke.'

'Oké, oké.' Emil lachte goedmoedig. 'Misschien geen wenskaart.'

'Bryn, zet het blad maar op de salontafel. Als Rosalind en jij nou eens gezellig op de bank gaan zitten.' Zaina glimlachte extra lief. 'Dicht bij het eten.'

'Prima.' Bryn keek Rosalind met opgetrokken wenkbrauwen aan. 'Oké?'

Rosalind haalde haar schouders op en ging naast hem op de bank zitten. Zaina liet zich op een stoel bij het raam neerzakken, terwijl Emil en Caitlin toepasselijk de loveseat deelden. Leila liep naar de oorfauteuil en ging ervoor op de grond zitten. Ze leunde tegen de zachte zitting en strekte haar lange benen voor zich uit.

'Eet,' gebood ze Rosalind. 'Probeer alles. Bescheidenheid is verboden.'

Een paar happen later besloot Rosalind dat als koppelen inhield dat ze het dichtst bij het eten zat, ze er geen enkel probleem mee had. Er stonden kommetjes met olijven, pistachenoten, geroosterde kikkererwten, knalroze rapen in het zuur, en een dikke, pikante crème die ze *labneh* noemden, opgediend met *za'atar*, een geurig en enigszins zuur kruidenmengsel. Ze volgde de aanwijzingen op, besmeerde een driehoekje pitabrood – dat zij *khoubz* noemden – met labneh en garneerde het met een plakje tomaat en een snufje za'atar. Het was goddelijk. Ze moest het rustig aan doen, anders had ze geen ruimte meer voor datgene wat er zo lekker rook in de keuken.

Emil vulde bedreven voor iedereen longdrinkglazen met ijs en arak, een heldere vloeistof die troebel werd wanneer je er water bij deed. Het was lekker droog, verfrissend en zoals Bryn al had gezegd erg sterk.

'Op onze nieuwe buurvrouw!' Zaina zweeg even met haar hand op haar borstkas om op adem te komen en hief toen haar glas. 'Rosalind, fijn dat je er bent.'

'Proost.' Emil tikte joviaal tegen haar glas. 'We willen er alles over weten hoe het is om op te groeien met beroemde ouders.'

'Emil.' Caitlin gaf hem een pets op zijn schouder. 'We gaan niet de hele avond bij Rosalind lopen slijmen.'

'Slijmen? Ik?'

'Liever rijmen dan slijmen,' zei Bryn zachtjes.

Rosalind giechelde. 'Of geheimen.'

'Nieuwsgierig dan,' zei Caitlin. 'Je steekt overal je neus in.'

'Niet waar,' mompelde Rosalind. 'Dat was Pinocchio.'

Bryn proestte het uit.

'Ik ben niet nieuwsgierig, Cait. Ik wil gewoon alles weten over haar vader en moeder en alle beroemde mensen die ze kenden toen ze opgroeide.' Emil dook weg voor Caitlins volgende pets door op te staan en op het eten af te lopen. Hij keek Rosalind met een lome, onweerstaanbare glimlach aan toen hij voor haar stond en een handje pistachenootjes pakte. 'Iedereen vraagt vast altijd naar je ouders.'

'Nee, jij bent de eerste.' Ze glimlachte terug en probeerde niet te blozen. Deze man was veel te aantrekkelijk. 'Mijn standaardantwoord is dat het net zo is als opgroeien met gewone ouders, alleen waren die van mij beroemd.'

'Kom op. Het was vast wel wat spannender dan dat.' Emil spleet een pistachenoot open en mikte het nootje in zijn mond. 'Feesten, drugs, orgies...'

'Laat haar met rust, Emil.' Caitlin klopte op het kussen naast haar. Emil ging gehoorzaam zitten.

'Als dat het standaardantwoord is, wat is dan het echte antwoord?' vroeg Bryn.

Rosalind nam een slok arak om tijd te winnen. Ze was er bedreven in geworden domme vragen te ontwijken, maar de ontwapenende eenvoud van Bryns vraag leek een beter antwoord te verlangen, hoewel ze niet de hele waarheid kon vertellen. Haar moeders ziekte was niet echt een gezellig gespreksonderwerp. 'Volgens mij hetzelfde. Ik weet niet beter.' Rosalind dwong zichzelf naar Leila te kijken, die onbewogen terugkeek. 'Voor mij voelde het normaal, al wist ik natuurlijk wel dat wij een stuk meer aandacht kregen dan andere kinderen of gezinnen. Soms was het leuk, soms moeilijk. Maar dat heeft iedereen, denk ik. Ik kan het niet goed inschatten.'

'Zelfde problemen, zelfde dynamiek, andere context.' Bryn pakte het dienblad op en hield het Zaina voor.

'Dank je, lieverd.' Zaina koos een olijf en stopte hem in een driehoekje pitabrood met labneh. Rosalind wilde onmiddellijk die combinatie ook proberen. 'Bryns vader is rechter in Massachusetts. Zijn moeder is een vooraanstaand advocaat.'

Bryns gezicht verstrakte. Hij draaide zich om en presenteerde het blad aan Caitlin.

'Dat is niet niks.' Rosalind had met hem te doen. Zaina ging te ver met ophemelen. 'Dus je bent opgegroeid in de regio Boston.'

'Ja.'

'Brookline.' Emil pakte nog wat pistachenoten.

'En je bent beeldhouwer? Exposeer je?'

'Af en toe.' Hij bukte zich om Leila het blad voor te houden.

'Af en toe?' Caitlin snoof. 'Hij had vorig jaar nog een solo-expositie in een galerie in SoHo. Zijn werk gaat voor grote bedragen over de toonbank.'

'Wauw.' Rosalind hoefde deze keer niet te doen alsof ze onder de indruk was. 'Wat fantastisch. Gefeliciteerd.'

'Bedankt.' Hij zette het blad op tafel en ging weer naast haar zitten. 'Beter dan uit een kanon geschoten worden.'

'Een kanon?' Ze schoot geschrokken in de lach. 'Meen je dat? Heb je in een circus gewerkt?'

'Nee.' Hij nam rustig een slok van zijn drankje, terwijl iedereen begon te lachen.

Rosalind kreeg een kleur. 'Wat dan?'

'Hij plaagt je maar.' Leila giechelde nog na met haar vingers voor haar mond.

'Hij heeft gewoon een raar gevoel voor humor.' Caitlin keek hem met een stralende glimlach aan, haar hand op het gespierde bovenbeen van haar verloofde. 'Hij is hilarisch.'

'Nee hoor.' Bryn wierp een blik op Rosalind en keek toen snel weg. 'Sorry daarvoor.'

'Dat geeft toch niets? Het was grappig.' Een beetje vreemd, maar grappig. 'Wat doe jij voor de kost, Caitlin?'

Ze trok een grimas. 'Ik werk voor Jersey Insurance. Mijn functietitel is eikel-assistente.'

'Caitlin!' Leila keek haar streng aan.

'Ik wil niet weten wat dat allemaal inhoudt,' zei Bryn.

Zaina maakte een kruisteken. 'De jeugd van tegenwoordig!'

'Emil heeft een echte baan.' Caitlin klopte op zijn dijbeen. 'Zodra we getrouwd zijn, neem ik ontslag en ga ik een heel jongenselftal baren.'

Emil deed alsof hij zich verslikte. 'Jezus.'

'Wat nou?' Ze knipperde onschuldig met haar ogen.

'Wat doe jij dan, Emil?'

'Ik ben managementconsultant bij Bain & Company in New York.' Hij gaf Rosalind een knipoog, waar ze het warm van kreeg, ook al had ze een hekel aan mannen die knipoogjes gaven. 'Geef maar toe: toen je binnenkwam, dacht je vast dat ik de kunstenaar was en Bryn de zakenman. Heb ik gelijk of niet?'

'Eh... nee.' Ze lachte beleefd. 'Dat raadde ik. Maar ik heb geen vervolgvragen, want ik weet niets van die wereld.'

'En terecht.' Met genoegen leegde hij zijn glas. 'Het is geen spannend gespreksonderwerp.'

'Nee, inderdaad,' zei Caitlin. 'Ik heb het liever over de bruiloft en hoe we dat in een maand gaan redden. Ons doel is de tiende, toch? November?'

Emils gezicht verstrakte. 'Blijkbaar.'

'Wat?' Caitlin pruilde. 'Wil je er niet over praten?'

'We praten nergens anders meer over.' Hij gebaarde naar Rosalind. 'Ik wil onze gast niet vervelen.'

'Rosalind gaat ons helpen,' zei Zaina. 'Zodat Leila en ik lekker achterover kunnen leunen en bonbons kunnen eten.'

'Echt waar?' Emil richtte zijn blauwe ogen op Rosalind. 'Wat ontzettend aardig van je.'

Rosalind knikte kort, het lichte gevoel in haar hoofd negerend.

'Laten we het er nu maar over hebben, dan kunnen we tijdens het eten relaxen.' Leila voelde in de zakken van haar schort en haalde er een stukje papier uit en een pen met een grijnzend hoofdje met pluizig regenbooghaar aan het uiteinde. 'Dit zijn mijn punten, grofweg in volgorde van urgentie: locatie, trouwambtenaar, cateraar, muziek, bloemen, alcohol, taart, uitnodigingen, jurk, haar en make-up. Wie wil wat?'

Emil stak zijn hand op. 'Ik doe de make-up wel!'

'Ja, goed idee.' Caitlin had een kleur gekregen van de alcohol. 'Krijgen we een clown als bruid!'

'Niet make-up.' Leila wees met haar grappige pen naar Emil. 'Jij regelt de drank.'

'Oké. Bij mijn sterke punten blijven.' Hij keek in zijn lege glas. 'Over drank gesproken...'

'Ik kan de uitnodigingen ontwerpen.' Bryn stak kort zijn hand op. 'En ik kan Caitlin helpen met inkopen doen.'

'Dank je wel.' Caitlin knipperde met haar ogen naar hem. 'Wat ben je toch lief.'

'Hé, dat hoor je tegen mij te zeggen.' Emil wees op zichzelf.

'Jij bent ook lief.' Ze kneep in zijn wang.

'Dank je, Bryn.' Leila maakte een aantekening op het papier.

'Ik maak de taart.' Zaina nam een slok en kreeg een hoestbui. Emils zelfingenomen houding verdween; hij sprong overeind en schonk een glas water voor haar in. Er hing een gespannen stilte in de kamer terwijl ze dronk, zelfs toen ze met haar hand wapperde om te laten weten dat ze in orde was.

Caitlin keek haar geschrokken aan. 'Gaat het, Teta?'

'Ja hoor, natuurlijk.' Zaina klopte op haar borstkas. 'Mijn hart is het probleem, niet mijn drinkgedrag.'

'Weet je zeker dat het niet te zwaar voor je is om de taart te maken, mama?'

'O nee, nee.' Zaina wuifde Leila's bezorgdheid weg. 'Dat is niet te zwaar. Ik doe het.'

'Dank je, Teta.' Caitlin hief haar glas naar haar grootmoeder.

Rosalind stak haar hand op. 'Ik kan je haar doen. Ik kan een stijl uitproberen, en als je het niets vindt, laat je het door iemand anders doen, dan voel ik me niet gepasseerd. Maar mijn prijs is beter, want ik ben gratis.'

'Wauw. Dank je...' Caitlin schonk haar een korte, ongemakkelijke glimlach.

'Ik kan ook helpen met inkopen doen of andere klusjes. Ik zit de komende maanden toch maar gewoon thuis.'

'Echt?' Caitlin keek haar jaloers aan. 'Doe je helemaal niets?'

'Rosalind, waarom ga je morgen met Bryn niet een paar locaties bekijken, wanneer Caitlin op haar werk is?' Zaina keek met een brede grijns naar de bank. Bryn grinnikte binnensmonds.

'O nee hoor, dat doen ze niet.' Caitlin schudde verwoed haar hoofd. 'Bryn is hartstikke druk en Rosalind, jij kent ons pas net, we kunnen dit niet allemaal van je vragen.'

'Ik vind het niet erg, hoor.' Rosalind keek Bryn aan. 'Jij?'

'Nee, echt.' Caitlin verhief haar stem. 'Dat is te veel gevraagd.'

'Ik vind het ook niet erg,' zei Bryn. 'Ik heb op dit moment geen grote projecten lopen. Ik ken wel een paar minder traditionele locaties die mogelijk geschikt zijn. Ik kan de gebruikelijke plekken ook bellen en bijhouden of er annuleringen zijn.'

Caitlin keek wanhopig. 'Maar dat is –'

'Wat is er, Cait?' Emil keek haar aan. 'Heb je liever geen hulp? Je zegt toch steeds hoeveel werk het is?'

'Natuurlijk wil ze hulp. Dat willen we allemaal. Als ik wil blijven zingen, moet ik meer oudevrouwenrollen instuderen.' Leila trok een grimas. 'Ik had de komende twee maanden ingeruimd om aan een paar nieuwe te werken, maar toen veranderde de datum van de bruiloft...'

'Die moet je ook echt gaan instuderen.' Rosalind wierp een blik op de mokkende Caitlin en voelde zich schuldig. Zij zou ook van streek zijn als een volslagen onbekende zich met haar bruiloft ging bemoeien. Maar deze kans om op een ongedwongen manier tijd met de Allertons door te brengen was gewoon te ideaal. 'Ik heb best veel tijd om te helpen.'

'Goed dan.' Leila hief haar glas. 'Heel erg bedankt.'

'Ja, jullie allebei bedankt.' Zaina glimlachte grootmoederlijk. 'Maar vooral jij, Rosalind, dat je dit doet voor mensen die je niet kent. God heeft vast een reden om jou op ons pad te brengen.'

Rosalind bloosde, zich sterk bewust van Emils dankbare glimlach. Na een leven lang bekritiseerd worden door haar vader had ze weinig ervaring met zulke openlijke waardering.

‘Als je weer thuis bent, moet je maar eens proberen of je op water kunt lopen,’ zei Bryn zachtjes. ‘Misschien in de badkuip.’

‘Ik oefen elke dag,’ antwoordde ze, net zo zacht. ‘Maar ik zink altijd.’

‘Willen jullie iets delen met de groep?’ vroeg Caitlin.

‘Laat ze lekker.’ Leila wees naar het eten. ‘Wat vond je ervan, Rosalind?’

‘Volgens mij ben ik in het afgelopen halfuur een kilo aangekomen.’

‘Je hebt een uitstekende smaak,’ zei Leila. ‘We halen bijna alles bij Sahadi in Brooklyn. Ga maar eens langs wanneer je weer in de stad bent.’

‘Zeg maar dat ik je gestuurd heb,’ zei Zaina. ‘Dan behandelen ze je als familie.’

‘Zal ik doen.’ Het liefst zou Rosalind er met haar moeder heen gaan. ‘Ben je weleens in Libanon geweest, Leila?’

‘Een paar keer. Met mama.’ Ze keek met een warme blik naar Zaina. ‘Toen ik klein was, zijn we een zomer in de bergen geweest. En na mijn afstuderen zijn we twee weken in Beiroet geweest, en in 2008 nog eens twee weken.’

‘Mijn laatste bezoek aan thuis,’ zei Zaina nuchter. ‘Ik zal er in dit lichaam niet meer terugkeren.’

‘Wou je dan het lichaam van iemand anders gebruiken?’ Caitlin huiverde. ‘Eng, hoor.’

Zaina schoot in de lach. ‘Ik neem het jouwe wel, en dan laat ik je rauwe lever eten. Als ontbijt. Met uien.’

Iedereen moest lachen bij Caitlins verschrikte blik.

‘Ben jij er weleens geweest?’ vroeg Rosalind.

Caitlin schudde haar hoofd. ‘Ik kon telkens niet.’

‘Je durft niet.’ Emil stond op en zwaaide met zijn glas. ‘Iemand nog wat drinken?’

‘Ik durf wél.’

‘Toen we er in 2008 heen gingen, gold er een negatief reisadvies, en dat vond ze eng.' Leila keek haar dochter meelevend aan. 'Ik voelde me er zo veilig als wat. De mensen zijn erg aardig en gastvrij. Iedereen behandelt je als familie. En ze zijn allemaal zo knap! Pikdonker haar, een goudbruine huid en lichtgrijze ogen. Mijn god. Ik werd zelfs verliefd op de vrouwen daar.'

'Mama!'

'Mama wordt bi,' mompelde Bryn.

Rosalind keek hem even aan en wendde zich toen tot Zaina. 'Heb je daar nog familie?'

'Jazeker.' Zaina zwaaide met haar arm alsof ze de afstand tot haar thuisland wilde overbruggen. 'Achterneven en -nichten en achterachterneven en -nichten, zowel in Beiroet als in Zahleh, de stad in de bergen waar ik ben opgegroeid.'

'Er valt niet aan die familie te ontkomen, al zou je willen.' Leila lachte en sloeg haar benen over elkaar. 'We werden elke dag ergens uitgenodigd, vaak twee keer, soms zelfs drie keer. Het was geweldig, al had ik eerlijk gezegd soms het gevoel dat ik niet eens kon ademhalen zonder dat iemand aan me vroeg of het een fijne ademhaling was en of het ademhalen in Libanon me beviel en of ze iets konden doen om het ademhalen nog aangenamer te maken.'

Zaina knikte. 'Ja, dat is waar,' zei ze met een glimlach. 'Laten we zeggen dat sommigen niet voor niets emigreren. Vooral als je vijfentwintig bent en je zes tantes hebt die menen te weten wat het best voor je is.'

'Dat klinkt verstikkend,' zei Caitlin. 'Ik ben dol op mijn familie, maar met jullie twee vind ik het meer dan genoeg.'

'Wat ben je weer aardig, Cait.' Emil ging weer zitten met zijn bijgevulde glas.

'Ja, bedankt.' Leila rolde met haar ogen.

'Familie is heel belangrijk in Libanon. Misschien soms te belangrijk.' Zaina zette haar halfvolle glas op het bijzettafeltje naast haar stoel en sloeg haar armen over elkaar. 'Maar jullie Amerikanen zouden wel wat van ons kunnen leren.'

'Hoe bedoel je?'

'Wat heb jij vanavond, Caitlin?' vroeg Leila. 'Je doet de hele tijd zo prikkelbaar.'

'Ik doe niet –' Caitlin maakte haar zin niet af en lachte. Emil sloeg een arm om haar heen en gaf haar een knuffel, waardoor ze bijna haar glas omgooide, maar ze bleef tenminste lachen en kreeg een blos op haar gezicht. 'Ik, prikkelbaar? Hoe kom je daar nou bij, mama?'

Leila lachte ook. 'Moederlijke intuïtie. En al je stekeligheden.'

'Het spijt me.' Caitlin rechtte haar rug en keek even naar Rosalind. 'Ik ben denk ik een beetje gestrest.'

'Kan ik me voorstellen.' Leila wierp haar dochter een kushandje toe. 'Je hebt veel aan je hoofd. Wij allemaal. Zullen we aan tafel gaan?'

Er werd enthousiast en instemmend gemompeld. Glazen werden haastig geleegd, iedereen stond op en pakte borden op om mee terug te nemen naar de keuken. Bryn gaf Zaina een arm en liep met haar naar de eetkamer. Rosalind kwam achter hen aan, betoverd door wat er zojuist tussen moeder en dochter had plaatsgevonden. Er werd rustig een heldere boodschap overgebracht, die werd begrepen en gerespecteerd, en daarna was alle spanning direct verdwenen.

Bij de Braddocks had je geluk als de stemming een dag later was bijgetrokken. Tot die tijd waren er gekwetste gevoelens, harde woorden, vijandige stiltes en moeizame gesprekken. Eve klapte dicht en Olivia mokte. Rosalind probeerde met pijn in haar buik de boel weer glad te strijken. Hoe vaak had ze niet het gevoel gehad dat ze door buitenaardse wezens in dat gezelschap vol botsende ego's en neuroses was gedropt?

Oké, de Allertons deden vanavond waarschijnlijk wel extra hun best met haar en Bryn erbij, en Rosalind had bij haar eigen ouders thuis ook veel leuke tijden gekend. Maar ze kende niet de vanzelfsprekende, warme steun en liefde die ze hier zag, en dat ook nog eens bij een familie die in de nabije toekomst een groot verdriet te wachten stond.

'Rosalind, jij mag hier zitten.' Leila wees naar een stoel aan de donkere houten eettafel, gedekt met kleurige placemats en felgele borden. 'Bryn, jij zit naast haar. Mama aan het hoofd en Caitlin en Emil aan die kant.'

Rosalind ging naast Bryn zitten.

'Heb ik iets gemist?' mompelde hij. 'Zijn we aan het daten?'

'Daar lijkt het op.'

'Vreemd.' Hij wierp haar een korte blik toe. 'Meestal heb ik het door als ik aan een relatie begin.'

'Deze wordt kant-en-klaar aangeleverd, als Athene uit het hoofd van Zeus.'

Hij lachte, waardoor hij rimpeltjes rond zijn ogen en kuiltjes in zijn wangen kreeg. 'Misschien vind ik het wel leuk om met jou te daten.'

'Beter dan uit een kanon –'

'Wat zitten jullie te fluisteren?' Caitlin was ook gaan zitten.

'Staatsgeheimen,' zei Bryn. 'Als ik het vertel, moet ik je helaas vermoorden.'

'Hé.' Emil stond bij het dressoir een fles wijn te ontkurken. 'Dat is mijn verloofde. De enige die haar mag vermoorden, ben ik.'

Caitlin rolde met haar ogen. 'Emil, wat ben je toch weer lief.'

'Tadaa!' Leila kwam de eetkamer in met een enorme schaal waarop twee gebraden kippen lagen, omringd door zacht gegaarde groenten die kennelijk meegegrild waren. Emil nam de schaal van haar over. 'Dank je, Emil. Zet daar maar neer.' Ze wees naar het midden van de tafel, ging zitten en legde haar servet op haar schoot. 'Zaina, wil jij het dankwoord uitspreken?'

'Natuurlijk.' Zaina vouwde haar blauw dooraderde handen in elkaar en boog haar hoofd. 'Dank u, God, voor deze heerlijke maaltijd, en dat U ons vanavond samengebracht hebt. En onze speciale dank aan Rosalind, die we zo hard aan het werk gaan zetten voor deze bruiloft dat ze spijt krijgt dat ze ooit bij ons heeft aangebeld. Amen.'

Rosalind keek grijnzend op. 'Dank je. Denk ik.'

Leila pakte een dodelijk uitziend zilveren vleesmes en -vork met gegraveerd handvat en begon het gevogelte in stukken te snijden. Caitlin vertelde een lang verhaal over haar arrogante, vrouwonvriendelijke baas, af en toe onderbroken door plagerige beschuldigingen van overdrijving door haar verloofde, en er werd veel gelachen. Rosalind genoot van haar perfect gebraden kip, op smaak gebracht met citroen en oregano, en gaf antwoord op de vragen die haar gesteld werden. Ze zoog het familiegebeuren in zich op met een mengeling van genot, afgunst en melancholie. Ze had wel vaker bij hechte gezinnen aan tafel gezeten, vooral bij de ouders van haar studievriendin Becky, die in Brooklyn woonden. Maar dit was – hoogstwaarschijnlijk – háár familie, en het deed haar zeer dat ze hen vierendertig jaar had gemist.

Na de kip volgde een gigantische groene salade met een dressing van karnemelk en kruiden, en als nagerecht Rosalinds appeltaart, die iedereen ophemelde alsof het een onbetaalbaar kunstwerk was. Hierna kwamen er kleine kopjes decafé espresso op tafel en een zilveren schaal vol dadels en gedroogde abrikozen. Tot slot Rosalinds bonbons, en Emil schonk glazen cognac in. Tegen de tijd dat Rosalind haar laatste hap had gegeten en haar laatste slok had gedronken, was ze een beetje aangeschoten, zat ze heel erg vol en was ze stukken blijer dan ze zich in lange tijd gevoeld had.

'Heel erg bedankt, allemaal. Ontzettend leuk om met jullie kennis te maken. Ik vond het fijn om erbij te zijn vanavond.' Ze stond op en keek glimlachend de tafel rond. Ze hoopte maar dat ze recht op haar benen stond en niet met dubbele tong sprak.

'Het was ons een waar genoegen.' Zaina kwam moeizaam overeind. 'Ik zal het ijs even pakken.'

'O nee, hou het alsjeblieft, hou alles. Het is een cadeautje, en jullie hebben zo heerlijk gekookt. Alles was zalig. En er kwam geen eind aan. Mijn god, ik kan me niet heugen wanneer ik voor het laatst zoveel gegeten heb.'

'Leuk dat je er was.' Leila glimlachte vanaf haar plek aan de tafel. 'Dank je wel dat je wilt helpen met de bruiloft.'

Bryn schoof zijn stoel naar achteren. 'Ik haal je morgenochtend op. Tien uur, is dat goed?'

'Prima. Caitlin...' Rosalind probeerde zo vriendelijk mogelijk te kijken. 'Bedankt voor het warme welkom. Ik help jullie graag waar ik kan.'

'Oké.' Caitlin keek haar kort aan. Dat zou nog een uitdaging worden, dacht Rosalind.

Schuchter wendde ze zich tot Emil. Ze voelde zich net een puber, stom en verlegen. 'Welterusten.'

'Ik breng je wel even thuis.' Hij stond op.

'Wat?' Caitlin staarde hem aan. 'Naar de overkant?'

'Dat doet een echte heer.' Hij schoof zijn stoel weer aan.

Rosalind raakte bijna in paniek. 'Nee joh, dat hoeft niet. Ik heb geen escorte nodig.'

Caitlin wees naar Bryn. 'Bryn gaat ook. Hij kan met haar meelopen.'

'Bryn blijft nog even om met mij naar ontwerpen voor de taart te kijken,' zei Zaina.

'Hallo?' Rosalind zwaaide met haar hand. 'Dit is waanzin. Ik red me prima alleen.'

'Kleine moeite. Kom, we gaan.' Emil liep naar de deur van de eetkamer.

Rosalind keek hulpeloos naar Caitlin, die met toegeknepen ogen haar verloofde nakeek. Het laatste wat Rosalind wilde, was haar nieuwe zus boos maken. 'Is er iets wat ik moet weten over deze buurt? Gangs? Schietpartijen? Kidnappings?'

'Nee.' Caitlin rolde met haar ogen. 'Hij probeert gewoon indruk te maken.'

'Dat hoef ik niet te proberen. Ik bén al indrukwekkend.' Emil liep terug en gaf haar een kus op haar voorhoofd. 'Rustig maar, Cait. Ik ga er niet met haar vandoor.'

'Misschien moet je dat maar wel doen,' mopperde ze, maar godzijdank glimlachte ze toen naar hem, al was het niet van harte.

'Klaar, Rosalind?'

'Klaar. Nogmaals: bedankt, iedereen, voor de heerlijke avond.' Rosalind liep achter Emils forse gestalte aan door de keuken, waar hij als een echte heer de achterdeur voor haar openhield, hoewel ze nog steeds niet kon peilen of hij dat nu wel of niet was. De avondlucht rook zoet en fris naar de naderende herfst. Het voelde veel te intiem om hier met Emil te zijn.

'Sorry voor daarnet. Cait wordt altijd een beetje bezitterig wanneer ze drinkt. Komt wel goed.'

'O.' Rosalind wilde hier haar vingers niet aan branden. 'Ze hoeft zich over mij in elk geval geen zorgen te maken.'

'Bedoel je dat je niet eens in de verleiding wordt gebracht?'

Ze keek hem laatdunkend aan en hij schoot in de lach. Hij was echt razendaantrekkelijk. Hoewel ze wat dit betreft aan Caitlins kant stond, kon ze niet ontkennen dat ze iets van opwinding voelde. Een roes van de alcohol, de zwoele avondlucht en een belachelijk knappe escorte. Een bedwelmende combinatie. Het was al een tijd geleden dat er iemand met haar had geflirt zonder dat ze haar pepperspray wilde trekken.

'Het lijkt me leuk om te helpen met jullie bruiloft. Ik voel me gevleid dat de familie me dat toevertrouwt.'

'Ja, het zijn prima mensen. Wacht...' Hij legde bij de stoeprand zijn hand op haar arm om haar tegen te houden, keek eerst de ene kant de weg af, die totaal verlaten was, en toen de andere kant. 'Oké, nu.' Hij pakte Rosalinds hand en trok haar mee.

Lachend rende ze met hem mee. 'Wat doe je?'

'Pfoe.' Hij grijnsde naar haar. 'Gelukt.'

Rosalind trok haar hand weg, en probeerde te stoppen met giechelen. 'Dat sloeg nergens op.'

'Natuurlijk niet. Maar het was wel leuk. Welk huis?'

'Deze kant op.' Ze liep in de richting van het huis van de Gardners.

Emil kwam naast haar lopen. 'Weet je, Rosalind...'

Toen hij niet verderging, keek ze hem aan. 'Wat weet ik, Emil?'

Hij bleef staan en draaide zich naar haar toe, lang en sexy, ook al zag hij bleek in het kille licht van de straatlantaarn. 'Ik vind het erg bijzonder dat je de dochter van Daniel Braddock bent.'

'De meeste mensen vinden het vooral bijzonder dat ik de dochter van Jillian Croft ben.'

'Ja.' Hij knikte langzaam. 'Sexy vrouw was dat.'

'Jezus.' Rosalind maakte een wegwuivend gebaar en liep verder. 'Het was wel mijn moeder, hè!'

'Echt, ik vond haar geweldig.'

'Ja, ik weet het.' Ze hief haar armen op en liet ze toen vallen. 'En met jou vele andere mannen.'

'Ik bedoel dat ik haar een goede actrice vond.' Hij legde zijn hand op haar arm om haar weer tegen te houden. 'Je lijkt niet echt op haar.'

'Goh, bedankt.' Ze gaf hem een speels duwtje en probeerde het luchtig te houden, terwijl haar hart als een razende tekeerging. Ze had al heel vaak gehoord dat ze niet op haar moeder leek, maar nu ze wist waarom, werd het een gevaarlijk onderwerp.

'O nee, zo bedoel ik het niet.' Hij pakte haar bij haar schouders en hield haar zo stevig vast dat ze niet makkelijk weg kon komen. 'Ik meen het, Rosalind. Ik bedoel niet dat je niet aantrekkelijk bent. Je bent ontzettend aantrekkelijk, geloof me.'

'Nee, dat is... Nee.' Ze sneed met haar hand denkbeeldig haar keel door. 'Stop. Ander onderwerp.'

'Oké. Maar geloof je me wel?'

'Ja. Ja. Nu ophouden.'

'Het punt is...' Hij keek haar nieuwsgierig aan. 'Het punt is dat Caitlin me heeft verteld dat Leila helemaal weg was van je vader.

Echt geobsedeerd. Ze had al zijn boeken en keek vaak naar filmpjes waarop hij lesgaf. Caitlin heeft in haar moeders bureau een keer een map over Daniel Braddock gevonden, vol foto's en krantenknipsels, over een periode van tientallen jaren. Ze heeft zich altijd afgevraagd wat dat was. Het leek mij meer dan alleen professionele bewondering. Ik wist niet dat ze elkaar ook echt ontmoet hadden, totdat Cait het vanavond zei. Lang geleden, minstens vijfentwintig jaar of nog meer. Leila heeft daar nooit wat over gezegd, wat ik nogal vreemd vind.'

Rosalind voelde de angst omhoogkruipen. Plotseling was ze broodnuchter en wist ze heel zeker dat ze niet wilde horen wat Emil nu ging zeggen. Maar ze was ook niet in staat om hem tegen te houden. Hij zou opperen – of nog erger: bewijzen – dat Leila en haar vader een affaire hadden gehad, dat Rosalind daar het resultaat van was, en dat Jillian Croft haar had geadopteerd en grootgebracht zonder te weten dat Rosalind de liefdesbaby van haar echtgenoot was. Of juist, wat nog vele malen erger zou zijn, mét haar medeweten.

Rosalind zou onmogelijk in staat zijn om dat nieuws aan te horen en normaal te reageren. Ze wilde het nu al hier midden op straat op een schreeuwen zetten.

Het had haar de afgelopen weken veel moeite gekost om zich te verzoenen met de nieuwe feiten die ze over haar leven aan de weet was gekomen. Leila was waarschijnlijk zwanger geraakt onder omstandigheden die het haar onmogelijk maakten de baby te houden, dus had ze Rosalind aan haar ouders gegeven, die dolgraag een tweede dochter wilden hebben. Om redenen die Rosalind hier wilde achterhalen, werden er betalingen gedaan, die nog steeds doorgingen.

Nu zou Emil eruit flappen dat Rosalind het resultaat van een affaire was, wat niet alleen haar vorige, relatief comfortabele scenario aan diggelen zou slaan, maar waardoor ook duidelijk zou zijn dat ze hier in Princeton was om haar moeder te leren kennen.

Rosalinds plan was geweest ruimschoots de tijd te nemen om haar vermoedens te bewijzen of te weerleggen, en om de informatie in haar eigen tempo te verwerken, en niet om waarheden in haar gezicht geslingerd te krijgen waar ze nog niet klaar voor was.

Ze slikte. 'Ja, en?'

'Ik vraag me af of ze een affaire hebben gehad.' Hij keek om naar het huis en kwam nog dichterbij staan. Ondanks haar naderende ondergang viel het haar op dat hij heel lekker rook. 'Ik vraag me af of er uit hun affaire een dochter geboren is.'

Het voelde alsof haar keel werd dichtgeknepen. Ze wilde iets zeggen, maar kon alleen maar haar hoofd schudden.

'Wat zou betekenen dat jij en Caitlin halfzussen zijn.'

Tranen welden op in haar ogen en rolden over haar wangen. 'Emil...'

'Sorry, Rosalind. Het spijt me dat ik je dit aandoe.' Hij veegde haar tranen weg en met warme, zachte vingers tilde hij haar kin op, zodat ze hem wel moest aankijken. 'Maar ik wil heel graag weten of Daniel Braddock de vader van Caitlin is.'

Hoofdstuk 7

22 september 1967 (vrijdag)

Ik heb de hoofdrol gekregen in het najaarsspel Harvey. *Ik speel een oude vrouw, de zus van een man die bevriend is met een onzichtbaar konijn van twee meter. Klinkt gek, maar het is een mooie rol. Ik let op oude vrouwen om te zien hoe ze bewegen, maar wanneer ik thuis mijn tekst oefen, is het net of ik een oude vrouw in me heb die het al weet.*

Ik hoef alleen dit jaar en volgend jaar nog zien te overleven en dan ben ik klaar met school en kan ik hier weg. Het allerliefst wil ik naar New York om aan de Stella Adler Studio te studeren. Wat mij betreft is dat eigenlijk de enige optie. Ik weet nog niet hoe ik het ga betalen, maar ik ben er gewoon voor voorbestemd. Ik hóór daar. Daar heb ik geen enkele twijfel over. Ik vind wel een manier.

Mama is trots op me (voor de eerste keer in mijn leven?) omdat ik zoveel bij Finch in de winkel werk. Ze denkt dat ik na school daar carrière wil maken. Lachwekkend vind ik dat. Ik probeer gewoon zo veel mogelijk geld te sparen zodat ik hier weg kan. Ze kent me echt totaal niet. Mijn juf op de kleuterschool zei altijd: 'Stop, kijk en luister.' Bij mij doet ze al die drie dingen nooit. Ik ben onzichtbaar, behalve wanneer ik haar irriteer.

Ik heb een keer een foto van mama gezien in een fotoalbum. Ik verveelde me en pakte toen dat album van de boekenplank. Ze was heel jong en knap! Wat is er gebeurd? Hoe kunnen mooie, jonge vrouwen in zulke vreselijke, oude moeders veranderen? Dat ga ik niet laten gebeuren, hoeveel kinderen ik ook krijg. En krijgen zal ik ze.

In New York zijn betere dokters. Als ik tegen die tijd nog steeds niet ongesteld ben, ontdekken zij wel wat er aan de hand is en maken ze me beter, dat weet ik gewoon zeker.

Met het geluid van een schurende tochtstrip en een dichtklikkend slot trok Rosalind de deur van haar gehuurde huis achter zich dicht. Het was bijna tien uur. Bryn kon er elk moment zijn, en dan moest ze doen alsof ze heel graag een trouwlocatie voor Caitlin wilde vinden, terwijl ze liever naar New York wilde vluchten om te ontkomen aan deze puinhoop die plotseling was ontstaan.

Na het vertrek van Emil had Rosalind een afschuwelijke nacht gehad, waarin haar aanvankelijke paniek langzaamaan plaatsmaakte voor woede, die gaandeweg enorme proporties aannam. Zoals gewoonlijk leken kleine zorgen 's nachts vele malen groter, hoewel deze zorgen ook overdag vrij groot waren.

Rosalind had juist zo'n fijne fantasie over Leila's zwangerschap verzonnen. Haar ouders hadden na de adoptie van Olivia nog een kindje gewild en hadden via een adoptiebureau van Leila's liefdesbaby vernomen. Wat een geluk! Voor hen en voor Leila! Leila's dochtertje zou liefdevol en veilig worden grootgebracht. Rosalind had zelfs een ruimhartige en fatsoenlijke reden bedacht voor de doorgaande betalingen: Daniel en Jillian geloofden zo sterk in Leila's talent dat ze haar in de gelegenheid wilden stellen om ongehinderd door financiële beperkingen haar droom te volgen. Dat gedeelte van haar fantasie vond zelfs zij wat vergezocht.

Hierna volgde een nacht vol onrust, boosheid en angst als gevolg van een theorie van Emil die allesbehalve fantastisch, gul of fatsoenlijk was. Haar vader had langere tijd een affaire met Leila gehad, waaruit twee dochters waren geboren. Hij had er zelf één genomen en had Leila betaald om de andere groot te brengen. Het ergste was nog dat, hoe gek het ook klonk, het wel aannemelijker was.

Weer welde er woedende paniek in haar op. Rosalind ademde diep in. En weer uit. Ze probeerde haar hoofd leeg te maken, en toen dat niet lukte, probeerde ze zich te concentreren op het beeld van bloemblaadjes die opengingen. En weer dicht. Open. En weer dicht. Open –

Betekende dit ook dat haar vader affaires had gehad met de moeders van Olivia en Eve? En met wie dan nog meer? Had Rosalind nog meer broers en zussen rondlopen? Wist haar moeder ervan? Hoe had ze dat kunnen verdragen? Had Daniel Braddock nooit van condooms gehoord?

Ze deed haar ogen open en sprong van de bovenste tree voor de deur op het pad. Misschien hadden haar zussen gelijk. Misschien had ze dit moeten laten rusten.

Tien uur. Geen auto's op straat, geen ongeduldig getoeter, kwaad geschreeuw van taxichauffeurs of slaande portieren van bezorgdiensten. Hoe hield iemand het uit in deze oorverdovende stilte?

Op de stoep keek ze nogmaals op haar horloge. Ze had er spijt van dat ze gisteravond zo gezellig had gedaan met Bryn. Dat verwachtte hij vandaag natuurlijk ook; misschien zou hij zelfs Zaina's koppelpoging serieus nemen. Maar hij zou er nu achter komen dat ze een echte kolibrie was: gisteravond zus, vandaag zo. Bij die gedachte werd ze opnieuw boos.

Er kwam een donkerblauwe SUV aan rijden. Rosalind tuurde ernaar en besloot dat het geen auto voor Bryn was. Hij reed inderdaad voorbij.

Misschien kwam hij wel niet. Misschien was hij zo'n onberekenbare kunstenaar die de hele ochtend in bed lag en de afspraak volledig vergat. Dat zou perfect zijn. Het zou haar de tijd geven om tot bedaren te komen en te besluiten wat ze moest doen. Wilde ze nog langer in een goed blaadje komen bij de familie als ze wist dat Leila haar vaders minnares was geweest? En haar vader dus niet – zoals zij en haar zussen altijd gedacht hadden – het onvoorspelbare gedrag van hun moeder had getolereerd omdat hij van haar hield, maar om God mag weten wat voor reden (om in de schaduw van haar roem te blijven staan?), terwijl hij zich ondertussen op iedere vrouw stortte die hij maar kon vinden?

Rusteloos liep ze verder. Ze huppelde over een hinkelbaan die buurtkinderen met roze stoepkrijt hadden getekend.

Wilde hun moeder hen per se grootbrengen omdat het zo hoorde, omdat ze kinderen wilde, of omdat het moest van hun vader? Was Jillians afstandelijkheid tegenover haar dochters, die zij toeschreven aan haar ziekte, in werkelijkheid ingegeven door wrok?

Nog een auto. Een zwarte Audi. Vijf minuten te laat. Rosalind keek de auto na toen hij voorbijraasde. Geen Bryn, maar het was nog te vroeg om te hopen dat hij niet zou komen. Ze draaide zich om en werkte de hinkelbaan van achteren naar voren af.

Misschien was haar moeder niet in staat geweest haar vader seksueel te bevredigen; misschien had het vaginale oprekken niet gewerkt. Misschien besefte ze dat ze, om haar huwelijk in stand te houden, hem zijn gang moest laten gaan. Wanneer het om ontrouw ging, was zij al vanaf haar geboorte in het nadeel geweest: ze zou nooit hem uit wraak ook kunnen bedriegen.

Hun vader, een veelgevraagd spreker voor workshops, lezingen en congressen, was vaak op reis. Hun moeder moest wel geweten hebben wat hij dan nog meer uitspookte terwijl zij thuiszat en haar lichaam vervloekte. Geen wonder dat ze wilde dat mensen geloofden dat ze zwanger was. Het was niet alleen trots, om niet door hun vaders geheim vernederd te worden zoals er overal echtgenotes door hun man vernederd werden, maar ook om de wereld te laten weten dat ze op-en-top vrouw was, in alle traditionele, zij het misschien enge betekenissen van het woord.

Te veel mogelijkheden, te veel gevolgen, te veel lelijkheid. Rosalind vond haar oorspronkelijke adoptiefantasie oneindig veel beter.

Derde auto, tien over tien. Een groene Prius, en hij minderde vaart. Bryn arriveerde net op het moment dat Rosalind op het toppunt van haar woede en verwarring was. Meer nog dan met zichzelf had ze met hem te doen, omdat hij de ochtend met haar moest doorbrengen.

De auto stopte. Met een zucht trok Rosalind het portier open en ze deed haar best een glimlach op haar gezicht te toveren.

'Hai.' Hij droeg een donkergroene hoody met daaronder een blauw shirt, een versleten spijkerbroek en sneakers. Hij glimlachte breed en gemeend, met kuiltjes in zijn wangen.

Ze voelde zich een puppymoordenaar. 'Hai.' Ze stapte in, deed haar gordel om en staarde gelaten door de voorruit, zich bewust van zijn blik. 'Wat is het plan?'

'Drie haltes. Als eerste een annulering op een plek niet ver hiervandaan waar vaak bruiloften worden gehouden.' Hij schakelde en trok op. 'Ik vraag me af of er een uitdrukking is die treuriger of ingewikkelder is dan "geannuleerde bruiloft".'

'Waarschijnlijk niet.' Ze voelde weer dat hij keek en nam zich voor beleefder te doen. Hij kon er ook niets aan doen dat haar vader een leugenachtige vreemdganger was. 'Op dat soort plekken wordt alles voor je geregeld. Ideaal voor een snelle bruiloft.'

'Zou kunnen.' Hij minderde vaart bij een kruispunt en zette zijn linkerknipperlicht aan. 'Daarna gaan we naar het huis van een van mijn verzamelaars.'

'Wat voor verzamelaar?'

Bryn leek dit grappig te vinden. 'Zo noemen wij kunstenaarstypes de mensen die ons werk kopen.'

'O.' Dat had ze natuurlijk moeten weten. Aan de andere kant had ze niet de ambitie om de kunstwereld te veroveren met haar werk, dus waarom zou ze eigenlijk? 'Krijg ik een beeldhouwwerk van je te zien?'

'Jazeker.'

'Leuk.' Ze liet haar hoofd tegen de hoofdsteun rusten. Nog langer over koetjes en kalfjes praten lukte niet.

'Ik heb liever dat Caitlin daar trouwt.'

Ze keek hem aan. Het viel haar op dat hij het op een bepaalde toon zei, en dat hij de bruidegom niet noemde.

'Waarom?'

'Het past beter bij haar.'

'En Emil?'

Hij remde voor het drukke verkeer. 'Je vindt me vast een seksist, maar de bruid is de enige die telt.'

'Dat vind ik misschien inderdaad.'

'Het is meer dat Emil niet veel heeft gezegd over wat hij wil, en zij wel.'

'Aha.' Voor zover Rosalind kon beoordelen in de korte tijd dat ze Caitlin had gezien, leek een chique, professionele locatie haar prima bij Caitlin passen, maar Bryn kende haar beter.

Ze reden verder, en de stilte werd steeds ongemakkelijker. Rosalind keek schuldbewust uit het raam. Bryn hoefde niet te boeten voor haar stemming, maar ze kon gewoon niets bedenken om te zeggen wat niet vreselijk geforceerd klonk.

'Gaat het?'

'Ja hoor, prima.' Ze had onmiddellijk spijt van haar automatische antwoord, aangezien het overduidelijk niet waar was. Een botte uitvlucht, terwijl hij zo beleefd was om het te vragen. 'Gewoon de gebruikelijke persoonlijke puinhoop. Geen kwestie van leven of dood.'

'Wat vervelend voor je.' Het klonk gemeend. 'Wil je erover praten met een onbekende van wie je niet weet of hij te vertrouwen is?'

'Haha. Nee, liever niet.' En iets zachter vervolgde ze: 'Maar bedankt voor het aanbod.'

'Graag gedaan.' Hij sloeg een straat in met huizen en tuinen die veel groter en chiquer waren dan waar ze tot nu toe langs waren gereden. 'Wat heb je nodig? Zwijgende chauffeur? Vrolijke gids? Ik ben te hetero om je beste homovriend te spelen, maar ik kan het wel proberen als je wilt.'

Rosalind proestte het uit en haar slechte humeur ebde weg. Hij was grappig. En schattig, als je op mannen viel met krullen, vrolijke ogen en een bril. Helaas had ze de neiging om op foute mannen te vallen, met uitzondering van haar laatste vriendje, Don, waar Olivia zo weg van was geweest. Don was lief, aardig, vriendelijk... en uiteindelijk zo saai dat ze het uitmaakte. 'Wees maar gewoon zo Bryn mogelijk.'

'Is goed, dat kan ik.'

Er viel weer een stilte, terwijl Rosalind de statige panden bekeek. Na een tijdje begon Bryn te fluiten. Het duurde even, maar toen herkende ze het deuntje uit *The King and I*. Het liedje ging over fluiten in plaats van toegeven aan je angsten.

Rosalind keek hem wantrouwend aan. 'Wil je hier iets mee zeggen?'

'Niet tegen jou.'

'Oké.' Ze wist niet hoe ze daarop moest reageren. 'En… hoe ben je bij het beeldhouwen terechtgekomen?' Het was een belachelijke vraag, die hij waarschijnlijk twintig keer per dag hoorde, maar ze kon niets anders bedenken.

'O, nou ik –'

'Laat maar.' Rosalind stak haar hand op. 'Geef maar geen antwoord. Ik had net zo goed kunnen vragen waarom je als jongetje geboren bent, toch?'

'Ik vind het niet erg, hoor. Die heel mysterieuze aura die om kunstenaars en schrijvers heen hangt, is onzin.' Hij stopte voor een rood licht. 'Je hoort nooit een beurshandelaar zeggen: "Ik heb dit vak niet gekozen. Het vak koos mij."' Hij zei het op een ernstige, hijgerige toon en Rosalind giechelde, iets wat ze tien minuten geleden niet voor mogelijk had gehouden.

'Dat is waar.'

'Of een pitcher bij honkbal: "De bal kiest zijn eigen weg. Ik sta er gewoon bij en laat het gebeuren."' Hij maakte een ongeduldig gebaar. 'Die mensen vinden een bepaald vak leuk, leren ervoor en gaan het dan doen. Bij mij is dat net zo.'

'Ik snap het.'

Het werd groen. 'Of draaf ik nu door?'

'Ja. Maar ik vind het wel boeiend.' Ze vroeg zich af hoe het voelde om als kunstenaar de concrete uiting van je gedachten en gevoelens zo belangrijk te vinden dat je die ervaring met andere mensen meende te moeten delen. Haar schilderijen stonden in de logeerkamer van haar appartement met de voorkant tegen de muur. 'Wel vind ik het gek om iets af te maken en wanneer ik er dan later naar kijk het gevoel te hebben dat ik dat niet kan hebben gemaakt. Voor zoiets persoonlijks is dat een vreemde paradox.'

Bryn stak het kruispunt over en liet de dure huizen achter zich. Ze kwamen in een wijk met minder huizen en meer gras en bomen. 'Welk medium gebruik je?'

'Ik ontwerp kleding. Ik ben als kind met naaien begonnen nadat ik aan de Kerstman een naaimachine had gevraagd. In het begin maakte ik kleertjes voor mijn poppen. Dan knipte ik gewoon twee platte broekvormpjes uit en naaide ik ze aan elkaar. Het zag er niet uit, maar ik vond het geweldig. Daarna ging ik patronen kopen en vogelde ik uit hoe het echt moest. Ik heb veel van mijn eigen kleren gemaakt.'

Hij gebaarde naar haar outfit, een felgeel shirt en een rode korte broek met een geruite panty en zwarte enkellaarsjes eronder. 'Nog steeds?'

'Nog steeds. En verder...' Ze keek verlegen uit het raam. Ze schaamde zich ervoor om het te zeggen, zeker tegen een kunstenaar. 'Ik schilder af en toe. Niet goed, niets serieus, maar dat is ook een creatieve uitlaatklep voor me.'

'O ja?' Hij grijnsde naar haar. 'Hoe ben je bij het schilderen terechtgekomen?'

'Haha. Ik ben ermee begonnen toen ik in Denver woonde. Bijna onmogelijk om het niet te doen, met al die bergen om je heen. Toen ik wegging uit Colorado, ging ik Maine schilderen.' Ze glimlachte verontschuldigend. 'Ik hoef niet verzameld te worden. Ik vind het gewoon leuk om te doen.'

'En daar gaat het om. Wanneer heb je in Denver gewoond?'

'Van 2009 tot 2012.'

'Waar nog meer?' Hij wierp een korte blik op haar. 'Wanneer ben je weggegaan uit LA? Vertel me je levensverhaal eens.'

'Goed dan. Even kijken.' Ze begon op haar vingers te tellen. 'In

2007 afgestudeerd aan de UCLA. Ik heb er zes jaar over gedaan, want ik wisselde telkens van hoofdvak – eerst psychologie, toen pedagogie en uiteindelijk kunstgeschiedenis. Toen werd ik LA beu en verhuisde ik naar Denver, toen werd ik Denver beu en verhuisde ik naar New York. En jij?'

'Ik ben altijd aan de oostkust gebleven. Opgegroeid in Massachusetts, dat ken je, naar Princeton gegaan, dat ken je ook, in Princeton gebleven, dat had je misschien al geraden. Wat je waarschijnlijk niet weet, is dat ik een jaar door Europa heb gereisd voordat ik ging studeren.'

'Goed geregeld.' Ze ontspande in haar stoel, dankbaar dat Bryn haar afleidde van haar atypische somberheid. De dag lachte haar alweer wat meer toe.

'We zijn er.' Hij sloeg rechts af een lange inrit in. Ze reden langs een bord en Rosalind vroeg verbaasd: 'Vind je een instituut voor schooltoetsen een geschikte trouwlocatie?'

'Vind je toetsen dan niet romantisch?'

'Is dit de populaire trouwplek?'

'Nee.' De weg boog af naar links en hij wees naar een bruin gebouw met grappige hoeken en veel glas. 'Dat. Hotel Chauncey.'

'Dat is beter.'

Binnen werden ze verwelkomd door Megan, een kleine, modieuze vrouw met gigantische bruine ogen, die de indruk wekte dat het organiseren van de bruiloft van Caitlin en Emil het beste was wat haar ooit was overkomen. Volgens Rosalind had klantvriendelijkheid door de angst voor slechte recensies op internet zo'n wanhopig karakter gekregen dat het nog ergerlijker werd dan onverschilligheid.

Vrolijk kletsend ging Megan hun voor naar de Brodsky Gallery, een mooie ruimte in felrode, bruine en oranje tinten. Er was een open haard en her en der waren comfortabele zitjes. Blijmoedig verzekerde ze hun dat er voor de mensen die liever stonden statafels neergezet konden worden. 'Natuurlijk is het ongebruikelijk dat we deze ruimte zo kort van tevoren nog beschikbaar hebben, dus ik vrees dat jullie vrij snel zullen moeten beslissen of jullie je bruiloft hier willen houden.' Ze keek hen stralend aan. 'Vanmiddag komt er nog een stel kijken.'

'Wat denk jij, schat?' Bryn keek haar met lieve hondenogen aan.

Rosalind wierp hem een van Olivia's vernietigende blikken toe. 'Ik denk dat we elkaar gisteren pas ontmoet hebben en dit niet onze bruiloft is.'

'O, sorry. Ik ging ervan uit…' Megan bloosde en giechelde aandoenlijk. 'Nou, wie weet trouwen jullie ook nog weleens.'

'Ik niet.' Rosalind probeerde even opgewekt te doen als zij. 'Ik blijf single.'

'Jammer.' Megan gaf Bryn een knipoog. 'Maar misschien vindt hij het nog wel jammerder dan ik.'

'Ik kom er wel overheen. Therapie. Drugs. Tijd.' Hij stak zijn hand uit. 'Bedankt, Megan. We laten het zo snel mogelijk weten.'

Buiten op de parkeerplaats was het inmiddels alweer zo warm dat het allesbehalve herfst leek.

'Ben je nog in voor de tweede halte of heeft al die vrolijkheid je helemaal leeggezogen?'

'Ik heb het overleefd.' Rosalind keek over het dak van zijn auto naar hem en besefte tot haar schrik dat ze hem nu pas voor het eerst die dag echt aankeek. 'En ik voel me al een stuk beter, dank je.'

'Jij lijkt me niet het type dat lang in de put blijft zitten.'

'Niet echt, nee.' Ze stapte in en deed haar gordel om. 'Ik heb het geluk dat ik er meestal snel overheen ben.'

Ze reden de inrit af. De stilte tussen hen voelde nu minder ongemakkelijk, wat ironisch was, want Rosalind had nu juist geen zin meer om stil te zijn. 'Hoelang ken je Caitlin al? Jij en Emil waren toch huisgenoten op Princeton?'

'Ja. In ons eerste jaar. Caitlin zat nog op de middelbare school toen ze iets met Emil kreeg.'

'Wauw. Dan zijn ze al lang samen.'

'Ja...' Weer die vreemde toon. 'Het is wel een paar keer uit geweest.'

'Aha.' Rosalind drukte haar handen in haar schoot en probeerde bij haar volgende vraag zo normaal mogelijk te klinken. 'Heeft ze het weleens over haar vader?'

'Nee.' Aan het einde van de inrit keek hij naar links en naar rechts en hij reed toen weer in de richting van Princeton. 'Hoezo?'

'Ik was benieuwd of er ook een vader in beeld was.'

'Nee. Die is er nooit geweest.'

'Weet ze wie hij is?' Toen hij geen antwoord gaf, lachte ze ongemakkelijk. 'Ik ben gewoon nieuwsgierig.'

'Hm-m.' Hij kwam weer bij de kruising die ze eerder waren overgestoken, maar deze keer ging hij linksaf. 'Best toevallig dat jij naar Princeton besloot te komen.'

Rosalind verstrakte en keek tersluiks naar hem, maar Bryn keek onverstoorbaar door de voorruit. 'Waarom zeg je dat?'

'Omdat Leila zo idolaat was van je vader.'

'O, dat.' Rosalind balde haar handen tot vuisten en probeerde nonchalant te klinken. 'Mijn vader gaf in het hele land lezingen en signeersessies, decennialang. Ik ben eerder verbaasd als ik níét iemand tegenkom die hem kent.' Ze verdiende een Oscar, echt. Er zou nu iemand op de ruit moeten tikken om haar het beeldje te overhandigen.

'Heb je je andere buren al gesproken? Hebben zij je ook al ingeschakeld om bruiloften te organiseren?'

Shit. Ze moest nog een keer een Oscarwaardige show weggeven. Vermoedde hij iets of was ze gewoon paranoïde omdat ze iets te verbergen had? Het was logisch dat hij dacht dat als ze bij de Allertons had aangebeld om zich voor te stellen, ze dat bij andere buurtgenoten ook had gedaan. Daar had ze geen moment aan gedacht. 'Ja, ze vroegen allemaal om hulp, maar ik vond de Allertons het leukst, dus de rest heb ik afgeslagen.'

'Aha.' Hij fronste zijn wenkbrauwen, terwijl zij haar adem inhield en vurig hoopte dat hij niet nog meer vragen zou stellen. 'En je bent hier omdat je genoeg had van de stad?'

'Klopt. Druk. Lawaaierig. Na een tijdje wordt het stressvol. Ik moest er even tussenuit.' De waarheid was dat ze die hectische energie van de stad juist heerlijk vond en er nooit weg zou willen. Hoewel ze wel de neiging had om te denken dat iets voor altijd zou zijn, of het nu om een man, een stad of een hobby ging. Toch raakte ze uiteindelijk altijd verveeld en ging ze weer op zoek naar iets nieuws.

'Waarom heb je voor Princeton gekozen?'

'Het is dichtbij. Mijn vader was er altijd heel positief over. De universiteit was zijn alma mater.' Ze dwong zichzelf op te houden met haar gefrunnik. 'Waarom? Vind je dat gek?'

'Wat? Dat je je leven laat vallen om ergens anders heen te gaan, of dat je helpt met de bruiloft van iemand die je niet kent?'

'Allebei.'

'Ja. Gek.'

Rosalind schoot in de lach, blij met zijn eerlijkheid. 'Het is misschien gek, maar het heeft kennelijk zo moeten zijn, want de Allertons hadden me nodig.'

'Ik heb er ook baat bij.'

'O ja? Hoezo?' Zodra ze dat vroeg, besefte ze dat hij met haar aan het flirten was. Ze moest ervoor waken dat het al te gezellig werd met Bryn. Ze wilde hem niet hoeven afwijzen.

'Moet ik daar echt antwoord op geven?'

'Nee. Hoeft niet. Dank je, dat is heel aardig van je.' Ze zei het op een formele toon, hopend dat hij slim genoeg was om de hint te begrijpen. Kennelijk was hij dat, want hij zei verder niets meer.

Ze reden een lange heuvel op met rechts weilanden en links sportvelden. 'Zijn we nu Princeton al uit?'

Bryn grinnikte. 'Je wilde toch een klein stadje?'

'Klopt.'

'Ik zat net te denken... Het moet best vreemd zijn om beroemd te zijn zonder dat je daarom gevraagd hebt. Vanwege je ouders.'

Rosalind vond dat een goede vraag. Interessanter dan het gebruikelijke 'Welke sterren ken je allemaal?'. 'Een beetje, maar we zijn eraan gewend. Ik ben voorzichtig met wat ik zeg op social media, tref de nodige veiligheidsmaatregelen, dat soort dingen, hoewel er af en toe toch een engerd is die me weet te vinden. Ik heb de achternaam van mijn vader gehouden omdat ik ermee ben opgegroeid en het me niet kan schelen of ik herkend word of niet. Mijn jongere zus noemt zich Eve Moore, de meisjesnaam van mijn moeder, om de publiciteit zo veel mogelijk te mijden. En mijn oudere zus gebruikt mijn moeders artiestennaam, Olivia Croft, om juist zo veel mogelijk publiciteit te krijgen.'

'Olivia, Rosalind en Eve.' Bryn remde af voor een stopbord boven aan de heuvel, waar een school stond. 'Laat me raden: Olivia de Havilland, Rosalind Russell, Eve... Arden?'

'Wat goed van je.' Ze was absurd blij dat hij dat wist. 'En het gaat nog verder dan dat. Olivia's tweede naam is Claudette, de mijne Greer, en die van Eve Grace.'

'Claudette Colbert, Greer Garson, Grace Kelly.'

Rosalind keek hem met een brede grijns aan. 'Je hebt veel oude films gekeken. Ik bedoel oud uit de jaren veertig, niet oud uit de tijd van *Ghostbusters*.'

'Dat moest van mijn moeder. Zij was er dol op. Zondagavond was bij ons thuis filmavond. Al het huiswerk moest vóór het eten af zijn, en dan aten we voor de tv. Als puber liepen we altijd te klagen, want toen was alles wat onze ouders leuk vonden natuurlijk stom, maar achteraf gezien was het een geweldige filmopvoeding.'

'Zeker weten.'

'Heeft een van jullie drieën in de voetsporen van jullie moeder willen treden?'

'Alleen Olivia. Ze heeft in een paar films gespeeld toen ze in de twintig en begin dertig was, maar ze is nooit doorgebroken. Nu doet ze een kookprogramma vanuit LA. Ik heb voor de lol drama gedaan toen ik studeerde. Eve weigerde om ook maar in de buurt van een podium te komen, behalve als techneut achter de schermen. Ze is nu architect.'

'Tv-presentatrice, architecte... en wat ben jij?'

'Een kolibrie. Ik proef overal van en vlieg dan weer naar de volgende bloem. Mijn vader heeft die bijnaam bedacht.' Ze lachte, maar kon een verbitterde ondertoon niet verbergen. 'Eerst vond ik dat geweldig en dacht ik dat het een compliment was.'

'En waarom was het dat niet?'

'Omdat het volgens hem niet de persoonlijkheid was die ik moest hebben.' Ze voelde weer woede en wrok opborrelen. 'Wat voor ouders heb jij?'

'Mijn ouders...' Ze reden weer bergaf. Aan weerskanten van de straat stonden nu dikke rijen bomen. Nog een paar weken en dan zou Princeton in een schitterende kleurenpracht gehuld zijn. 'Mijn vader is meer iemand van presteren dan van plezier maken. Mijn moeder houdt meer van geld dan van diepgang.'

'Oei.' Rosalind was kennelijk niet het enige verbitterde kind in deze auto. 'Dat klinkt gezellig.'

'Dat zijn ze ook. Dit was mijn ondankbarezoonrol. Mijn vader deed houtbewerking en maakte supermooie dingen, maar dat vond hij niet echt werk, dus ging hij rechten studeren. Daar heeft hij mijn moeder ontmoet. Volgens mij heeft zij haar vak nooit echt leuk gevonden, maar wel het geld dat het opleverde. Het zijn prima mensen, maar ze hebben gewoon andere normen en waarden dan ik.'

'Heb je nog broers of zussen?'

'Twee broers en een zus. Allemaal advocaat.'

'Allemaal?' Ze gaapte hem aan toen hij knikte. 'Wauw. Wat vonden je ouders ervan dat jij ging beeldhouwen?'

'Daar komt het verbitterde kind weer om de hoek kijken.'

Ze keek hem meelevend aan. 'Ze waren er dus niet blij mee.'

'Helemaal niet blij. Maar ze zijn er inmiddels aan gewend. Mijn bescheiden succes heeft wel geholpen.' Hij sloeg links af en wees naar een huis op de hoek. 'Dat is het huis waar Emil is opgegroeid.'

'Aha.' Rosalind tuurde uit het raam toen ze langs de onopvallende ranch reden, die grotendeels schuilging achter bomen. Ze probeerde zich de kleine Emil voor te stellen – vast toen al heel knap – die aan het basketballen was op de oprit, of aan het sleeën van het heuveltje in de voortuin. Wat voor jeugd had hij gehad? Ze durfde het niet te vragen.

'We zijn er.' Hij reed een oprit op die uitkwam in een halve cirkel voor een wit koloniaal pand met zwarte luiken, waarvan de volmaakte rechthoekige symmetrie slechts onderbroken werd door een schoorsteen aan de ene kant en een garage aan de andere.

'Je verzamelaar?'

'Ja. Sharon is er niet, maar ze vond het geen probleem als we even kwamen kijken.' Hij parkeerde de auto en ze stapten uit. 'Ik kwam hier vroeger weleens werken wanneer ik aan grote projecten bezig was en niet genoeg ruimte had in mijn atelier.'

'Is zij je mecenas?'

Hij liep naar de voordeur. 'In zekere zin.'

'Je vriendin?'

'Dat zeker niet. Ik ben van de verkeerde generatie en het verkeerde geslacht.' Hij bukte om een sleutel onder de deurmat vandaan te pakken.

'Ze vertrouwt je in elk geval wel.'

'Gelukkig maar, want anders zou ik niet zoveel van haar kunnen stelen.' Hij grijnsde toen hij Rosalinds blik zag, maakte toen de deur open en ging naar binnen. 'Wat denk je? Bruiloft?'

Rosalinds eerste indruk was dat als Caitlin een traditionele bruidsjurk in gedachten had, ze niet zou opvallen in dit huis. Bijna alles was wit. De meeste muren, kleden, zelfs sommige meubels waren wit. De inrichting was sober, maar smaakvol; niet volgestouwd met kunst, zoals Rosalind had verwacht bij de term 'verzamelaar', maar mooi gepresenteerde kunstwerken, waarbij de kleuren afstaken tegen de sneeuwwitte achtergrond. En ook al hield ze meer van volle, kleurrijke kamers, toch voelde ze hoe meer ze rondkeek steeds beter de warme uitstraling van het huis. Beter gezegd: ze zag de bruiloft van Caitlin en Emil hier helemaal voor zich. 'Ik vind het geweldig.'

'Ja?' Zijn gezicht klaarde op. 'Dat vind ik ook, maar ik wilde het even aan iemand anders laten zien voordat ik Caitlin mee hiernaartoe neem.'

'En Emil?'

Bryn rolde met zijn ogen, en ze zag de kuiltjes in zijn wangen weer verschijnen. 'O ja, hem ook.'

'Waar staat je werk?' Ze keek naar een griezelig metalen beeldje dat eruitzag als vingers die uit vingers kwamen en hoopte maar dat dat niet van hem was, want het zou haar niet lukken daarvoor bewondering te veinzen.

'Buiten.'

Gelukkig. Ze liepen door het huis, hun voetstappen afwisselend hard op de houten vloer en zacht op de kleden en tapijten, tot ze in de royale – witte! – keuken kwamen. Nadat ze de ovens, gaspitten en stopcontacten hadden geteld, besloten ze dat cateraars hier prima mee uit de voeten konden.

Rosalind liet haar hand over een paar blauwgroene tegels gaan, de enige kleur in de keuken. 'Volgens mij wordt dit 'm.'

'Mee eens. En de prijs is goed. Sharon vraagt alleen de kosten voor het schoonmaken. En de datum is flexibel, mochten ze het opeens toch moeten verzetten.'

'Fijn.' Ze voelde een steek van verdriet, want ze begreep dat hij doelde op het overlijden van Zaina.

'Laten we even de achtertuin bekijken, hoewel ik de kans niet groot acht dat we half november buiten kunnen zijn, klimaatverandering of niet.' Hij deed de achterdeur open, die uitkwam op een prachtig aangelegde tuin. Her en der stonden beelden.

'Zijn die allemaal van jou?'

'Nee.'

'Welke dan wel?'

'Raad maar.'

Rosalind liep naar het midden van het natuurstenen terras en voelde zich zenuwachtig, maar ze wist niet of de spanning van hem of van haar afkomstig was. Misschien van hen allebei.

In de hoek bij een paar rododendronstruiken stond een roestig silhouet van een haan, met daarnaast een vreemd uitziend dier dat van plastic leek en dat op zijn kop leek te staan. In een berm met schaduwkruid zag ze een stenen beeld van een... man? Vrouw? Moeilijk te zeggen. De vorm was vloeibaar, gedraaid in een opwaartse beweging.

Ze wees ernaar. 'Die.'

'Ja.' Hij blies uit alsof hij zijn adem had ingehouden, en kwam achter haar staan. 'Hoe wist je dat?'

'Gokje.' Maar dat was niet zo. Ze had het direct gezien en ze kon niet uitleggen waarom, maar het werk paste bij hem.

'Wat zie je erin?'

'Weet ik niet zo goed.' Ze bestudeerde de sierlijke vormen en zag dat de figuur aan één kant ineengedoken was en aan de andere kant uitgestrekt – verslagen en trots tegelijk. Ze kreeg direct zin om naar haar atelier te gaan, haar verfspullen aan de kant te schuiven en beeldhouwen te proberen. 'Vreugde, maar ook verdriet.'

Bryn zei niets, totdat Rosalind zich naar hem omdraaide, bang dat ze iets verkeerds had gezegd. 'Eh... ja.' Hij schoof zijn bril wat hoger op zijn neus en keek langs haar heen. 'Zoiets, inderdaad.'

'Het is prachtig, Bryn.' En wat heerlijk om dat oprecht te kunnen zeggen. 'Ik begrijp niet hoe je zoveel emotie uit een stuk steen kunt halen.'

'Dat heb je in elk geval goed begrepen.' Hij tuitte peinzend zijn lippen. 'Dat doet niet iedereen.'

'Wanneer heeft Sharon het gekocht?'

'Het was het allereerste stuk dat ik verkocht. Bijna vijf jaar geleden.'

'Dat meen je niet.' Rosalind voelde een vreemde opwinding, alsof ze een schat had ontdekt waarvan niemand het bestaan kende. 'Hoe is dat gegaan?'

'Toen ik studeerde, werkte ik in de zomermaanden voor een tuinarchitect. Ongeschoold werk, maar ik vond het leuk om te doen en kon goed met Craig, de eigenaar, overweg. Na mijn studie ging ik parttime voor hem werken, zodat ik me wat luxe kon permitteren, zoals elke dag eten en onder een dak slapen.'

'Uitspattingen.'

'Precies. Op een dag waren we hier bezig, in Sharons tuin. Ze vond geen enkele plant of boom die Craig voor die plek voorstelde geschikt, en kon niet bedenken wat ze dan wel wilde. Iedereen raakte een beetje gefrustreerd. Uiteindelijk stelde ik een beeldhouwwerk voor, en dat leek haar wel wat. Vrienden van haar zagen later mijn beeld staan en wilden iets vergelijkbaars in hun eigen tuin. Toen gaf een van hen een feest, en een van de gasten was een verslaggever van *The New York Times*, die een stuk voor het zakelijke katern schreef over de samenwerking tussen landschapsarchitect en beeldhouwer, en mijn loopbaan was officieel geboren.'

'Wauw.' Ze legde haar hand op haar borstkas. 'Wat fantastisch. Zomaar opeens.'

'Ja.' Hij keek een beetje weemoedig naar het beeld en schudde zijn hoofd.

'Wat is er?'

'Het is net als wat je zei over jouw schilderwerk. Na alle verkopen, na de solo-expositie in SoHo, denk ik nog steeds dat er elk moment iemand kan ontdekken dat ik geen echte beeldhouwer ben.'

'Dat meen je niet.' Rosalind keek hem ongelovig aan. 'Dat slaat nergens op, dat jij dat denkt. Kijk nou naar dat prachtige werk!'

'Ja, maar er zijn zat mensen die evenveel talent hebben als ik, of meer, maar die minder geluk hebben gehad en nog niets hebben verkocht. Mensen die al met kunst bezig waren sinds ze een pen of kwast of beitel konden vasthouden. Ik zou een echte Griffiths worden en rechten gaan studeren.' Hij schudde zijn hoofd. 'Ik snap nog steeds niet helemaal hoe dit allemaal is gebeurd.'

'Nee.' Rosalind legde een hand op zijn arm. 'Er is geen ondergrens voor beeldhouwer zijn. Of je nu veel of weinig verkoopt, wat maakt het uit? Je kunt helemaal niets verkopen en toch beeldhouwer zijn, omdat je beeldhouwt.'

'En jij bent een kunstenaar, want je schildert.'

'Nee, dat is iets totaal anders. Ik behoor niet tot die categorie.'

Hij trok zijn wenkbrauwen op. 'Want...'

'Ik doe het voor de lol. Ik heb nog nooit...' Ze lachte toen ze zijn sceptische blik zag en gaf het op. 'Oké, je kunt er niets van.'

'Ha!' Hij schoot in de lach, maar bleef omlaagkijken, met die schattige kuiltjes in zijn wangen.

Kende ze maar iemand die ze aan hem kon koppelen. 'Heb je een cursus mensen blijer maken gevolgd?'

Hij keek haar zijdelings aan. 'Nou, Rosalind Greer Braddock. Dat is het aardigste wat iemand in lange tijd tegen me gezegd heeft...'

'Daar geloof ik niets van.'

'...wat ik ook echt geloofde.'

Ze grinnikte. 'Graag gedaan, Bryn... nog wat Griffiths.'

'Alwyn.'

'Bryn Alwyn Griffiths. Leuke naam.'

'Bedankt.' Hij keek haar net iets te lang aan, maar ze werd er niet ongemakkelijk van. Het was een mooi moment – zo'n moment tussen twee mensen dat vaak onopgemerkt voorbijging. Rosalind kon zich niet herinneren dat ze het ooit zo bewust had gevoeld.

Het moment waarop twee mensen puur intuïtief besluiten dat ze elkaar volledig kunnen vertrouwen.

Hoofdstuk 8

17 oktober 1967 (dinsdag)

Het enige wat mijn moeder in mijn ogen goed heeft gedaan, was op 17 oktober van mij bevallen, de verjaardag van 'liefdesgodin' Rita Hayworth! Een mooi voorteken, vind ik. Ik zou het niet erg vinden om Amerika's liefdesgodin te zijn, dat moge duidelijk zijn.

Vandaag gaat de geschiedenis in als mijn aller-aller-allerbeste verjaardag ooit. Ik heb ontdekt dat het in de staat Maine wettelijk is toegestaan om op je zeventiende met school te stoppen. Zeventien! Weet je wanneer dat is? Vandaag!

Al mijn plannen leken dagdromen die net zo goed niet konden uitkomen. Nu weet ik dat ze wel degelijk kunnen en zullen uitkomen. Ik heb nog niet genoeg geld, maar ik ga me een slag in de rondte werken bij Finch als dat betekent dat ik eerder uit dit gat weg kan! Op dit moment zit ik te denken om na de voorjaarsmusical te gaan, waar ik wel de hoofdrol in wil krijgen, want ik heb al besloten dat dat mijn laatste niet-professionele voorstelling wordt.

Lang zal ik leven. Ik ben al bijna op weg naar New York!

Rosalind stond op de gang van de eerste verdieping van het huis van de Allertons naar Leila te luisteren, die op haar slaapkamer aan het oefenen was.

Bryn had haar die ochtend weer thuis afgezet, en net was ze door weer en wind naar de Allertons gegaan, waar ze hartelijk was verwelkomd door Zaina, die popelde van enthousiasme omdat Rosalind had beloofd naar haar jurk voor Caitlins bruiloft te kijken. Terwijl ze in de woonkamer zaten te kletsen, waren er flarden operagezang de trap afgedaald, begeleid door vage pianoklanken. Zaina had Rosalind bevreemd zien kijken en haar aangemoedigd om zachtjes naar boven te trippelen en even voor de deur van Leila's slaapkamer te luisteren.

Haar stem was ongelofelijk: rijk en warm met gouden boventonen. Het leek onmogelijk dat zo'n etherisch geluid voortgebracht werd door een gewoon iemand met een gewoon lichaam, in een gewoon huis, op een gewone dag. Rosalind had operazangeressen altijd beschouwd als vrouwen van grootse, bijna mythische proporties – en niet alleen qua uiterlijk. Haar vader hield veel van opera en had vroeger op vol volume platen gedraaid van operagrootheden als Beverly Sills, Joan Sutherland, Luciano Pavarotti, Leontyne Price, Ben Heppner en Donald McIntyre. Elke zaterdagmiddag was op elke radio in elke kamer de uitzending van de Metropolitan Opera te horen, of hun moeder nu in de stemming was of niet, wat ze vaak niet was. Jaren later ontdekte haar vader tot zijn grote vreugde satellietradio en het 24 uurskanaal van de Metropolitan Opera, wat Lauren zonder problemen leek te dulden, al deelde ze zijn passie niet.

Met dat vreemde gebrek aan logica waar het menselijk brein vaak onder gebukt ging, had Rosalind film- en theateracteurs maar alledaagse wezens gevonden, terwijl kunstenaars en muzikanten in haar ogen leken te zijn aangeraakt door God. Doordat ze was opgegroeid tussen acteurs, kon ze, wanneer ze haar moeder en haar moeders vriendinnen en collega's op het witte doek zag, maar heel zelden de mensen achter de personages vergeten. Maar nu ze voor Leila's deur stond, vond ze haar vermogen om een aangename spreekstem om te vormen tot een briljant muziekinstrument niet minder dan een wonder.

Met moeite wist ze zich na een tijdje los te rukken en ze ging schuifelend, om Leila niet te storen, weer door de gang de trap af naar de woonkamer.

Zaina hield een prachtige koningsblauwe jurk omhoog met een typisch jarenvijftigmodel: een brede halslijn met kapmouwen, een nauwsluitend lijfje en een uitwaaierende rok. Op het lijfje waren in een wervelend patroon pareltjes genaaid, wat voor een beetje verfijnde bling zorgde.

'Dit is mijn jurk.'

'O, Zaina, hij is schitterend.' Rosalind raakte de gladde zijde aan en bewonderde de kwaliteit en de karakteristieke subtiele glans. Helaas zag ze bij nadere inspectie de verkleurde zweetplekken onder de oksels, de contouren van watervlekken op de rok en een scheur bij de rechterschouder.

'Het was mijn trouwjurk.'

Rosalind keek op van de jurk. 'Ben je in het blauw getrouwd?'

'Nee, hij was oorspronkelijk wit.' Zaina glimlachte liefdevol naar de jurk. 'Na onze bruiloft heb ik hem laten inkorten en verven, zodat ik hem als avondjurk kon dragen.'

'Praktisch gedacht.'

'En sentimenteel. Ik was dol op die jurk. Ik wilde hem niet voor altijd weghangen.'

'Ben je hier getrouwd of in Libanon?' Rosalind maakte een snelle vergelijking met de taille van de jurk en die van Zaina, die deels schuilging onder haar wijde gebloemde blouse en rok. De jurk zou een flink stuk uitgelegd moeten worden.

'In Libanon, op 8 juli 1961, een paar weken voordat we naar de Verenigde Staten emigreerden, in restaurant Tiger. Het bestaat nog steeds – een oud restaurant in de bergen met een balkon dat uit de rotsen gehakt is. Daar hielden we de ceremonie en de receptie.' Met een dromerige glimlach keek ze in de verte. 'Een adembenemend uitzicht op Beiroet en de Middellandse Zee daarachter. Het was een prachtige dag. We dansten en dronken champagne en aten tot we niet meer konden. 's Avonds zagen we de zee eerst donkerblauw en vervolgens zwart kleuren, en de lichtjes van de stad die aangingen. We waren zielsgelukkig.'

Rosalind kreeg een brok in haar keel. Zoveel emoties, zoveel verhalen, zoveel hoofdstukken die begonnen en afgesloten werden, en Zaina die aan haar laatste hoofdstuk toe was.

‘Heb je foto’s?’

‘Jazeker. Maar ik zal je maar vervelen met één foto.’

‘Ik vind alles leuk wat je me wilt laten zien.’

Zaina kwam moeizaam overeind. ‘Ik heb er maar één.’

‘Is hij boven? Zal ik hem even halen?’

‘Nee, hij is in de slaapkamer achter. Daar slaap ik nu. Ik heb de foto naast mijn bed gezet.’ Ze schuifelde naar de andere kant van de woonkamer en verdween door de deuropening.

Rosalind bestudeerde snel de binnenkant van de jurk toen Zaina weg was. Franse naden, wat betekende dat het vanbinnen mooi was afgewerkt, maar dat wanneer ze de taille zou uitleggen, er een kleurverschil zou zijn waar de extra stof zichtbaar was, en slijtage waar er dubbele stiksels waren gebruikt. Moeilijk te zeggen of er genoeg stof was voor Zaina’s grotere maat. Aan de vlekken viel niets te doen, tenzij Rosalind ze met iets bedekte. Stukjes stof of kant? Meer pareltjes? Het gat kon gerepareerd worden, maar dat zou je wel zien. Een corsage kon in elk geval een deel van het verstelwerk verhullen, maar…

Ze gaf het niet graag toe, maar ze was het eens met Caitlin en Leila. De jurk was niet draagbaar. Zeker niet bij zo’n belangrijke gelegenheid. Zaina wilde er op haar best uitzien.

‘Hier.’ Zwaar ademend kwam Zaina weer binnengeschuifeld, met in haar hand een foto in een goudkleurig lijstje. Haar bril hing aan een zilveren kettinkje om haar nek. ‘Dit zijn Cecil en ik op het balkon.’

Rosalind rechtte haar rug. ‘Zullen we gaan zitten?’

‘Ja.’ Zaina plofte neer op de bordeauxrode bank en klopte op de plek naast haar. ‘Morgenochtend krijg ik een drain om het vocht af te voeren. Dan kan ik weer beter ademen. Een gedoe hoor, doodgaan.’

Rosalind voelde een steek in haar hart. Ze kon nog steeds niet wennen aan het gemak waarmee Zaina over het einde van haar leven praatte, maar ze zou willen dat ze haar eigen levenseinde zo waardig kon aanvaarden. Het was moeilijk voor te stellen hoeveel moed daarvoor nodig was, en hoe sterk haar vertrouwen moest zijn. 'In elk geval prettig als het je meer comfort geeft.'

'En het fijnste is dat ik leegloop als een ballon. Je hoeft de jurk niet zoveel uit te leggen als het nu lijkt.' Zaina zette haar bril op en hield de foto omhoog. 'Hier zijn we dus op onze trouwdag. Zie je hoe mooi het daar is?'

'Ja.' Rosalind nam de foto eerbiedig van haar aan en keek naar het bruidspaar. Een prachtige jonge vrouw keek terug met Zaina's donkere ogen. Ze had een gave huid en donkere wenkbrauwen, en haar bijna zwarte haar was in een lage knot gebonden, met daaroverheen de sluier. De jurk, duidelijk herkenbaar als de jurk die naast hen lag, hing lang naar beneden en was maagdelijk wit. Naast haar stond Cecil, Rosalinds grootvader: lang, blond en knap, met een brede glimlach onder een volle snor en vriendelijke ogen – een lieve Viking die deze mooie vrouw had veroverd. Achter hen lag Beiroet, een glinsterend tapijt aan de rand van de uitgestrekte leegte van de Middellandse Zee.

'Je lijkt wel een filmster, Zaina. En je man is ook al zo knap. En wat een uitzicht! Je hebt gelijk, het is een fantastische plek.'

'Het was een mooie dag.' Zaina gaf haar een zachte por en wees naar de duisternis aan de rand van de foto. 'En een mooie nacht. Ik weet zeker dat we Leila op de huwelijksnacht hebben verwekt.'

'Echt waar?' Rosalind kon haar ogen niet van de foto afhouden en staarde naar Zaina's exotische trekken; haar donkere haar en wenkbrauwen staken af tegen haar licht olijfkleurige huid. Ze keek naar Cecils blozende gezicht en rechte houding. In hen allebei zag ze trekken van Leila. Maar niet van zichzelf. 'Ik wou dat ik hem had kunnen ontmoeten.'

'Je zou hem geweldig gevonden hebben. Iedereen vond hem geweldig.'

'Was het moeilijk om naar de VS te komen? Naar Princeton? Een grote verandering?'

'Ja, zeker.' Zaina knikte een beetje triest. 'Ik miste mijn familie. Ik miste het weer. Ik miste ons zomerhuis in Zahleh verschrikkelijk. We woonden in Beiroet, maar ik had altijd het gevoel dat ik in Zahleh thuishoorde.'

'Vertel eens over...' Rosalind durfde de lettergrepen die zo sierlijk over Zaina's tong rolden zelf niet uit te spreken. '...die plaats, en jullie huis.'

'Zahleh is een kleine stad in de bergen. We hadden een prachtig stenen huis, heel traditioneel, met balkons en boogramen, gekleurde luiken en mooi houtsnijwerk. Ook bezaten we een flinke lap grond. Mijn ouders hadden appels, druiven, pruimen, vijgen en moerbeien.' Ze legde haar hand op haar borstkas en moest even op adem komen. 'En ook nog amandelen en walnoten en olijven. Het was het paradijs.'

Rosalind dacht aan het tomatenplantje dat ze tevergeefs in een pot op de brandtrap had proberen te kweken. 'Zo klinkt het inderdaad.'

'We maakten onze eigen olijfolie en droogden druiven in de zon om rozijnen te maken. Lokaal en duurzaam, zoals ze nu zeggen, toch?' Ze lachte. 'Natuurlijk ging het om meer dan eten, hoewel eten heel belangrijk is in Libanon. Het is het smeermiddel voor familiebanden, vriendschapsbanden en nieuwe contacten. Het houdt de gemeenschap bij elkaar. We gingen altijd met z'n allen naar een restaurant of een van de koffiehuizen. De kinderen speelden en de volwassenen praatten. Wie neemt daar hier nog de tijd voor? Iedereen is altijd zo druk. We voeden onze relaties en onze gemeenschap niet. Niet op die manier. Niet hier.'

'Het klinkt heerlijk.'

'Hier moet je veel harder je best doen om je eigen clan te vinden, zeker in een grote stad. Families zijn hier verspreid als bladeren in de wind. Woont jouw familie in de buurt?'

'Californië, Massachusetts en Maine.'

'En dan verhuis je ook nog eens zo vaak.' Ze klakte afkeurend met haar tong. 'Geen wortels. Geen clan.'

'Je hebt gelijk.' Rosalind nam zich voor om zodra ze terug was in New York harder aan haar clan te werken. Ze had vrienden op haar werk, een paar uit haar huis, een paar van de sportschool en haar leesclubs, maar ze had niet echt geprobeerd om hen bij elkaar te brengen. Het leek veel werk. 'Geen wonder dat je Libanon mist.'

'Het is een prachtige plek. Natuurlijk was Beiroet zwaar beschadigd tijdens de burgeroorlog en werd het klungelig herbouwd.' Zaina zette haar bril af en hield hem omhoog. 'Leila zal je vertellen dat ik het land nu door een roze bril zie.'

'Niets mis met een roze bril.' Rosalind raakte Zaina's zachte hand aan. 'Ik heb er zelf ook een paar. Heel nuttig om zware tijden mee door te komen.'

'Inderdaad.'

'Vertel eens hoe het was om naar Princeton te komen.'

'O ja, dat vroeg je. Dat was ik alweer vergeten. Princeton was niet onvriendelijk. Ik raakte bevriend met andere echtgenotes van promovendi, en toen Cecil ging lesgeven met faculteitsmedewerkers en hun partners. En er waren hier verrassend veel Libanezen. Ik kreeg heimwee naar het Arabische eten, dus af en toe gingen we naar New Brunswick of Brooklyn om boodschappen te doen en dan gingen we thuis koken.' Ze klopte op Rosalinds knie. 'We gaan een Libanese maaltijd maken voor mijn verjaardag. Dan kun je de gerechten proeven zoals ze bedoeld zijn.'

Heel even dacht Rosalind opgetogen dat ze uitgenodigd werd voor het feest. Gelukkig besefte ze op tijd, voordat ze Zaina in verlegenheid bracht door enthousiast een uitnodiging aan te nemen die geen uitnodiging was, dat ze alleen in haar eigen hoofd bij deze familie hoorde. Zaina bedoelde vast dat ze de kliekjes kon proeven. 'Dat klinkt heerlijk.'

'Afgesproken.'

Rosalind zette het lijstje op de salontafel, zodat het gelukkige echtpaar naar hen glimlachte, en vroeg zich af hoe het was om zoveel van iemand te houden dat je je hele leven voor hem achterliet. Zij was weggegaan bij Wolf toen ze de spannende foute man niet meer spannend vond. Ook vond ze LA, waar ze al haar hele leven woonde, benauwend worden. Ze was uit Denver vertrokken toen Troy, de spirituele bomenknuffelaar, verstikkend werd in plaats van verfrissend. 'Wat dapper van je om je land achter te laten en te emigreren.'

'Ik was verliefd.' Zaina zei het alsof er dus geen andere optie was. 'Cecil maakte de eenzaamheid goed. Hij maakte alles goed. Ik heb er nooit spijt van gehad dat ik met hem vertrokken ben. Zelfs in moeilijke tijden niet.'

'Heb je na zijn dood overwogen terug te gaan naar Libanon?'

'Misschien een paar dagen, op het diepst van mijn rouw. Maar mijn leven was inmiddels hier, en Leila's leven was altijd al hier. Het was voor haar al traumatisch genoeg om haar vader op haar dertiende te verliezen. Ik wilde de rest van haar leven niet ook nog overhoopgooien. Ze hadden een heel sterke band. Echt, zo.' Ze kruiste twee vingers. 'Papa's kleine meisje. O, wat heb ik daar mijn handen aan vol gehad. Zoveel verdriet op zo'n jonge leeftijd. Soms vraag ik me af of dat de reden is dat ze nooit is getrouwd.'

Rosalind knikte beleefd, maar vroeg zich ondertussen af waarom mensen er altijd van uitgingen dat er iets verkeerd zat als vrouwen niet getrouwd waren. Alsof het onmogelijk was om zonder echtgenoot een blije, gezonde vrouw te zijn.

'Maar goed.' Zaina streek liefkozend over de glanzende rok van haar jurk. 'Kan ik deze aan op Caitlins bruiloft?'

Rosalind perste haar lippen op elkaar en bracht toen met grote tegenzin het slechte nieuws. 'Het wordt heel moeilijk om hem te herstellen.'

Zaina's gezicht betrok. 'Aha. Ik begrijp het.'

'Er zitten watervlekken op en hij is verschoten.'

'Ja.' De hand die over de zijde gleed, was gerimpeld en mager, maar de vingers waren slank en nog steeds recht. Om haar ringvinger droeg Zaina een bescheiden verlovingsring van saffier en diamant, en de gouden trouwring die haar man haar vast had gegeven op de dag dat de foto was gemaakt. 'Ik wilde begraven worden in deze jurk. Ik hoopte hem nog één keer bij leven te kunnen dragen. Op nog één bruiloft.'

'Ik weet niet of ik hem ver genoeg kan uitleggen zodat hij past. Er is niet zoveel extra stof.' Rosalind schraapte haar keel. 'De nieuwe zoom zou feller van kleur zijn dan de rest van de jurk. Als een streep.'

'Aha. Goed dan.' Zaina sloeg haar handen in elkaar en legde ze in haar schoot. Ze glimlachte dapper. 'Wat niet kan, dat kan niet. Over twee weken ben ik jarig, op 16 oktober. Eén dag voor de verjaardag van je moeder.'

Rosalind knipperde met haar ogen, nog altijd verbaasd over wat mensen over beroemdheden wisten te onthouden. 'Inderdaad.'

'Dan vraag ik een nieuwe jurk.'

'Wacht eens even.' Er schoot Rosalind opeens iets te binnen, en ze sprong bijna overeind van enthousiasme. 'Ik heb een idee hoe we het kunnen oplossen.'

'Echt?' Zaina keek haar hoopvol aan. 'Denk je dat de jurk gemaakt kan worden?'

'Hij zal niet... precies hetzelfde zijn.'

'Zal Caitlin zich schamen als ik hem op de bruiloft draag?'

Rosalind moest zich inhouden om niet te giechelen van opwinding. 'Ik garandeer je van niet.'

'O! Kun je het echt?' Zaina drukte haar handen tegen haar borstkas. Ze kreeg een blos op haar wangen en haar ogen begonnen te stralen. 'Ik wist wel dat God je niet voor niets op ons pad had gestuurd. Misschien ben je wel door Cecil gezonden!'

'Wie weet.' Rosalind keek haar grootmoeder met een liefdevolle glimlach aan en wou dat ze hun band kon onthullen en daarmee zowel haar als Cecil als familie kon bestempelen. In plaats daarvan stond ze op. 'Ik moet je maten opnemen om de aanpassingen te kunnen doen. Heb je een meetlint?'

'Ja, boven. Maar mijn taille zal dus na morgen anders zijn.' Zaina boog naar voren om op te staan.

'Nee, blijf zitten. Ik haal het wel even.'

'Dank je wel. Het ligt in mijn kamer.' Ze wees over haar schouder naar de trap. 'Laatste deur links. In de bovenste la van mijn naaitafeltje, naast de kast.'

'Prima.' Rosalind liep de trap op en bleef weer even voor Leila's deur staan luisteren. Ze zong iets wat haar vaag bekend voorkwam, vast iets wat Rosalinds vader vaak gedraaid had. Als kind had ze neergekeken op de bombastische, klassieke zangstijl; nu had ze spijt dat ze er toen niet meer aandacht voor had gehad. Ze nam zich voor om zodra ze terug was in New York naar opera's in de Met te gaan. Wat zou het leuk zijn om die liefde met haar biologische moeder te delen.

Rosalind deed Zaina's deur open en glimlachte. De kamer was precies even warm en smaakvol als Zaina zelf. Ook hier oosterse kleden in heldere kleuren op de hardhouten vloer, een ouderwets sledebed van donker hout met een gebloemde beddensprei erop. Een kaptafel uit de jaren vijftig stond opengeklapt en toonde gebruikte make-up en parfumflesjes. Op elk denkbaar oppervlak – kaptafel, commode, bureau – stonden snuisterijen, sommige duidelijk waardevol, andere prullaria, en ingelijste foto's.

Bij de naaitafel bleef Rosalind staan om een foto op te pakken. Leila. Jong en stralend stond ze op een strand aan de rand van het water, in een zwierige zomerjurk die door de wind tegen haar lichaam plakte. Zwanger. Van Caitlin? Of van Rosalind? Niet Rosalind, want zij was geboren in april, tenzij het strand zich in de tropen bevond.

Het zweet prikte op haar voorhoofd en onder haar oksels. Hoe vaak had ze als klein meisje niet vol verwondering naar de foto in haar moeders zwangerschapsalbum gekeken, en zich voorgesteld hoe ze veilig en warm opgekruld in die enorme buik had gezeten? Hoe vaak had haar moeder niet verteld over het hardnekkige geschop van Rosalind, en dat ze niet kon wachten tot haar tweede kleine meid besloot eruit te komen? Dat ze wist dat Rosalind de achtste dag van april had gekozen, omdat dat de dag was dat ze op het hoogtepunt van haar perfecte babytijd zou zijn?

Rosalind zette de foto abrupt neer, trok de bovenste la open en haalde het meetlint eruit; het was van wit plastic met zwarte streepjes erop. Ze begreep nog steeds niet hoe haar moeder maar liefst drie zwangerschappen had kunnen fingeren. Was dat haar eigen keus geweest? Of had hun vader haar ertoe gedwongen om te voorkomen dat zijn buitenechtelijke relaties aan het licht kwamen?

'Kun je het vinden?' hoorde ze Zaina van beneden vragen.

'Ja.' Rosalind duwde snel de la dicht en haastte zich naar beneden. 'Sorry, ik stond even naar de foto's te kijken. Die van Leila, zwanger op het strand. Wat ziet ze er mooi uit.'

'Ja.' Zaina glimlachte flauwtjes. 'Die is mooi, ja.'

Rosalind bleef staan en hield het meetlint vast alsof het een reddingsboei was. 'Hoe ver was ze toen?'

'Even denken. Volgens mij een maand of zes.' Zaina speelde met de kralen om haar hals. 'Over de helft.'

'Dus Caitlin is geboren op...'

'Op 14 juni.'

Juni. Dat hielp ook niet om te bedenken welk kind op de foto in haar baarmoeder zat. Voor beide dochters gold dat Leila, als ze zes maanden zwanger was geweest, op een strand had moeten staan waar het warmer was dan hier.

'Zullen we beginnen?' Rosalind hielp Zaina overeind en mat haar taille op. 'Nu is het tweeëndertig...'

'Na de drain is het weer dertig. Ik zal regelen dat ik vlak voor de bruiloft nog een drain krijg.'

Rosalind onderdrukte een huivering. Wat was het toch mensonterend. 'Dan noteer ik dertig.' Na het opmeten concludeerde ze tot haar genoegen dat het patroon niet radicaal veranderd hoefde te worden voor Zaina's oudere lichaam. Iets meer ruimte bij de buste, iets meer bij de taille – de wijde rok verborg de rest. 'Ik weet genoeg.' Ze pakte de jurk voorzichtig bij de hanger op. 'Ik ga er meteen mee aan de slag.'

'Nee, niet nu.' Zaina wees met een brede glimlach op de plek naast haar. 'Blijf nog even kletsen. We laten je al genoeg werken.'

Rosalind aarzelde, want ze wilde direct stoffenwinkels gaan bellen, maar de kans om nog wat kostbare tijd met haar grootmoeder door te brengen was verleidelijk. 'Ik kan nog wel even blijven, dank je.'

'Nou...' Zaina wachtte tot Rosalind weer was gaan zitten. 'We raakten aan de praat en toen ben ik het vergeten te vragen. Hoe was je uitstapje met Bryn vanochtend?'

'Heel nuttig. We hebben drie plekken bezocht: een hotel, een huis en een hippe, oude schuur die heel geweldig was, maar niet geschikt voor –'

'Ja, ja. Bryn heeft Caitlin een berichtje gestuurd, en zij heeft het Leila en mij al verteld. Ongelofelijk hoe snel informatie zich tegenwoordig verspreidt. Zo snel als de wind.'

'Je wist het al.' Er ontging Rosalind kennelijk iets.

'Sorry.' Zaina keek haar schalks aan. 'Ik vroeg niet naar de locaties.'

'Aha. Ik begrijp het.' Rosalind vond het vervelend haar te moeten teleurstellen. 'Bryn is erg lief. Het was heel gezellig.'

'Maar?'

Ze spreidde hulpeloos haar handen. 'Geen vonk.'

'Is dat alles?' Zaina glimlachte toegeeflijk. 'Geef het wat tijd. Die vonk komt wanneer de tijd rijp is. Jullie passen goed bij elkaar.'

'Ik ben niet –'

De voordeur vloog open. Er klonken voetstappen en even later verscheen Caitlin in de deuropening, haar beige regenjas nat van de regen, haar wangen roze van de kou. 'Ha, Teta, ik heb met Emil – O.' Ze bleef staan. 'Hallo, Rosalind. Wat doe jij hier?'

'Caitlin, waar zijn je manieren?'

'Sorry.' Ze schudde haar hoofd, alsof ze uit een trance ontwaakte. 'Ik was gewoon verbaasd. Bedankt dat je je ochtend aan mijn bruiloft hebt besteed, Rosalind.'

'Graag gedaan.'

'Ze is hier om naar mijn jurk te kijken. Ze denkt dat ze hem kan maken.'

'O,' zei Caitlin kortaf. 'Echt waar?'

'Echt waar. En wat doe jíj hier?'

'Waar zijn je manieren?' Caitlin schudde haar hoofd, en haar glimlach was weer oprecht. 'Ik heb met Emil afgesproken. We hebben allebei vrij genomen vanmiddag om champagne en wijn te proeven en met een trouwambtenaar te praten.'

Zaina keek haar met gespeelde schrik aan. 'Toch niet in die volgorde?'

'O nee, maak je geen zorgen. Is mama er?'

'Ze is –'

Precies op dat moment klonk er een hoge uithaal van Leila.

'Daar is het antwoord. Ik zal haar niet storen.' Caitlin deed een paar stappen de woonkamer in. 'Dus, Rosalind, jij vond Sharons huis de beste optie?'

'Ja.' Rosalind dacht even na over hoe ze het het best kon omschrijven. 'Het is een ideale mix van huiselijk en onpersoonlijk. Het is van alle gemakken voorzien, maar je hebt niet het idee dat je je bruiloft viert in het huis van een onbekende, wat je bijvoorbeeld zou hebben als een onbekende het hier zou vieren. Het huis weerspiegelt de persoonlijkheden van de mensen die er zijn, niet zozeer die van haar.'

'Oké.' Caitlin fronste haar wenkbrauwen. 'Zoiets zei Bryn ook. Ik had altijd een kerk en een traditionele feestzaal in mijn hoofd, dus ik neigde naar Hotel Chauncey.'

'O jee. Mijn dood dwarsboomt je trouwplannen,' zei Zaina half gemeend, half voor de grap.

'Teta, doe niet zo raar.' Caitlin wuifde haar grootmoeders bezorgdheid weg, terecht in verlegenheid gebracht. 'Ik ben gewoon een beetje gestrest. Het is zo'n gekkenhuis nu. Ik vind het helemaal niet erg om geen sprookjesbruiloft te hebben als het betekent dat jij erbij kan zijn.'

'In mijn blauwe jurk.'

Caitlin wierp een blik op Rosalind en zei met een zuinig mondje: 'We zullen zien wat Rosalind kan doen.'

Rosalind kreeg een knoop in haar buik. Kennelijk was het aanbod om de jurk te repareren niet bij iedereen in goede aarde gevallen. Bij haar zus leek ze echt niets goed te kunnen doen. 'Caitlin, wanneer wil je naar je kapsel gaan kijken?'

'O... Geen idee. Ik ben doodop.' Ze legde een hand op haar volmaakt gladde voorhoofd. 'Misschien volgende... God, geen idee –'

De voordeur ging opnieuw open en weer dicht. Emil verscheen naast zijn verloofde, ook met een blos op zijn wangen, zijn haar nat van de regen, zijn blauwe ogen stralend in zijn veel te knappe gezicht. Rosalind probeerde niet te reageren. Te laat.

'Ha, Zaina,' zei hij, en hij stak zijn hand op. Toen viel zijn blik op Rosalind. 'Hé! Wat een verrassing. Leuk om je te zien. Ik heb gehoord dat jullie een leuk tochtje hebben gemaakt vanmorgen.'

Rosalind knikte en begon tot haar grote ergernis te blozen. Bryn zou een brandend gebouw in rennen om zijn geliefde te redden, maar Emil zou langzaam terugdeinzen en zeggen dat hij wilde dat hij meer had kunnen doen. En van wie ging haar hart sneller kloppen? Ze deed haar best nonchalant te klinken. 'Caitlin en jij zouden bij Sharons huis en Hotel Chauncey moeten kijken. De schuur zou ik niet doen.'

'Dat zei Bryn ook al. Je hebt ons tijd bespaard – bedankt.'

Caitlin en Emil keken allebei naar de trap, dus Rosalind was niet verbaasd toen ze de stem van Leila achter zich hoorde.

'Ha, Caitlin, ik dacht al dat ik je hoorde. Hallo, Rosalind. Bedankt dat je je ochtend in het Grote Gebeuren hebt gestoken.'

'Geen probleem.' Rosalind draaide zich om op de bank en keek naar haar moeder. Ze zag er vandaag oogverblindend uit: haar kastanjebruine krullen in een losse knot gebonden, haar slanke lichaam gehuld in een olijfgroene wollen jurk met daarop een sjaal in herfsttinten, die ze had vastgezet met een gouden speld. Rosalind voelde een steek van verlangen. 'Dat klonk prachtig daarnet.'

'Ach, ik ben niet goed bij stem vandaag. Je bent snel tevreden.' Leila glimlachte en legde haar handen op haar moeders schouders. Toen betrok haar gezicht. 'God, niet de jurk, mama. Laat ons alsjeblieft een nieuwe –'

'Rosalind kan hem maken.' Zaina klopte op de stof. 'Hij wordt weer als nieuw.'

'Echt?' Leila trok sceptisch haar wenkbrauwen op. 'Kun je toveren?'

'Ik kan niets beloven. Maar ik kan het proberen. Hij is ruim op tijd klaar, zodat je iets anders kunt kopen als het niet bevalt.' Rosalind kreeg het opnieuw warm. Ze wilde de jurk helemaal opnieuw maken voor Zaina's verjaardag in een iets grotere maat, en de bestaande pareltjes op de nieuwe stof overzetten. Ze wilde dat het een verrassing bleef en wilde Zaina niet nog meer hoop geven, mocht ze niet het juiste materiaal kunnen vinden.

Leila en Caitlin wisselden een blik waarvan Rosalind in elkaar kromp.

'Ben ik behalve Zaina de enige die in Rosalinds toverkrachten gelooft?' Emil gaf haar een knipoog.

'Emil.' Caitlin trok zachtjes aan zijn arm. 'Hou op met dat geflirt. We moeten gaan, anders komen we te laat.'

'Ik kom al. Bedankt dat je dit allemaal op je neemt, Rosalind. Zien we je bij het eten vanavond?'

'Nee, nee.' Ze stak haar handen in de lucht, een dubbel stopteken, blij dat ze de kans kreeg om te benadrukken dat ze wel degelijk wist waar de grens lag. 'Ik ben hier al vaak genoeg geweest de afgelopen dagen. Ik kom hier niet intrekken.'

'Misschien een ander keertje.' Hij keek haar doordringend aan.

Rosalind voelde niet alleen opwinding, maar ook irritatie. Waarom deed hij dit zijn verloofde aan?

'We gaan.' Caitlin trok zachtjes aan zijn arm. 'Tot straks, mama.'

'Dag, schatten, veel plezier.' Leila keek bezorgd naar haar moeder, die opeens heel bleek zag. 'Mama, volgens mij is het tijd voor een dutje.'

'Tijd voor een dutje! Ik ben toch geen peuter?' Maar ze liet zich toch door haar dochter overeind hijsen.

Rosalind pakte de jurk op. 'Tot straks.'

'O, moet je weg?' vroeg Leila.

'Niet echt. Ik wilde naar huis gaan en mijn zus bellen. En dan beginnen aan –'

'Ik heb ook een jurk nodig.' Leila nam Zaina bij de arm. 'Ik wil graag de mening van een ander horen. Heb je zin om nog even te blijven?'

Rosalinds hart begon te bonzen. Deze vrouw met haar verfijnde smaak had niet de mening nodig van een vrouw die zich kleedde als een paljas. Leila had vast een boodschap voor haar. *Blijf uit de buurt van mijn moeders jurk*, of: *Blijf uit de buurt van mijn dochters verloofde*, of heel misschien: *Ik ben je moeder, welkom bij de familie*. 'Ja, natuurlijk.'

'Ik ben zo terug.' Leila bracht haar moeder behoedzaam naar de slaapkamer achter en liep daarna met Rosalind naar de keuken.

Rosalind gebaarde naar haar eigen kleren. 'Ik begrijp dat je iets zoekt zoals dit.'

'Precies de look die ik wil.' Leila glimlachte, en hun blikken kruisten elkaar, maar ze keek snel weer weg. 'Ik wou theezetten, wil je ook? Of koffie?'

'Thee is prima.'

‘Dan wordt het thee.’ Leila vulde de rode fluitketel met water. ‘Ik zet sterke zwarte thee, is dat oké?’

‘Jawel. Kan ik je ergens mee helpen?’ Rosalind stond in het midden van de keuken en wist niet waar ze haar armen moest laten.

‘Nee hoor, dank je.’ Leila zette de ketel op het fornuis en stak het vuur aan. ‘Ging het goed tussen jou en Bryn?’

‘Prima. Ja.’ Met gespeelde ergernis vervolgde ze: ‘Is er soms iets vreselijk mis met hem dat iedereen hem aan mij wil opdringen?’

‘Afgezien van de lepra?’ Leila deed een kast open en haalde er een glazen pot met zwarte blaadjes uit. ‘Nee, hij is geweldig. Alleen een beetje eenzaam, denken mama en ik. We willen hem graag gelukkig zien.’

‘En hij kan in zijn eentje niet gelukkig zijn?’

‘Goed punt, maar je snapt wel wat ik bedoel.’ Ze pakte een theepot. ‘Het is moeilijker voor mannen. Wij vrouwen zijn er veel beter in. In gelukkig en alleen zijn, bedoel ik. Ik ben er het levende bewijs van.’

‘Ik ook.’ Rosalind begon helemaal te gloeien. Ze hadden iets gemeen, een eigenschap die niemand in haar familie begreep.

‘Mensen zeggen altijd: “Ik begrijp niet waarom jij single bent. Je ziet er zo leuk uit!”’ Met een hoog, sarcastisch stemmetje deed Leila een criticus na. ‘Alsof er duidelijk iets ernstig mis is met me. Alsof ik stiekem lesbisch ben, of dat ontken.’

‘Of emotioneel beschadigd.’

‘Haha. Dat sowieso.’ Ze schepte thee in de pot en leunde tegen het aanrecht, wachtend op de fluitketel. Ze had haar armen losjes achter haar rug, haar blik op niks in het bijzonder gericht. ‘Ik heb een paar grote liefdes gehad. Maar na een tijdje was het genoeg. Dan wilde ik weer alleen zijn.’

‘Ja.’ Rosalind werd overspoeld door emoties. Leila zette haar wereld op zijn kop. ‘Zo voel ik dat ook.’

‘Dat meen je niet.’ Voor het eerst keek Leila haar echt aan. Rosalind stond daar met ingehouden adem tot haar moeder zou zeggen waar Rosalind op wachtte. Aan de ene kant wilde ze niets liever, en aan de andere kant was ze er als de dood voor. 'Grappig is dat. Caitlin wilde juist vanaf dat ze klein was al huisje-boompje-beestje.'

'Echt?' Rosalinds stem stokte.

'Ik heb me weleens afgevraagd of het een reactie was op het feit dat ik nooit met iemand gesetteld ben.'

'O, maar ze had jou en Zaina haar hele leven. Ze had dit schitterende huis haar hele leven.' Rosalinds hart deed zeer van afgunst. Wat ze niet zou hebben gegeven voor zo'n familiegevoel.

'Dat is ook zo. Mensen worden gewoon op een bepaalde manier geboren. Ik had twee ouders die zielsveel van elkaar hielden. Jij ook...'

Rosalind verstijfde, geschokt door Leila's onbeschaamdheid om zoiets te zeggen als zij en Rosalinds vader geliefden waren geweest. Misschien geliefden. Het was Emils theorie, die erg voor de hand lag, maar nog steeds slechts een theorie was.

Ze kon geen woord uitbrengen. Enerzijds wilde ze een band met deze prachtige, getalenteerde vrouw en wilde ze haar bekennen hoeveel ruzies er in haar jeugd waren geweest, dat zij zich als kind angstig in haar kast verstopte met haar Heart-poppen en tegen hen zei dat ze niet bang hoefden te zijn, dat ze hen zou beschermen. Maar anderzijds was het niet aan haar om die waarheid te onthullen, niet nadat haar ouders zulke vergaande maatregelen hadden getroffen om het imago van het ideale gezin in stand te houden. Die waarheid vertellen aan de minnares van haar vader? Ondenkbaar.

'Maar goed.' Leila draaide zich abrupt om naar het aanrecht. 'Caitlin krijgt nu haar ideale leventje. Ik hoop maar dat ze weet waar ze aan begint.'

'Ze lijken gelukkig samen.' Min of meer.

'Ik zou hem niet voor haar hebben uitgekozen. Maar ze houdt van hem. Hij... Nou ja, je hebt gezien hoe hij is.' Ze pakte twee bekers uit de kast. 'Ik denk dat hij bang is dat hij zichzelf door het huwelijk uit de markt prijst. Vandaar dat geflirt. Om zichzelf ervan te verzekeren dat hij nog steeds aantrekkelijk is.'

Rosalind voelde een vlaag van teleurstelling en schaamte. Wat stom dat ze dat niet eerder had gezien. 'Ja, het leek me al niet dat het om mij ging.'

'Dat zeg ik niet. Je bent een heel aantrekkelijke vrouw.'

Rosalind lachte ongemakkelijk. 'Dank je. Maar ik beloof je dat ik niet van plan ben om je dochters verloofde in te pikken.'

'Nou, dat is een hele opluchting.' Leila keek haar met een scheef lachje aan om te laten merken dat ze een grapje maakte. Dat hoopte Rosalind maar. 'Emil... heeft een moeilijke jeugd gehad, en Bryn ook, trouwens. Alcoholverslaafde ouders. Bryns moeder, Emils vader. Niet de beste manier om op te groeien, al heb ik wel het idee dat het voor een band tussen hen heeft gezorgd. Nou ja, daar weet jij ook het nodige van.'

Rosalind ademde langzaam in en begon tot tien te tellen, maar bedacht toen dat Leila wist wat iedereen wist. De publiciteit waar haar moeder zo dol op was, betekende ook dat haar zwakheden in de pers even breed werden uitgemeten als haar sterke kanten. Toch was Jillian Croft, toen de pers lucht kreeg van haar tweede opname in de afkickkliniek, onverminderd populair gebleven. Haar vaders populariteit was alleen maar gestegen als de toegewijde echtgenoot die haar door dik en dun bleef steunen. Rosalind had dat net als iedereen heilig geloofd.

'Hoe dan ook denk ik dat Emil en Cait bij elkaar zullen blijven of uit elkaar zullen gaan. Ik denk niet dat hij haar trouw blijft, en ik kan me zo voorstellen dat zij de andere kant op kijkt als hij vreemdgaat. Ze is niet alleen verliefd op hem, maar ook op zijn reputatie en het leven dat ze met hem denkt te zullen hebben.'

'O, Leila, wat een deprimerende gedachte.'

'Het is zo deprimerend als je het zelf maakt.' De ketel begon te fluiten. Leila schonk het water op en keek in de theepot of hij al vol was, terwijl ze de stoom opzijwuifde. 'Weet je, Rosalind...' Ze deed het deksel op de theepot en zette er een gebloemde theemuts op. 'Als je een dochter krijgt, denk je dat je een kopie van jezelf krijgt. Een kind dat je kunt leren hoe volgens jou een vrouw is.' Ze sprak langzaam, met een voor haar doen ongebruikelijke ernst, en glimlachte weemoedig naar Rosalind. 'En dan beval je van een kind dat helemaal niet geïnteresseerd is in hoe jij wilt dat ze wordt. Dat heb ik leren respecteren. Caitlin is een volwassen vrouw. Ze maakt haar eigen keuzes. Ik zal haar altijd steunen. O nee, ik maak je aan het huilen. Sorry.'

Rosalind veegde lachend haar tranen weg. 'Nee, geeft niet. Ik stel me aan.'

'Wat heb ik gezegd?'

Ze wist niet hoe ze het onderwerp moest aansnijden, en het duurde zo lang voor er een verklaring in haar duizelende brein opkwam dat ze half en half verwachtte dat Leila van onderwerp zou veranderen. Maar haar biologische moeder bleef stil, rustig zoals altijd, haar wenkbrauwen lichtjes opgetrokken, en wachtte zonder een spoortje ongeduld op een antwoord.

Eindelijk wist Rosalind wat ze wilde zeggen. 'Ik was dol op mijn moeder. Ze was precies zo bijzonder als mensen van haar verwachtten. Maar dit zou ze nooit over mij gezegd hebben.'

'Aha.' Leila sloeg haar armen over elkaar. 'Ik heb je moeder niet gekend. Je vader ook nauwelijks, maar door wat hij schreef en doceerde had ik toch het gevoel dat ik hem kende.'

Rosalind voelde haar hartslag weer versnellen. 'En je hebt hem ontmoet…'

'Ja.' Leila staarde naar de muur naast Rosalinds hoofd. 'Maar ik kan me voorstellen dat je moeder zo met zichzelf in de knoop zat dat ze er niet voor haar dochters kon zijn zoals je vader dat kon.'

Rosalind voelde woede in zich opwellen en klemde haar kaken op elkaar, zodat ze pas iets zou zeggen als die weer was gezakt. Ze had haar moeder altijd in bescherming genomen; niet zo blindelings als Olivia, maar intuïtief had ze haar moeders kwetsbaarheid en behoeftes aangevoeld. Het was onverdraaglijk om haar bekritiseerd te horen worden door de vrouw die waarschijnlijk haar vaders minnares was geweest, een vrouw die niets wist over hoe haar moeder in elkaar stak, op de onzin na die Daniel Braddock haar ter rechtvaardiging van zichzelf mogelijk had verteld.

Langzaam ebde haar boosheid weer weg. De achtbaan aan emoties putte haar uit. Met empathie zou ze hierdoorheen komen. Jillian Croft was niet mama Heart geweest, wat blijkbaar een deel van de reden was dat Rosalind in deze keuken stond. Leila was ongetwijfeld gevallen voor de beruchte charmes van Daniel Braddock, net als de moeders van Olivia en Eve waarschijnlijk hadden gedaan, zoals de hele wereld altijd voor types als hij viel. 'Papa had zijn eigen problemen.'

'Dat geloof ik graag. Dat hebben de meeste mensen.' Met een bedachtzame blik stak Leila een losgeraakte lok in haar knot. 'Is het kinderachtig om te zeggen dat ik wou dat ik mijn vader langer had gekend, ook met al zijn problemen?'

Rosalind dacht even na, iets gekalmeerd, maar nog niet zover om medeleven te tonen. 'Ja, dat is best kinderachtig.'

Leila keek haar even geschrokken aan. Toen lachte ze, en tot Rosalinds grote ontsteltenis gaf ze haar een korte knuffel. 'Nou, hup. Op naar de computer. Gaan we jurken kijken.'

Hoofdstuk 9

1 januari 1968 (maandag)

Gelukkig nieuwjaar. Ik had vandaag een afschuwelijke gedachte. Wat nou als ik niet ongesteld word omdat mijn moeder me heeft laten opereren, zodat ik geen kinderen kan krijgen? Ze heeft zo vaak gezegd dat ze hoopt dat ik nooit een kind zoals ik zelf ben zal krijgen. Misschien heeft ze daar nu voor gezorgd. Mijn littekens zitten in de buurt van de plek waar mijn eierstokken horen te zitten. Dat heb ik opgezocht. Hebben ze die eruit gehaald?

Ik kan het vragen, maar dan ontkent ze het toch, of het nu waar is of niet. Als je niet kunt vertrouwen op degene die van jou zou moeten houden, is dat volgens mij het ergste wat er bestaat.

Al lijkt het me voor haar ook vreselijk. Heel diep vanbinnen geloof ik niet dat ze me zoiets zou aandoen. En ik was ook al vóór de operatie veel te laat met mijn ongesteldheid. Maar ik vind het vreselijk dat ik het denk. Ik zou me veilig bij haar moeten voelen.

Over een paar weken beginnen de try-outs voor de voorjaarsmusical. Het wordt South Pacific. *Ik krijg de rol van Nellie. Want anders!*

Ik voel me somber vandaag. Zelfs de gedachte aan New York fleurt me niet op. Het is hier koud en grijs; de glamour en de vrijheid van de stad lijken heel ver weg. Ik ben het wachten zat.

Na het vreemde gesprek met Leila was Rosalind weer de straat overgestoken naar haar huis. Ze had Zaina's jurk op de blauwe sprei van haar kingsize bed van de grote slaapkamer gelegd en ijsbeerde nu van de beregende ramen aan de kant van de straat – die grotendeels aan het zicht onttrokken werd door de grote eik in de voortuin – naar het bed. Zelf sliep ze in de kamer aan de noordkant van het huis, omdat ze zich in de kleinere ruimte prettiger voelde. Deze kamer was echter ideaal voor haar naaiproject. In de kelder had ze een grote klaptafel zien staan, perfect voor haar naaimachine, die Ruth, een bevriende buurvrouw in New York die haar planten water gaf, op haar verzoek naar Princeton zou opsturen. Die kon ze naast de dubbele ramen neerzetten voor het licht. Op de gladde hardhouten vloer kon ze de jurk neerleggen om over te trekken en een nieuw patroon te maken, dat ze zou aanpassen en dan uit het nieuwe materiaal zou knippen. De suède relaxfauteuil bij het raam op het zuiden was een knus plekje voor saaie taken als het omzomen van de jurk en het vastnaaien van de pareltjes.

Maar daar zou ze nu nog niet aan beginnen. Ze moest nog bijkomen van het gesprek met Leila. Ze was van de ene emotie in de andere gerold en was zo in de war dat ze zich geen raad wist met al haar gevoelens. Boos, blij, verbitterd, verlangend... niet echt een rustgevende combinatie.

Ze zou haar vader moeten bellen om te horen hoe hij het maakte. Al een week had ze hem niet gesproken. Misschien langer.

Niet nu. Ze woelde met haar vingers door haar haar, dat maar twee centimeter lang was, met donkere uitgroei onder het blond.

Misschien moest ze proberen te mediteren. Die gewoonte had ze opgepakt toen ze in Denver woonde en iets met Troy had, die haar ermee in aanraking had gebracht. Rosalind had genoten van het rustgevende effect ervan, dat de rest van de dag doorwerkte, ook al mediteerde ze maar tien of vijftien minuten, want langer kon ze niet stilzitten. Troy kon waarschijnlijk de rest van zijn leven roerloos en in volle concentratie doorbrengen. Rosalind was het nog een tijdje blijven doen nadat ze naar New York was verhuisd, maar uiteindelijk was de klad erin gekomen. Ze werd meegezogen in de energie van de stad vanaf het moment dat ze uit bed kwam tot het moment dat ze er weer in viel.

Misschien zou het haar hier wel lukken, omgeven door de rust en stilte van deze buurt. Ze ging op een kleedje bij het raam zitten in een halve lotus – haar knieën waren niet soepel genoeg voor een hele–, sloot haar ogen en concentreerde zich op haar ademhaling. Haar hoofd probeerde ze leeg te maken van alle ruis die erin was geslopen, en ze deed haar best haar lichaam te bevrijden van de spanning die de ontspanning in de weg stond. Ze observeerde wat er gebeurde in haar lichaam en liet de gedachten los die in haar opkwamen, zonder verwijt, zonder oordeel of –

Aargh! Ze kon het niet.

Oké, sst. Rosalind liet die gedachte toe, ging weer goed zitten en ontspande een voor een haar spieren. Adem in, adem uit…

In. Uit.

Had Leila een affaire gehad met haar vader? Hoe kon Rosalind een goede relatie met haar opbouwen als haar biologische moeder haar moeder had bedrogen?

Ontspan. Adem in. Adem uit.

Een windstoot rammelde aan de ramen.

In… Uit…

Misschien was het beter als ze deed of haar neus bloedde, als ze erkende dat ze de details en de waarheid nog niet wist, en ze Leila als onschuldig beschouwde tot het tegendeel bewezen was.

Haar schouders, die ze bijna vanzelf had opgetrokken, ontspanden zich weer.

Dat klonk logisch. Dat moest lukken.

Haar ademhaling werd dieper. Haar spieren ontspanden zich nu echt. Ha, het begon te werken! O nee, dat mocht ze niet denken.

In. Uit.

In haar slaapkamer hoorde ze haar telefoon overgaan. Die was ze vergeten uit te zetten. Ze deed één oog open. Ze moest het negeren, profiteren van deze steeds diepere rust en blijven zitten.

In. Uit –

Maar wat nou als het belangrijk was? Stel dat er iets met haar vader was gebeurd?

Shit. Ze stond op, draafde de gang door, griste haar telefoon van het onopgemaakte bed en keek naar het schermpje. Eve.

Wilde ze met Eve praten? Ze had niets toe te voegen aan wat ze haar al had verteld, behalve dan dat er allerlei vreselijke nieuwe mogelijkheden door haar hoofd spookten. Niet echt een goed verhaal. Terwijl ze stond te aarzelen, sprong haar telefoon op de voicemail en werd ze overvallen door een absurd gevoel van verlies. Eve hoorde bij de familie die Rosalind kende, het deel waar ze nog steeds op kon rekenen. Eve had niets willen horen over haar eigen biologische ouders en adoptie, maar tot nu toe was ze wel geïnteresseerd geweest in Rosalinds zoektocht, ook al stond ze er niet altijd achter.

Ze belde haar zus terug. 'Hoi Eve, sorry, ik was net te laat.'

'Maakt niet uit. Hoe gaat het? Ik heb je al een tijdje niet meer gesproken. Wat ben je aan het doen? Ben je in New Jersey?'

'Ja, ik ben hier.' Had ze maar wat langer kunnen mediteren voordat ze aan dit gesprek begon. 'In Princeton.'

'Heb je Leila ontmoet?'

'Ja. En haar familie.' Rosalind voelde zich stijf, alsof ze haar mond bijna niet kon bewegen.

'En? Is het erg? Wat is er aan de hand? Waarom vertel je me niet alles?'

'Nee, het is niet erg.' Ze pepte zichzelf op om als haar vrolijke zelf te klinken. 'Eens even kijken. Leila's dochter Caitlin gaat trouwen. Ze is een beetje een prinsesje, en volgens mij weet ze nog niet zo goed wat ze van mij moet denken, maar ze doet wel vriendelijk.'

'Weet ze wie jij bent?'

'Nee. Haar verloofde is Emil, superknap, een player, zo'n bekakte Princeton-jongen, een echte corpsbal.'

'Weet hij het?'

'Nee. Dan hebben we Zaina, Leila's moeder: Libanees, warm, lief. Jij zou haar ook geweldig vinden. Zo'n oma zouden we gehad moeten hebben.'

'Weet zij wie jij bent?'

'Nee. En dan is er Leila. Ze is... beeldschoon.' Rosalind merkte dat ze volschoot. 'Vol leven, en een vrije geest, volgens mij.'

'Dat klinkt bekend.'

'Precies.' Ze legde een hand op haar borstkas. 'Ja, precies. Ze lijkt in veel opzichten op mij, en –'

'Hoe reageerde ze toen je het haar vertelde?'

'Ik heb het haar nog niet verteld.'

Stilte. Rosalind kreeg een knoop in haar maag.

'Hoelang zit je daar nu, Rosalind?'

'Twee dagen, Eve. Ik heb haar gisteren ontmoet.'

'Oké, dus... wat is het plan? Wanneer ga je het haar vertellen?'

Rosalind drukte een hand tegen haar voorhoofd. Ze voelde hoofdpijn opkomen. 'Er is geen plan, ik weet het nog niet zo goed.'

Opnieuw stilte. 'Je weet het nog niet zo goed.'

'Ik vertel het je wel zodra het goed voelt.' Ze begon te ijsberen, van de gang naar de deuropening van de grote slaapkamer, naar de trap en weer terug. 'Dit is iets anders dan tegen Leila zeggen dat ze de loterij gewonnen heeft. Ik wil eerst dat zij en de anderen me vertrouwen en me mogen. Ik wil even afwachten hoe het loopt, en of het zelfs wel verstandig is om te doen.'

'Tja, het is best een ingewikkelde kwestie. Wat doe je verder?'

'Ik help hen met het organiseren van de bruiloft van Caitlin en Emil.'

'Je... Wát? Meen je dat?' Haar zus was ongebruikelijk scherp. 'Hoe dat zo?'

'Ze vroegen of ik wou helpen. Of beter gezegd: ik bood het aan, en zij namen het aanbod aan. Ze hebben haast, want –'

'Ze weten het al, Rosalind. Dat moet wel. Waarom zouden ze anders een volslagen onbekende binnenlaten en haar vragen om te helpen bij zo'n belangrijke familieaangelegenheid?'

Rosalind sloot haar ogen. Daar wilde ze niet over nadenken.

Niet nu. Ze wilde niet dat er nog iets was wat totaal anders liep dan ze had verwacht. 'Omdat ik aardig ben?'

'Niemand is zo aardig.'

Ze voelde zich misselijk worden. Rosalind hield bij de badkamer op met ijsberen, voor het geval dat. 'Pardon? Ik ben wel degelijk zo aardig.'

'Rosalind, kom op...'

'Ze zitten te springen om hulp en ik kwam niet alleen precies op het juiste moment, maar mijn talenten zijn ook precies wat ze nodig hebben. Ik ga een jurk voor Zaina herstellen en Caitlins –'

'Leila weet wie je bent. Misschien weten ze het allemaal wel.'

'Waarom zegt ze dan niets?'

'Ze wacht waarschijnlijk tot jij iets zegt. Dus zeg het.'

Rosalind legde een hand op haar middenrif. 'Ik ben er net. Ik zeg het wanneer ik er klaar voor ben. Rustig nou maar.'

'Daarom ben je er, toch?'

Er zat haar zus overduidelijk iets dwars. Het leek meer alsof ze met Olivia dan met Eve aan het praten was.

'Er komen een paar grote feesten voor hen aan: Zaina's verjaardag, de bruiloft... Ik wil hun niet nog meer stress bezorgen.'

'Ze weten het al, Rosalind. In elk geval Leila. Wat valt er in hemelsnaam te winnen bij...'

Rosalind wachtte even af tot haar zus verderging. Toen fronste ze haar wenkbrauwen. 'Eve?'

'Rosalind...' Eve klonk nu vriendelijker. 'Wil je graag dat zij jouw familie zijn?'

Rosalinds maag draaide zich om. 'Jezus, Eve, ze zíjn mijn familie.'

'Nee. Dat zijn wij. Papa, Olivia, ik – zelfs Lauren. Die mensen zijn volstrekte onbekenden.'

'Daarom wil ik ze leren kennen.'

'Ik vind het een slecht idee.'

'Jij vindt alles wat ik doe een slecht idee.'

'Dat is niet waar. Weet je nog die keer dat je me stiekem meenam naar de McDonald's toen mama besloot dat we allemaal vegetariër moesten worden? Dat was een goed idee.'

Rosalind glimlachte moeizaam. 'Dat was inderdaad een goed idee.'

'Luister, grote zus. Je weet dat ik je gewoon wil behoeden voor een teleurstelling. Ik hou van je en ik wil niet dat je gekwetst wordt. Papa en mama hadden kennelijk hun eigen bizarre redenen om te doen wat ze gedaan hebben. Ik ben gewoon bang dat als we die redenen gaan uitpluizen, er nog veel meer ellende aan het licht komt.'

Rosalind leunde tegen de muur en liet zich naar beneden glijden tot ze op haar hurken zat. Daar had Eve gelijk in. Ze had er al een glimp van opgevangen. 'Dat is al gebeurd.'

'Wat is er dan gebeurd?'

Ze zette zich schrap en sloot haar ogen. Ze wilde haar zus dit niet aandoen. 'Ik denk dat papa een affaire had met Leila.'

'Dat zou me niets verbazen.'

Rosalinds ogen vlogen weer open. Dat was wel de laatste reactie die ze van Eve had verwacht. 'Hè? Hoe bedoel je, het zou je niets verbazen?'

'Gewoon. Wat ik zeg.'

'Waarom niet?'

'Je weet toch hoe mama was? Hij had vast behoefte aan een uitstapje.'

Rosalind hapte naar adem en kon nauwelijks een woord uitbrengen. 'Hoe kun je erover praten alsof het niets voorstelt?'

Haar zus zuchtte. 'Omdat ik hier veel over heb nagedacht. Niet pas sinds we op dat document zijn gestuit. Daarvoor ook al.'

'Maar... Papa aanbad haar.'

'Hij was ook een man, en zij was een grotere ster dan hij, en een lastpak die misschien niet eens een vagina had. Voor een man is die toch wel redelijk onmisbaar.'

Rosalind kromp ineen 'Ho. Je praat erover alsof het... alsof het een...'

'Feit is?' De pragmatische toon van haar zus maakte Rosalind woest. 'Ze wilden kinderen. Papa heeft het geregeld en iedereen leefde nog lang en gelukkig.'

'Nee.' Moeizaam kwam ze weer overeind. 'Mama kan hier onmogelijk van op de hoogte zijn geweest. Ze was extreem jaloers, vooral op haar slechtste momenten. Hem naar bed laten gaan met andere vrouwen? Dat is echt ondenkbaar.'

'Ik weet het niet, Rosalind.' Eve klonk afgemat. 'Ik weet het gewoon niet. We weten het allebei niet. En aangezien we het niet weten, en ons leven goed is zoals het nu is, lijkt het me zinloos om te gaan graven in een berg ellende. Maar jij zit er al tot aan je nek in, dus ik weet niet wat ik tegen je moet zeggen. Wees gewoon voorzichtig.'

Rosalind deed haar mond open om haar zus van repliek te dienen, maar hield zich toen in. Olivia was degene die haar zussen altijd de les las over haar versie van de waarheid. Eve deed dat veel minder. Sterker nog: bijna nooit. 'Ik zal voorzichtig zijn. Beloofd. Hoe gaat het met jou? Hoe gaat het thuis? En op je werk? Je klinkt... anders.'

Stilte. Toen een diepe zucht. 'Sorry, Rosalind. Het zal de PMS wel zijn. En ik word gek van mijn werk. En...'

Rosalind trok een bedenkelijk gezicht. 'Jij? Mike?'

'Nee, met mij gaat het goed. Met hem ook. Tenminste, hij is niet ziek of gewond. Het scheelt dat de school weer begonnen is. Dat dwingt hem tenminste om op te staan en naar buiten te gaan. Ik heb hem weten over te halen om groepstherapie te proberen. Ik doe ook mijn best om hem naar een psychiater te krijgen voor medicatie, maar ik weet niet of hij dat gaat doen.'

Rosalind ontspande een heel klein beetje. 'Hij komt in elk geval in actie.'

'Ja...'

Rosalind verstrakte weer. 'Er is nog iets.'

'Lauren belde me. Waarschijnlijk heb ik een keer tegen haar lopen klagen over mijn werk. Ze kent iemand van vroeger die op een eilandje in Wisconsin woont. Die vrouw overweegt een gastenverblijf te bouwen voor wanneer haar kinderen en kleinkinderen op bezoek komen. En zij heeft op haar beurt weer een vriend die van een patio een serre wil maken. Lauren heeft mij aanbevolen voor die klussen en ze hebben belangstelling.'

'Eve, dat zou geweldig zijn!' Rosalind snapte niet waarom haar zus niet enthousiast klonk. 'Je klaagt altijd dat je alleen maar badkamers ontwerpt. Kun je het doen?'

'Niet vanuit hier.'

Rosalind wachtte. Olivia gooide altijd alles wat ze voelde meteen op tafel. Bij Eve moest je geduld hebben en het eruit trekken. 'Dus je overweegt om erheen te gaan om te kijken?'

'Ik ben er nog niet uit. Ik krijg een onkostenvergoeding, maar verder verdien ik er niet veel aan.'

'Ja, maar het is toch een win-winsituatie? Zij krijgen een gratis ontwerp en jij bent er even uit en kunt iets moois toevoegen aan je portfolio. Het klinkt perfect.'

'Ik weet het niet.'

Rosalind rolde met haar ogen. Oké, zij was misschien een tikje impulsief, wat ook zijn nadelen had, maar de behoedzaamheid van haar zus was echt gekmakend. 'Kun je vrij nemen van je werk?'

'Misschien.'

'Het klinkt geweldig. Even ertussenuit, iets nieuws proberen. Het is precies wat je nodig hebt.'

Eve zuchtte diep. 'Mike is ervan overtuigd dat dit onderdeel is van mijn plan om bij hem weg te gaan.'

'O.' Rosalind slaagde er wonder boven wonder in om niet te zeggen wat ze dacht, namelijk: goed idee! 'Hij draait het zo dat een spannende stap in je carrière over hem gaat. Hij zou je juist moeten steunen.'

'Het ligt ingewikkelder. Hij is mijn partner. We zijn al bijna drie jaar samen. Ik moet ook rekening houden met zijn gevoelens.'

'Nou, ik vind dat je deze kans moet grijpen. Mike komt er wel overheen. Hoewel ik dat misschien niet op die manier tegen hem zou zeggen.'

'Ik zal erover nadenken. Op dit moment zit ik tot over mijn oren in het werk. Ik zou pas na de vakantie weg kunnen. En eerlijk gezegd trekt het me ook niet echt om eind januari naar het einde van de wereld af te reizen. Misschien februari of maart...'

Rosalind grinnikte. Haar zus ging het doen. Ze had het misschien nog niet aan zichzelf toegegeven, maar als ze op deze manier praatte, ging ze. 'Het klinkt in elk geval veelbelovend.'

'Ja. O, Mike komt thuis. Ik moet gaan. Ik hou van je. Wees voorzichtig.'

'Ik hou ook van jou. Heb je Olivia nog gesproken?'

'Vorige week. Als ze niet binnenkort haar man vermoordt, doe ik het.'

Rosalind schoot in de lach. 'Alles nog bij het oude dus?'

'Precies. O ja, wil je papa bellen? Hij vroeg naar je.'

'Doe ik. Dag.' Rosalind verbrak de verbinding en gooide de telefoon op het bed, naast de jurk. Ja, ze moest haar vader bellen. Maar voordat ze dat ging doen, moest ze eerst mediteren en aan de goede tijden denken. Aan haar vaders vriendelijkheid, aan zijn geduld met hun moeder. Dat hij aan tafel zat wanneer de meiden huiswerk maakten en zijn eigen werk deed. Dat hij soms, wanneer mama een slechte dag had, met hen een ijsje ging halen en op een malle manier aan zijn hoorntje ging likken om hen aan het lachen te maken. Dat hij commentaar had als Rosalind iets was aangekomen of een pukkel op haar voorhoofd had. Dat hij haar terechtwees als hij vond dat ze om meer aandacht vroeg dan ze verdiende, of opschepte over iets wat ze goed had gedaan op school. Dat hij misschien met iedere vrouw naar bed ging die hem wilde, terwijl mama thuiszat...

Oeps. Ze pakte de telefoon weer op. Voordat ze haar vader ging bellen, moest ze Ruth vragen om naaigerei en de naaimachine op te sturen, samen met eventuele door te sturen post.

Schaamteloos uitstelgedrag.

Het telefoontje duurde dertig seconden. Rosalind zei tegen Ruth waar de spullen lagen en gaf haar het adres in Princeton. Ruth zei dat er een pakje was bezorgd, dat ze dat ook zou opsturen, en wenste haar vervolgens het beste voordat Rosalind het gesprek had kunnen rekken door naar haar man en kinderen te vragen. Shit.

Toen fleurde ze op. Ze had de perfecte oplossing bedacht: ze zou Lauren bellen. Haar vader sliep misschien nog, of kon een telefoongesprek nog niet aan. Dat zou makkelijker zijn. Voor haar.

Ze koos Lauren op haar telefoon en wachtte. Haar vrije hand pakte de arm vast waarmee ze de telefoon vasthield.

'Ha, Rosalind.' Lauren klonk afkeurend, maar dat deed ze wel vaker. 'Ik heb al een tijdje niets van je gehoord. Je vader vroeg al –'

'Hallo, Lauren. Ik was benieuwd hoe het met mijn vader was.'

'Hij zit hier naast me. We doen een kruiswoordraadsel. Je kunt hem bellen. Of ik geef mijn telefoon wel even aan hem.'

'Ik wil niet storen. En ik heb maar even. Hoe gaat het met hem?'

'Vraag het hem zelf maar.'

'Ik...'

Te laat. Rosalind sloot haar ogen en hoorde de krakende geluiden van de telefoon die overhandigd werd, en voor de zoveelste keer vroeg ze zich af hoe Lauren het trage ritme – dat nu nog veel trager was – van een veel oudere man volhield.

'Hoe is het met mijn kolibrie?' Zijn stem klonk vaster en steviger, niet meer het moeizame gefluister van de laatste keer.

Rosalind kreeg een brok in haar keel, haalde diep adem en slikte. 'Prima. Met mij gaat het prima, papa.' Behalve dan dat ik niet meer weet wie jij bent, of waar je toe in staat bent.

'Volgens mij niet. Je stem gek. Klinkt gek.'

'Ik voel me niet zo fit, maar het is niets ernstigs. Hoe gaat het met jou?'

'Zwak. Oud. Kwaad.'

'Vervelend voor je, papa.' Ze klemde haar kaken op elkaar toen ze opeens een tafereel voor zich zag dat ze voorgoed uit haar hoofd meende te hebben gebannen: haar moeder, snikkend boven haar bord in hun chique eetkamer in Beverly Hills, onder een kroonluchter die een exacte kopie was van die uit *My Fair Lady*. Het was oudejaarsavond 2001, de avond dat ze stierf.

Voor het eerst sinds Rosalind zich kon herinneren, had hun vader niet geprobeerd haar te kalmeren of te troosten. De meiden – Olivia twintig, Rosalind zestien en Eve elf – hadden als versteend rond de tafel gezeten, steels naar elkaar kijkend, niet-begrijpend wat er veranderd was.

Uiteindelijk was Rosalind opgestaan. Ze had ongemakkelijk een arm om haar moeders schouder geslagen en een kus op haar haar gedrukt. Haar moeder was teruggedeinsd en had haar stoel met kracht naar achteren geschoven, waardoor haar hoofd tegen Rosalinds kin stootte. Rosalind had zo hard op haar tong gebeten dat hij nog dagenlang zeer had gedaan. Haar moeder was de trap op gerend, hen achterlatend in een geschokte stilte, die doorbroken werd door de dichtslaande slaapkamerdeur.

Hun vader was als eerste in beweging gekomen en had gezegd dat ze zich geen zorgen moesten maken en dat hun moeder van slag was, maar er wel weer overheen zou komen. Bedrukt hadden ze de rest van de maaltijd uitgezeten – Rosalind zou nooit meer Steak Diane eten –, waarna hun vader Olivia, die al studeerde, naar een feestje liet gaan met vrienden van de middelbare school, en frisdrank, chips en snoep uitdeelde aan Eve en Rosalind, die ongerust en bang voor de tv waren gaan zitten.

Vlak na middernacht, toen ook aan de westkust van de vs de

nieuwjaarsvieringen losbarstten, had Rosalind met bevende vingers 112 gebeld, angstig, maar met het kinderlijke vertrouwen dat dokters hun moeder beter konden maken, wat er ook mis was met haar. Eve had naast haar moeders bed staan schreeuwen: 'Hou op, mama! Hou op! Wakker worden, nu!', terwijl hun vader in paniek probeerde haar te reanimeren.

Uren later was Olivia stomdronken in het ziekenhuis gearriveerd. Ze had hysterisch gehuild, terwijl ze het ergste nog niet eens wist, tot hun vader de mensen van de Spoedeisende Hulp had gesmeekt om haar een kalmeringsmiddel te geven.

Eenmaal thuis had hun vader zijn verbijsterde, zwijgende dochters in de keuken neergezet en een beker warme chocolademelk voor hen gemaakt, en voor zichzelf een groot glas whisky ingeschonken. Overdosis, had hij gezegd. Hun moeder was overstuur geraakt omdat ze een bepaalde filmrol niet had gekregen, en vanwege de toestand van haar carrière in het algemeen, en had onbedoeld te veel kalmeringspillen ingenomen.

Haar hele leven had Rosalind haar vaders verklaring en zijn uitleg van haar moeders gedrag geaccepteerd. Nu kwamen de snikkende woorden van haar moeder weer boven, en ze troffen haar als een mokerslag.

Ik ben te oud. Ik voldoe niet meer. Het is voorbij.

Misschien had ze het niet over haar carrière gehad.

'Rosalind? Ben je er nog?'

'Ja, papa... Het spijt me...' Ze rende naar de badkamer en gooide haar hele maaginhoud eruit, en toen nog wat meer.

Ik ben te oud. Ik voldoe niet meer. Het is voorbij.

Ze schrok op toen haar telefoon opnieuw overging. Ze was vergeten dat ze hem nog steeds vasthield, zelfs tijdens het overgeven.

Het was Lauren.

Rosalind zakte neer op de tegels. Ze voelde zich licht in haar hoofd, maar was vastbesloten zo normaal mogelijk te klinken. 'Sorry. Ik moest ophangen. Mijn maag is van streek.'

'Ben je thuis?'

'O… ja.'

'Ga naar bed. Eet iets met suiker – een lolly, snoep, een waterijsje. Suiker brengt je maag tot rust. Vergeet niet te drinken, maar wel pas als je maag het aankan.'

'Is goed.' Beverig stond ze op. Moeder zei altijd 'buikje', ook toen ze al ouder waren, wat haar kinderen zowel troostrijk als gênant hadden gevonden. *Eet dingen die goed zijn voor je buikje. Geen slecht eten waardoor je buikje nog meer van streek raakt.* 'Wil je sorry zeggen tegen papa? Ik bel snel weer.'

'Ik zal het doorgeven. Veel liefs, zegt hij, en hopelijk voel je je snel beter.'

Ze kon geen liefs terugzeggen. Als haar vader dat al had gezegd. Waarschijnlijk was het eerder Lauren die de juiste vaderlijke gevoelens overbracht. Hun vaders liefde was wel voelbaar, maar werd zelden uitgesproken.

Rosalind spoelde haar mond met mondwater om de vieze galsmaak te verdrijven, en poetste daarna haar tanden om de vieze smaak van mondwater te verdrijven.

Wat nu? Nadat ze haar hele leven had geloofd dat haar moeder wanhopig over haar carrière en slordig met haar medicijnen was geweest, bleek het nu mogelijk dat ze was gestorven uit wanhoop over de affaires van haar vader. Misschien zelfs zelfmoord had gepleegd.

Mijn god.

Rosalind strompelde naar de grote slaapkamer aan de voorkant en plofte in de leunstoel. Terwijl de regen tegen de ruiten sloeg, staarde ze naar het plafond. Haar maag kwam langzaam tot rust, maar haar geest allerminst.

Waarom ging het in haar familie nooit over belastingontduiking of liegen over diploma's? De trauma's sloegen diepe wonden en lieten littekens achter, en het dramagehalte rees de pan uit en was schadelijk.

Onmogelijk om je niet af te vragen wat er van haar zou zijn geworden als ze niet in Beverly Hills was opgegroeid, maar hier in deze straat.

Hoofdstuk 10

4 februari 1968 (zondag)

Ik ben vandaag met mijn vriendin Sarah en haar ouders naar de film Fantastic Voyage *geweest. Die heeft eindelijk dit achterlijke gehucht bereikt. Raquel Welch is zo mooi, ik word er gewoon kwaad en ongeduldig van, omdat ik haar nog niet kan zijn! Ik zou haar dolgraag ontmoeten. Ze is vast heel cool. Op dit moment zou ik ieder beroemd persoon wel willen ontmoeten. Dagen tot vertrek: honderdvijf.*

Wanneer ik straks in New York ben, ga ik elke week naar de film, en als ik het niet kan betalen, zorg ik wel dat iemand me meeneemt. Dat is het voordeel van knap zijn. Ik heb medelijden met lelijke meisjes. Die moeten twee keer zo hard werken voor dingen die ik vanzelfsprekend vind. Het lijkt oneerlijk, maar zo zit de wereld nu eenmaal in elkaar, dus het heeft geen zin om te doen alsof het niet zo is.

Als ik de repetities niet zo leuk vond, zou ik nu al vertrekken! Ik doe niet meer mijn best op school. Nog net voldoende om op school te blijven, zodat ik in de musical kan spelen. Wat heeft het nog voor zin? Mijn echte leven begint binnenkort.

Een paar mistroostige minuten later was Rosalind haar eigen ellende beu en gooide ze het eens over de boeg van de logica in plaats van die van de emoties, in de hoop zich daardoor wat beter te gaan voelen. Of haar moeder nu zelfmoord had gepleegd of niet, ze was en bleef dood. Of ze een overdosis had genomen vanwege een in het slop geraakte carrière, of vanwege een echtgenoot die vreemdging, daar kon Rosalind ook niets aan veranderen. En aan haar relatie met haar vader kon ze nu ook niets doen. Hij was te ziek om geconfronteerd te worden met alles wat ze nu ontdekte, en ze ging zeker niet tegen Lauren zeggen dat haar echtgenoot een notoire vreemdganger was.

Rosalind was in Princeton om erachter te komen of Leila haar biologische moeder was, wat voor haar gevoel al voor meer dan negenennegentig procent zeker was, en om Leila en haar familie te leren kennen. Zodra ze het idee had dat het kon, zou ze het onderwerp ter sprake brengen en kijken of ze een soort relatie konden opbouwen, als dat goed voelde en van beide kanten gewenst was. Het verhaal achter hoe ze verwekt en geadopteerd was, zou vervolgens hopelijk in die relatie aan het licht komen.

Kort gezegd: hoe meer ze wist, hoe beter ze in staat zou zijn bepaalde beslissingen te nemen. Zo. Beter.

Ze hees zichzelf uit de leunstoel en dronk wat water, wat haar maag zonder protest accepteerde. Daarna liep ze terug naar de grote slaapkamer en boog zich over Zaina's prachtige jurk. Het zou een saaie klus worden om hem uit elkaar te halen, en zonder haar tornmesje nog saaier, maar het was in elk geval iets praktisch wat ze kon doen, en na alle turbulente gebeurtenissen sprak een eentonig klusje haar eigenlijk wel aan.

In de badkamer vond ze een redelijk scherp nagelschaartje. Ze nam het mee naar de leunstoel, waar ze aan haar taak begon. Geleidelijk aan raakte ze verdiept in het repetitieve werkje, draadjes doorknippend en de stukken stof uit elkaar trekkend, eerst een centimeter, dan twee, nog meer draadjes, steeds opnieuw, met als doel om de rechtermouw van de jurk los te tornen na een decennialange verbinding met het lijfje.

De deurbel ging. Ze schrok zo erg dat ze met de punt van het schaartje in haar vinger prikte. Hoe laat was het? Ze tuurde naar de klok naast het bed. Pas halfacht. Was deze dag niet al negenentwintig uur bezig?

Ze liep naar het raam aan de westkant en drukte haar neus en wang tegen het glas in een poging te zien wie er voor de deur stond. Pas toen viel het haar op dat het niet meer regende.

Bryn. Handen op zijn heupen, hoofd gebogen, terwijl hij van de ene voet op de andere wipte.

O nee. Hij ging haar toch niet stalken? Lieve jongen, hoor, daar niet van, maar…

Nogmaals de deurbel. Met een zucht liep Rosalind naar beneden. Haar hoofd zat vol watten, ze was doodmoe, en opeens merkte ze dat ze trilde van de honger. Ze zou even kijken wat hij wilde en hem dan de deur uit werken, zodat ze kon gaan eten.

'Hai.' Hij keek haar even aan en keek toen snel weer weg. In zijn uitgestoken hand hield hij een roodgeruite sjaal. 'Ik was aan de overkant om mijn ontwerp voor de uitnodigingen te laten zien. Zaina zei dat je deze was vergeten.'

Rosalind keek ernaar. 'Die is niet van mij.'

'Dat vermoedde ik al.' Bryn schudde zijn hoofd. 'Ze is erg vastberaden.'

'Vastberaden?' Rosalind kreeg de watten maar niet uit haar hoofd.

'Om ons te koppelen. Sorry daarvoor.' Hij keek haar aan en deinsde toen bijna terug. 'Rosalind?'

'Dat ben ik.'

'Heb je… behoefte aan… iets te… drinken?' Hij maakte een vaag gebaar. 'Of iets te… eten?'

Rosalind schoot in de lach en kon bizar genoeg niet meer stoppen.

'Oké. Oké.' Zachtjes duwde hij haar naar binnen en trok hij de deur achter hen dicht. Onbeholpen klopte hij haar op haar rug, terwijl zij haar lachstuip in bedwang probeerde te krijgen. 'Wat is er aan de hand?'

Ze keek hem enigszins beschaamd aan. 'Het was nogal een zware dag.'

'Wat vervelend voor je.' Hij gaf haar nog één klopje en trok toen snel zijn handen weg, als een kind dat stiekem ergens aan had gezeten. 'Heb je al gegeten?'

'Nee, maar ik –'

'Waar heb je zin in?'

'Slapen.'

'Nee, ik bedoel qua eten.' Hij grijnsde, en zijn grijns werd breder toen ze giechelde – deze keer niet zo hysterisch.

'Je hoeft me niet te voeren, Bryn.'

'Misschien wil ik dat wel.'

'Waarom zou je dat willen?'

'Omdat je mijn soulmate bent.'

Ze lachte ongemakkelijk. 'O ja, dat was ik vergeten.'

Hij gaf haar schouder nog een laatste klopje. 'Gaat het weer?'

'Ja, dank je. Geloof het of niet, maar ik ben eigenlijk een heel stabiel iemand. Vandaag was... uitzonderlijk.'

'Als jij het zegt.' Door zijn overdreven ongelovige blik moest ze weer giechelen.

Wat was hij toch een schat. Ze zou hem aan Eve moeten koppelen. 'Ik kwam alleen maar naar beneden om te zeggen dat je me met rust moest laten.'

'O ja?' Hij gebaarde naar de deur. 'Als je wilt dat ik wegga, moet je het zeggen.'

'Bryn.' Ze keek hem sceptisch aan. 'Ben jij nooit irritant? Egoïstisch? Manipulatief? Een bierdrinkende seksist?'

'Niet sinds ik perfect ben.' Hij grinnikte; de kuiltjes in zijn wangen en zijn blauwe ogen waren donker in het gedempte licht van de hal. Echt een schat. 'Heb je weleens pizza van Contes gegeten?'

Ze aarzelde een moment en dacht toen: waarom ook niet? Pizza eten met Bryn klonk beter dan de eenzame kant-en-klaarmaaltijd die op haar lag te wachten. 'Nee. Ga ik dat zo doen?'

'Ja.' Bryn trok zijn telefoon uit zijn broekzak. 'Ik bestel wel wat, dan halen we ze daarna op. Is er iets wat je niet lust?'

'Nee.' Ze liep naar de keuken, iets minder beverig, maar nog wel even hongerig. Nu had ze in elk geval zin in de avond. 'Ik heb bier en ingrediënten voor een salade.'

Hij volgde haar met zijn telefoon aan zijn oor, wachtend tot Contes Pizza opnam. 'Perfect.'

Nog geen uur later zat Rosalind met Bryn in de frisse, aangename keuken, geverfd in marineblauw en met blauwwitte tegels, te genieten van de zalige pizza. De saus hield precies het juiste midden tussen scherp en zoet, de korst was precies dun en krokant genoeg, en de kaas... Ach, wat kon er verkeerd zijn aan kaas? Haar stemming was honderd procent beter, en niet alleen vanwege de consumptie van vet en bewerkt meel.

'Fijn dat je aanbelde, Bryn.' Ze hief haar bierflesje naar hem op. 'Anders had ik nu in een hoek met mijn hoofd tegen de muur staan bonken.'

'Bedank Zaina maar. Zij heeft me gestuurd. Ik zou wel even gewacht hebben voordat ik je weer lastigviel.' Peinzend hield hij zijn hoofd schuin. 'Een halfuurtje of zo.'

Ze glimlachte en zag nu pas hoe lang zijn wimpers waren, en hoe mooi ze over zijn felblauwe ogen vielen, en dat hij precies de juiste hoeveelheid lachrimpels rond zijn ooghoeken had, en toen merkte ze dat ze hem veel te lang aankeek en ze misschien de verkeerde indruk wekte. Als Eve genoeg lef zou hebben om met haar saaie man te breken, zou Rosalind hen zeker aan elkaar proberen voor te stellen. 'Wat staat er nog meer op de to-dolijst voor de bruiloft?'

'Onze volgende opdracht, mocht je die aanvaarden...' Bryn schoof zijn bord van zich af en leunde naar achteren. '...is teruggaan naar Sharon en serieuze plannen smeden over wat waar moet, welke kamers waarvoor worden gebruikt et cetera. Caitlin en Emil hebben bijna een dag geprikt. Een van de trouwambtenaren die ze vandaag gesproken hebben, kan op de datum die zij in gedachten hadden.'

'En dat is?'

'Tien november. Vreemde timing; hij kan alleen 's ochtends, maar hij kan tenminste. Die ochtend kan de cateraar ook.'

'Wauw, dan gaat het ze lukken.' Haar opborrelende enthousiasme ebde weg toen ze besefte dat zij niet op de gastenlijst zou staan, tenzij ze zich aan de familie bekendmaakte als Leila's dochter. En zelfs dan kon ze er niet op rekenen. 'Te gek.'

'Ja.' Bryn toonde bijna even weinig enthousiasme als Leila eerder die dag in de keuken.

'Je staat niet achter deze bruiloft.' Bijna had ze gezegd: ook niet. 'Denk je dat ze het niet zullen redden?'

'Er zijn wel gekkere dingen gebeurd.'

Rosalind zette haar flesje neer. Hetzelfde deprimerende nieuws van twee verschillende bronnen op één dag.

'Oei.'

'Nee hoor, dat was een grapje. Min of meer.' Bryn staarde naar zijn bord. 'Ik hoop dat ze nog lang en gelukkig leven. Of dat ook echt gaat gebeuren, weet niemand. Ik ken stellen die prima bij elkaar leken te passen en die elkaar tijdens de scheiding letterlijk te lijf gingen. En andere die ik weinig kans gaf en nog steeds gelukkig samen zijn. Dus wie zal het zeggen?'

'Niemand.' Ze schraapte een plakkerig stukje kaas van de pizzadoos. 'En jij dan? Wil jij ooit trouwen?'

'Jazeker wel. Als ik iemand vind die op alle fronten perfect is.'

'Uiteraard.' Ze grinnikte naar hem. 'Dat lijkt me niet minder dan redelijk.'

'Jij niet...' Hij stak zijn hand op toen ze hem verschrikt aankeek. 'Trouwen, bedoel ik.'

'Aha. Nee.' Rosalind boog haar hoofd naar achteren en liet de kaas in haar mond zakken.

'Waarom niet?'

Ze haalde haar schouders op terwijl ze haar vingers aflikte. 'Ik ben niet tegen het idee, maar ik kan me niet met volle overtuiging aan iemand binden. Ik stel me zo voor dat ik een jaar of drie, vier gelukkig getrouwd ben en dan denk: nu ga ik weer wat anders doen.'

Hij kneep zijn ogen tot spleetjes. 'Een kolibrie.'

‘Zo ben ik altijd geweest.’ Ze stond op om in een kast naar de doos bonbons te zoeken die ze voor zichzelf had verstopt. ‘Wat voor kind was jij?’

‘Een wilde jongen.’

Rosalind draaide zich om en keek hem aan. ‘Daar geloof ik niets van.’

Hij rolde met zijn ogen. ‘Ja, ik, de saaie.’

‘Nee, nee, zo bedoelde ik het niet.’

‘Ik was toen anders.’ Hij schoof zijn stoel naar achteren en sloeg zijn benen over elkaar. ‘Vóór de lobotomie.’

‘Bryn!’

Hij lachte, en zij moest ook lachen en besloot dat lachen met een nieuwe vriend in een warme keuken het beste einde van een slopende dag was. En chocola, die ze achter een bus met bloem vandaan trok en tussen hen in op tafel zette.

‘Ik heb je werken op internet opgezocht na ons uitstapje vanmorgen.’ Wat wel een week geleden leek. ‘Op je website, maar Google toonde ook een hoop beelden van je die in verschillende galerieën en musea staan. Ik was onder de indruk van de hoeveelheid.’

‘O ja?’ Zijn gezicht nam de behoedzame uitdrukking aan van iemand die op een oordeel wacht. ‘Wat vond je ervan?’

‘Wil je een eerlijk antwoord? Fantastisch. En…’ Ze maakte het doosje open en schoof het zijn kant op. Ze voelde zich kwetsbaar en vond het spannend om naar waarheid te antwoorden. ‘Ik heb het idee dat je iets aan het verwerken bent.’

Zijn hand bleef boven de bonbons zweven. ‘Waarom denk je dat?’

‘Ach, ik weet het niet. Ik ben geen deskundige, en ik ben waarschijnlijk –’

‘Nee, dit gesprek hebben we al gehad. Jij bent ook een kunstenaar. Ik wil weten wat je erbij voelde.’

Rosalind keek hem angstig aan. Hoe vaak had haar vader niet

tegen haar gezegd: *Eerst denken, dan praten, Rosalind, je flapt dingen er nog sneller uit dan een automatisch geweer.* Ze haalde diep adem.

'Oké. Je werkt straalt een soort...' Ze probeerde het perfecte woord te vinden door een draaiende beweging met haar hand te maken. Het werkte, gelukkig. '...euforie uit. Maar ook pijn. Je hebt bijvoorbeeld een figuur die in de lucht springt, wat vrolijk lijkt, maar het gezicht is vertrokken. Of je beeldt iemand uit met een extatische blik, maar zijn lichaam lijkt verwrongen en ongelukkig. Ik weet het niet. Misschien zoek ik er te veel achter.'

'Nou, eigenlijk...' Bryn schraapte zijn keel. Hij liet de bonbons voor wat ze waren en koos voor een slok bier. '...is dat het precies.'

Nieuwsgierig nam ze hem op. Ze kon het mis hebben, maar hij leek heel sterk iets te voelen. 'Zit er een verhaal achter?'

'Er zit altijd een verhaal achter.' Hij zei het langzaam, zijn blik op het bierflesje gericht. 'Dus ja, in dit geval ook.'

'Iets uit je wilde jeugd?' Ze kneep haar ogen dicht. 'Ik moet mijn mond houden. Het spijt me. Dat was wel erg nieuwsgierig. Je hoeft me niets te vertellen.'

'Geeft niet.' Hij boog naar voren, met zijn onderarmen op tafel, het flesje met beide handen omklemmend. Zijn gezicht stond zo somber dat ze bijna wilde zeggen dat hij dit zichzelf niet aan moest doen. En al helemaal niet voor haar. 'Ik heb het niet veel mensen verteld, maar ik wil het jou wel graag vertellen.'

'O?'

'O.' Hij hief zijn hoofd op en zijn blik was zo open en kwetsbaar dat ze bijna in paniek raakte.

'Bryn, dat hoeft echt niet.'

'Vertel me eerst wat je schildert en waarom.'

'Ja, is goed.' Ze greep deze kans om de stemming wat op te vrolijken met beide handen aan. 'Ik ben begonnen met schilderen in Colorado, de bergen, dat heb ik je verteld. Als meisje van de zee vond ik ze natuurlijk prachtig, maar wanneer ik er was ook claustrofobisch. Altijd een andere piek die het uitzicht belemmert. Tegelijkertijd wezen ze omhoog naar een nog weidser uitzicht dan de zee, het mysterie en de beangstigende vrijheid van de ruimte. Ik kon het nooit op het doek vatten. Het voelde... alsof ik ze niet goed genoeg kende. Snap je wat ik bedoel?'

'Helemaal.' Hij knikte met fonkelende ogen. 'En toen je naar New York ging?'

'Sindsdien schilder ik Maine. Ons huis, de omgeving. Mensen die zich vermaken aan de kust.' Ze schoof heen en weer op haar stoel en voelde de vertrouwde tegenzin om het te vertellen. Toch was ze vastbesloten om het te doen, want ze wilde Bryns verhaal horen, en dan was het niet meer dan eerlijk. 'Er is daar zoveel schoonheid, van een andere aard – rustiger, troostender. De zee, de eilanden, de rotsen, de bomen met de varens en het mos eronder, hoe het zonlicht erdoorheen valt en een patroon op de grond maakt. Het lijkt heel simpel, maar voor mij heeft het een enorme diepgang.'

'Heb je daar goede tijden beleefd?'

'De beste.' Haar stem haperde. 'Onze familie was daar gelukkig en... compleet.'

'Daar is niets simpels aan.' Hij keek haar aandachtig aan; ze vond het moeilijk om ook naar hem te kijken. 'Ze zeggen dat mensen maar één verhaal te vertellen hebben. Misschien twee. Je kunt verschillende manieren vinden om het uit te beelden, het groter of kleiner maken, het ene medium gebruiken of het andere, maar het blijft hetzelfde verhaal.'

'Ben je het daarmee eens?'

'Soms.'

'Wil je het jouwe vertellen?'

'Oké.' Er verscheen een glimlachje rond zijn lippen. 'Mijn jeugd was niet zo makkelijk. Mijn moeder was alcoholiste. Mijn vader hield dat vol door op zijn werk te blijven. Emil en ik hebben trouwens allebei alcoholistische ouders, maar hij had het met zijn vader nog veel zwaarder te verduren. Mijn moeder slaagde erin aan het eind van mijn middelbare school te stoppen.'

'Goed van haar. Ik heb gezien hoe moeilijk dat is.'

'Ja. Jouw moeder...'

'Ja.' Rosalind pakte een bonbon. 'Mijn moeder.'

'Dus je weet dat iedereen in het gezin er anders op reageert. Mijn broers probeerden perfecte kinderen te zijn, zodat ze dan misschien geen reden meer had om te drinken. Mijn zus en ik gingen juist de andere kant op en reageerden ons ten overstaan van iedereen af. Bij Kim werd haar alcoholistische gen al vroeg actief. Ik raakte het spul toen nog niet aan.'

'Verstandige keus.'

'Ja, slimme ik. Ik zou me niet laten vangen door zo'n stomme alcoholverslaving.' Hij wees trots met zijn duim naar zijn borstkas. 'Ik gebruikte gewoon heel veel drugs.'

Rosalind probeerde tevergeefs niet te lachen.

Bryn glimlachte en moedigde haar met een handgebaar aan. 'Toe maar, hoor, dat was ook grappig bedoeld. Je moet lachen. Het heeft geen zin dramatisch te doen om iets wat zo lang geleden gebeurd is.'

Hij moest eens weten hoe wáár dat vanavond klonk, dacht Rosalind. 'Mijn zussen en ik gingen er ook verschillend mee om. Eve trok zich terug. Olivia deed alsof er niets aan de hand was. Ik verstopte me tijdens de ergste emotionele stormen en probeerde alles weer goed te maken wanneer het rustig was. Wat natuurlijk niet werkte.'

'Nee, niets werkt.' Hij schoof rusteloos op zijn stoel heen en weer. 'Tenzij de drinker verantwoordelijkheid neemt.'

Rosalind knikte. Dat had haar moeder geprobeerd, maar die verantwoordelijkheid was te zwaar voor haar gebleken. 'En aan het eind van je middelbare school bereikte je moeder een keerpunt?'

'Ja.' Hij rechtte zijn rug en vouwde zijn handen achter zijn hoofd, terwijl hij in het niets tuurde. 'In zekere zin heb ik haar daarheen geleid.'

Rosalind voelde zich gespannen, want ze wist niet zeker of ze dit wel wilde horen. 'Wat is er gebeurd?'

'Op een woensdagavond in april was ik met vrienden op stap. We waren stoned en hingen wat rond. We hadden ons al ingeschreven voor de universiteit en waren zo'n beetje klaar met de middelbare school. We hadden het thuis allemaal beroerd en hadden daar allemaal veel last van. Natuurlijk vonden we onszelf destijds te cool voor de echte wereld. Die avond hadden we bij een vriend in Somerville paddo's gegeten en besloten we op stap te gaan in het centrum van Boston. We gingen naar het hoofdplein om de metro te pakken. Jake, mijn beste vriend, flipte op het perron. Hij begon te springen en te schreeuwen en deed alsof hij probeerde te vliegen. We hadden de grootste lol en deden hem na. Waarschijnlijk jaagden we iedereen om ons heen de stuipen op het lijf.'

Rosalind liet het bierflesje los, waar ze in had zitten knijpen, en vouwde haar handen in haar schoot. Ze voelde de absurde drang om hem op te laten houden met praten, alsof het goed zou komen met die boze, verdrietige jongens als ze het einde niet hoorde.

'Er komt een metro aan, we zien de koplampen in de tunnel. Jake moet zo hard lachen dat hij bijna niet kan praten en roept: "Kijk ik vlieg, ik vlieg." Dan, alsof het bij de grap hoort, schreeuwt hij: "Deze metro laat me vliegen!" Hij loopt naar achteren tot de muur en neemt een aanloop naar de rails. Het ging zo snel dat ik niet eens tijd had om hem tegen te houden. Zijn gezicht stond wild en blij; hij lachte toen hij sprong.'

Ook al wist Rosalind dat het zou komen, toch hapte ze naar adem. 'O, Bryn.'

Hij schudde zijn hoofd. 'Ik weet nog steeds niet of hij doorhad wat hij aan het doen was.'

Rosalind kon geen woord uitbrengen. Pas toen ze begreep wat hij eigenlijk zei, deed ze haar mond open. Ze legde haar hand op tafel in zijn richting. 'Je maakt beelden van Jake. Van dat moment.'

'Ja.' Hij liet zijn handen achter zijn hoofd los en bracht zijn biertje naar zijn lippen, maar zette het toen weer neer. 'Soms lijkt het leven je cadeaus in heel vreemde verpakkingen te geven.'

'Wat vreselijk voor je,' fluisterde ze.

'Dank je.' Hij keek op en trok één wenkbrauw op. 'Weet je, toen ik hier aankwam, zag ik dat je erg van slag was. Dit leek me wel een goed verhaal om je op te vrolijken.'

Rosalind schoot in de lach, pakte zijn hand en kneep erin. 'Ja, bedankt, ik voel me stukken beter.'

'Graag gedaan.'

Ze glimlachten naar elkaar, tot Rosalind zich ongemakkelijk begon te voelen. Ze sloeg haar ogen neer en probeerde zich te herinneren waar ze het hiervoor over hadden gehad, zodat ze daar weer snel op door kon gaan. 'Dus toen hield je moeder op met drinken.'

'In de nasleep daarvan, ja. Ik was een hele tijd de weg kwijt. Ging niet meer naar school, moest die in de zomer afmaken. Ik nam een tussenjaar voordat ik op Princeton begon, reisde de hele wereld rond, ging overal waar ik kon naar musea, zocht kunstenaars op en trok zo veel mogelijk met hen op, nam elk baantje dat ik maar kon vinden aan om mezelf te bedruipen. Toen ik terugkwam, koos ik kunst als hoofdvak in plaats van rechten. En meer ga ik vanavond niet over mezelf vertellen, want dit was al meer dan genoeg. Nu ben jij aan de beurt.'

'Ik?'

'Als je over je... moeder wilt praten.' Zijn oren werden rood. 'Wat je waarschijnlijk niet wilt.'

'Goh, bedankt.' Rosalind voelde dat ze dichtklapte als een mossel die geprikt werd. Ze vertrouwde Bryn, maar na jarenlang het gezin te hebben beschermd door niet over de chaos achter de roze gestuukte gevels te praten, was het te moeilijk om dat te doorbreken. Via de open monden van praatgrage mensen kon er zo een woord uitlekken naar de pers, hoe onschuldig het ook bedoeld was.

Ze vond dat ze hem al te veel had verteld. 'Eigenlijk niet. Niet persoonlijk bedoeld.'

'Dat snap ik.' Zijn glimlach was gemeend. 'Maar het aanbod blijft staan, mocht je van gedachten veranderen.'

'Weet je wat?' Ze stak een vinger naar hem uit. 'Ik bel je over zes jaar en dan vertel ik je alles.'

'Prima.' Hij deed alsof hij aan de telefoon zat 'Hm-m. Wat vreselijk. Ja, wauw. Wat moet dat moeilijk geweest zijn. Met wie spreek ik ook weer?'

Rosalind lachte en stond ervan versteld dat hij zo snel terugveerde na zijn emotionele verhaal – maar was dat niet ook haar aanpak? Waarom ongelukkig blijven? 'Als kind fantaseerde ik altijd over hoe het zou zijn om in een normaal gezin op te groeien. Geen camera's in je gezicht, geen gefluister achter je rug, geen wantrouwen dat mensen alleen maar bevriend met je willen zijn om dichter bij je moeder of vader te komen.'

'Een normaal gezin bestaat niet.'

'Misschien niet.' Rosalind zette haar handen in haar zij. 'Maar ik blijf hopen.'

'Je lijkt me niet iemand die snel opgeeft.'

'Nee! Waarom zou ik? Waarom zou iemand dat doen?' Ze peuterde aan het etiket op het flesje. 'Waar ik vandaag vooral van streek over was... zonder in details te treden... was dat ik achter informatie ben gekomen die vraagtekens zet bij wie ik dacht dat mijn vader was, of in elk geval bij de aard van zijn relatie met mijn moeder.'

Bryn keek bezorgd. 'Dat klinkt heftig.'

'Ja, dat was het ook. Dat is het ook.' Opeens was ze doodmoe. 'Ik weet niet wat ik ervan moet denken. Uiteindelijk heb ik besloten dat ik het maar beter helemaal niet kan doen.'

'Wat niet?'

'Denken.' Ze onderdrukte een geeuw door luidruchtig in en uit te ademen. 'Meer valt er niet over te zeggen.'

'Aha.' Bryn stond op. 'Dat is een hint.'

'Dat ik niet wil denken?'

'Dat je niet wilt gapen.'

'O.' Ze stond op en voelde zich vreemd genoeg teleurgesteld dat hij wegging. Ze wilde niet dat hij bleef, maar de gedachte aan dit nog vreemde huis, dat 's avonds eenzaam kraakte, trok haar niet aan. En ze vond het echt leuk met hem; het was lang geleden dat ze het zo gezellig met iemand had gehad. 'Dank je voor je steun vanavond. En voor de pizza. En voor het brengen van de sjaal die niet van mij is.'

'Zaina wist dat je me nodig had.'

'Hoe bedoel je?' Ze volgde hem naar de donkere hal, waar hij de voordeur openmaakte en zich naar haar omdraaide.

'Ze is helderziend.'

'Geloof je daarin?'

'Nee, niet echt. Maar ze heeft wel een opvallend goede intuïtie.' Hij glimlachte naar haar.

Rosalind keek om zich heen, zoekend naar een lichtschakelaar. Het was te intiem om samen in deze kleine ruimte te staan, die alleen verlicht werd door het licht uit de kamer. Veel te intiem toen hij haar schouder aanraakte.

'Vervelend voor je dat je zo'n zware dag had vandaag, Rosalind. Morgen wordt het heerlijk weer, dat zou moeten helpen.'

'Ja, dat klinkt goed, dank je.' Ze praatte heel snel om de spanning te doorbreken. 'Wat doe je morgen? Beeldhouwen? Beeldhouden? Beeldhouweren?'

'Ja. Als je het leuk vindt om te komen kijken – wees welkom.'

Ze wilde de uitnodiging al afslaan toen ze zich opeens iets bedacht. 'Kun je werken terwijl er iemand kijkt?'

'Nee.'

'Bryn!' Rosalind schoot in de lach. 'Jij bent echt erg.'

Hij liet zijn hand achter haar hoofd glijden en trok haar naar zich toe voor een zachte, lieve zoen die ze totaal niet had zien aankomen. 'Ik zie je wel weer… een keer. Deze week ergens? We moeten even navragen wanneer we bij Sharon terechtkunnen.'

'Eh… Ja. Oké. Goed.' Haar stem klonk veel te hoog. Ze klonk doodsbang. Maar hij deed net alsof de zoen niet had plaatsgevonden, dus dan zou zij dat ook doen.

'Mooi.' Hij deed de krakende tochtdeur open en stapte naar buiten. 'Slaap lekker.'

Rosalind keek hem na door het glas terwijl hij het pad af liep, maar deed toen snel de deur dicht voor het geval hij zich omdraaide en haar zag kijken.

Door de emotionele avond had ze zich kwetsbaar opgesteld, dat was alles. Ze wilde hem niet aanmoedigen. Ze wilde absoluut geen romance met een schattige, grappige beeldhouwer die eruitzag als een Ierse dichter en die in een andere stad woonde en wiens persoonlijkheid zo ongeveer het tegenovergestelde van die van haar was. En ze wilde al helemaal geen vlinders voelen voor een lieve, getalenteerde en in zijn jeugd beschadigde man. Uiteindelijk zou ze verveeld raken en zijn hart breken, net als bij al die anderen.

Aan de andere kant… wist ze niet zo zeker of ze hem nog wel aan Eve wilde koppelen.

Hoofdstuk 11

28 maart 1968 (donderdag)

Mama is gebeld door het hoofd van de school over waarom ik zulke slechte cijfers haal. Ze was zo kwaad dat ze dreigde me uit de musical te halen. Daarop zei ik dat ze net zo goed mijn hart uit mijn lijf kon rukken. Ik riep erachteraan dat ze mijn eierstokken er ook al uit had gerukt, zodat ik geen kinderen kreeg, precies zoals ze wilde, en dat ze dus al genoeg ervaring met martelen had. Ze keek me aan alsof ik haar een klap had verkocht. Eerst was ik blij dat ik eindelijk een punt had gescoord, maar toen begon ze te huilen. Ik heb mijn moeder nog nooit zien huilen. Zelfs niet toen oma doodging. Ik wist niet wat ik moest doen. Daarna kwam papa thuis en hij gaf me op mijn donder.

Ik denk dat ik meteen vertrek na de laatste voorstelling van deze musical.

Rosalind stak de scherpe metalen punt van het tornmesje onder de blauwe lusjes draad tussen plooien blauwe stof en trok de draad vervolgens tegen het snijvlak van het mesje. De draad knapte en de stof kwam weer een centimeter verder los. Deze handeling herhaalde ze, en ze trok de stukken rok voorzichtig van elkaar. Weer een centimeter. Op de hardhouten vloer voor haar lagen de andere delen van de zorgvuldig ontmantelde jurk, wachtend om nieuwe patroondelen te worden zodra deze laatste naad gedaan was.

Uiteindelijk had ze terug naar New York gemoeten om stof te vinden. Ze had internet kunnen afstruinen, maar wanneer het om kwaliteit en kleur ging, vertrouwde Rosalind alleen op haar eigen handen en ogen. Op woensdag was ze met een buik vol pizza en een ietwat draaierig hoofd wakker geworden na haar avondje met Bryn, waarna ze de hele dag naar mogelijkheden in de buurt had gezocht. Stoffenwinkels in Princeton en omgeving leken zich echter uitsluitend toe te leggen op interieurinrichting, dus had ze op donderdag de trein naar Manhattan genomen, waar haar lievelingswinkel was: Mood, op West 37th Street in het Garment District. Ze had een stuk van Zaina's oorspronkelijke jurk meegenomen, zorgvuldig opgevouwen in haar tas, om te kijken of ze een stof kon vinden van dezelfde zwaarte en glans.

Hoewel het heldere koningsblauw vast een prachtig contrast had gevormd met Zaina's jeugdige, donkere haar en gladde, frisse huid, zou dezelfde kleur voor een nieuwe jurk haar ouderdom alleen maar benadrukken. Rosalinds doel was om een stof te vinden in een donkere, meer ingetogen tint die beter bij Zaina's huidige haarkleur paste, maar die nog wel glanzend en zwaar genoeg was om de nieuwe jurk even elegant te laten vallen als de oude, en hem zo veel mogelijk op de oude te laten lijken. Daarnaast wilde ze een extra meter stof in dezelfde of een bijpassende stof voor een sjaal die ze over haar armen kon draperen, die ongetwijfeld minder glad en strak waren dan vroeger.

De stoffengoden waren haar gunstig gezind geweest, want ze had precies gevonden wat ze zocht: een prachtige laguneblauwe satin duchesse, een zware kwaliteit zijde die in sensuele plooien omlaagviel. Er zat precies genoeg groen in het blauw om de kleur te verzachten zonder hem te doen verbleken, en het glom precies genoeg om de glans van het originele materiaal weer te geven. Ze had de stof gekocht en was vroeg in de avond weer terug in Princeton.

Het had vreemd gevoeld om de hectiek van haar stad achter zich te laten en terug te komen in de schone, onverstoorde, maar nog steeds onwennige rust die er in Princeton heerste. Onwennig, maar niet onaangenaam. Voor het eerst had de dynamiek van New York haar geërgerd in plaats van energie gegeven. De hoge gebouwen, de drukke trottoirs en het stapvoets rijdende verkeer hadden eerder claustrofobisch dan bruisend aangevoeld. Ze had Princeton niet als beperkt en eentonig ervaren, maar juist als fris en rustgevend.

Waarschijnlijk was ze gewoon doodop. Dat was ze nu in elk geval wel, want ze had die nacht hooguit een uur of twee geslapen.

Haar naaimachine was de dag ervoor veilig aangekomen, ironisch genoeg op het moment dat ze in New York was en ze hem net zo goed zelf had kunnen ophalen, samen met de hoofdzakelijk oninteressante post en het pakketje waarover Ruth het had gehad. Een redelijk mysterieus pakketje, ter grootte van een boek, zonder retouradres en met het poststempel van Saratoga Springs, New York. Rosalind had niets besteld en kende niemand die daar woonde.

Geïntrigeerd had ze het plakband eraf getrokken en de doos opengemaakt. Het was een ingepakt boek. Beter gezegd: een dagboek. Een dagboek geschreven door Sylvia Moore in haar middelbareschooltijd, eindigend met haar bezoek aan dokter Winston in januari 1969, toen ze de rampzalige diagnose te horen kreeg.

Rosalind had vijf minuten naar de versleten roze kaft gestaard en toen de eerste bladzijde opgeslagen. Wie had dit opgestuurd? Waar kwam het vandaan? Hoeveel wilde ze of moest ze weten van haar moeders allerpersoonlijkste gedachten? Het dagboek openslaan voelde als een afschuwelijke inbreuk op haar privacy, zeker nu ze er niet meer was.

Maar uiteindelijk moest Rosalind het natuurlijk lezen. Ze was zo verstandig geweest om eerst wat te eten, om een herhaling van haar suikerdip van afgelopen dinsdag te voorkomen. Vermoeid van het reizen en winkelen had ze haar van de zenuwen gespannen maag een broodje en een banaan gevoerd, had ze zichzelf een glas wijn ingeschonken en was ze in bed gekropen met het dagboek.

Ze had er uren over gedaan om het te lezen, geschreven in haar moeders krullerige handschrift, dat Rosalind altijd heel mooi had gevonden, maar dat volgens haar moeder klungelig en dom was. Vervolgens had het nog uren geduurd voordat ze kon slapen.

Nu, de volgende ochtend, ijlden de verschrikkingen nog na. Alles wat ze in de Blue Hill-bibliotheek had gelezen over de onachtzame en nalatige behandeling van meisjes die destijds deze aandoening hadden – hun angst, hun zelfhaat en het totale gebrek aan steun, zelfs van hun naaste familie – werd nog vreselijker en onvergeeflijker nu het slachtoffer haar eigen moeder was. Het idee dat Sylvia helemaal alleen met deze traumatische aandoening had moeten omgaan… De wreedheid van oma Betty was niet te bevatten.

Ongetwijfeld was die wreedheid niet met opzet geweest. Angst, schaamte, onwetendheid… Maar voor Sylvia was het effect hetzelfde geweest. Rosalinds grootmoeder liep tegen de negentig. Aan de ene kant wilde Rosalind haar hiermee confronteren, maar anderzijds was ze in geen jaren bij haar op bezoek geweest, en wat had het eigenlijk voor zin? Betty moest dit maar met God uitvechten.

Als ik geen vrouw ben, wat ben ik dan?

Die zin had haar diep geraakt. Het dagboek had Rosalinds theorie bevestigd dat het compleet androgeen ongevoeligheidssyndroom verantwoordelijk was voor haar moeders heilige voornemen om op alle fronten zo vrouwelijk mogelijk te zijn, waarbij ze vaak de grenzen van haar sensualiteit verder legde dan waar haar feministische dochters vonden dat ze hoorden.

Rosalind kon haar moeders hang naar aandacht niet alleen maar toeschrijven aan haar bipolaire stoornis of extreme sterallures. Dat verlangen was in elk geval deels afkomstig van haar wanhopige behoefte om de wereld te overtuigen van datgene waar ze zelf zo onzeker over was, en wat door een overweldigende meerderheid van alle vrouwen als vanzelfsprekend werd beschouwd, namelijk dat ze een vrouw was. In haar moeders tijd was dat de enige optie. Ja of nee, je was het wel of je was het niet. Het concept *gender fluidity* had nog lang niet zijn intrede gedaan.

Was haar moeder er nog maar, zodat Rosalind haar kon vergeven voor al die complexe dingen die ze verkeerd had begrepen. Haar soms gênante openlijke seksualiteit, het topless schilderij dat in hun woonkamer hing, het feit dat ze altijd een rok of een jurk aantrok als ze het huis uit ging, ook al was het alleen maar voor een boodschap, dat ze flirtte met elke man die ze tegenkwam – niet om hen te versieren, zoals Rosalind altijd had gedacht, maar om haar eigen begeerlijkheid te bevestigen.

Alleen in hun huis in Maine ontspande ze zich, alsof ze daar niet de loden last voelde om een symbool te zijn dat ze zelf had gecreeerd en dat voortdurend erkenning nodig had. Daar droeg ze gewoon een broek – nooit een spijkerbroek, trouwens; voor zover Rosalind wist, had ze die niet – en minder of geen make-up. Voor hun jaarlijkse feestmaal op Candlewood Point droeg ze wat haar dochters haar visbarbecueoutfit noemden: een oude overall van hun vader met daaronder een badpak, en later, als het donker werd en de muggen actief werden, een sweater eroverheen. Ze hielp mee een kuil te graven op het strand, legde er stenen omheen en verzamelde drijfhout voor het vuur. Terwijl de stenen warm werden, ging ze, afhankelijk van het getij, met de meiden naar zeeglas of zeesterren zoeken, of hielden ze wedstrijdjes kiezelsteentjes gooien.

Wanneer hun ouders het simpel hielden, maakten ze een vuurtje op een veilig stukje kiezels tussen de rotsrichels, en deden ze de ingrediënten met zeewier in een enorme pan, die aan de buitenkant zwartgeblakerd was van eerdere vlammen.

Tornmesje insteken, omhoogtrekken, zachtjes uit elkaar halen, steeds maar weer, in een hypnotiserend, rustgevend ritme. Een simpele, eentonige taak die de rest van de wereld op afstand hield.

Rosalind hoopte maar dat haar moeder later in haar leven, bij haar vaste psychiater of in de ontwenningsklinieken waar ze voor haar valium- en alcoholverslaving werd opgenomen, over het syndroom had kunnen praten, professionele hulp had gekregen en in elk geval een paar demonen had weten te verjagen. Aangezien haar dagboek zo abrupt eindigde met de diagnose, zou Rosalind daar waarschijnlijk niet achter komen, behalve wanneer ze het aan haar vader vroeg, wat nu nog niet mogelijk was. Tenzij er nog meer dagboeken waren…

Zoveel vragen.

Het laatste stukje van de naad kwam los. Rosalind stond op uit de fauteuil en legde het laatste onderdeel van Zaina's jurk – de voorkant van de rok – plat op de vloer, een lap die bij de taille smal begon en onderaan breed uitwaaierde. Om het nieuwe patroon te maken zou ze de losse stukken overtrekken, extra ruimte toevoegen waar nodig, en markeringen aanbrengen voor figuurnaden en decoratie. Voor zo'n elegante jurk was het patroon vrij eenvoudig. Alleen de parels vastnaaien in een zwierig patroon zou een tijdrovend onderdeel zijn, en een secuur werkje. Toch zou ze het makkelijk binnen anderhalve week af moeten kunnen krijgen, voor Zaina's verjaardag op de zestiende.

Ze rekte zich uit na veel te lang gebogen te hebben gezeten en liep naar beneden voor een blikje frisdrank. Het dagboek spookte al de hele ochtend door haar hoofd: het isolement waar haar moeder in had gezeten, de angst dat ze kanker had, haar schaamte om naakt gefotografeerd te worden voorafgaand aan de operatie – alles. Rosalinds enige troost was dat haar moeder haar vader al kende toen ze eindelijk ontdekte wat ze had. Daniel Braddock had het vast heerlijk gevonden om in die vreselijke tijd haar held, haar rots in de branding te zijn, zoals hij daarna nog vele malen geweest was.

Een rots in de branding, een held… en een bedrieger.

Rosalind schudde haar hoofd, alsof ze de gedachte wilde verjagen, en trok de koelkast open om haar lievelingsdrankje te pakken: LaCroix met grapefruitsmaak. Opeens kwam er een herinnering naar boven aan haar moeder die in een dagboek aan het schrijven was toen Rosalind een jaar of tien was. Ze was uit bed gekomen omdat ze haar ouders was vergeten te vragen een toestemmingsbriefje te ondertekenen voor een schooluitstapje. Toen ze de onbeschreven pagina's onder haar moeders pen had gezien had ze verbaasd gevraagd of haar moeder een verhaal aan het schrijven was.

Haar moeder had haar arm om Rosalinds middel geslagen en

haar naar zich toe getrokken. Ze had verteld dat ze graag terugblikte op de dag, op wat er allemaal gebeurd was en wat ze daarbij voelde, en dat ze die gedachten graag opschreef, zodat ze niet zou vergeten, want je leven vergeten was hetzelfde als het niet geleefd hebben. Toen had ze het boek dichtgeslagen voordat Rosalind iets had kunnen lezen, wat ze natuurlijk had geprobeerd te doen.

Eenmaal terug op haar slaapkamer met het kleurige gestreepte behang dat ze zelf had mogen uitkiezen, had Rosalind onmiddellijk het voorval opgeschreven in een notitieblok dat ze tot haar eigen dagboek bombardeerde – maar uiteindelijk vooral voor schetsen zou gebruiken. Dagenlang had ze nagedacht over het mysterie dat als je je leven vergat, je het niet had geleefd.

Uiteindelijk had ze geconcludeerd dat het een van haar moeders vele ongefundeerde en gewichtig klinkende uitspraken was, die met uiterste precisie werden geformuleerd, maar weinig praktische wijsheid bevatten. Zoals: 'Als je niet gelukkig kunt zijn, wees dan schoon', en: 'Te veel soep is slecht voor de kok.' En Rosalinds lievelingsspreuk, wanneer ze ongeduldig op het avondeten wachtte: 'Eten en drinken zijn niet op één dag gebouwd.'

Ze maakte het blikje open en nam een slok voordat ze weer naar boven ging. Misschien waren er nog meer dagboeken. Zo ja, waar dan? Bij papa en Lauren? Wie kende haar moeder nog meer goed genoeg om ze te kunnen hebben? Voor zover Rosalind wist, woonden haar moeders twee beste vriendinnen, een uit haar begintijd in LA en een van de universiteit, nog steeds in respectievelijk Zuid-Californië en Maine. Er woonde niemand in New York, al kon de afzender het pakketje bewust met een omweg hebben gestuurd om niet traceerbaar te zijn.

Maar wat belangrijker was: waarom zou iemand dat dagboek bijna twintig jaar bewaren en het nu naar haar opsturen, een paar maanden nadat Rosalind achter de waarheid was gekomen over haar moeders aandoening?

Behalve wanneer het toeval was, wat haar uiterst onwaarschijnlijk leek, bracht dit het aantal mogelijke afzenders terug tot de paar mensen die wisten dat ze op de hoogte was van haar moeders syndroom: haar zussen en Lauren. Rosalind kon zich niet voorstellen dat Eve of Olivia zoiets belangrijks niet zou delen.

Ze kon het Lauren vragen, maar als haar stiefmoeder zoveel moeite had gedaan om het pakketje anoniem te bezorgen, zou ze nooit toegeven dat zij het verstuurd had. Rosalind had al genoeg gedoe met haar omdat ze hierheen was gegaan om contact met Leila te zoeken. Voor nu leek het het best om het dagboek als een soort geschenk te accepteren en er niet meer over te piekeren totdat daar aanleiding voor was. Wat die aanleiding ook was.

Door een windstoot tikte een tak tegen het raam van de tochtdeur, alsof hij binnengelaten wilde worden. Rosalind huiverde en pakte haar iPhone om de kamer met geluiden uit haar jeugd te vullen. Niet haar vaders muziek, maar die van haar moeder. Ze probeerde zich te herinneren welke bands of liedjes haar moeder leuk had gevonden.

Ogenblikkelijk verscheen voor haar geestesoog het beeld van een van de vele avonden waarop haar vader naar een congres was en haar moeder thuiszat bij haar dochters, wat regelmatig voorkwam, behalve dat op die bewuste avond de kinderen niet waren uitbesteed aan de oppas. Het was tijdens een van hun moeders heel goede tijden, keurig genoteerd door de elfjarige Rosalind in haar kortstondig bijgehouden dagboek. Ze hadden een slaapfeestje in de enorme roze kamer van hun moeder gehouden en zaten met z'n vieren op haar grote zachte bank voor hun moeders eigen filmdoek met bakken ijs en popcorn – warm, zout vet afwisselend met koud, romig vet. Mmm.

Ze keken naar films die altijd een selectie waren uit Jillians favorieten, al gaf ze soms toe aan een verzoekje als er hard genoeg gebedeld werd. Die avond was het *The Lady Eve* geweest, gevolgd door *Wuthering Heights*, waar ze allemaal om hadden moeten huilen. Tot besluit hadden ze daarom *Bringing Up Baby* gekeken. Aan het eind van die film, waarin Katharine Hepburn nogal onovertuigend boven op een ladder staat te wankelen, zaten alle drie de meisjes te knikkebollen. Hun moeder had hen naar haar grote badkamer van roze marmer gedirigeerd om hun tanden te poetsen, waarna ze in hun slaapzak op de dikke vloerbedekking waren gekropen. Terwijl ze wegdommelden, had ze een cd met de soundtrack van *Wuthering Heights* opgezet, die ze vaak afspeelde wanneer ze een ontspannen, nostalgische sfeer wilde scheppen.

Zonder veel moeite vond Rosalind op haar iPhone een opname van Alfred Newman, en in de met lappen bezaaide slaapkamer werd de aankloppende tak al snel overstemd door aanzwellende violen, die Rosalind terugvoerden naar die tijd en naar haar moeders liefde voor de film met Laurence Olivier, knapper dan ooit, en Merle Oberon, die groots en meeslepend leefde, maar tragisch en nogal melodramatisch stierf.

De muziek was vertroostend en vriendelijk, ondanks de bitterzoete herinneringen, en paste precies bij de kamer en bij Rosalinds stemming. Ze schoof de jurkdelen opzij en rolde meters vlieseline uit op de houten vloer. Ze liet de vouw in de lengte intact en bedekte de vlieseline met een vel patroonpapier. Onder begeleiding van gloedvol trillende violen en zoetgevooisde harpen legde ze de stukken van de oude jurk op het papier, ze volgde de zelfkant van de stof, benutte de ruimte zo efficiënt mogelijk en speldde de delen vast toen ze tevreden was met hoe ze lagen. Met behulp van haar radeerwieltje en een eetstokje dat ze in een keukenla had gevonden nam ze alle lijnen en markeringen over op de onderliggende stof, waarbij ze de nodige aanpassingen maakte voor Zaina's vollere figuur.

Naast de fauteuil piepte haar telefoon dat er een berichtje was en ze kroop erheen. Ze had de afgelopen dagen niet veel berichtjes verstuurd en er ook maar een paar ontvangen. Eentje van een collega bij Starbucks, die schreef dat een andere collega op de wc was betrapt op seks met een klant – jakkes – en een groepsbericht van Olivia aan haar en Eve met een kiprecept dat ze net bedacht had.

Rosalind had alleen geantwoord op een berichtje van Bryn, met een kort Ja hoor, toen hij had gevraagd of het haar woensdagmiddag uitkwam om weer naar Sharons huis te gaan. Ze had besloten dat zijn zoen na hun pizza-avond een net iets te aardige nachtzoen was geweest en had zichzelf niet toegestaan erover te dagdromen of te fantaseren.

Dit bericht kwam van Leila: Hoi, zin om mee te gaan shoppen voor een jurk voor de moeder van de bruid?

Rosalind verstarde. Haar hart begon te bonzen. Een jurk kopen. Met haar biologische moeder.

Haar opwinding verdween even snel als hij was opgekomen. Ze kon het niet. Niet vandaag. Niet nadat ze de nacht met haar moeders dagboek had doorgebracht, verpletterd door wat zij had moeten doorstaan. Niet nu, nu ze zich nog veel beter kon voorstellen welk effect haar vaders affaire – nog niet bevestigd, maar in Rosalinds hoofd al een feit – gehad moest hebben op de o zo kwetsbare Jillian Croft.

Winkelen met Leila, een vrouw die alles had wat Jillian ontbeerde, een vrouw tot wie haar vader zich had gewend, op even wrede wijze als oma Betty zich van haar moeder had afgewend, zou als verraad voelen. Trouweloos.

Ben je daar? Ik vertrek over vijf minuten.

Vijf minuten. Dat gaf de doorslag. Rosalind had al sinds gisteren niet meer gedoucht. Zo snel kon ze zich niet klaarmaken. Ze stond op, voerde haar wachtwoord in en typte: Sorry, het lukt nu niet, veel succes! Ze wilde op Verzenden drukken, maar aarzelde toch weer en keek met een van besluiteloosheid vertrokken gezicht op haar telefoon.

De hele reden van haar komst naar Princeton was om haar biologische moeder te leren kennen. Rosalind zou misschien niet nog eens de kans krijgen om alleen met haar te zijn. Als ze deze uitnodiging afsloeg, moest ze erkennen dat ze in feite haar zoektocht opgaf. Dan moest ze haar spullen pakken, teruggaan naar New York en de rest van haar leven leiden zoals het was begonnen, met de disfunctionele familie die haar was toebedeeld. Leila achterlaten, Zaina, Caitlin, Emil. Bryn.

Rosalind draaide zich abrupt om, alsof ze de oplossing achter haar rug verwachtte. Wat moest ze doen?

Dat was nu net het probleem: er wás niet een juiste oplossing, er was alleen deze optie of een andere, een ja of een nee. Aan haar de keus. Niet met Leila meegaan en terugkeren naar New York, waar ze in onzekerheid zou blijven leven, trouw aan een geliefde moeder die het niet meer kon schelen of ze trouw was of niet.

Of afwijzing en teleurstelling riskeren om een nieuw gezin te leren kennen, nog niet het hare en zonder garantie dat het dat ooit zou worden.

Ze dacht aan haar vriendin Becky, een van de weinige echte vriendinnen uit haar studietijd, met wie ze in New York de banden weer had aangehaald. Becky had de onfortuinlijke eigenschap dat ze zich alleen maar aangetrokken voelde tot mannen die niet beschikbaar waren. Haar enige vriend die niet bezet was geweest, was emotioneel niet beschikbaar geweest en had nog heel wat andere tekortkomingen die ze altijd graag wilde bespreken. De getrouwde mannen – in haar ogen allemaal perfect – slaagden er nooit in hun zogenaamd ondraaglijke huwelijk te verbreken om haar de relatie te geven die zij dacht te willen hebben.

Becky maakte er een puinhoop van, maar Rosalind koesterde haar vanwege andere waarden en voorliefdes die ze deelden, en daarop was een sterke vriendschapsband gegroeid. Ja, ze zei tegen Becky dat ze hulp moest gaan zoeken wanneer ze klaagde dat er geen enkele leuke single man in New York rondliep, maar ze moest toegeven dat ze gefascineerd werd door haar vermogen om alles in hokjes te stoppen. Schuldgevoel in het ene hokje, liefde in het andere. Alles strikt gescheiden.

Als Rosalind Leila veroordeelde, dan hanteerde ze voor Becky andere criteria dan voor haar biologische moeder. Toen Leila de illustere Daniel Braddock ontmoette, was ze nog maar een studente geweest, of misschien net niet meer, afhankelijk van hoelang de affaire duurde – een leeftijd waarop ze een makkelijke prooi was voor zo'n knappe, charmante en belangrijke oudere man.

Ze haalde diep adem, wiste haar tekst en tikte een nieuw bericht: Kan het ook over een kwartier?

Het antwoord kwam onmiddellijk: Prima. Tot zo.

Hoofdstuk 12

4 april 1968 (donderdag)

Vandaag moest ik na school bij Mr Carter komen, mijn geschiedenisleraar – de knapste leraar die ik heb. Hij bleef maar zeuren over dat ik mijn prestaties niet moest laten versloffen. Ik weet het, ik weet het, ik vind het gewoon niet belangrijk. Terwijl hij aan het woord was, zat ik me vooral af te vragen hoe het zou zijn om met hem te zoenen. Hij kan het vast heel goed.

Toen zei hij dat we misschien iets konden bedenken om mijn cijfers omhoog te krijgen en legde hij zijn hand op mijn bovenbeen, en hij keek me van heel dichtbij aan met die grote groene ogen van hem.

Ik kreeg het heel warm en begon te beven en voelde me heel opgewonden. Maar ik ben geen echte vrouw. Dus zelfs al had ik gewild dat hij me daar aanraakte, dan kon het niet, want dan zou hij erachter komen.

Maar ik heb me wel door hem laten zoenen. En hij kon het inderdaad heel goed. Als hij dat nog vaker mag doen van mij, weet ik zeker dat ik een voldoende krijg. Maar ik weet ook dat je wel tegen een jongen kunt zeggen dat je alleen wilt zoenen, maar dat mannen altijd meer willen. Dat heeft Sarah me verteld.

Ik zal Sarah echt missen. Ze is de enige vriendin die me leuk vindt om wie ik ben en niet om hoe ik eruitzie of wat ik kan.

Maar ik heb zelfs haar mijn geheim niet verteld.

Rosalind liep naar buiten, vastbesloten om het dagboek even uit haar hoofd te zetten en te genieten van deze ochtend met haar biologische moeder. Leila kwam net aanrijden in haar knalgele Volkswagen Kever, die er zo schaamteloos vrolijk uitzag dat Rosalind er ook meteen een wilde.

Leila boog over de bijrijdersstoel om het portier open te duwen, waardoor haar uitbundige krullen naar voren vielen. Haar warme teint stond mooi bij haar ivoorkleurige trui met lage ronde hals en zijden sjaal met bloemmotief. ‘Hoi, kom erin.’

‘Bedankt.’ Rosalind stapte in en deed haar gordel om. Ze streek haar rok glad, plukte er een blauw draadje van Zaina’s jurk af en trok haar truitje recht. De kleine ruimte leek ongemakkelijk intiem. Of misschien zweefde er toch nog een spoortje schuldgevoel in haar uitgeputte hersens rond.

‘Fijn dat je mee wilde gaan.’ Leila schakelde en maakte een keurige U-bocht. ‘Ik wil een paar jurken passen die we op internet hadden gezien en kijken wat er nog meer is. Caitlin is aan het werk en ik dacht dat jij misschien wel zin had om op avontuur te gaan.’

‘Absoluut.’

‘Er is een Lord & Taylor redelijk dichtbij, in de Quaker Bridge Mall, maar als je tijd hebt, zou ik veel liever naar Bridgewater Commons gaan. Daar hebben ze een Lord & Taylor en Macy’s en Bloomingdale’s. Schat, je weet niet wat je ziet!’ zei ze aanstellerig.

Rosalind giechelde en werd meteen meegesleept door Leila’s energie en enthousiasme, die ze ook goed van zichzelf kende. Het was de juiste keus geweest om vandaag met haar mee te gaan. ‘Laat maar zien. Ik heb verder geen plannen.’

‘Cool.’ Leila stopte bij een rood licht voor de afslag naar Route 206. ‘Het grote, spectaculaire nieuws is dat Caitlin en Emil een officiële trouwdatum hebben. Ze hebben een goede cateraar gevonden en een geschikte trouwambtenaar, die allebei op dezelfde dag konden, dus dat is geregeld. Ze konden niet het jazzcombo krijgen dat ze wilden en vonden ook geen ander dat hun beviel, dus gaan ze gewoon voor een digitale playlist, wat ik prima vind, want dat is een stuk goedkoper.’

‘Goedkoper is goed.’

‘Zaterdag 9 november!’ Leila toeterde een paar keer uitbundig. ‘De grote dag van mijn meisje.’

'Wat geweldig.' Rosalind was blij voor haar. 'Spannend, hoor.'

'Ja, hè?' Leila wreef in haar ogen. 'Ik krijg het al te kwaad als ik eraan denk.'

'Ik ben dol op bruiloften. Je moeder heeft me een foto van haar en Cecil op hun trouwdag laten zien.'

'Ja! Geweldige foto. Wat ziet mijn moeder er daarop mooi uit, hè? Mijn vader zei altijd dat hij zodra hij haar zag wist dat hij de liefde van zijn leven had gevonden.' Ze remde af voor de zwarte SUV die voor hen reed. 'Zelf geloof ik daar niet in, want er zijn net zoveel mensen die dat dachten en gescheiden zijn, maar hij bleek in elk geval gelijk te hebben.'

'En het is een mooi verhaal.'

'God, ik wou dat hij er nog was. Hij had dit dolgraag willen meemaken. Je zou hem geweldig gevonden hebben, Rosalind. Hij was een beetje verlegen en onhandig, maar heel charmant en goedgemanierd, en hij had een geweldig gevoel voor humor. Hij maakte mama altijd ontzettend aan het lachen.' Haar gezicht betrok. 'Hij hield van feesten. Hij hield van zijn familie. Zijn familie hield van hem!'

'Akelig voor je dat hij er niet meer is. Ik weet hoe het voelt om op jonge leeftijd een ouder te verliezen. Het slaat een groot gat.'

'Klopt. Laten we een muziekje aanzetten.' Leila reikte naar haar handtas die naast Rosalinds been stond, viste haar telefoon eruit en keek afwisselend op de weg en op haar telefoon terwijl ze iets intikte. 'Het is ongeveer een halfuur rijden, afhankelijk van het verkeer. Wat vind je leuk?'

'Alles.' Rosalind kromp ineen toen de auto naar de middenstreep zwenkte. 'Zal ik het doen?'

'Ja, is goed.' Leila gaf haar de telefoon. 'Kies maar iets.'

Rosalind bladerde vluchtig door de lijst – een mix van klassiek, opera en oudere pop- en rockartiesten. 'Luisterden je ouders thuis naar muziek?'

'O ja, voortdurend. Altijd klassiek. Dat was de soundtrack van mijn jeugd. Ze namen me ook mee naar het symfonieorkest, zowel hier in Princeton als in New York. En naar de opera. Ze waren dol op opera. Voordat ik oud genoeg was om zo lang stil te zitten, beschreven ze hun avonden in het Metropolitan Opera House. Het klonk magisch.' Ze haalde één hand van het stuur en gebaarde, alsof ze plaatjes in de lucht wilde schilderen. 'Het rood-met-gouden theater, de eenentwintig kroonluchters die vóór elk concert omhooggingen, de ongelofelijke kostuums. Ik kon niet wachten tot ik mee mocht. Ik stelde het me voor als een soort sprookjesland waar alles perfect was. Dat was het ook bijna. Draaiden jouw ouders muziek?'

'Soms. Mijn vader draaide vooral klassiek. Mijn moeder hield van folk – Joni Mitchell, Judy Collins, James Taylor. Maar meer nog van bigbandmuziek; daar had ze een hele verzameling cd's en lp's van.' Rosalinds stem kreeg een warme klank. Op deze manier zou ze haar moeder eer betuigen. 'Dan schoof ze de meubels aan de kant en kondigde ze aan dat de ballroom was geopend. Daarna zette ze de muziek zo hard aan dat die in het hele huis te horen was en dansten we overal.'

'Dat klinkt super. Je moeder leek altijd zo onaanraakbaar, zo mooi en... ik weet niet... zo intimiderend perfect. Wat leuk om ook iets van haar menselijke kant te horen.' Leila leek net als die keer in de keuken met het grootste gemak over Jillian te praten. Er waren tientallen jaren verstreken sinds de affaire. Ze had er waarschijnlijk vrede mee gesloten. Of ze kon dingen net zo goed scheiden als Becky. 'Danste ze weleens in een film?'

'Nee. Dat had ze denk ik vast wel gewild, maar dan in een film uit de jaren veertig, niet de jaren zeventig of tachtig. Ze had een hekel aan disco.'

'Oké, ik moet je iets bekennen. Ik heb een discofase gehad.' Leila begon wippend op haar stoel 'Night Fever' te zingen met een hilarisch goede Bee Gees-falsetstem.

Rosalind schoot in de lach. Ondanks haar zorgen had ze een

zwak voor haar biologische moeder; ze wilde meer over haar weten, al die verloren jaren inhalen. Of misschien kreeg zij inmiddels ook de hokjesstrategie onder de knie. 'Hoe was je eerste bezoek aan het Met? Hoe oud was je toen?'

'Eh... twaalf? Ik vond het vooral saai. Het stoorde me dat Carmen dik en oud was, want ik had me haar altijd voorgesteld als Ava Gardner. Maar ik vond het toch leuk genoeg om nog een keer te gaan. En nog een keer, en nog een keer.' Ze wendde zich tot Rosalind met een stralend gezicht dat bijna gloeide van emotie. 'Toen was ik verslaafd.'

'Ik zou vaker naar opera moeten luisteren.'

'Nee, nee, kíjken. Opera moet je zowel met je ogen als met je oren beleven. Ga die in het echt zien of kijk een dvd, of ga naar een uitzending van het Met Live in een filmtheater. Het is echt subliem, die bijzondere mix van theater, zang en spektakel. Bovendien worden ze nu, in tegenstelling tot toen ik kind was, ondertiteld, dus dan weet je er precies wat er gebeurt. En de zangers zijn ook veel betere acteurs dan een generatie geleden, toen ze nog stijf stonden te declameren.'

'Heb jij ooit opgetreden in het Met?'

'Welnee, zo goed ben ik nooit geweest. Maar ik ben goed genoeg. Ik ben trots op wat ik heb bereikt. Het was voor mij de ideale carrière. Verschillende gezelschappen, verschillende shows, verschillende producties, verschillende spelers.' Ze beschreef rondjes met haar onderarm. 'Het heeft me nooit verveeld, geen seconde.'

Rosalind kon niet ophouden met grijnzen. Nóg een kolibrie. Iemand die kon begrijpen en onderschrijven hoe Rosalind haar leven leidde, wie ze was. 'Noem eens een goede beginnersopera die we nu kunnen spelen.'

'We hebben twintig minuten!'

'Een scène. Een aria...'

'Oké. Even kijken.' Leila remde af voor een stoplicht. Ze waren door een woonwijk gereden, toen een kilometer of twee door het bos, en kwamen nu uit in een volgebouwd industriegebied. Ze reden langs autohandelaren, de kleine luchthaven van Princeton aan de westkant van de tweebaansweg, en eindeloze rijen winkels. 'Hoe bekeer ik een bereidwillige nieuweling in drie noten... Ik weet het! Zoek Strauss, *Arabella*. In de eerste akte zit een ongelofelijk duet tussen de zussen, Arabella en Zdenka. Zoek op "Aber der richtige, wenn's einen gibt" en speel dat af.'

Rosalind speurde de lijst op Leila's telefoon af, vond de opera, en zocht toen in de nummers naar iets wat leek op *Aberderriechtieg* of wat ze ook gezegd had. 'Ja, ik heb 'm. Nummer vier.'

'Mooi zo. Dat is schitterend. Mama wil dat het op haar uitvaart gedraaid wordt. Ze is een groot Strauss-fan.'

Het nummer begon met zwierige sopranen en eindigde met de meest sublieme vermenging van vrouwenstemmen en orkest die Rosalind ooit gehoord had. Ze luisterde ademloos. 'Leila, dit kun je niet op een uitvaart draaien; dat overleeft niemand!'

'Ik weet het. Het is meeslepend, hè?' Leila keek Rosalind met een stralende glimlach aan. 'Ik ben zo blij dat je het mooi vindt! Je hebt gevoel voor opera. Als dit je bevalt gaan we nog wat meer Strauss luisteren, dan kunnen we op de terugweg iets traditionelers doen – Mozart of Puccini. Zoek de *Rosenkavalier* eens op, de Von Karajan-opname, en speel het laatste trio, de laatste cd, eerste regel "Marie Theres"...'

'*Rosenkavalier*... Mijn vader was gek op die opera, ik weet nog dat hij het daarover had.' Enthousiast ging Rosalind op zoek onder Strauss, ze vond *Rosenkavalier* en de laatste cd. 'Marie... Hier is het, nummer negentien.'

Vier minuten en negenendertig seconden later vocht ze tegen haar tranen. Deze keer waren het niet twee vrouwenstemmen, maar drie, die apart en samen zongen, bij elkaar kwamen in schitterende harmonieën, en weer uit elkaar gingen. Elke stem kwam op en trok zich weer terug in de andere twee en in het orkest, in een doelbewuste, zorgvuldig geconstrueerde en harmonisch verwoestende chaos.

Ze wist vrij zeker dat ze deze muziek weleens uit haar vaders luidsprekers had horen schallen, ongetwijfeld vaker dan één keer, en dat ze niet onder de indruk was geweest. Misschien was het omdat ze nu met Leila was, misschien was het haar stemming, misschien haar leeftijd... Ze drukte een hand tegen haar borst, alsof ze de emoties moest tegenhouden die anders zouden uitbreken, dwars door haar botten en huid heen, net als dat wezen in *Alien*. 'Wat doe je me aan? Nu ben ik een wrak.'

'Wat een martelgang, hè?' Leila snufte en lachte tegelijk en kneep in Rosalinds pols. 'Ik ben zo blij dat je je ellendig voelt.'

Dat doorbrak de betovering en Rosalind begon te giechelen. 'Het is vreselijk! Het is net alsof de auto gekrompen is en ik ergens heen moet vluchten om te ontsnappen.'

'Ja, ja, ja, Rosalind. Precies. Ik noem het muziek om bij van een flat te springen. Ze is te mooi om te willen blijven leven.' Ze gaf haar nog een kneepje en legde haar hand toen weer op het stuur. 'Gelukkig is die doodswens maar tijdelijk.'

'Gelukkig maar.'

'Ja, want we zijn bijna bij het winkelcentrum.' Ze wees naar links, waar ze een groen bos passeerden dat zich eindeloos leek uit te strekken. 'Het landgoed van Duke. Het is ongeveer een triljoen hectare groot – en geloof het of niet: dit is de korte kant. Tabaksgeld. Doris Duke erfde het fortuin van haar vader en liet alles na aan haar stichting, die zich bezighoudt met kunst en natuurbescherming. Ik ben een groot fan van rijke mensen met een maatschappelijk geweten.'

'Ik ook.' Rosalind schaamde zich een beetje, omdat ze ondanks het advies van haar financieel goeroe zelf nog niet zo'n stichting had opgericht, alleen of met haar zussen. Zoals te verwachten was, was bij haar de focus het probleem. Er waren zoveel goede doelen die ze een warm hart toedroeg. En die lijst zou ze nu uitbreiden met verbetering van het lot van vrouwen met compleet androgeen ongevoeligheidssyndroom. Misschien moest ze ook een stichting oprichten voor kinderen van ouders die leugenaars bleken te zijn.

'Nu nemen we Route 202 en rijden we naar het mekka voor kapitalisten in plaats van ons geld in een goed doel te steken.' Leila wees triomfantelijk naar voren en stak toen een vuist in de lucht. 'Want we willen gewoon consumeren.'

Rosalind volgde haar voorbeeld. 'Inderdaad.'

Bridgewater Commons had een enorme binnenplaats met roltrappen in het midden, omringd door drie verdiepingen winkels, allemaal voor het hogere segment. Leila en Rosalind begonnen bij Bloomingdale's. Leila racete in een moordend tempo langs de rekken, paste kleding die ze ogenblikkelijk weer afkeurde, ook dingen die Rosalind haar goed vond staan. Bij Macy's ging het hetzelfde.

Bij de ingang van Lord & Taylor bleef ze even staan en keek ze met een glimlach naar de karakteristieke zwarte letters. 'Mama en ik gingen vroeger elk jaar in december naar Lord & Taylor op Fifth Avenue voor de kerstetalages. Dan namen we de bus of trein naar Manhattan en een taxi naar de winkel – een van de weinige keren dat ik haar een taxi zag aanhouden. 's Ochtends gingen we voor mij kijken. Eén keertje kreeg ik een hip driedelig broekpak van bruine wol.' Ze gaf Rosalind een por. 'Inclusief gilet.'

'Oef.' Rosalind wapperde zichzelf koelte toe. 'Wat sexy.'

'Tja, dat was in de jaren zeventig.' Leila zuchtte. 'Heel jammer dat de fashionista's het lelijkste kledingtijdperk ooit hebben teruggebracht.'

'Wat je zegt. Maar wat een geweldige moeder-dochtertraditie.' Rosalind keek weemoedig de winkel in. 'Wanneer mijn moeder ging winkelen, draaide het om het theater, niet om het kopen. Ze werd dan bestormd door mensen. Voor de echte aankopen had ze een personal shopper. We kregen spullen aan huis en mochten daaruit kiezen wat we wilden.'

Leila's gezicht vertrok van afschuw. 'Dat is geen winkelen.'

'Ik weet het. Ik had een raar leven.'

Samen liepen ze de winkel in, met dezelfde energieke pas. Rosalind zou willen dat ze als kind elke kerst met deze vrouw had kunnen gaan winkelen. Haar moeder kon er niets aan doen dat ze belaagd werd door fans, maar ze weigerde ook om zich minder opvallend te kleden of haar identiteit enigszins te verhullen, zodat haar dochters van het uitstapje konden genieten. Ze werd er zo door opgeslokt Jillian/Sylvia te zijn, met alle zorgen en problemen van dien, waarvan Rosalind de helft pas sinds kort begreep, dat ze waarschijnlijk geen energie overhad om te kijken wat haar dochters nog meer van haar nodig hadden dan wat zij hun besloot te geven.

'Op onze tochtjes naar de stad gingen mama en ik altijd lunchen in de winkel, in het Birdcage-restaurant.' Leila tuurde om zich heen, alsof ze hoopte dat er als bij toverslag een vergelijkbare lunchroom was verschenen. 'Toen was het nog een klein tentje waar ze van dat typische eten serveerden voor winkelende dames. Cottagecheese en zo. Je moest je voor de deur opstellen in twee rijen – eentje voor gasten die alleen kwamen en eentje voor grotere gezelschappen. Als kind had ik medelijden met de dames die alleen kwamen, omdat ik dacht dat die geen vrienden hadden. Ha! Ze hadden waarschijnlijk de tijd van hun leven. Kinderen nog op school, lekker shoppen en ergens iets eten wat ze niet zelf hoefden klaar te maken –'

'Wacht even.' Rosalind bleef staan en stak een vinger op. 'Ga je nu zeggen: "Dat waren nog eens tijden"?'

'Bijdehandje.' Leila schoot in de lach, stak haar arm door die van Rosalind en nam haar mee naar de jurkenafdeling.

Na nog zo'n bliksembezoek, waarbij Leila elke jurk die ze aanpaste afkeurde, zette ze haar handen op haar heupen en keek ze Rosalind bedachtzaam aan, ogenschijnlijk niet ontmoedigd door hun vooralsnog onsuccesvolle uitstapje.

'Ik verwacht dat de juiste jurk er direct uit springt. Dat gebeurt nu niet. Volgens mij komt dat doordat ik geen flauw idee heb wat de juiste outfit is. Dus.' Ze prikte in Rosalinds schouder. 'Daar kun jij mij bij helpen. Wat zou jij aantrekken als je naar de bruiloft van je dochter ging?'

Rosalind trok haar wenkbrauwen op. Haar werd zelden om kledingadvies gevraagd, op de enkele mede-excentriekeling na die haar op straat vroeg waar ze een bepaald kledingstuk vandaan had, en die ze dan altijd moest teleurstellen omdat Rosalind het zelf had gemaakt. 'Bedoel je wat ik zou aantrekken als ik jou was?'

'Nee, nee.' Leila schudde verwoed haar hoofd, zodat haar kastanjebruine lokken rondzwierden. 'Wat zou jíj uitkiezen?'

'O.' Rosalind keek langs de rekken, enigszins overrompeld door deze plotselinge verantwoordelijkheid, maar tegelijkertijd blij dat Leila naar haar mening vroeg. 'Ik zou het... behoudend houden, ik bedoel, voor mezelf. Maar ik zou geen traditionele avond- of cocktailjurk kiezen, en ook geen ingetogen kleuren. Ten eerste wordt dit geen heel formele bruiloft, en ten tweede is het een vrolijke gebeurtenis, wat voor mij ook vrolijke kleuren zou betekenen.'

Ze liep een stukje bij de paskamer vandaan en zocht de jumpsuit en het vest die ze had bewonderd toen Leila kleren aan het passen was, en die Leila geen blik waardig had gekeurd. Bij de ingang en dan links... of rechts? Op dat moment zag ze in de verte iets paars hangen.

'Daar.' Ze liep er in een rechte lijn op af, trok een maat 40 uit het rek en hield haar biologische moeder de outfit voor. De jumpsuit, met een ceintuur van dezelfde stof, was gemaakt van zacht, soepelvallend materiaal, dat niet te strak om het lichaam zat. Hij had spaghettibandjes en was voor en achter laag uitgesneden. 'Deze.'

Leila keek haar verontrust aan. 'Die?'

'Ja.' Rosalind hield het kledingstuk voor Leila's neus tot ze het aannam en liep toen terug om het vest te halen. Het was een lang zwart vest, met op de mouwen geborduurde bloemen waarin voldoende paars was verwerkt om prachtig bij de jumpsuit te passen.

De fijne mesh zou de weinig verhullende lijnen van de jumpsuit, waar Leila duidelijk onzeker van werd, verzachten.

'O mijn god. Die is prachtig.' Leila lachte zenuwachtig. 'Maar ik weet het niet. Ik ben zevenenvijftig. Dit is niet bepaald wat ik gewend ben. Het is bedoeld voor vrouwen van drie meter die geen borsten of billen hebben.'

Rosalind haalde haar schouders op. 'Je zag er in de helft van de dingen die je gepast hebt geweldig uit, en dat vond je ook allemaal niks. Kennelijk is het tijd om iets anders te proberen. Bovendien ben je slank en heb je een prachtig figuur. En de kleur past perfect bij je haar.'

'Nou...' Leila keek bedenkelijk naar de twee kledingstukken en glimlachte toen. Ze kreeg een blos op haar gezicht. Heel even zag Rosalind zichzelf terug in haar gelaatstrekken, een glimp die verdween zodra ze hem probeerde te analyseren. Maar de gelijkenis was er wel degelijk geweest. 'Oké. Ik zal ze passen. Maar kom bij me in het pashokje, want ik weet niet of ik er wel uit durf te komen.'

'Is goed.' Ze liep achter Leila aan naar de paskamers en wachtte voor het pashokje. Ze tintelde van opwinding en blijdschap. Wat een fantastisch uitstapje was dit. Het was niet alleen een bekrachtiging van haar besluit om in New Jersey te blijven, maar ook van haar besluit om Leila nog niet de 'ben je mijn moeder'-vraag te stellen. Misschien was Leila tot dezelfde conclusie gekomen, wat verklaarde waarom zij ook nog niets tegen Rosalind had gezegd. Door elkaar te leren kennen, tijd met elkaar door te brengen, zou de uiteindelijke onthulling veel makkelijker en natuurlijker worden.

'Oké. Nou. Hm,' hoorde ze Leila's stem aan de andere kant van de deur. 'Misschien kan het toch wel.'

Rosalind veerde op. 'Laat eens zien.'

'Wacht even, ik trek ook even het vest aan...' Een halve minuut later zwaaide de deur open. Leila zag er oogverblindend uit. Chic, elegant, vrouwelijk en sexy zonder dat het er te dik op lag. Het heldere, glanzende paars paste perfect bij de kleur van haar huid en haar haar.

Rosalind grijnsde en knikte. 'Ja. Dit is 'm.'

'Weet je het zeker?' Leila keek nog eens in de spiegel. 'Het is totaal niet waar ik me mezelf in had voorgesteld.'

'Je ziet er geweldig uit. De kleur is perfect voor je, en de stof valt prachtig.'

Leila tuurde over haar schouder. 'Goeie kont?'

'Geweldige kont. Helemaal niets mis mee. Je hoeft niet eens corrigerend ondergoed aan.'

Leila klopte op haar buik. 'Deze plooien verbergen een hele hoop zonden, zou mama zeggen.'

'Je hebt geen zonden; je bent dun, net als mijn zussen.'

'Kom op, alsof jij dik bent.'

'Vergeleken bij hen wel.'

'Dan moet je bij hen uit de buurt blijven.' Leila draaide zich om en bekeek zichzelf nog een laatste keer. 'Ik weet niet of ik gewoon geen zin meer heb om nog verder te zoeken of dat dit net zo mooi is als het eruitziet. Hoe is het mogelijk dat je eerste voorstel meteen goed was?'

Rosalind antwoordde snel: 'Omdat ik dit wilde hebben.'

Leila draaide zich met opgetrokken wenkbrauwen om. 'In dat geval...' begon ze zacht.

Rosalind had moeite met ademhalen. 'In dat geval... wat?'

'In dat geval moet jij deze set ook kopen.' Ze stak haar kin uitdagend naar voren en spreidde haar armen. 'Waarom niet?'

Rosalind haalde haar schouders op, teleurgesteld en opgelucht tegelijk. 'Daar ben ik niet lang genoeg voor.'

'Daar heb je hakken voor. Ga halen.' Ze wees dwingend naar het rek. 'Ik sta erop.'

Rosalind wilde protesteren, maar besefte toen dat daar geen enkele reden toe was.

Een halfuur later waren moeder en dochter vrolijk op weg naar huis, met hun identieke Lord & Taylor-aankoop op de achterbank, een blikje cola in hun hand en tussen hen in een zak popcorn. Rosalind hield normaal gesproken niet zo van winkelcentra, maar vandaag had ze er wel de hele dag willen blijven. Caitlin had geen idee hoeveel geluk ze had.

'Bedankt dat je mee bent gegaan, Rosalind.'

'Graag gedaan. Wilde Caitlin niet mee? Ik vind dit echt iets voor moeders en dochters.' Rosalind schrok van haar eigen woorden en ze verstarde, een hand met popcorn halverwege haar mond. Shit. Nu had ze het gezegd.

'Dat is het ook.' Leila leek volledig onaangedaan. 'Maar Caitlin is druk, Zaina kan de reis niet aan, en ik had hier echt een vrouw bij nodig.'

'Ik vond het superleuk, dank je wel.' Rosalind at haar popcorn op en bedacht dat ze zo ongeveer alles kon zeggen en dat Leila dan nog niet zou reageren. Misschien was dit de volgende stap: dichterbij komen zonder feitelijk iets te zeggen. Het leek wel een durfspelletje.

'O ja, dat vergeet ik bijna te zeggen. Mama zei dat ze je een Libanees etentje had beloofd, dus dat houden we op haar verjaardag, woensdag de zestiende. Kun je die avond?'

Rosalind gaapte haar aan. 'Wil ze dat ik op haar verjaardag kom?'

'Ja.'

'Maar... Dan heb ik het gevoel dat ik een familiefeest verstoor.' Ze hield haar adem in en wachtte, hoewel ze inmiddels wist dat ze geen reactie hoefde te verwachten.

'Dat is niet zo.'

'Wat aardig van haar.' Ze spoelde de popcorn weg met een slok cola en voelde zich met de minuut dapperder. 'Ik vind het heel bijzonder dat jullie me zo gastvrij onthalen.'

'Geen probleem.' Leila klopte op haar hand. 'We vinden je leuk.'

'Wat fijn. Ik vind jullie ook leuk.'

'Waar ik nieuwsgierig naar ben...' Leila pakte een handvol popcorn, raakte met haar tong de maiskorrels aan en zoog degene die bleven plakken als een hagedis haar mond in. '...is wat voor meisje jij was. Wat deed je allemaal toen je klein was?'

Rosalind glimlachte onwillekeurig. 'Ik was heel gewoontjes volgens mij, voor zover dat mogelijk is met een filmster als moeder. In Beverly Hills was mijn leven normaler dan mensen die hier wonen het zouden vinden, want in LA draait alles om films en de mensen die erin spelen. Een tijdje wilde ik turnster worden; dat heb ik een paar jaar intensief gedaan. Ik was dol op salto's maken, mijn lichaam dat van de grond kwam, de wereld op zijn kop. Ik hield van de kracht ervan. Maar ik was niet goed genoeg om op wedstrijdniveau mee te doen, en toen kwam ik in de puberteit en had ik er niet zo'n zin meer in.'

'Goh, bijzonder. Wat nog meer?'

'Even denken. Ik hield van naaien en borduren – dat soort meisjesdingen. En van dansen. Ik heb les gehad in ballet en tapdansen.' Ze begon op haar vingers te tellen. 'Verder heb ik tennisles gehad, en duikles, en heb ik een tijdje dwarsfluit gespeeld.'

'Je hebt alles gedaan.' Leila minderde vaart toen het verkeer drukker werd. 'Acteren?'

'Ook. Voor de lol. Ik vond het heel leuk, maar heb het nooit serieus genomen.'

'Heel verstandig. Wat voor rollen?'

'Ik kreeg een paar keer de hoofdrol op de middelbare school. De grappige meisjes, Adelaide in *Guys and Dolls*, en Ado Annie in *Oklahoma!*'

Leila wipte op haar stoel en zwaaide met haar hoofd mee op 'I Cain't Say No'.

Rosalind lachte en pakte nog een hand popcorn. Bij wijze van experiment stak ze haar tong erin en ze voelde dat er korrels bleven plakken voor de reis naar haar mond. 'Die, ja.'

'En wat is er blijven hangen uit je jeugd? Welke passie was het grootst?'

Rosalind voelde een vertrouwd gevoel van irritatie opkomen. En jij dan, Leila? Oordeel van een medekolibrie? 'Ik tekende als kind heel graag. Dat doe ik nog steeds. Of beter gezegd: ik schilder.'

'Neem je dat wel serieus?'

Rosalind gromde in stilte. Leila gedroeg zich als een moeder. 'Min of meer. Ik ben niet dapper genoeg om het te laten zien. Maar ik –'

'Waarom niet, denk je?' Leila nam een slokje cola en zette het blikje weer in de houder naast haar stoel. 'Bang om te falen? Bang voor succes? Wat trouwens op hetzelfde neerkomt, weet je.'

'Tja, ik weet het niet zo goed.' Ze had geen zin om dit gesprek nog een keer te voeren. 'Wist jij al van begin af aan wat je wilde?'

'Jazeker. Zingen of schrijven. Het leek me altijd heerlijk om een liefdesepos te schrijven. Zoiets als *Gone with the Wind*, maar minder langdradig en met een happy end. Maar telkens wanneer ik aan een verhaal begon, liep ik vast of raakte ik verveeld. Met zingen bleef ik wel doorgaan, dus werd het dat.'

'Wat geweldig.' Rosalind sloeg geprikkeld haar armen over elkaar. Kennelijk had zij geen eenduidige passie. Haar leven leek willekeurig uitgestrooid. Als konijnenkeutels.

'Ik bedoel niet dat ik vind dat je een carrière moet hebben met één enkele focus. Dat snap je wel, toch?' Leila draaide bezorgd haar hoofd in Rosalinds richting en bestudeerde haar gelaatsuitdrukking. Rosalind deed haar best weer vrolijk te kijken. 'Er zijn genoeg andere dingen die het leven van een vrouw waardevol maken: trouwen, kinderen, vrijwilligerswerk...'

Rosalind pakte nog wat popcorn. Ja, en dat deed ze ook allemaal niet. Dus wat betekende dat? Dat ze waardeloos was? Niet méér vrouw dan haar moeder, maar om andere redenen?

Ze kon gewoonweg niet accepteren dat Leila dat had bedoeld.

Opnieuw kwamen ze langs de rijen winkels, vlak bij de luchthaven, op nog maar vijf minuutjes van huis.

'Ik heb nog een vraag.' Bij die aankondiging verstrakte Rosalind. Wat nu weer? 'Is het jou ook opgevallen hoe gemeen koplampen tegenwoordig kijken?'

'Eh...' Rosalind keek haar verward aan. 'Gemeen?'

'Kijk maar.' Leila wees naar een naderende auto, waarvan de koplampen, als je ze als ogen zag, inderdaad boos stonden.

Rosalind lachte, dankbaar voor de verandering van onderwerp, ook al was het iets doms. 'Je hebt gelijk. Ze zijn inderdaad angstaanjagend.'

'Blijf gewoon doen waar je blij van wordt, meid.' Leila remde voor een stoplicht en keek naar Rosalind. 'Je weet wie je bent, en je hebt duidelijk voldoende kracht om datgene na te jagen wat je wilt. Trek je niets aan van mensen die jou omlaag willen halen. Van mij ook niet, trouwens.'

'Met alle plezier.'

Leila liet weer haar prachtige gulle lach horen. 'Heel goed.'

De volgende vijf minuten hadden ze het weer even gezellig als de rest van de dag, en Rosalind werd weer haar blije zelf. Toen ze de oprit van Laurel Road op reden, vond ze het jammer dat hun uitstapje voorbij was.

'Hé, Caitlin is er. O jee.' Leila drukte op de opener van de garagedeur en keek op haar horloge. 'Oef, ik had geen idee dat het al zo laat was! Ik zou om halfzes met haar naar bloemen gaan kijken en nu is het al bijna zes uur.'

Ze stapten uit en Rosalind volgde haar naar de keuken, haar lichaam zwaar van schuldgevoel. Zij had haar zus haar moeder afgepakt toen ze haar nodig had.

In de keuken stond Caitlin met haar armen over elkaar geslagen met haar voet op de grond te tikken. 'Mama.'

'Ik weet het. Het spijt me. Ik was de tijd –'

'Je bent nooit op tijd. Nooit. Dit is ontzettend belangrijk.'

‘Ik weet het, ik weet het.’ Leila liep naar de eetkamer. ‘Waar is mama?’

‘Op bezoek bij de Khalafs. Ze hebben haar opgehaald. Kunnen we nu gaan? Angela wacht op ons.’

‘Ik fris me even op en dan ben ik klaar. Twee minuten, beloofd.’ Leila vluchtte en liet Rosalind in de keuken achter, die weinig zin had in een kletspraatje met Caitlin, een gevoel dat ongetwijfeld wederzijds was.

‘Aargh!’ Caitlin drukte haar handen tegen haar slapen. ‘Ze komt altijd te laat. Ik snap niet hoe ze haar leven leeft.’

‘Het spijt me. Ik wou dat ik –’

‘Waar zijn jullie geweest?’ Ze wierp een blik op de tas in Rosalinds hand. ‘Winkelen in Quaker Bridge?’

‘Bridgewater Commons.’

Caitlin snoof ongeduldig. ‘Dat is een flink eind rijden, terwijl er een Lord & Taylor twintig minuten dichterbij is.’

‘We zijn naar meerdere winkels geweest.’

‘Daar neemt ze mij nooit mee naartoe.’ Ze kneep haar ogen wantrouwig tot spleetjes. ‘Wat gingen jullie kopen?’

‘Je moeder wilde haar kleren kopen voor de bruiloft.’

Caitlins mond vormde een O van Ontzetting. Ze deed een stap achteruit en legde een hand op haar borst. ‘Is ze met jou een jurk voor de moeder van de bruid gaan kopen?’

Shit. Shit. Shit. Rosalind stak bezwerend haar hand op. ‘Caitlin, het spijt me vreselijk. Ik heb er niet bij stilgestaan. Ik had moeten zeggen dat ik niet kon.’

Caitlin sloot even haar ogen. Ze ademde uit. ‘Oké. Ik begrijp het. Jij kunt er niets aan doen.’

‘Waar kan ze niks aan doen? Ik ben klaar om te gaan. Heeft Rosalind je mijn geweldige bruiloftsoutfit laten zien?’ Leila liep naar de tas en haalde er de paarse jumpsuit en het gebloemde vest uit. De kleur van de jumpsuit stak fel af tegen de gele muren van de keuken. ‘Moet je kijken. Ik draag mijn zwarte pumps met riempjes eronder en –’

'Mama.' Caitlin keek verbijsterd. 'Dat is totaal niet wat we samen voor jou bedacht hadden.'

'Weet ik.' Leila glimlachte bewonderend naar de outfit. 'Ik vind dit veel mooier. Rosalind heeft het voor me uitgekozen. Zij heeft hetzelfde gekocht.'

Rosalind wilde haar gezicht in haar handen begraven. O, Leila.

'Hebben jullie dezelfde kleren?'

'Niet dezelfde.' Rosalind wist niet hoe snel ze het moest zeggen. 'Ik bedoel: ja, ze zijn hetzelfde, maar we dragen ze natuurlijk nooit tegelijk.'

Caitlin ademde diep in. 'Mama, dit is een trouwerij. Je hoort eruit te zien als een moeder.'

'O ja? En hoe ziet een moeder er dan precies uit, Caitlin? Als June Cleaver? Donna Reed? Sister Margaret? Een hooggesloten jurk met lange mouwen en orthopedische schoenen? Want anders zie ik er niet moederlijk genoeg uit?' Ze zwaaide met haar arm naar Rosalind. 'Of wat dacht je van Jillian Croft? Is zij soms geen echte moeder omdat ze de mooiste en meest sexy vrouw op aarde was?'

'Nee. Nee,' zei Caitlin zachtjes. 'Maar –'

'Voor zover ik weet, bestaan er allerlei soorten moeders, Caitlin. Dit...' Ze wapperde met de outfit naar haar dochter. '...is het soort dat ik ben. Oké?'

'Oké. Oké, prima.' Caitlin zwaaide haar tas over haar schouder. 'Kunnen we nu gaan?'

'Ja, we kunnen. Rosalind, bedankt voor een ontzettend leuke middag, die mijn dochter tot mijn spijt voor ons allebei heeft verpest.'

Rosalind kon wel door de grond zakken. Het ging van kwaad tot erger. 'Ik snap het wel. Caitlin had met je mee moeten gaan, zodat jullie het eens hadden kunnen worden, of tenminste een compromis hadden kunnen bereiken over –'

'Nee. Ze moet leren dat ze niet altijd haar zin krijgt. Op de een of andere manier is het me nooit gelukt om die boodschap over te brengen. Kom op, Cait. We gaan.' Leila beende de achterdeur uit en Caitlin liep kwaad achter haar aan.

Rosalind bleef alleen en ellendig achter in hun keuken.

Hoofdstuk 13

12 mei 1968 (zondag)

Vandaag was de laatste voorstelling van South Pacific, *de zondagmatinee. Ik heb de longen uit mijn lijf gezongen, terwijl ik vanbinnen alleen maar dacht: nog één dagje en dan ben ik... weg!*

Ik heb geld voor de bus. Ik heb een koffer die ik in de buurt van school onder een struik heb verstopt. Er is geen regen voorspeld.

Ik ben doodmoe, maar ik zal wel niet veel slapen. Het zijn hectische weken geweest. Ik heb een kamer gehuurd in de Taylor Apartments in New York, het goedkoopste vrouwenverblijf dat ik kon vinden – toch nog een hoop geld, maar het is inclusief maaltijden, dat scheelt, en het is veilig. Ik durf te wedden dat daar nog meer meisjes zijn die actrice willen worden. Misschien maak ik wel vrienden met wie ik later in de film speel. Het zou kunnen!

Ze wilden een doktersverklaring dat ik gezond ben, een aanbevelingsbrief en een bewijs dat ik een baan heb. Sarah viel voor me in terwijl ik naar de dokter in Skowhegan ging. Ik zei dat ze de rekening maar naar mijn ouders moesten sturen. Zodra ik meer verdien, zal ik hun geld sturen, dat heb ik me heilig voorgenomen. Ik ben geen dief. Mr Carter gaf me de aanbevelingsbrief. Ik heb hem verteld dat het voor een zomerprogramma van de universiteit was. Ook mocht hij me weer zoenen en mijn borsten aanraken – die zijn tenminste normaal. Hij maakte allemaal rare geluiden en ik denk dat hij... nou ja, het was smerig in elk geval. Vond ik tenminste. Maar ik voelde me niet vies, want het is voor een belangrijk doel! Ik heb gelogen dat ik een baan had. Wie neemt er nou ongezien een dorpsmeid uit Maine aan? Dat zou ik ook niet doen. Zodra ik er ben, vind ik vast snel iets.

Welterusten, slaap lekker als het lukt, ik ben apetrots op je! Morgen begint het echte leven!

'Ik heb echt genoeg.' Rosalind schoof de bijna lege doos sushi van zich af die Bryn en zij hadden afgehaald bij Ajitan, een eethuisje in het centrum van Princeton. Het was een uitzonderlijk warme dag geweest voor oktober, zo'n cadeautje waar je eigenlijk niet meer van kunt genieten omdat je weet dat het door de klimaatverandering komt. Ze zaten bij een vuurtje in de achtertuin van zijn leuke negentiende-eeuwse huis in Lawrenceville, een dorp naast Princeton. 'Hoe kan witte rijst met vis nu zo vullend zijn?'

'Alles vult als je er maar genoeg van eet.'

'Dat kan niet waar zijn – en bleekselderij dan?' Ze leunde naar achteren en trok de deken om zich heen die ze van Bryn had gekregen. Het was zalig om te ontspannen en haar problemen even in de wacht te zetten. Ze keek naar het vuur, dat roodachtige schaduwen op Bryns gezicht wierp.

Dit was niet de eerste keer sinds hun pizza-avond bij haar thuis dat ze elkaar hadden gezien. Afgelopen zondag had Bryn gevraagd of ze mee een ijsje ging eten. Eerder die dag had Rosalind bewust tijd met Caitlin doorgebracht. Ze had met haar bruiloftskapsels doorgenomen en haar wat ideeën gegeven door foto's op internet te laten zien en een paar kapsels te tekenen. Haar bedoeling was niet alleen geweest om haar te helpen, maar ook om een betere band met haar zus te krijgen, deels als investering voor de toekomst en om de hobbels glad te strijken naar aanleiding van het uitstapje met Leila twee dagen daarvoor, en deels om de weg vrij te maken voor vragen over Caitlins vader.

Ze had enige vooruitgang geboekt, maar Caitlin hield haar toch nog steeds op afstand, en op het laatst was Rosalind helemaal gesloopt geweest. Het was een verademing om later die dag met Bryn een ijsje te eten en over iets anders te praten dan bruiloften en families. Haar zorg dat hij opdringerig zou worden was ongegrond geweest; hij had haar nauwelijks met een vinger aangeraakt en ze had ontspannen van hun tijd samen kunnen genieten.

Vandaag waren ze een paar uur bij Sharon thuis geweest, waar ze hadden bekeken hoe de routing van bruiloftsgasten moest zijn, foto's en schetsen van de kamer hadden gemaakt en bedacht hadden waar het meubilair moest staan. Daarna hadden ze lijsten gemaakt van bordjes die nodig waren wanneer de spullen bezorgd werden – drank, stoelen, tafels en cadeaus – en hadden ze bedacht hoe ze plek vrij konden maken in de garage, zodat daar het meeste kon staan.

Terwijl ze daarmee bezig waren, hadden ze aan één stuk door gepraat. Het werd steeds verslavender om overeenkomsten te zoeken en te vinden. Politiek, films, boeken, lievelingssteden, lievelingsijs, lievelingstijd van de dag. Door het gemak waarmee ze hun ideeën deelden en samen dingen deden, besefte Rosalind hoe onderdanig ze zich ten opzichte van haar vroegere vriendjes had opgesteld, en hoe passief ze vaak bij hen was geweest. Ze had geluisterd als Wolf praatte over de beste manier om geluid op te nemen, als Troy het had over het belang van alternatieve energiebronnen, als Don oreerde over gezonde voeding en veilig beleggen. Drie experts op hun eigen terrein, in hun ogen tenminste, die graag hun kennis, hun passies en hun standpunten verkondigden, en daar ook in bevestigd wilden worden.

Aangezien Rosalind haar hele jeugd al had geluisterd naar haar vader, die zo perfect in alles was, was het niet zo moeilijk te begrijpen waarom het vertrouwd en kloppend voelde om met die mannen om te gaan. Maar wat was het aantrekkelijk om niet slechts een spiegel te zijn om mannelijke glorie te weerkaatsen, maar het onderwerp van dezelfde mate van belangstelling als die zijzelf toonde.

Ze was verliefd. Maar anders dan bij Emil werd deze verliefdheid alleen maar sterker naarmate ze meer tijd met Bryn doorbracht en hij meer van zichzelf liet zien.

'Wat ik niet begrijp…' Hij pakte een minuscuul stukje ingelegde gember en bracht dat met eetstokjes naar zijn mond. Dat deed hij heel elegant, vond ze. Oei, ze had het flink te pakken als ze de manier waarop hij eetstokjes gebruikte al bijzonder vond. '...is dat Aziaten bergen rijst en noedels naar binnen schuiven, Fransen bijna alleen maar witbrood eten, en Italianen elke dag pasta, en dat ze allemaal slank en gezond zijn, terwijl bij ons witte bloem en rijst direct zouden leiden tot overgewicht en de dood.'

'Andere stofwisseling? Andere soorten graan? Wie zal het zeggen? Misschien ligt het aan suiker, die zij niet veel eten en wij wel.' Ze nam een slokje van de sake die ze op zijn voorstel hadden gekocht, waarvan ze licht aangeschoten raakte zonder in te zakken of dronken te worden. 'Mijn vader maakte altijd grapjes over dat soort dingen. "Een team wetenschappers gaf tien Amerikanen een week alleen cornflakes en tien Franse mensen alleen cruesli. Aan het eind van de week gaven ze beide groepen een Franse grammaticatest, waaruit bleek dat cruesli beter is voor je Frans."'

Bryn grinnikte en knikte goedkeurend. 'Je vader klinkt leuk.'

'Dat kon hij ook zijn.' Ze nipte nog een keer voorzichtig van haar sake en dacht na over hoe ze haar volgende gedachte moest verwoorden, hoewel ze bij Bryn geen enkele druk voelde om bij elk woord briljant of deskundig te zijn. 'Wat doe je wanneer je ontdekt dat iemand van wie je houdt iets doet wat je echt verschrikkelijk vindt?'

'Hm.' Hij fronste zijn wenkbrauwen en wilde zijn bril hoger op zijn neus schuiven, tot hij zich weer herinnerde dat hij die niet op had. Rosalind vond hem leuk als hij contactlenzen droeg, want dan zag ze zijn blauwe ogen goed, maar ze begon ook een zwak te krijgen voor zijn erudiete uitstraling met bril. 'Ik denk dat je accepteert dat je van die persoon houdt en tegelijkertijd sommige dingen van hem echt verschrikkelijk vindt.'

'Dat klinkt als een antwoord van een therapeut.'

'En dat is ook niet voor niets.' Hij sloeg zijn sake achterover en schonk hun allebei bij. Rosalind protesteerde niet, hoewel ze dat waarschijnlijk wel moest doen. 'Ik ben jarenlang in therapie geweest. En ik begrijp ook wat je bedoelt. Mijn moeder was slim, actief en grappig, en ze had een ziekte waardoor ze steeds vaker een nachtmerrie werd. Als gezin waren we het schoolvoorbeeld van ontkenning: we deden allemaal alsof haar gedrag normaal was en we er geen probleem mee hadden.

Rosalind huiverde. 'Dat klinkt heel bekend.'

'Het slaat nergens op, maar ik heb altijd het gevoel gehad dat ik haar en de rest van het gezin teleurstelde omdat ik haar niet beter kon maken. En wat al even onlogisch is: dat nam ik haar kwalijk.'

'Ja, ja. God, inderdaad.' Rosalind was bijna ademloos van opwinding, omdat ze dit ook bij zichzelf herkende. Ze hief haar glas. 'Op gekken die gekken verwekken, en op ons die de cyclus doorbreken.'

'Amen.' Bryn dronk met haar mee. 'Maar die haat-liefdeverhouding snap ik dus wel.'

'Heb je nu een goede band met je moeder?'

'Beter dan vroeger. Het scheelde dat ze ophield met drinken. Maar ze heeft wel een tijd moeite gehad met het beeldhouwen; allebei mijn ouders trouwens. Mijn broers en zus ook, maar wat zij ervan vonden kon me niet zoveel schelen. Het is lastig om niet het idee te hebben dat mijn ouders me alleen waarderen vanwege mijn succes. Ouders hebben veel macht. Als je je niet van hen losmaakt, kunnen ze je nog steeds het gevoel geven dat je een kind bent dat hen teleurstelt.'

'Bedoel je met losmaken dat je je afzet, tegen hen in opstand komt – dat soort dingen?'

'Dat soort dingen.' Hij stond op om nog een houtblok op het vuur te gooien. 'Ik kan me zo voorstellen dat je moeders roem het leven met haar nog lastiger maakte.'

'Dat kun je wel zeggen. Ze ging die uit de weg of dompelde zich er juist in onder, afhankelijk van haar stemming.' Rosalind zette haar glas neer. 'Als ze werkte, slikte ze liever geen medicijnen. Dan voelde ze haar emoties beter, zei ze. En ik moet zeggen dat ze als ze manisch was geweldig was, voor ons drieën tenminste. Waarschijnlijk iets minder voor mijn vader. Maar we waren dol op haar energie en humor, en dat niets onmogelijk was.'

Hij gooide een nieuw blok op het vuur, wat een regen van vonken veroorzaakte. 'Je moeder spatte van het scherm af. Echt een fascinerende vrouw.'

'Zo was ze in het echt ook. Zo mooi en elegant en getalenteerd dat mensen om haar heen dromden in de hoop dat er iets van haar levensvreugde op hen afstraalde. En dan stortte ze weer in en moesten we haar weer zover zien te krijgen dat ze haar medicijnen nam, anders zou ze weer aan de drank en de pillen gaan.' Rosalind trok de mouwen van haar trui over haar koude handen, wachtend tot de warmte van het vuur haar bereikt had. Het voelde goed om Bryn dingen uit haar jeugd toe te vertrouwen die ze veel mensen niet verteld had. 'Papa was op veel vlakken een fantastische vader, vooral als je nagaat wat hij allemaal voor zijn kiezen kreeg. We wisten dat hij alles zou doen om ons te beschermen. Maar... als hij bijvoorbeeld trots op me was, of me een compliment gaf, was het alsof er een last van mijn schouders viel, omdat ik op dat moment even niet tekortschoot.'

'Ken je dat kippenonderzoek?'

Ze schudde haar hoofd.

Bryn ging weer zitten en boog zich naar voren, zodat ze zijn mooie profiel goed kon zien. 'Drie kippen in drie kooien. In elke kooi zit een hendel. De eerste kip pikt op de hendel en krijgt altijd iets lekkers. De tweede pikt en krijgt nooit iets lekkers. Deze twee raken verveeld en houden op met pikken.'

'Ja, dat klinkt vrij onbevredigend.'

Hij grinnikte naar haar en haar hart ging een klein beetje sneller kloppen. 'De derde kip krijgt soms wel, soms niet iets lekkers als hij op de hendel pikt. Die houdt nooit op met pikken. Nooit.'

Ze kneep haar ogen tot spleetjes. 'Dus ik ben een kip?'

'Wij allebei. We blijven maar pikken omdat we soms beloond

worden. Het is niet consequent, dus je kunt niets beheersen, berekenen of begrijpen. Je zit vast.'

'Aargh, Bryn!' Rosalind liet haar hoofd naar achteren vallen en keek naar de vage sterrenhemel. 'Door jou krijg ik medelijden met mijn jonge zelf. Ik wil de tijd terugdraaien en in een vredig gezin opgroeien, met gezonde, intelligente ouders die een normale baan hebben die ze leuk vinden en kinderen die ze lief vinden en die allemaal geen grote problemen hebben. Waar kan ik me daarvoor opgeven?'

'Ik vraag me af of het bestaat.'

Ze keek hem pruilend aan. 'Dat moet gewoon. Ergens. Niet iedereen gaat gebukt onder misdaad of een groot drama of een psychische ziekte of wreedheid. Er moet iemand zijn die rustig en blij door het leven gaat. Daar moet ik gewoon in geloven.'

'Waarom?'

Haar pruilblik werd een frons. Ze werd altijd terechtgewezen om haar mening; haar werd nooit gevraagd om die uit te leggen. 'Ik denk omdat ik dan over dat leven kan dromen als iets echts. Voor mij te laat, maar misschien voor mijn kinderen.'

'Wil je kinderen zonder te trouwen?'

Rosalind knipperde met haar ogen, geschrokken van haar eigen woorden. 'Nee. Ik bedoelde het meer… in het algemeen. Ik weet niet waarom ik dat zei.'

'Oké.' Er verscheen een nauwelijks verholen glimlach om zijn lippen. Zelfs nu zijn geamuseerde houding haar irriteerde, moest Rosalind wegkijken, naar de houtblokken die door het vuur in rode en grijze kringen opbrandden. Want als ze naar Bryn bleef kijken in het halfduister, zou de aantrekkingskracht misschien te sterk worden.

Al vanaf het moment dat hij haar vandaag had opgehaald, leek hij anders, en niet alleen omdat hij lenzen droeg. Toen hij voor haar deur stond, stoer en mannelijk in een spijkerbroek en een blauw T-shirt onder een zwart jack, leek er bij haar vanbinnen iets te veranderen.

'Ik heb nog een vraag. Als je het niet erg vindt.' Ze hield van deze intimiteit tussen hen, dat voor hem geen enkel onderwerp onbespreekbaar was, dat hij haar tragische, disfunctionele gezin herkenbaar in plaats van bedreigend vond. 'Dan kunnen we daarna weer over normale dingen praten.'

'Ik hoor graag waar je aan denkt, Rosalind.'

Ze werd zo verlegen van zijn zachtaardige woorden dat ze even niet meer wist wat ze wilde vragen. Ze had de afgelopen dagen veel nagedacht over hoe dapper het van haar moeder was geweest om haar leven en haar familie achter te laten en te vertrouwen op haar acteertalent. Leila's levenslange volharding en toewijding aan het zingen. Rosalinds moed had haar naar New Jersey gebracht, maar ze werd zich bewust van een zorgwekkend patroon bij zichzelf, waarbij ze aangetrokken werd door verlangen en vrijwel tegelijkertijd afgestoten werd door angst.

'Hoe kom je erachter of de keuzes in je leven gemaakt zijn uit angst? Wat als dat betekent dat meningen die je had verworpen al die tijd bleken te kloppen? Hoe verander je?'

'Dat zijn drie vragen.'

'Dan heb ik drie vragen.'

'Die zijn lastiger. Daar moet ik dubbel voor rekenen.' Hij zette zijn glas op de rand van de vuurplaats in de geeloranje gloed van het vuur. 'Ten eerste ben je zeker niet de enige met die angst, vooral niet als kind van een verslaafde. Je hebt iets overleefd waar veel mensen aan onderdoor gaan. Ten tweede heb je godzijdank – letterlijk als je gelovig bent, figuurlijk als je dat niet bent – mensen om je heen die zoveel om je geven dat ze het zeggen als je er een zootje van maakt.'

'Zo van: "Au, dat deed zeer, vertel eens?"'

'Zoiets, ja.' Hij stak zijn handen tussen zijn bovenbenen. Ze vroeg zich af of hij het niet koud had in zijn dunne jack. De lucht om hen heen was vochtig. 'Het derde en moeilijkste deel is dat je besluit te stoppen met op die manier leven, en dat vervolgens ook doet.'

'Ah, kom op.'

'Ik meen het. Het kost een hoop energie, en het is hard werken, en de helft van de tijd lukt het niet – in het begin meer dan de helft van de tijd. Zeg gewoon tegen jezelf dat je voortaan zodra je je terug wilt trekken juist naar voren gaat.'

'Zelfs als ik oog in oog sta met een overvaller?'

Hij keek haar aan. 'Ja, Rosalind, zelfs als je oog in oog staat met een overvaller. Nodig hem bij je thuis uit. Maak warme chocolademelk voor hem. Bied aan om zijn pistool te poetsen.'

'Hou op!'

Hij grijnsde met vonkjes in zijn ogen, boog zich naar haar toe en legde zo lang een hand op haar knie dat ze de warmte voelde stromen. Toen trok hij hem terug. 'Ik heb hetzelfde moeten doen. Ik was helemaal de weg kwijt nadat Jake dood was. Alle shit van mezelf die ik had weggestopt kwam er in volle hevigheid uit. Ik moest opnieuw beginnen en mezelf herontdekken, bevrijd uit de dwangbuis van verwachtingen van mijn ouders. Maar het was doodeng. Ik worstel er nog steeds mee. Ik moet mezelf nog steeds af en toe dwingen om vooruit te gaan en me niet terug te trekken.'

'Heb je de laatste tijd nog iets gedaan wat je eng vond?'

'Hm.' Hij wreef in zijn handen. 'Jou zoenen. Dat was doodeng.'

Rosalind lachte, eerder geschrokken dan geamuseerd. 'Waarom?'

'Je had over je nek kunnen gaan van walging. Je had een mes uit je laars kunnen trekken en mij kunnen neersteken. Je had me naar huis kunnen volgen en mijn huis in de fik kunnen zetten.'

'Eh... Bryn?'

'Zie je wel? Angsten zitten in je hoofd. Je moet gewoon zeggen dat ze moeten opdonderen.'

Een warm gevoel verspreidde zich door Rosalinds borstkas, samen met een weemoedig verlangen. Bryn pakte haar helemaal in, wat een heel nieuw soort verleiding voor haar was. Totaal anders dan Wolfs gitaarserenades of Troys poëzie of Dons bloemen en dure etentjes.

'Waar zou je mee willen beginnen?' vroeg hij.

Jou terugzoenen, dacht ze. Maar dan zou hij er misschien iets achter zoeken waarvan ze zelf niet wist of dat er was. Het zou niets meer worden dan sake, intimiteit en een brandend vuur in de duisternis. Bryn was een heel leuke, oprechte jongen, maar ze hadden samen genoeg bagage om een Airbus te laten neerstorten, en hij zocht iemand voor altijd, terwijl zij… daar bang voor was.

'Nu ga ik jou iets vragen, goed?' Hij keek weer naar het vuur. 'Ik zou graag een eerlijk antwoord willen.'

Rosalind schoof naar achteren in haar stoel. 'Oké.'

'Wat doe je hier echt?'

Haar mond ging open. Eerst kwam er geen geluid uit. Toen zei ze zonder nadenken: 'Leila is mijn biologische moeder.'

'Jezus.' Hij schudde zijn hoofd alsof hij wakker werd uit een verwarrende droom. 'Jezus, Rosalind.'

Ze kon niet geloven dat ze het hem verteld had, en ook niet dat ze er niet onmiddellijk spijt van had. 'Ja.'

'Jez– Oké, dat had ik al gezegd.' Hij stond op uit zijn stoel, alsof dit nieuws te groot was om zittend tot zich te nemen. 'Wie weet het nog meer?'

'Weet ik niet.' Ze sloeg haar blik neer. 'Er is niets gezegd. Ik weet vrij zeker dat Leila het weet. Zaina misschien ook.'

'Caitlin niet.'

Rosalind liet haar schouders zakken. 'Caitlin waarschijnlijk niet.'

'Jezus.' Voor het eerst sinds ze hem kende klonk hij boos. 'Je moet het haar vertellen, Rosalind. Ze verdient het om dat te weten.'

'Ja.' Rosalind keek naar hem op. Haar schuldgevoel lag als een steen op haar maag. Het was terecht wat hij zei. Ze had een stom spelletje gespeeld in haar eigen belang en ze moest ermee stoppen voordat ze iemand pijn deed. 'Je hebt gelijk. Het is tegenover haar niet eerlijk.'

'Begon je daarom over angst?' Hij sprak nu weer rustig, maar zijn gezicht stond nog steeds grimmig. 'Want hier iets over zeggen is eng.'

'Heel eng. Maar...' Rosalind probeerde te glimlachen. 'Ik heb gehoord dat ik alleen maar naar voren hoef te bewegen.'

'Dus je bent geadopteerd?'

'Ja. Net ontdekt.'

'Jezus.' Hij liep rusteloos heen en weer. 'En nu? Wie is je vader? Wat ga je –'

'Ik weet niet meer dan wat ik je nu verteld heb, Bryn.' Ze stak haar hand uit als een smeekbede om haar te begrijpen. Ze vervloekte zichzelf. Dit zou de eerste en laatste leugen zijn die ze hem zou vertellen. 'Dit is alles wat ik weet.'

Hij keerde zich weer naar het vuur. 'Ik moet jou ook iets vertellen. Aangezien het kennelijk "vertel je grote geheim"-avond is.' Hij stak zijn handen in zijn broekzakken, zijn gewicht op beide voeten. 'Ik ben jarenlang geobsedeerd geweest door Caitlin. Het was een marteling voor me om haar met Emil te zien. Ik bleef maar wachten tot ze zou inzien dat hij niet was wat ze nodig had... Hoe ze met me omging, afhankelijk van me was – je hebt het gezien.'

Rosalind kwam naast hem staan, jaloers en meelevend tegelijk. 'Ik vermoedde het ergens wel, door de manier waarop je over haar praatte. Het klinkt alsof zij de hendel was waarbij je soms iets kreeg.'

'Dat was ze precies.'

'Het spijt me voor je, kippetje.' Ze gaf hem een onhandig klopje op zijn schouder.

Bryn snoof honend. 'Hoor eens, ik ben misschien een aardige jongen, maar mijn ego wil toch graag iets mannelijkers genoemd worden dan kippetje.'

'Haantje?'

Hij zuchtte overdreven en pakte haar hand. 'Vooruit dan maar.'

'Ben je nog steeds verliefd op haar?' Haar hart ging als een razende tekeer terwijl ze op zijn antwoord wachtte.

'Volgens mij ben ik nooit echt verliefd geweest. Geloof het of niet, zelfs als je een puppy maar vaak genoeg schopt, gaat hij uiteindelijk weg.'

'Een grote puppy.' Nu kreeg ze een glimlach van hem, en hij kneep in haar vingers, maar bleef in het vuur staren.

'Drie jaar geleden hadden zij en Emil ruzie en gingen ze uit elkaar. Ze kwam direct naar mij.' Hij perste zijn lippen op elkaar en liet toen zijn adem ontsnappen. 'Ik wist dat ik moest zeggen dat ze moest opkrassen, maar ja... een droom die uitkwam en zo, en ik ben natuurlijk een man.'

'Daar kun jij ook niets aan doen.'

'Nee.' Hij keek haar aan. Zijn gezicht was dichtbij en werd verlicht door de dansende vlammen. Rosalind voelde de vlinders in haar buik dansen; niet twee of zo, maar wel honderd.

Hij slikte hoorbaar en keek weer omlaag. 'Na die eerste nacht ging het al vrij snel mis. Ik wilde niet met haar naar bed tot we het tegen Emil hadden gezegd. Dat weigerde ze, wat mij het gevoel gaf dat we een affaire hadden in plaats van een legitieme relatie. Ik kon niet leven met het schuldgevoel en zette er een punt achter. Nadat ik jaren naar haar had verlangd duurde onze relatie twee pijnlijke weken zonder ooit geconsumeerd te zijn.'

'Zeg alsjeblieft niet dat ze meteen naar hem terugging.'

'Ze ging meteen naar hem terug.'

'Au.' Als Caitlin bij hen in de tuin was geweest, zou Rosalind veel zin hebben gehad om haar een klap te geven. 'Wat naar voor je, Bryn.'

'Ja, het was niet makkelijk. Maar ik heb wel wat geleerd. Ten eerste: fantaseren is zinloos.'

'Behalve over mijn perfecte familie.'

'Ja, Rosalind,' zei hij op een zoetsappige, neerbuigende toon. 'Behalve over die familie.'

'Ten tweede?'

'Ten tweede heb ik geleerd dat ik niet met iemand kan zijn die haar verdriet zo wegstopt. Soms kan ik de frustratie met Emil nauwelijks aanzien.'

'Weet Emil dat jullie iets gehad hebben?'

'Volgens mij niet. Ik heb er lang over gepiekerd en toen besloten dat zij en ik een vergissing waren, niet de moeite waard om zo'n vriendschap of hun relatie voor op te offeren. Uiteindelijk kregen Caitlin en ik allebei wat we wilden. Zij kreeg een warm lijf terwijl ze niet bij Emil was. En ik kreeg haar uit mijn systeem.'

'Of...' Rosalind hield haar hoofd wat naar achteren om hem beter te kunnen zien. 'Ze had echt gevoelens voor je, maar wilde Emils totaalpakket niet opgeven.'

'Wat?' Hij keek haar niet-begrijpend aan. 'Is er iets mis met mijn pakket?'

'Nee!' Ze giechelde, opgelucht dat hij de somberheid al wat van zich af liet glijden. 'Ik bedoel, ik weet het niet... Ik bedoel, het is niet wat ik –'

'Laat maar. Emil is inderdaad het totaalpakket, en dat vindt ze belangrijk.' Hij draaide zich naar Rosalind toe, nam haar hand in zijn beide handen en speelde zachtjes met haar vingers. Hij keek haar aandachtig aan. 'Ik zat te denken... Ik zou je graag willen beeldhouwen.'

'Wat?!' Dat was wel het laatste wat Rosalind had verwacht dat hij zou zeggen. 'Mij?'

'Ja.' Hij keek nog steeds naar haar, maar nu objectief; hij nam haar op en transformeerde haar in gedachten tot wat hij zag als kunstenaar. Ze herkende die blik van zichzelf. 'Ik heb tien jaar mijn eigen pijn en die van Jake uitgebeeld. Ik wil aan iets nieuws beginnen.'

'Bange vrouw met rare kleren?'

'Prachtige bange vrouw.' Zijn blik werd warmer. 'Met heel rare kleren.'

'De mallotenmode moet je leren waarderen.' Ze stak haar kin naar voren, strekte haar armen uit en liet hem haar zo nog een paar tellen bestuderen.

'Doe eens zo.' Hij duwde zachtjes haar gezicht opzij, haalde zijn vingers door haar haar, die niet meer in model te brengen waren en een centimeter uitgroei hadden, maar onder zijn handen voelde ze zich gekoesterd. Voorzichtig draaide hij haar bij haar middel, zodat haar romp naar boven gericht was, en boog hij een van haar armen als die van een reikende ballerina. Haar andere hand legde hij op haar hart. Toen deed hij een stap naar achteren en hij keurde de pose. 'Zoiets.'

Ze bleef in die houding staan. 'Hoelang duurt het om een beeld te maken?'

'Hangt ervan af. Van een paar weken tot een paar maanden.'

'Moet ik een paar maanden zo blijven staan?'

'Is dat een probleem?' Hij liep naar voren en zette haar arm iets hoger.

'Nee hoor. Maar kun je niet beter iemand kiezen die hier langer blijft dan ik?'

'Nee.' Hij duwde haar arm weer wat omlaag en bestudeerde het effect. 'Jij bent het.'

'Hoe dat zo?'

'Omdat ik verliefd op je aan het worden ben.'

Rosalind hapte naar adem en liet haar armen zakken. Toen zag ze zijn glimlach en schaamde ze zich onmiddellijk dood. 'O, je maakt weer een grapje. Ik dacht dat –'

'Nee, ik maak geen grapje.' Hij trok haar naar zich toe. 'Deze keer niet.'

Zijn mond was warm, zijn lichaam stevig en hij kon heel, heel goed zoenen.

Help.

'Bryn.'

'Ja, Rosalind.'

'Ik ben nog… Ik ben nog niet…' Ze hield op voordat ze er 'zover' achteraan zei.

'Dat geeft niet.' Hij legde zijn voorhoofd tegen het hare. 'Ik ben een geduldig man.'

'Misschien gebeurt het wel nooit.'

'Ik snap het.'

'Dus...' Ze sloot haar ogen. 'Wat ga je doen – gewoon afwachten?'

'Ja, er is iets nieuws, het heet daten.'

'Bryn...'

'Sst, maak je niet zo druk. Er is weleens vaker iemand verliefd op je geweest, het doet geen pijn.' Hij nam haar in zijn armen. Heel even vond ze dat ze zich terug moest trekken, maar het voelde zo lekker, en het was niet zo dat ze al bezet was. Of zich niet tot hem aangetrokken voelde. Ze was gewoon...

Bang. En dat was ze nog nooit eerder geweest. Tot nu toe stortte ze zich altijd halsoverkop in de liefde. Betekende dit dat ze ouder en wijzer was geworden? Of nog iets veel angstaanjagenders?

'Luister niet naar je angst, Rosalind,' fluisterde Bryn. 'Naar vo-o-ren, naar het li-i-icht.'

'Ka-a-an ik niet,' fluisterde ze terug.

'Waarom nie-ie-iet?'

'Omdat het licht vuu-uu-uur is en ik me zou bra-a-anden. En je staat zo dichtbij dat ik geen kant o-o-op kan.'

'Klopt.' Hij boog zijn hoofd en zoende haar nogmaals. Het verlangen ontvlamde in haar, scherp en heet, en ze stond op het punt zich eraan over te geven.

'Wacht even.' Bryn tilde zijn hoofd op en hield haar vast. Hij ademde snel en zwaar, net als zij. 'Ik moet het beest in mezelf onder controle krijgen.'

'Waarom?' vroeg ze gedachteloos, verdoofd door de passie.

'Omdat mijn brein nog net goed genoeg functioneert om te weten dat als we vanavond verdergaan, dit morgenochtend precies de reden is dat je spijt hebt dat het gebeurd is. Ik beschouw het als een goed teken dat je ook de tweede keer dat ik je zoende niet over je nek bent gegaan, en daar wou ik het bij laten.'

'Goh, wat romantisch.'

'Ik kan heel romantisch zijn wanneer ik niet als de dood ben om afgewezen te worden. Blijf je om erachter te komen?' Hij wachtte niet op haar antwoord, maar dekte het vuur af met het scherm. 'Kom, Rosalind. Ik breng je naar huis, voordat ik van gedachten verander.'

Hoofdstuk 14

26 mei 1968 (zondag)

Lieve hemel, er is zoveel gebeurd! Ik ben nu een New Yorker. Ik heb een dak boven mijn hoofd en een baan! Die had ik vrij snel geregeld. Het ging zo: ik zei tegen Mrs Colfax, die een soort moeder-overste is van dit appartementengebouw waar alleen meisjes wonen, dat de baan waar ik op had gerekend niet doorging, en dat ik hier nu moederziel en werkloos in de grote stad was, vers van het platteland, en ik huilde de mooiste tranen die ik maar kon huilen. Ze was heel lief, had medelijden met me en zei dat ze zou kijken of ik toch een kamer kon huren. Het werkte als een tierelier. De andere meisjes lijken best aardig. Mijn kamer is klein en eenvoudig: bed, stoel, bureau. Er is een gemeenschappelijke kamer waar we thee kunnen zetten en bezoek kunnen ontvangen, en een kamer met televisie voor de bewoners. Zoals ik al had verwacht, willen veel meisjes hier doorbreken in het theater. Wat een concurrentie! Ik heb ze even bekeken en denk dat ik ze wel aankan.

Ik heb een baan bij een Italiaans eettentje hier om de hoek. Volgens mij heeft de eigenaar een oogje op Mrs Colfax. Ik krijg enorme fooien als ik naar de heren glimlach. Ergens is het triest hoe gemakkelijk ze te manipuleren zijn. Je zou verwachten dat ze meer trots hadden.

Ik ben smoorverliefd op New York! Het is lawaaierig en het stinkt en het is groter dan ik ooit voor mogelijk had gehouden, en ik ben er helemaal weg van. Zodra ik wat meer gesetteld ben, ga ik naar de Stella Adler School en ga ik de acteerwereld veroveren. Dat is namelijk mijn lotsbestemming.

Rosalind zat in haar tot naaistoel omgedoopte fauteuil bij het raam en zoomde Zaina's jurk om. Zaina's oude jurk, nog steeds in stukken, had ze als aandenken voorzichtig opgeborgen in een zakje met een trekkoord, dat ze van een stuk van de rok had gemaakt. Zaina had gezegd dat ze begraven wilde worden met die jurk. Dat kon nu.

Telkens weer trok Rosalind de blauwe draad door de zijde van dezelfde kleur, pakte ze het kleinst mogelijke stukje rok en trok ze de draad aan. Ze had op haar naaimachine leren blindzomen, maar gaf toch de voorkeur aan het langzame, hypnotiserende ritme van het handwerk. Zo voelde ze zich verbonden met al die generaties vrouwen die in hun stoel naald en draad door een stuk stof haalden om iets te creëren, te herstellen, op te knappen of om te vormen. Een vrouwenambacht, en misschien wel een uitstervend ambacht. Ze droeg graag haar steentje bij om het in leven te houden.

De Allertons hadden haar de afgelopen dagen niet benaderd om te helpen met de bruiloft. Rosalind hoopte maar dat dat was omdat de voorbereidingen soepel liepen, en niet omdat Caitlin er een stokje voor stak. Ze gebruikte de tijd om aan Zaina's jurk te werken. Zorgvuldig stikte ze de stukken aan elkaar, maakte ze keurige naden die je niet zag, naaide ze vlieseline, beleg en rits vast. Ze bewonderde de zware stof, die prachtig viel en vol van kleur was.

De kamer werd gevuld met de klanken van haar voorzichtige stapjes in het operarepertoire, en ze droomde weg bij gedachten aan waar de oorspronkelijke jurk allemaal was geweest. Voor het eerst gedragen op een heilige ceremonie in Zaina's geboorteland, vervolgens bij feesten en concerten twee zeeën verderop in een onbekend, nieuw land.

Naarmate de dagen vorderden, en de jurk ook, kreeg Rosalind steeds sterker een gevoel van naderend onheil. Aangezien ze iemand was die op de spoorrails vastgebonden kon liggen met een naderende hogesnelheidstrein op tien seconden afstand en er dan nog steeds het volste vertrouwen in had dat ze op tijd bevrijd zou worden, was dit een zorgelijke, maar begrijpelijke ontwikkeling. Bryn had gelijk gehad, en vóór hem Eve. Rosalind moest het niet langer uitstellen en aan de hele familie bekendmaken wie ze was en waarom ze hier was. Dat had ze direct moeten concluderen na Caitlins reactie op het winkelincident.

Ze zou eerst met Leila gaan praten. Ervan uitgaande dat dat goed ging, zou ze daarna naar Zaina en Caitlin gaan. Als het gesprek met Leila niet liep, kon Rosalind haar excuses maken en met de staart tussen de benen naar New York terugkeren zonder nog meer schade aan te richten.

Maar ze kon zich niet voorstellen dat het niet goed zou gaan. Leila en zij hadden vanaf dag één om de hete brij heen gedraaid.

Toen haar telefoon overging, moest ze glimlachen. Wat ze het meest had gemist aan een relatie was de simpele verbondenheid met een ander die uitsteeg boven het leven van alledag. De telefoontjes om te vragen hoe het ging, of om welterusten te zeggen, of om te zeggen: wat rot voor je dat je leven helemaal op zijn kop staat.

Sinds de picknick in zijn achtertuin had ze Bryn twee keer gezien – het weer was inmiddels definitief omgeslagen – en haar gevoelens waren alleen maar dieper geworden. Hij was niet alleen een lieve jongen, maar had ook genoeg pit, humor en complicaties om uitdagend te zijn. Kortom, ze kon geen reden bedenken om níét verliefd op hem te worden, wat haar het gevoel gaf dat ze een weg insloeg waar ze de controle volkomen kwijt was. Belachelijk om je daar druk over te maken, aangezien de hele wereld dit deed, zelfs de paar mensen die zichzelf wijsmaakten dat ze wél controle over hun lotsbestemming hadden.

Ze zette de naald vast en pakte haar telefoon. Het was Bryn niet. 'Hallo?'

'Rosalind, met Caitlin. Sorry dat ik je lastigval. Mama zei dat ik jou moest bellen. Ik moet… Er is niemand thuis, en ik moet… Mama is in Brooklyn met Teta, Emil is aan het werk en de uitnodigingen moeten morgen de deur uit, anders word ik gek.'

'Geen probleem.' Rosalind keek naar de draad die door de naald stak en voelde de adrenaline door haar lijf razen. Dit was het telefoontje waar ze de afgelopen dagen op had zitten wachten, bang dat het nooit zou komen, nog banger dat het wel zou komen – maar van Leila, niet van Caitlin. 'Ik ben er over vijf minuten.'

'Heel erg bedankt.'

'Graag gedaan.' Rosalind verbrak de verbinding en ging verder met de zoom tot de draad op was. Ze hechtte het eindje af. Vervolgens hing ze de jurk zorgvuldig op de hanger en veegde ze met trillende vingers een stukje draad van de rok. Daar hing de jurk, glanzend en elegant, een deel van het verleden dat weer tot leven was gewekt. Dat leek de laatste tijd wel vaker te gebeuren.

Toen ze aan de overkant van de straat voor de deur stond, dwong ze zichzelf langzaam en diep adem te halen, vastbesloten om niet toe te geven aan het stemmetje dat zei dat ze de eerstvolgende trein naar New York moest nemen en deze veel te beladen toestand achter zich moest laten.

'Bedankt dat je wilde komen.' Caitlins haar zat in een hoge paardenstaart en viel bijna tot op haar roze trui, die dezelfde kleur had als haar wangen. Ze droeg een bril, die haar grote blauwe ogen en hartvormige gezicht benadrukte en waardoor ze er jonger en serieuzer uitzag. Ze liet Rosalind binnen en wierp een korte blik op haar geruite minirok en geel gestreepte legging. 'Mama had beloofd dat ze vóór de spits uit Brooklyn weg zou rijden, wat ze natuurlijk niet gedaan heeft, en dus staan ze nu vast op de snelweg.'

'Ik snap het. Als je in LA woont, ga je er gewoon van uit dat het verkeer een drama is.'

'Dit had geen drama hoeven zijn. Mama heeft dat ervan gemaakt.' Caitlin ging haar voor naar de keuken. Haar roze pantoffels schuifelden heen en weer in een ritme dat tegen het gebonk van Rosalinds rood gebloemde enkellaarsjes in ging. 'Ze doet gewoon wat ze wil, wanneer ze wil. Jammer dan voor de mensen die op haar rekenen.'

O jee. Rosalind zou met haar enkellaarsjes op eieren moeten lopen. 'Sommige mensen kunnen niet zo goed met tijd omgaan.'

'Dat snap ik wel.' Caitlin trok een van de stoelen met gele kussens aan het kookeiland naar achteren. Op het zwarte aanrecht lagen slordige stapels enveloppen, uitnodigingen, pennen en rolletjes postzegels. 'Maar je zou verwachten dat wanneer je bijna zestig bent, je inmiddels wel hebt geleerd hoe je kunt voorkomen dat je steeds mensen teleurstelt. Ga zitten.'

Rosalind ging gehoorzaam zitten en had de neiging om te zeggen: *Of misschien zou je verwachten dat wanneer je bijna dertig bent, je inmiddels wel hebt geleerd om niet op je moeder te rekenen*, maar besloot dat die opmerking waarschijnlijk niet in goede aarde zou vallen. 'Lastig is dat.'

'En hoe dichterbij de bruiloft komt, hoe harder Emil opeens moet werken, wat juist niet de afspraak was.' Caitlin nam ook plaats, met één stoel tussen haar en Rosalind in, en pakte een vel papier vol namen, aantekeningen en pennenstreken. 'De adressen staan op deze lijst. Degene die ik al gedaan heb, heb ik doorgestreept. Jij kunt onderaan beginnen en naar boven toe werken.'

'Prima.' Rosalind pakte een uitnodiging. De kaart was turquoise en versierd met zwarte kalligrafie, beginnend in de rechterbovenhoek en steeds dunner wordend naar beneden toe, eindigend in een krul. De namen van Caitlin en Emil waren er in een eenvoudig lettertype op gedrukt, evenals de namen van Zaina en Leila als ceremoniemeester. 'Mooie uitnodigingen.'

'Bryn heeft ze gemaakt. Hij is briljant.'

Rosalind knikte, met terugwerkende kracht jaloers – een dubbele zinloze emotie. 'Het is misschien een schrale troost, maar volgens mij is het heel normaal om gestrest te raken van een bruiloft.'

'Dat zal wel.' Caitlin pakte met een zucht een pen op. Ze had een benijdenswaardige huid, met kleine poriën, zacht als een perzik – ze had vast haar hele leven nog nooit een puistje gehad. Rosalind had er in haar puberteit vol mee gezeten. En alsof dat nog niet erg genoeg was, had Caitlin ook nog een figuur dat gewoon niet eerlijk was: lange benen – ze was nog sexy in een joggingbroek –, een slanke taille, smalle heupen en grote borsten; het soort vrouw van wie Rosalind altijd hoopte dat ze op latere leeftijd in een nijlpaard zou veranderen. 'Fijn dat je meehelpt. Is je handschrift een beetje leesbaar?'

Rosalind schreef de eerste naam – *Mr en Mrs John T. Winwood* – in haar griezelig nette handschrift, en hield de envelop omhoog. 'Zo.'

'Ha!' Caitlin trok haar overdreven verbijsterde gezicht. 'Dat is absurd. Hoe doe je dat?'

'Geen idee. Mijn zussen werden er gek van.' Ze legde de envelop weer neer en schreef verder: *93 Cleveland Lane*. 'Ze vonden het stijf en onnatuurlijk. Zelf hadden ze hanenpoten, natuurlijk.'

'Ik ben jaloers. Ik wou dat ik zussen had. Of in elk geval één.'

Rosalind tilde haar pen op om geen schrijffout te maken, en hoopte maar dat ze niet een nog ergere fout zou maken wanneer ze haar mond opendeed. 'Heeft Emil broers of zussen?'

'Eén zus – Danielle. Twee jaar ouder. We liggen elkaar niet zo.' Caitlin fronste haar wenkbrauwen. Zelfs dat zag er mooi uit. 'Emil had iets met Danielles beste vriendin toen wij elkaar leerden kennen. Of opnieuw leerden kennen.'

'Wanneer was dan de eerste keer?' Rosalind zette haar pen weer op het papier, voldoende bedaard door dit nieuwe onderwerp om verder te kunnen schrijven.

'Op de middelbare school hier in Princeton. Hij zat een paar klassen hoger. Voor mij was het liefde op het eerste gezicht. We hadden iets met elkaar in de zomer voordat hij naar de universiteit ging. Daarna hadden we allebei iemand anders, maar ik weet het niet… Ik kreeg hem niet uit mijn hoofd.' Ze liet haar kin op de hand rusten waarmee ze de pen vasthield. 'Hij was altijd het ijkpunt, ken je dat? Degene met wie je alle anderen vergelijkt.'

Rosalind schoof een uitnodiging in haar envelop. Nee, dat kende ze niet. Wanneer zij het uitmaakte, verdween het vriendje in kwestie uit haar hoofd en uit haar hart. 'Dat heb ik nooit gehad.'

'Nou ja, hoe dan ook, ik ging aan Rutgers University studeren en we verloren elkaar uit het oog.' Caitlin richtte zich weer op het schrijven. 'Na mijn afstuderen verhuisde ik hierheen en huurde ik met een paar vriendinnen een appartement in West Windsor. De huizenprijzen in Princeton zijn belachelijk.'

'Dat geloof ik graag.'

'Ik wist dat ik hem wel weer zou zien, of het nu per toeval was of doordat ik hem opzocht. Uiteindelijk kwam ik hem tegen op een feestje. Hij was daar met Danielles vriendin, maar ik weet het niet... Ik voelde heel sterk dat hij en ik voor elkaar bestemd waren. Dus drong ik me zo veel mogelijk aan hem op. En het werkte, natuurlijk. Wij zijn het gewoon voor elkaar. Maar zijn zus begrijpt dat niet. Ze vindt me een verwende golddigger die gewoon neemt wat ze wil. Haar exacte woorden. Dat heeft Emil me verteld.'

'Aha.' Rosalind onthield zich wijselijk van commentaar. Het was al lastig genoeg om bij Caitlin in een goed blaadje te komen, en te blijven, zonder zich in dat mijnenveld te wagen. 'Kun je het wel goed vinden met Emils ouders? Waar zijn ze eigenlijk? Ze wonen toch in de buurt?'

'Ja, het is een echte Princeton-familie. Zijn vader ging naar Princeton University, zijn grootvader ook enzovoort, en ze wonen hier ook al hun hele leven. Zijn ouders zijn op dit moment op de Galapagoseilanden, op zo'n cruise die je jaren van tevoren boekt, dus ze konden het niet annuleren. Ze zijn super. Zijn moeder en stiefvader bedoel ik, ik weet niet of je dat wist. Zijn vader heeft zich doodgedronken.'

Rosalind keek op, vol afschuw over dit nieuws, maar ook over de zakelijke toon waarop Caitlin het bracht, alsof ze zei dat hij zijn wc-papier liever drielaags dan tweelaags had. 'Wat vreselijk.'

'Ja. Maar zijn moeder is vrij snel hertrouwd. Dan vraag ik me toch altijd af hoe het zit. Volgens mij ging ze vaak vreemd. Dat was haar manier om ermee om te gaan. Maar ze lijken gelukkig samen.' Ze streepte weer een naam door op de lijst. 'Emil kan heel goed met zijn stiefvader overweg. Hij kan eigenlijk met iedereen goed overweg.'

Rosalind glimlachte moeizaam, onthutst over de ellende die haar zus al kletsend over haar uitstrooide. 'Hij lijkt een geweldige man, Caitlin. Ik ben blij voor je dat je hem gevonden hebt, en dat de bruiloft op zo'n korte termijn gehouden kan worden. Het wordt vast prachtig.'

Caitlin keek haar even scherp aan en blikte toen weer naar de envelop. 'Oké.'

Oké? Wat was er nou verkeerd aan om te zeggen dat ze blij was voor de bruid? 'Heb ik iets verkeerds gezegd?'

'Nee. Nee, natuurlijk niet.' Caitlin bleef naar haar envelop staren. 'Je zegt het alleen alsof je... er meer bij hoort dan je... doet? Nee, dat bedoel ik niet. Ik weet niet wat het is. Misschien ligt het aan mij. Ik loop een beetje over op het moment.'

Rosalind pulkte een postzegel van de rol en deed haar uiterste best om nonchalant over te komen, terwijl ze ondertussen koortsachtig naar manieren zocht om Caitlin op haar gemak te stellen. Ze baalde dat ze te laf was geweest om met Leila te praten, anders had ze nu hun relatie kunnen bevestigen. 'Ik snap dat het waarschijnlijk vreemd voelt dat ik opeens opduik en je familie zo binnendring.'

'Ja.' Het leek stiller in de keuken dan eerst, alsof de kasten plotseling meeluisterden. 'Dat voelt inderdaad vreemd.'

'Ik wil alleen dat je weet dat ik niet een of andere vreemde agenda heb of iets wat een bedreiging vormt voor jou of je relatie met iemand van je –'

'Hè? Waar heb je het over? Je bent hier twee weken.' Caitlin keek haar ongelovig aan. 'Denk je dat ik bang ben dat je een bedreiging vormt voor mijn relatie met mijn familie?'

'Nee, nee, natuurlijk niet.' Alwéér fout. Ze was terug bij af. 'Ik zeg het verkeerd. Maar na het winkeluitje...'

'O, dat. Nee hoor, maak je daar geen zorgen over. Dat lag aan mama, niet aan jou. Die snapt er echt niks van soms.' Caitlin leunde hoofdschuddend met haar ellebogen op het aanrecht. 'Het is gewoon zwaar nu, met Teta die doodgaat en al die trouwstress. Echt, het is juist goed dat je er bent. Je helpt, en dat is heel fijn.'

'Ik doe het graag.' Rosalind ontspande zich en raakte Caitlins schouder aan, opgelucht dat er weer een hobbel genomen was. 'Als je ooit vindt dat ik in de weg loop, moet je het zeggen.'

'Afgesproken.' Caitlin ging abrupt rechtop zitten en pakte een nieuwe envelop. 'Dus… Bryn en jij hebben woensdag Sharons huis geïnspecteerd?'

'Ja. Het is de perfecte locatie. We hebben allemaal leuke plekjes bedacht waar mensen bij elkaar kunnen zitten, waar het buffet komt, de beste plek voor de bar… Het past allemaal heel mooi en gaat er schitterend uitzien.'

'Hm-m,' antwoordde Caitlin afwezig, terwijl ze de adressenlijst van dichtbij bestudeerde. 'Hebben jullie iets?' vroeg ze.

Rosalind verstrakte opnieuw. Weer een hobbel. Een grotere. 'Min of meer… Waarom denk je dat?'

'Ik krijg een vreemd gevoel van hem over jou.'

'Aha.' Rosalind legde nog een envelop op de stapel, zonder enig idee te hebben wat ze geschreven had. 'We zijn veel samen.'

'In romantische zin?'

Ze streepte een naam onder aan de lijst door. 'Sinds kort. Ja.'

Ze schreven allebei een adres op; de pennen krasten op het papier. Rosalinds hand was onvast.

'Het is een goede jongen,' zei Caitlin schor. 'Een van de besten.'

'Daar lijkt het op.' Rosalind schreef *Pincestown* en moest de envelop in de prullenbak gooien.

'Heeft hij je verteld… over… nou ja…'

Rosalinds hand hield stil boven de stapel enveloppen, en ze moest haar spieren dwingen om er eentje af te pakken. Het was makkelijker om te doen alsof ze geen idee had wat Caitlin bedoelde. Maar ze was vastbesloten om een toekomstige relatie met haar niet te bezoedelen door nu te liegen. 'Over jullie? Ja, dat heeft hij verteld.'

'Wauw. Dat is...' Ze had net zo goed de zin kunnen afmaken met: 'verraad.' 'Oké... Dus je weet het.'

Rosalind trok haar wenkbrauwen op, hopend dat haar zus nog een beetje gevoel voor humor had. 'Zo gaat dat, ja.'

Caitlin giechelde. Ze bloosde en zag er zo mooi en kwetsbaar uit dat Rosalind met haar te doen had. Hoe was het mogelijk dat ze Bryn had laten schieten voor iemand als Emil? 'Ik ben er niet trots op. Maar het zat erin, na al die jaren. Het had zich bij hem opgebouwd, en bij mij ook, en ik denk... Hoe dan ook, we hebben het uitgepraat en het is nu weer goed. Dus ik ben blij voor jou, en voor hem.'

Rosalind bewonderde haar poging, maar de woorden kwamen eruit alsof Caitlin een rol speelde in de film *Blijf uit de buurt van iedereen van wie ik hou*. 'Bedankt.' Ze stak weer een uitnodiging in een envelop en zocht wanhopig naar een veilig gespreksonderwerp. 'Ik verheug me op Zaina's verjaardagsfeest. Al dat Libanese eten. Het wordt vast heerlijk. Ik ben zelf geen geweldige kok, maar –'

Caitlin keek haar vol ontzetting aan. 'Kom jij naar mijn oma's laatste verjaardagsfeest?'

Rosalind kreeg een knoop in haar maag. Alweer. Ze verprutste het alwéér. 'Zaina heeft me uitgenodigd.'

'O. Nou, als Teta je erbij wil hebben, moet je komen.' Caitlin smeet de envelop bijna op de stapel en streepte met een dikke zwarte kras de naam door. 'En ja, je zult het eten heerlijk vinden.'

Rosalind gaf het op. Ze staarde wezenloos naar de adressenlijst. Ze kon niets meer zeggen om het recht te breien voordat ze met Leila had gepraat. Eén trauma tegelijk. Ze dwong haar ogen de volgende naam te lezen en schreef hem op de envelop: *Mr en Mrs John R. Pine*.

Caitlin zuchtte, legde haar pen neer, plantte haar onderarmen op het aanrecht en boog haar hoofd, zodat haar paardenstaart over één wang viel. 'Goed dan.' Haar stem klonk gedempt. 'Ik wilde het niet ter sprake brengen, maar ik moet het weten. Emil denkt dat jouw vader en mijn moeder een affaire hebben gehad. Ik heb het mama al gevraagd en zij ontkent het, maar ik had niet anders verwacht, want ze zou de waarheid nooit toegeven. Weet jij het?'

Help. Paniek. Rosalind wilde de dichtstbijzijnde kast in duiken. Hoe moest ze zich hieruit redden? 'Ik weet het niet. Nee.'

Caitlin keek haar aan, haar hoofd nog steeds rustend op haar armen. 'Heb je het mijn moeder niet gevraagd?'

'Nee.' Rosalind sloeg haar blik schuldbewust neer. 'Dat wilde ik vanavond gaan doen.'

'O. Nou, succes.' Caitlin draaide haar gezicht weer van haar af. 'Ze zal zeggen: "Natuurlijk niet", of: "Ik weet niet waar je het over hebt", en dan ben je weer terug bij af. Mama doet wat ze wil.'

Rosalind liet met moeite haar pen los. 'Dat zou kunnen.'

'Emil denkt dat ik de dochter van Daniel Braddock zou kunnen zijn, maar mocht jij je dat ook afvragen: dat ben ik zeker niet. Ik weet niet waarom hij me niet gelooft, maar ik weet het honderd procent zeker. Mama is nog een keer zwanger geweest, jaren voordat ik geboren werd. Die baby is ze verloren en daar is ze nooit overheen gekomen. Ik heb haar daar een keer over horen praten met Teta, lang geleden, toen ik een jaar of veertien was. Over de leegte die ze bleef voelen. Dus kwam ze een man tegen en zorgde ze dat ze zwanger werd, om dat gat te vullen. Dat was ik. De gatenvuller.'

Rosalinds keel verkrampte even sterk als haar vingers, niet alleen uit medelijden met Caitlin, die zich duidelijk ellendig voelde, maar ook omdat ze een idee had wie die baby was. Niet verloren, maar gezond geboren en weggegeven. Caitlin kon nu elk moment de puzzelstukjes aan elkaar leggen en zeggen: *Hallo, zus.*

'Maar goed, ik weet wie mijn vader is, en het is niet Daniel Braddock. Dus mocht je denken dat we halfzussen zijn, vergeet het maar. Misschien heeft mama een affaire met je vader gehad, maar daar ben ik niet uit voortgekomen. Dat wilde ik even helder hebben.'

Rosalind wist met moeite twee woorden uit te brengen. 'Dank je.'

'Wat een toestand, hè?' Caitlin ging rechtop zitten, pakte haar pen en legde weer een envelop voor zich neer. 'Je hebt geen idee hoe vaak ik gewenst heb dat ik in een normaal gezin geboren was.'

Voor het eerst herkende Rosalind zich in iets wat ze zei. 'Ik snap wat je bedoelt.'

'Teta heeft me eigenlijk grootgebracht.' Caitlin keek naar Rosalind alsof ze het effect van haar woorden wilde peilen. 'Mama was altijd weg, druk met haar carrière of God mag weten wat – waarschijnlijk andere affaires. Ze wilde misschien een vervanging voor de baby die ze verloren had, maar ze wilde er verder niet veel voor doen. Ze was van de generatie die vond dat vrouwen zowel een carrière als kinderen moesten hebben, en dat als je dat niet allebei kon of wilde hebben, je je vrouwelijke potentieel niet verwezenlijkte.' Ze lachte schamper. 'Gelukkig is onze generatie wat realistischer. Je kunt gewoon niet alles. Als je niet wilt doordraaien, moet je kiezen. Ik kies voor kinderen en mijn gezin.'

Rosalind mompelde iets neutraals en pakte een postzegel, nog steeds verbijsterd dat Caitlin de optelsom niet had gemaakt en de gigantisch voor de hand liggende conclusie had getrokken die in grote neonletters in Rosalinds brein oplichtte. Maar Leila's 'verloren' baby was natuurlijk nog steeds dood. En in al haar egocentrisme had Caitlin geen vraagtekens geplaatst bij het uitzonderlijke toeval dat Rosalind bij hen in de straat was komen wonen.

'Goed dan.' Caitlin staarde naar de adressenlijst, haar pen nog steeds in de aanslag. 'Ik ben blij dat dat opgehelderd is.'

'Vind ik ook,' zei Rosalind, en met een beverige glimlach vervolgde ze: 'Zoiets als overgeven wanneer je maag van streek is.'

Caitlin barstte onverwachts in lachen uit, lichtelijk hysterisch, maar vrolijk en aanstekelijk. Precies de lach van haar moeder.

'Wat is er zo grappig?' Emil kwam de keuken binnenlopen. Zijn ontstemde gezicht klaarde op toen hij Rosalind zag. 'Rosalind! Je bent een lust voor het oog. Hai, Cait.'

Caitlins gegiechel stierf weg. 'Emil, je bent veel te laat. Mama staat in de file in Brooklyn. Ik moest Rosalind bellen om te komen helpen.'

'Ik weet het, schatje.' Hij liep naar haar toe. 'Ik kon niet eerder weg.'

Toen Caitlin haar hoofd ophief voor een kus, betrok haar gezicht. 'Je hebt gedronken.'

'Ik moest een klant mee uit nemen. Rosalind, je bent een heldin, bedankt voor het inspringen.' Hij liep naar de kast boven de koelkast en pakte een grote blauwe fles Bombay-gin. 'Laten we een borrel nemen. Rosalind? Cait? Wat denken jullie ervan?'

Rosalind wachtte op Caitlins reactie, beducht om hun fragiele wapenstilstand te ruïneren. Ze zou geen ja zeggen en dan met Emil drinken terwijl Caitlin niet wilde.

'Ik wil wel een kleintje.' Caitlin zwaaide naar hem met haar pen. 'Klein, dus.'

'Eén kleintje.' Hij pakte twee glazen en hield zijn hand boven een derde glas. 'Rosalind?'

Ze kon niet tegen pure gin. 'Misschien met tonic?'

'Geen probleem.' Hij deed ijsblokjes in de glazen. 'Nou, Rosalind, naaister, kapster, locatiezoeker en allround wondervrouw... hoe gaat het met de jurk?'

Caitlin verstijfde en zat al agressief rechtop in haar stoel.

'Prima.' Rosalind raakte Caitlins arm aan. 'Ik denk dat ik hem ruim op tijd klaar heb, zodat jullie nog iets anders kunnen zoeken als hij niet geschikt is.'

'Ze vindt hem vast wel geschikt.' Emil schonk royale porties gin in. 'Dat voel ik gewoon.'

'Teta heeft haar zinnen gezet op die jurk, dus ze zal hem zeker dragen.' Caitlin keurde Emil geen blik waardig. Gelukkig maar, want wat hij voor haar inschonk, was niet de kleine hoeveelheid waar ze om gevraagd had. 'Als je maar belooft dat het niet gênant wordt, vind ik het best.'

Rosalind legde haar hand op haar hart. 'Ik beloof het.'

'Oké.' Caitlin ontspande zich. 'Ze is er denk ik superblij mee. Dank je wel.'

'We staan opnieuw bij je in het krijt, Ms Braddock.' Emil gaf haar een knipoog en wilde de koelkast opendoen, maar miste de greep. 'We vinden nog wel een manier om iets terug te doen. Wat zou je willen? Geld? Sieraden? Tickets voor de laatste show op Broad– Wat is de laatste show eigenlijk? Dat weet ik niet eens.'

'Jullie hoeven niets terug te doen.'

'Mooi.' Emil legde een citroen, een limoen en een fles tonic op het aanrecht, die hij weer rechtzette toen hij omviel. Toen rommelde hij in een la. 'Waar is dat ding? Waarmee je van die kleine –'

'Achter de lepels,' zei Caitlin.

'De ideale echtgenote, toch? Ik hoef mijn zin niet eens af te maken. Het is gewoon een wonder.' Hij duwde de la met een klap dicht en sneed met een mesje krullen van de citroenschil, die hij in de gin van Caitlin en hemzelf liet vallen. Toen kneep hij een partje limoen vrij hardhandig uit boven het derde glas, hij schonk er tonic bij en overhandigde de dames hun drankjes. 'En, Rosalind, wat doe je zoal wanneer je niet aan het naaien of uitnodigingen aan het schrijven bent?'

'Wat jíj zou moeten doen,' beet Caitlin hem toe.

'Wat ík zou moeten doen?' Hij gebaarde naar de stapel met zijn glas en morste gin op de bovenste uitnodiging. Caitlin slaakte een verschrikte kreet en hij pakte de kaart op, hield hem recht om niet nog meer te morsen en liep ermee naar de prullenbak. 'Geen man overboord. We hebben er genoeg.'

'Doe toch voorzichtig.'

'Ja, ja.' Hij leunde tegen het kookeiland en keek verwachtingsvol naar Rosalind. 'Nou?'

'Behalve naaien? Eh... lezen. De buurt wat verkennen. En –'

'Met Bry-y-yn optrekken.' Caitlins zangerige toon klonk triomfantelijk. 'Toch, Rosalind?' zei ze met een knipoog.

'Echt?' Emils gezichtsuitdrukking werd vlak. Hij nam een slok gin, met rinkelende ijsblokjes, en slikte hoorbaar. 'Een echte Romeo dus, die jongen?'

Rosalind schreef door en deed of ze het niet gehoord had. Ze voelde aan, en merkte ook aan Emils gespannen bewegingen, dat hij geen vrolijke dronk had.

'Waar slaat dat nou op? Romeo?'

'Dat moet jij toch weten, Caitje van me.' In Emils gemaakt vriendelijke stem klonk nauwelijks verholen woede door.

Caitlin keek met een ruk op en vroeg stijfjes: 'Wat wil je daarmee zeggen?'

'Hij is al eeuwen verliefd op je.'

'Nou, kennelijk nu niet meer.'

Rosalind keek naar haar glas, dat ze stevig omklemde. Ze wou dat ze een koolzuurbelletje was en in het niets kon oplossen.

'Ik ben blij voor je, Rosalind. Voor jullie allebei.' Emil hief zijn glas. 'Lang leve de romantiek!'

Net op het moment dat Rosalind dacht dat ze elkaar te lijf zouden gaan, zwaaide de keukendeur open en kwamen Leila en Zaina binnen. 'Caitlin, lieverd, het spijt me vreselijk. Sorry, sorry, sorry.'

'Ja, dat zal wel.'

'Rosalind, dank je wel dat je langs kon komen.' Leila had haar arm om Zaina heen geslagen, die vastberaden glimlachte, maar er uitgeput uitzag. 'Ik breng mama even naar bed.'

'Jee zeg, Leila.' Zaina rolde met haar ogen. 'Ik kan mezelf wel naar bed brengen. Ik ben geen oude zieke vrouw.'

Emil was de enige die lachte.

'Mama, je moet rusten.' Leila keek schuldbewust. 'Ik ben veel te lang met je op pad geweest.'

'Het was een heerlijke dag.' Zaina klopte op de hand van haar dochter. 'De winkels van vroeger weer zien, Sahadi's, in de oude buurt rondlopen... Ik voel me twintig jaar jonger.'

'Wat fijn dat je hebt kunnen gaan.' Caitlin stond op en omhelsde haar grootmoeder. 'Rosalind vertelde net dat je jurk prachtig wordt.'

'O?' Zaina keek Rosalind stralend aan, waardoor ze er inderdaad veel jonger uitzag. 'Wat geweldig.'

Leila gebaarde naar de enveloppen. 'Het schiet al aardig op.'

Caitlin ging weer zitten. 'Niet dankzij jou.'

'Ik kom je nu helpen, en als we het vanavond niet afkrijgen, sta ik morgen wat vroeger op om het af te maken.' Leila zag er even afgepeigerd uit als haar moeder. 'We krijgen het wel af, Cait. Ik weet dat het niet precies gaat zoals jij wilt, maar morgen gaan ze de deur uit.'

'Dat is niet –' Caitlin sloot even haar ogen. 'Oké. Ja. Je hebt gelijk. Het spijt me. Teta's dag was belangrijker.'

'Kom, mama, ik breng je naar bed.'

'Ik ben inderdaad moe. Welterusten iedereen.' De anderen wensten haar goedenacht en Zaina schuifelde de keuken uit, zwaar leunend op de arm van haar dochter.

Er viel even een stilte in de keuken; zelfs Emil was zo verstandig die niet te verbreken.

'We... We moeten gaan.' Caitlin schraapte haar keel, nam nog een laatste slok van haar gin en stond op van haar stoel. 'We hebben afgesproken met Joe en Deborah in de Blue Point Grill, en ik moet me nog omkleden.'

'Ik zal zorgen dat de uitnodigingen af komen,' zei Rosalind.

'Bedankt, Rosalind.' Caitlin gaf haar een klopje op haar schouder. 'Kom, Emil.'

'Ik heb mijn drankje nog niet op.'

'Dat is volgens mij maar beter ook.' Ze sloeg haar armen over elkaar en keek hem strak aan, tot hij zich met een blik op Rosalind afzette tegen het aanrecht.

'Jij bent de baas.' Hij liep naar de gootsteen, maakte aanstalten om zijn glas leeg te gieten, bracht het toen naar zijn mond en dronk het leeg.

Rosalind wist een kreetje van schrik te onderdrukken.

'Op.' Emil zette het glas in de gootsteen. 'Ik ben zover.'

'Bedankt, schat.' Caitlin pakte haar jas van de haak. 'Ik heb écht zin om weer een avond tegen jouw zatte hoofd aan te kijken.' Stampvoetend liep ze naar buiten en ze smeet de deur achter zich dicht.

Emil keek Rosalind aan en trok zijn wenkbrauwen op. 'Zo meteen krijg ik op mijn donder. Wil jij niet in mijn plaats met haar gaan eten?'

'Eh...' Rosalind probeerde spijtig te kijken. 'Niet echt.'

'Oké dan. Tot ziens, schoonheid.' Hij wankelde naar buiten, de bruidsmars fluitend, en liet haar in een beklemmende stilte achter.

Rosalind pakte haar pen, maar legde hem weer neer. Ze wilde wegglippen, naar huis gaan en de giftige woordenwisseling tussen Caitlin en Emil van zich af laten glijden voordat ze met Leila ging praten.

Alcohol had Emils vader genekt. Dezelfde kwaal leek de zoon in zijn greep te krijgen – het gebruikelijke, altijd tragische patroon. Rosalind en haar zussen waren op hun hoede geweest toen ze voor het eerst alcohol dronken, maar gelukkig was dat niet nodig gebleken. Ze had met Emil te doen. En met Caitlin. En ook al met hun kinderen, als hij het niet onder controle kreeg.

Ze hoorde voetstappen en pakte snel haar pen weer op.

Leila kwam met een grimmig gezicht de keuken in. 'God, wat een dag. Wat drink je? Waar is iedereen?'

'Gin-tonic. Emil en Caitlin hadden een etentje.'

'Wat? Hebben ze jou laten zitten met die stapel?' Ze wees ontsteld naar de stapel enveloppen. 'Ik moet hoognodig met die meid gaan praten.'

'Nee, nee, dat hoeft niet.' Stel je voor dat Leila het zou laten klinken alsof Rosalind had geklaagd. 'Ze heeft al genoeg aan haar hoofd.'

'Dat is waar. Emil was te laat, ik was te laat.' Ze pakte een fles witte wijn uit de koelkast, draaide de dop eraf en schonk zichzelf een glas in. 'Het werd haar allemaal even te veel. Welke bruid voelt zich niet zo? Proost.'

'Proost.' Rosalind nam een grote slok om zich moed in te drinken. Ze voelde de paniek al opkomen.

'Ik had vandaag niet zo lang in Brooklyn moeten blijven. Maar het was mama's laatste keer en ze vond het zo leuk. Natuurlijk is de buurt anders dan toen we er vroeger kwamen. Sahadi's moet nu een ander publiek bedienen. Maar het was nog steeds geweldig. We gingen laat van start, gingen laat lunchen, en... Nou ja, je kent dat wel. Het verkeer in New York.' Ze nam een slok wijn en slaakte een gelukzalige zucht. 'Dat is beter. Zeg, ik heb gehoord dat Bryn en jij iets hebben.'

Rosalind proestte het uit. 'Dat nieuws gaat snel rond.'

'Het is groot nieuws. Voor onze familie tenminste.' Leila schopte haar schoenen uit en kwam op de stoel naast Rosalind zitten. Die had de neiging op te schuiven, alsof ze meer ruimte nodig had om zich te verdedigen. 'Kijk maar uit, straks gaan jullie ook nog trouwen.'

'Ha!' Rosalind stootte tegen haar drankje, maar wist het glas nog net op tijd recht te houden. 'Dat gaat niet gebeuren.'

'Nee, natuurlijk niet, dat weet ik ook wel. Op een gegeven moment raak je teleurgesteld of verveeld. Zo gaat het altijd. Dat is de vloek van vrouwen zoals wij. Geen enkele man voldoet aan onze fantasie.'

Rosalind grinnikte, maar voelde tot haar verbazing weerstand in zich opwellen.

'Maar het is leuk zolang het duurt. En Bryn is echt een leuke jongen. Wees lief voor hem, laat hem niet te hard vallen. Ik gun het hem niet dat zijn hart gebroken wordt. Arme jongen.'

Rosalind pakte nog een envelop. Ze had tijd nodig om zich te herpakken. Terwijl Leila doorpraatte, voelde ze steeds sterker boosheid in zich oplaaien, samen met het gevoel dat de muren op haar af kwamen bij de gedachte aan wat ze nu moest doen.

'O, laat toch zitten.' Leila wuifde naar de stapels. 'Dat doe ik morgenochtend wel. Iedereen die we uitnodigen is toch al op de hoogte van de bruiloft. Zo belangrijk is het niet.'

Voor Caitlin kennelijk wel. Rosalind legde de pen neer.

'Dus het is gelukt met de jurk?' Leila schoof de stoel naast haar wat naar achteren en legde haar voeten erop. 'Ben je blij met hoe het wordt?'

'Leila...' Rosalind pakte de rand van het kookeiland beet. 'Heb jij een affaire gehad met mijn vader?'

Leila spuugde haar wijn uit in haar glas, trok haar voeten van de stoel en keerde zich naar Rosalind toe. 'Mijn god, kun je niet tenminste een bruggetje maken, of het een beetje leuk inleiden? Een kleine waarschuwing geven?'

'Sorry.' Ze boog haar hoofd. 'Het was geen eenvoudige vraag.'

'Natuurlijk niet. Gelukkig kan ik je geruststellen dat er wel een heel eenvoudig antwoord op is.' Toen Rosalind met een ruk opkeek, schonk Leila haar een stralende glimlach en ontspande ze zich weer op haar stoel. Ze keek Rosalind met een heldere, directe blik aan. 'Nee, schat. Dat heb ik niet.'

Rosalind haalde diep adem en kneep nog harder in het aanrechtblad. 'Waarom geeft hij jou dan geld?'

Leila's glimlach vervaagde. Er was geen warmte meer, maar ook geen woede of angst. Er was helemaal niets. 'Ik heb geen idee waar je het over hebt.'

'Ik heb het overzicht van de betalingen gezien.'

'Nee.'

'Ik heb het recht om te weten wat er aan de hand is.'

'Hoezo?'

'Omdat ik zijn dochter ben. En omdat ik ook –'

'Nee.' Leila sloeg met haar hand op het aanrecht. 'Dit onderwerp is niet bespreekbaar. Mijn moeder is stervende, mijn dochter gaat trouwen met een eikel; ik kan dit er nu niet bij hebben, Rosalind. Oké?'

Rosalind voelde dat haar woede en kracht haar verlieten onder Leila's vijandige blik. 'Ik moet het weten.'

'Nee, je moet weggaan.'

'Leila...'

'Nu.' Ze wees zo woest naar de deur dat haar elleboog ervan kraakte. 'Ik beantwoord geen vragen meer. Geen enkele. Ga weg. Ik zie je dinsdag op Zaina's verjaardag.'

Rosalind gleed van haar stoel en liep naar de deur. Ze stootte tegen de deurpost aan, net als Emil had gedaan, alleen werd haar onhandigheid niet door alcohol ingegeven, maar door woede en verdriet.

Buiten bood de snijdende wind een welkome verkoeling voor haar verhitte gezicht. Ze had er een puinhoop van gemaakt vanavond. Alweer. Met trillende vingers belde ze Bryn.

Hij nam direct op. 'Hé, hoi.'

'Hoor eens, ik... Vind je het goed als ik even langskom?'

'Of ik dat goedvind? Wat denk je?'

Zodra ze zijn stem hoorde ebde haar paniek weg. 'Ben je niet druk?'

'Ik zit naar het derde seizoen van *Mad Men* te kijken, dus nee, ik ben niet druk. Je klinkt een beetje vreemd. Is er iets gebeurd?'

'Het gesprek met Leila...' Rosalind slikte moeizaam. 'Het ging niet zo lekker.'

'O, Rosalind.' Zijn stem klonk meelevend. 'Zal ik naar jou toe komen?'

'Nee, ik kom wel naar jou. Dank je, Bryn.' Ze hing op en rende praktisch naar de garage, waar haar auto stond. Ze dacht aan het licht en de warmte van Bryns knusse huis, de excentrieke kunst aan de muur die hij van zijn kunstzinnige vrienden had gekregen, de zalige geur van vers gezette koffie, de warmte van de man die zich zonder enige aarzeling had aangeboden toen ze er ook maar even op zinspeelde dat ze hem nodig had.

Solide. Bestendig. Haar tegenpool.

Ze stapte in en reed weg, achtervolgd door het beeld van een bedroefde Caitlin, die niet kon rekenen op haar kolibriemoeder. Met een plotselinge vurigheid die ze even opwindend als beangstigend vond, wilde Rosalind Bryns gevoelens voor haar waard zijn. En ze wilde ook haar gevoelens voor hem waard zijn.

Hoofdstuk 15

3 juni 1968 (maandag)

Vandaag ben ik naar de Stella Adler School gegaan. Slecht nieuws. Het eerste slechte nieuws hier. Het is duur. Te duur, tenzij ik een beurs krijg, en zelfs dan zal ik eindeloos de charmante serveerster moeten uithangen om veel fooien te krijgen. Misschien moet ik een lening afsluiten of nog een baantje erbij nemen. En dat is niet het enige. Ik ben ook te laat om auditie te doen voor het hoofdprogramma dit najaar. Ik kon wel janken toen ik het hoorde. Ik ben echt een boerentrien uit Maine, want het is nooit in me opgekomen dat ik niet direct zou kunnen beginnen. Dit is een enorme tegenvaller, maar ik probeer het maar zo te zien dat ik nu tenminste tijd heb om nog wat meer geld te sparen. Wat ook niet makkelijk zal worden. Ik heb net de huur voor juni betaald en er is niet veel meer over tot ik weer betaald krijg. Ik moet heel zuinig leven.

Het enige goede nieuws is dat ze op Stella Adler ook losse lessen geven, en die lopen altijd door, dus daar ga ik auditie voor doen. Het is beter dan niets, en als ik die blijf volgen, kennen ze me in elk geval al wanneer ik me voor het hoofdprogramma aanmeld, en tegen die tijd heb ik vast genoeg geleerd om een betere kandidaat te zijn.

Mijn auditie is donderdag. Ik verheug me er enorm op. Ik doe Katherines monoloog uit The Taming of the Shrew, *die ik zo vaak heb geoefend dat mijn buurmeisje aanklopte en zei dat ik moest kappen.*

Rosalind tilde haar hoofd op van Bryns borstkas, maar liet haar betraande gezicht niet zien. ‘Niet kijken. Ik heb gehuild.’

‘Nee, nee.’ Hij hield haar nog even stevig vast en liet zijn veilige armen toen zakken. 'Nou, misschien. Maar alleen een kwartiertje of zo.'

Ze giechelde, ook al voelde ze zich zwaar en leeg. De emotionele storm was kort, maar hevig geweest. 'Echt niet. Dertig seconden, meer niet.'

'Laat eens zien.' Hij tilde haar kin op en keek haar onderzoekend aan. 'In één ding heb je gelijk.'

'Wat dan?'

'Je ziet er belabberd uit.'

'Neehee.' Ze wreef over haar wangen. 'Je moet zeggen dat ik er nog steeds mooi uitzie.'

'O, oké.' Hij wreef meelevend met zijn handen over haar armen, terwijl hij haar tegelijkertijd probeerde op te vrolijken. 'Sorry.'

'Ik vergeef het je.' Rosalind slaakte een zucht van verlichting. Ze voelde zich kalmer en sterker. Bryn had godzijdank in alle rust haar uitbarsting aangehoord, even lief en kalm als altijd, alsof ze over het weer had gebabbeld in plaats van zijn shirt nat te huilen. Zodra hij opendeed, was ze in tranen uitgebarsten. 'Ik heb ongeveer een hele doos tissues nodig. Heb je die?'

'Ja.' Hij pakte haar hand en nam haar mee naar zijn warme, geurige keuken.

Rosalind nam de doos met tissues aan die hij haar aanreikte en friste zich op. Ze wist dat hij zou luisteren zodra ze er klaar voor was om te praten over wat er gebeurd was. De Allertons waren de brandstof geweest, maar de vonk die de explosie had veroorzaakt, was de aanblik van Bryn geweest toen hij opendeed: zijn bezorgde blik, zijn gefronste voorhoofd, zijn armen gespreid om haar te verwelkomen, alsof hij al zijn hele leven van haar hield.

Rosalind snoot haar neus en snufte toen. 'Wat ruikt het hier lekker.'

'Kip met kikkererwten, tomaten, gember en kruiden. Uit een Indiaas kookboek van Madhur Jaffrey. Heb je honger?'

Opeens wel. 'Dat klinkt heerlijk.'

'Geen probleem. Ik warm het wel even voor je op.' Hij trok de koelkast open en pakte er een afgedekte glazen schaal uit. 'Biertje?'

'Doe maar niet. Liever een glas water. Ik pak het wel. Waar staan je glazen?' Ze zwaaide met haar vinger heen en weer voor zijn kasten.

'Daar.' Hij wees naar de middelste kast. 'Verse groene chutney, mangochutney of allebei?'

'Mmm, allebei alsjeblieft. Dank je, Bryn. Voor het eten, en voor daarnet.' Ze gebaarde naar de hal. 'Je zat vast niet te wachten op iemand die je helemaal onder snottert.'

'Eigenlijk wel.' Hij zette de kip in de magnetron en drukte op een paar knoppen. 'Daarom had ik speciaal mijn snotbestendige trui aangetrokken.'

Rosalind moest bijna een halve minuut lachen, ongeveer even lang als ze gehuild had – twee kanten van dezelfde ontlading. 'Bedankt voor dat beeld.'

'Ik meen het, ik ben blij dat ik er voor je kon zijn toen je behoefte had aan... iemand.'

'Jou.' Ze wilde dat hij dat wist. 'Ik had behoefte aan jou. Jou of een vakantie in het paradijs, maar jij bent goedkoper.'

'En legaal.' Bryn schonk haar een glimlach waar ze helemaal warm van werd, als een poesje in de zon. 'Dus het gesprek met Leila ging niet goed?'

'Het was niet rampzalig, maar wel... gecompliceerd. Staat jouw vuilnisbak onder de gootsteen?'

Hij knikte, en Rosalind gooide haar tissues weg, waste haar handen en pakte een glas uit de kast die hij had aangewezen. Ze was dol op zijn keuken. Die was klein en gezellig ouderwets, met op de vloer versleten zwart-witte tegels, witte apparatuur, bekraste houten aanrechtbladen en frisgroen geverfde kastjes. In het midden van de keuken stond een formicatafel, iets donkerder groen dan de kastjes, die Bryn voor haar dekte, terwijl Rosalind haar glas met water vulde.

'Het kwam erop neer dat Leila zei dat ze geen affaire heeft gehad met mijn vader.' Ze zette haar glas op tafel, trok een groene stoel met chromen poten naar achteren en ging zitten. 'Caitlin zei dat haar vader niet mijn vader is en Emil dronk te veel. Dat is het zo'n beetje.'

'Dat van Emil weet ik.' Bryns gezicht betrok. 'Hij is ongelukkig.'

'Over...?'

'Alles.' Hij zette een kommetje groene saus en een pot mango-chutney naast haar bord op tafel. 'Denk je dat Leila en Caitlin eerlijk tegen je waren?'

'Hoe zou ik dat moeten weten?' Ze bekeek de chutney van dichtbij. 'Heb je dit zelf gemaakt?'

'Het is niet moeilijk. Je gooit koriander en een chilipepertje in de keukenmachine en doet er dan yoghurt, komijn en zout bij.' Hij haalde de dampende kip uit de magnetron en zette hem voor haar neer. 'Ik hou van lekker eten, dus ik volg gewoon het recept.'

Rosalind snoof de geur van het eten op. 'Zelfs met mijn rode verstopte neus ruik ik dat dit lekker is.'

'Brood?' Hij hield naanbrood omhoog. 'Uit de winkel.'

'Graag, dank je.' Ze schepte groene chutney op haar bord, sneed een stuk kip af, schoof het samen met wat kikkererwten op haar vork en haalde de vork door de saus. Ze kreunde van genot bij de volle, kruidige smaak. 'O, wat is dit heerlijk.'

'Mooi zo.' Hij trok een biertje voor zichzelf open en ging tegenover haar zitten. 'Kook jij vaak?'

'Ik ben net als jij: ik volg het recept.' Ze nam nog een hap, immens dankbaar dat hij niet doorging op wat er was gebeurd, in het vertrouwen dat ze wel meer zou vertellen als ze daar klaar voor was. 'Als kind smeekte ik of ik mocht koken. Dan serveerde ik verfijnde gerechten als worstenbroodjes met aardappelsalade.'

'Oef.' Hij pikte een kikkererwt van haar bord. 'Ik krijg al het zuur als ik eraan denk.'

'Snap ik. Ik dacht altijd dat ik precies wist hoe het moest, maar alles duurde altijd twee keer zo lang als verwacht en dan aten we uren later dan anders.' Ze scheurde een stuk naanbrood af en doopte het in de saus van de kip. 'Wat ik zo leuk vond, was dat mijn ouders er nooit over klaagden. Zelfs papa niet. Ze vonden het geweldig.'

'Mooie herinneringen.'

'Ja.' Fronsend keek ze naar haar bord. 'Ik heb de laatste tijd niet veel aan de goede tijden gedacht, niet met mijn vader tenminste.'

'Wanneer je problemen hebt met je ouders, zijn die momenten ook moeilijker terug te halen dan de slechte tijden.' Hij schoof zijn stoel wat dichter bij haar, tot zijn bovenbeen het hare raakte. 'Wat ons een behoorlijk vertekend beeld van ons verleden oplevert, hè?'

'Ja.' Die gedachte beviel haar maar niets. Ze schepte wat mangochutney op haar bord. 'Dus onze kinderen onthouden alleen de vreselijke dingen die we hun hebben aangedaan, en niet de goede?'

Hij trok een quasigeschrokken gezicht. 'Nemen we kinderen?'

Rosalind rolde met haar ogen, en tot haar ergernis bloosde ze. Dit was nu al de tweede keer dat ze iets over kinderen zei tegen Bryn. Freud zou daar vast iets van vinden. 'Wanneer heb jij leren koken? Toen je op jezelf ging wonen nadat Jake... was gestorven?'

'Daarvoor al. Ik kookte als tiener ook al.' Hij klopte zichzelf op de borst. 'Mijn beroemdste gerecht waren restjes kippenborst in een witte saus, uitgegoten over croissantjes en geserveerd met gekookte bloemkool. Mijn vader noemde het "Wit op wit", naar het schilderij van Kazimir Malevich.'

'Wit op wit, vet op vet... We hadden dezelfde mono-menufilosofie.' Rosalind wees op de kipdrumstick en voelde zich bijna weer normaal, hooguit nog wat hol vanbinnen door de huilbui. 'Mag ik met mijn vingers eten?'

'Graag.'

'Dank je.' Ze pakte de drumstick op en nam een hap. 'Kookte je moeder dan niet?'

'Jawel, maar ze maakte lange dagen, dus soms deed ik het. Haar eten was goed, maar niet erg vindingrijk. Vergelijkbaar met wat ze zelf als kind had gegeten. Altijd aardappelen, groente, vlees. Lasagne was bij ons een uitspatting.'

'Wij hadden een kok.' Rosalind rolde met haar ogen en nam nog een hap.

'Was ze heel erg?'

Verrast keek ze op. 'Nee, ze was geweldig.'

'Waarom deed je dan zo?' Hij deed haar na en rolde ook met zijn ogen. '"Wij hadden een kok."'

'O.' Rosalind haalde haar schouders op. Ze was het zo gewend om zich te verontschuldigen voor deze luxe dat ze het zonder nadenken had gedaan. 'Dat is gewoon echt zoiets voor... rijke mensen.'

'En?'

'En wij wáren rijke mensen.' Ze fleurde op toen ze zich weer iets herinnerde. 'Mijn moeder kookte wanneer we in Maine waren. Ze kon het best goed. Haar gehaktbrood met kalkoen was verrukkelijk. Haar visbarbecue was voor ons het hoogtepunt van het jaar.'

'Leuk,' zei Bryn met een scheef lachje. Toen keek hij haar met zijn blauwe ogen zo strak aan dat ze er nerveus van werd. Ze at haar kippenpoot op en stond op om haar handen te wassen.

'Ik zal het opnieuw moeten proberen met Leila. Haar op de man af vragen of ze mijn biologische moeder is.' Ze hing de keukenhanddoek weer over de handgreep van de oven en huiverde onwillekeurig. 'Wat waarschijnlijk nog gezelliger wordt dan vandaag.'

'Ja, ik benijd je.' Hij stond op en trok haar tegen zich aan. 'Misschien zegt ze ja om ervan af te zijn.'

'Wat zou dat fijn zijn.' Ze zuchtte vergenoegd. 'Want dan wordt en blijft alles in mijn leven voor altijd perfect.'

'Eh... ja.' Bryn sloeg zijn armen stevig om zich heen. 'Wat er ook gebeurt, jij redt je wel.'

Rosalind leunde met gesloten ogen tegen hem aan en probeerde gewoon te doen, zonder dat het gewicht van de dag op haar drukte.

Het lukte niet. Er was te veel. Te veel wat gerepareerd moest worden, zelfs nu ze hier zo heerlijk met Bryn in zijn fantastische keuken stond.

'Bryn?'

'Ja, Rosalind?'

'Wat moet ik doen als Leila blijft ontkennen dat ze mijn moeder is? Wat als ze dat niet blijkt te zijn? Want als een van die twee dingen gebeurt...' Ze kreeg het gevoel dat ze in een bodemloze zwarte leegte stapte. 'Dan is het alsof ik niet echt bij een familie hoor. Ik bedoel, ik weet dat mijn geadopteerde familie mijn familie is, en dat ook altijd zal zijn, maar ik wilde gewoon... Ik weet niet wat ik wilde.'

'Ach, Rosalind.' Zijn kus was zo lief en zacht dat ze helemaal week werd vanbinnen. 'Je wilde een perfecte familie zonder problemen en tragedies.'

'O god.' Rosalind liet haar hoofd tegen zijn borstkas vallen. 'De Hearts.'

'De wie?'

Ze hief haar hoofd weer op en haalde haar telefoon uit haar zak. Ze opende Safari, typte 'Heart Family-poppen' in en drukte op Afbeeldingen. Toen gaf ze de telefoon aan Bryn. 'Toe maar. Lach maar. Ik weet dat je het wilt.'

Hij was zo fatsoenlijk om zijn gezicht in de plooi te houden toen hij de telefoon teruggaf. 'Bedankt dat je dit met me deelt. Het was beangstigend, maar leerzaam.'

Rosalind zuchtte beledigd. 'Gênant.'

'Begrijpelijk.' Hij kwam weer dichterbij en streek het haar uit haar gezicht. 'Ik ga je nu iets zeggen wat verschrikkelijk cliché klinkt.'

'Ik ben dol op clichés.'

'Wat Leila ook zegt, je hoort altijd ergens thuis. Je hoort ergens bij, op een nieuwe plek, op een nieuwe manier. Bij je oude familie, ook al is die veranderd. Bij je nieuwe familie, ook al is die niet volmaakt. Ooit, met een nieuwe familie die je zelf creëert.' Hij trok een peinzend gezicht. 'Niet helemaal zelf. Dat zou raar zijn. Maar met een man. Een leuke man. Een fantastische man. Een man die per definitie niet zo leuk of fantastisch zal zijn als ik, tenzij hij mij is, en dan verdien je hem absoluut.'

Ze glimlachte, dankbaar dat hij de draak stak met haar zelfmedelijden, maar ook voor zijn diepe woorden. 'Je hebt gelijk. Dat was melodramatisch van me. Let maar niet op mij.'

'Het zit je kennelijk dwars, anders zou je het niet gezegd hebben.'

'O ja?' Ze keek hem met opgetrokken wenkbrauwen aan en gaf hem een zachte por. 'En dat gedeelte dan over een familie met jou beginnen?'

Hij keek aandoenlijk schaapachtig. 'Daar heb je een punt.'

'Nou, dan staan we quitte.' Rosalind legde een hand op zijn borstkas; de punt van haar middelvinger lag bij het kuiltje onder zijn keel. 'Bedankt dat je naar mijn gezeur luistert, dat je zo heerlijk stabiel bent en dat je me bijstaat in deze bizarre toestand.'

'Graag gedaan.' Hij drukte zijn voorhoofd tegen het hare. 'Het is heftig allemaal.'

'Klopt.' Rosalind keek op en fluisterde: 'Weet je, Bryn? Wanneer ik zo naar je kijk, van zo heel dichtbij?'

'Ja?'

Ze sloeg haar armen om zijn middel. 'Je ogen… smelten samen. Je ziet eruit als een extreem knappe cycloop.'

'Hm, jij ook.' Hij boog van achteren naar voren. 'Best opwindend, eigenlijk.'

'Ik krijg zin om dingen te doen.'

'Wat voor… dingen?' Zijn stem klonk gesmoord.

'Ik krijg zin om…' Ze kuste hem aarzelend, en bracht toen haar hoofd naar achteren tot hij weer twee ogen had. '…de afwas te doen.'

'Ah, nee –'

Ze giechelde en liep snel naar de gootsteen, voordat hij haar kon vastpakken. Als iemand haar had verteld dat ze binnen een uur na haar vertrek bij de Allertons weer zou lachen en flirten en zich weer euforisch en verliefd zou voelen, zou ze het niet hebben geloofd.

Ze was helemaal weg van Bryn.

Terwijl hij de restanten van het eten opruimde, deed Rosalind de afwas. Er hing een aangename stilte tussen hen. Toen de keuken opgeruimd was, weifelde ze. Ze haalde nog een keer ten overvloede een doekje door de gootsteen, niet wetend of ze moest voorstellen om te blijven of om weg te gaan.

'Zullen we naar de woonkamer gaan en een beetje babbelen?'

'Eh...' Rosalind liet de spons vallen en droogde haar handen af. 'Is dat mannentaal voor "Zullen we vrijen"?'

'Zeker weten,' zei hij, en hij stak zijn hand uit.

Ze liep met hem mee, ging naast hem op de te harde bruingroene bank zitten en liet haar hoofd op zijn schouder rusten. Allebei schoven ze wat heen en weer, tot ze een comfortabele houding hadden gevonden. Binnen twintig seconden had Rosalind geconcludeerd dat Bryn kennelijk een krachtige, ontspannende stof uitstraalde, want ze overwoog niet eens meer om weg te gaan.

Gevaarlijk, want ze was nog steeds kwetsbaar na alle beroering van die avond. Gevaarlijk, want bij Bryn blijven slapen ging niet alleen over seks, die haar nog nooit beangstigd had. Ze was met veel plezier boven op Wolf gesprongen, met Troy de koffer in gedoken en voor Don uit de kleren gegaan. Maar dit was anders. Betekenisvol. Een nieuw niveau van verbinding die ze als kolibrie haar hele leven uit de weg was gegaan.

Ze kuste de huid boven de v-hals van Bryns shirt en spreidde haar vingers op zijn borstkas. Toen ze in zijn ogen keek, voelde ze niet alleen aantrekkingskracht en verlangen, maar ook het emotionele equivalent van aanzwellende violen tijdens de climax van een van haar moeders liefdesscènes op het witte doek. 'Bryn?'

Hij legde zijn hand op de hare en boog zijn hoofd om haar vingers te kussen. 'Ja, Rosalind?'

'Mag ik blijven slapen?'

Hij keek haar scherp aan. 'In welke... hoedanigheid? Als vrouw die een aardige jongen nodig heeft om haar door een moeilijke tijd heen te loodsen?'

Rosalind slikte en sloot haar ogen om moed te verzamelen. 'Nee. Als vrouw die een geweldige man heeft gevonden en het wil proberen, ook al is ze doodsbang.'

Zijn lach rommelde in zijn borstkas, maar er zat een cynisch randje aan. 'Waarom denk je dat ik de grappigste persoon ben die je ooit hebt ontmoet?'

Ze deed haar ogen open, uit het lood geslagen door zijn reactie. 'Omdat je de grappigste persoon bént die ik ooit heb ontmoet?'

'Omdat ik ook doodsbang ben, Rosalind. Slim en bijdehand doen is mijn overlevingsmechanisme. Anders zou ik op mijn knieën achter je aan lopen tot ik stierf van uitdroging of overreden werd.'

Ze keek hem plagerig aan. 'Dat zou ik wel eng vinden.'

'En blijven slapen niet?'

Rosalind weerstond de neiging om weg te kijken. 'Ik denk van niet.'

Bryn boog even zijn hoofd, stond toen op en stak zijn hand uit. 'Goed dan.'

Hij nam haar mee naar zijn slaapkamer, die er precies zo uitzag als ze van een slaapkamer van Bryn verwachtte: een tweepersoonsbed met een donkerblauwe sprei, een oude eikenhouten commode met drie lades, een boekenplank overladen met boeken, kunst aan de muur en een beeldje van een vogel op een tafel naast het raam. Over een stoel hingen enkele shirts, en een paar hardloopschoenen was achteloos bij de kast uitgeschopt. Rosalind voelde zich hier net zo thuis als in zijn keuken. En net als – in toenemende mate – bij Bryn zelf.

Langzaam namen ze de tijd om elkaars lichaam te leren kennen. Voor het eerst voelde Rosalind geen schaamte of angst voor het oordeel van de ander toen ze haar onvolmaaktheden blootgaf: haar iets te zachte buik, de putjes in haar billen, die ze er met geen mogelijkheid af gejogd kreeg. Bij Bryn was het makkelijk om over onhandige momenten te lachen: een zoen die net zijn doel miste, een arm die steeds in de weg lag, gênante buikgeluiden op de meest ongelegen momenten.

Naderhand lagen ze naast elkaar, Bryn soezerig en voldaan, Rosalind wakker en vol gedachten. Ondanks of misschien juist dankzij de onvolmaaktheden – want de eerste keer met iemand was alleen in films en boeken volmaakt – was dit de meest bevredigende seks van haar leven geweest.

Een vriendin had ooit opgemerkt dat haar minnaar perfect was omdat hij 'er altijd was'. Dat had Rosalind nooit begrepen. Hoezo was hij er altijd? Waar moest hij anders zijn? Maar nu begreep ze het, en ze dacht spijtig terug aan haar vroegere partners. Geen van allen hadden die begrepen wat ze misten. Hoe konden ze ook? Welke andere ervaring kon zoveel rijker zijn dan wat ze al kende?

Misschien was dit wel waar het om ging in het leven. Niet alleen om kinderen of een carrière hebben, om wel of niet geslaagd zijn, maar om het beleven van transcendente momenten, de 'van een flat spring'-ervaringen zoals Leila ze had genoemd, hoelang of kort ze ook waren. Voortdurend de lat hoger leggen voor nieuwe ervaringen, en nieuwe horizonten ontdekken.

'Bryn?'

'Hm-m?'

'Zou je een keer naar de stad willen komen en naar mijn schilderijen willen kijken?'

'Hm-m.'

'Ik wil heel graag weten wat jij ervan vindt. Of ik een opleiding moet gaan volgen, bij iemand in de leer moet gaan, of… ik weet het niet, misschien kun jij me vertellen hoe ik mezelf zou kunnen verbeteren, of...' Ze ratelde maar door. '...zoiets.'

'Ja hoor.'

'Bedankt.' Ze streelde de arm die over haar borstkas lag en staarde de bijna volledige duisternis in. 'Misschien kan ik jou schilderen.'

'Hm-m.'

'Ben je nog steeds van plan mij te beeldhouwen?'

'Yep.'

'Je probeert te slapen, hè?'

Bryn snurkte luidruchtig en glimlachte flauwtjes.

Rosalind giechelde. Ondanks alle vraagstukken die nog opgelost moesten worden, voelde ze zich intens tevreden. 'Ik zal mijn mond houden.'

'Oké.'

In stilte voelde ze zijn aanwezigheid, de warmte van zijn lichaam. Ze benijdde hem om zijn stabiliteit, zijn stevigheid. Hoe had deze wilde jongen geleerd om zo te worden? Door therapie? Door wijsheid? Door zelfbeheersing? Of alleen door afstand tot de trauma's uit zijn jeugd?

Misschien kon zij het ook leren. Misschien zou de rest van haar leven, als dit hele familiegedoe tot rust was gekomen, ook tot rust komen. Of was dat weer een Heart-achtige fantasie?

Ze dacht van niet. Zich een toekomst voorstellen met Bryn bracht haar niet in paniek. Misschien was ze al aan het veranderen. Misschien was hij wel de ware.

Ze had altijd gedacht dat ze niet in de ware geloofde. Niet zoals haar moeder had gedaan.

Bryns ademhaling vertraagde; er ging een schokje door zijn arm die op haar lag. Rosalind glimlachte en haar borstkas zwol van zoveel emoties dat ze er bijna niet in leken te passen. Er was iets oneindig moois aan een minnaar die naast je in slaap viel. Er sprak vertrouwen uit, en een diepe bereidheid om kwetsbaar te zijn.

Zijn wimpers trilden op zijn wang.

Rosalind bleef stilliggen in de duisternis en luisterde naar zijn ademhaling. Zodra ze zeker wist dat hij sliep, zou ze zijn naam fluisteren.

Hoofdstuk 16

6 juni 1968 (donderdag)

Ik ben niet toegelaten. Niet via de officiële weg. Er was een heel knappe man bij de auditie, Daniel Braddock, die zei dat hij Shakespeare nog nooit op die manier voorgedragen had zien worden. Door de manier waarop hij het zei, wist ik dat het slecht was. Ik stortte bijna in. Tot nu toe is me altijd alles gelukt, behalve vrouw zijn en mijn moeder van me laten houden.

Natuurlijk liet ik niet merken hoe erg ik het vond, wat een van mijn grootste acteerprestaties uit mijn leven was. Ik zei dat dit de manier was waarop Shakespeare het eigenlijk had gewild, en dat ik dat wist omdat hij mijn bet-bet-betovergrootvader was en hij elke nacht in mijn droom verscheen en mijn gids was. En dat als Mr Braddock het anders wilde zien, hij maar moest zeggen hoe en dat ik dat dan zou doen. Ik zei het heel beleefd, maar knipoogde wel bij de zin over Shakespeare die in mijn droom verscheen, zodat hij niet zou denken dat ik echt gestoord was.

Hij lachte en zei dat hij het zou proberen. Hij hielp me met een paar zinnen, niet door te zeggen hoe ik het moest doen, zoals Mr McGregor op school deed, maar door over Katherine te vertellen, wat ze voelde, wie ze was, en welke reis ze maakte in het stuk. Toen begreep ik het en droeg ik het voor als een vrouw die zegt dat ze accepteert dat mannen haar overheersen, maar heel goed doorheeft dat zij nog steeds de baas is, omdat ze ogen en lippen en borsten en duistere, onbekende plekken heeft die dag en nacht door de hoofden van mannen spoken. Ik zeg dat, ook al weet ik dat ik maar half zo'n vrouw ben.

Hij zei dat ik om vijf uur moest terugkomen, wat ik uiteraard deed. We gingen zitten en hij vertelde me dat hij iets in me had gezien wat kostbaar en waardevol was.

Natuurlijk dacht ik: ja, dat weet ik, maar dat kon ik niet zeggen zonder zelfingenomen te klinken. Want het is iets wat ik altijd over mezelf heb geweten – ik weet niet waarom. Net als geweldige violisten of schrijvers weten dat ze talent hebben en daardoor gedreven worden. Ik vind het een eer om verkozen te zijn, om dit talent van God te hebben gekregen. Het lijkt oneerlijk, maar misschien heeft Hij in ruil daarvoor iets van me afgenomen. Misschien is dat Zijn les: je krijgt niets voor niets.

Daarna nam Daniel me mee uit eten. Lieve hemel, dat was me het etentje wel! Ik moest qua acteren alles uit de kast trekken om niet overal verbijsterd over te zijn. Eindelijk, mijn eerste glas champagne. Ik wist wel dat ik het heerlijk zou vinden. En het eten! De prijzen! Ik ben hiervoor in de wieg gelegd.

Het beste was nog dat Daniel me privéles wil geven om me daar te krijgen waar ik thuishoor, na mijn jeugd in dat gehucht.

Ik zei wel: als het maar niet méér is dan privéles. Het is duidelijk een nadeel dat ik mannen alleen met mijn bovenlichaam kan verleiden. Nu ik hem heb ontmoet, heb ik me heilig voorgenomen om zodra ik geld heb naar een dokter te gaan, om te zien of die een normale, menstruerende vrouw van me kan maken. Hier weten ze vast hoe dat moet.

Ja, zei hij, natuurlijk, privéles van een acteur aan een student, alles keurig binnen de grenzen van het fatsoen.

Op mijn beste kaktoontje zei ik dat dat me enig zou lijken.

'Het verjaardagsmaal is klaar!'

Toen ze Leila's aankondiging vanuit de keuken hoorden stonden Caitlin, Emil, Bryn en Rosalind in de woonkamer op. Ze hadden arak zitten drinken en hun honger gestild met pistachenootjes, olijven en groenten besprenkeld met olijfolie en za'atar. Zaina had erop gestaan zelf het eten klaar te maken, ook al was het haar verjaardag en was iedereen bezorgd dat het te vermoeiend voor haar zou zijn. Leila vond het pas goed toen haar moeder had beloofd om de meeste gerechten van tevoren te maken en waar mogelijk in te vriezen, en om een dutje te doen voordat de gasten kwamen.

Dat had Caitlin aan Rosalind en Bryn verteld bij aankomst. Zaina had hen uitgerust en soepel bewegend verwelkomd, gekleed in een flatteuze wollen jurk in een frisse blauwe kleur, waardoor Rosalind tot haar enorme opluchting had geconcludeerd dat haar intuïtie gelijk had gehad en ze de juiste kleur zijde had gekozen.

Na een klein glaasje arak met hun gasten te hebben gedronken, verdwenen Zaina en Leila naar de keuken en ze sloegen alle aangeboden hulp af.

In de eetkamer was de tafel gedekt met een crèmekleurig tafelkleed met exotische geborduurde motieven in gouddraad, dat grotendeels schuilging onder een indrukwekkende hoeveelheid overvolle schalen. Kaarsen flakkerden in kristallen kandelaars, en een prachtig bloemstuk van gele en witte rozen in het midden van de tafel maakte het schitterende plaatje compleet.

Rosalind sprak net als de rest haar bewondering uit, verwarmd door de arak en de uitgelaten sfeer, en had het ontzettend naar haar zin. Elk spoor van spanning en onenigheid tussen de Allertons leek te zijn opgelost. Iedereen lachte en maakte grapjes, net als op de allereerste avond dat Rosalind bij hen at. Ze kon nauwelijks wachten tot ze een openlijk erkend lid van de familie was.

Zaina zat aan het hoofd van de tafel en gebaarde dat Bryn en Rosalind aan haar ene kant moesten gaan zitten, Emil en Caitlin aan de andere kant en Leila tegenover haar. Toen iedereen zat, boog ze haar grijze hoofd en sprak ze een dankwoord uit voor de maaltijd, waarna iedereen aanviel. Schalen gingen rond, de koks werden overladen met complimenten, de gasten kreunden van genot en schepten tot drie keer toe op.

Hummus met citroen; rokerige *baba ganoush*; *tabouleh*; *kibbeh* – lamsgehaktballetjes met ui, kaneel en piment; gegrilde plakken aubergine met yoghurt en knoflook; kruidige lamsworstjes in zoetzure granaatappelsiroop; de heerlijke romige labneh die Rosalind had gegeten toen ze voor het eerst bij de Allertons thuis was geweest, nu besprenkeld met geurige, fruitige Libanese olijfolie; mandjes met warm pitabrood, dat dunner en krokanter was dan het brood dat ze in haar supermarkt in New York kon krijgen, en uiterst verslavend. Bij dit feestmaal dronken ze volle, kruidige, Libanese rode wijn van Chateau Ksara, dat volgens Zaina halverwege de negentiende eeuw was gesticht en een van de oudste en beste wijnhuizen van het land was.

Als dessert een grote schaal met vers fruit – granaatappels, dadelpruimen, druiven, peren en mandarijnen; een bord met gedroogd fruit – abrikozen, perziken en dadels; en een zilveren schaal met zelfgemaakte pistachebaklava en ma'amoul-koekjes gevuld met dadels en walnoten, nog koud van de vriezer, met excuses van Zaina dat ze er te laat uit waren gehaald.

Het gesprek verliep luchtig en bruisend, als de belletjes in de Veuve Clicquot-champagne die Leila bij het dessert presenteerde. Een perfecte maaltijd en het perfecte eerbetoon aan de lieve matriarch aan het hoofd van de tafel.

'Welnu, mama.' Leila schonk de champagne in zes fluitglazen en overhandigde er een aan Zaina. Toen trok ze een stoel bij die tegen de muur stond en ze ging naast haar moeder zitten. 'Een speech. Maar je hebt beloofd dat je ons niet aan het huilen zou maken, hè.'

'Nee, er mag niet gehuild worden, dit is een vrolijke gebeurtenis.' Zaina hief het glas, haar gerimpelde wangen rozig van de wijn, haar levendige, donkere ogen sprankelend. Rosalind kreeg een brok in haar keel en probeerde te blijven glimlachen. Ze voelde zoveel warmte voor deze vrouw, die haar vanaf het allereerste moment onvoorwaardelijk in hun midden had verwelkomd. 'Het enige wat ik wil doen, is jullie bedanken voor dit mooie feest...'

'Mama, jij hebt bijna alles gedaan!'

'...dat ik, in mijn oneindige wijsheid, mogelijk heb gemaakt.' Zaina keek stralend naar haar lachende familie. 'Dit is de leukste verjaardag die ik ooit heb gehad. Nog leuker dan die ene waarvan ik dacht dat het de allerbeste was.'

'Wanneer was dat, Teta?' vroeg Caitlin nieuwsgierig namens iedereen.

'Tot vanavond was mijn fijnste verjaardag... even denken. Ergens in de jaren zestig. Begin jaren zestig, want ik was hier nog niet zo lang. Cecil en ik hadden mijn eerste verjaardag hier alleen thuis gevierd. In Libanon is nooit iemand alleen op zijn verjaardag. Echt nooit. Je bent altijd omringd door diverse generaties familie. Ik voelde me doodongelukkig. Ik deed mijn best voor Cecil, maar ik miste iedereen vreselijk. Het jaar daarna...' Ze dacht fronsend na. 'Dat oude brein van me wordt roestig. Het jaar daarna zal 1962 geweest zijn? Misschien 1963. Cecil zou me meenemen naar Lahiere's, het beste restaurant in Princeton – een grote uitspatting voor ons. Ik was heel blij en trok mijn mooiste jurk aan – mijn trouwjurk, die jij nu hebt, Rosalind – en deed mijn moeders parelketting om, die ze me had gegeven toen ik emigreerde. Die zal ik ook dragen op jouw bruiloft, Caitlin.'

Caitlin wierp haar grootmoeder een kushandje toe. 'Ga verder, Teta.'

'Cecil had een donker pak aan. Hij zag er heel knap uit.' Zaina drukte haar handen tegen haar borstkas en glimlachte. 'We stapten in de auto, een tweedehands Buick volgens mij, en gingen op weg. Destijds woonden we meer naar het noorden, in Kingston, bij het kanaal. Op een gegeven moment nam hij een verkeerde afslag. Hij zei dat dat korter was. Ik kende de weg naar de stad, wat niet zo moeilijk is als er maar één straat is, maar Cecil had een feilloos richtingsgevoel en ik was hopeloos. Bovendien was het mijn verjaardag en ik was in een opperbeste stemming, dus ik klaagde maar een klein beetje.'

'Wat een zelfbeheersing.' Leila hief haar glas op naar haar moeder. 'Papa kon een enorme betweter zijn.'

'Nou en of, op zijn eigen charmante manier. Maar deze keer...'

Zaina trok haar wenkbrauwen op en keek schalks de tafel rond. 'Tien minuten later – we waren al te laat voor de reservering – nam hij de ene afslag na de andere. Ik werd steeds bozer op hem. In die tijd was er nog geen gps, alleen tankstations met plattegronden, geloof het of niet, maar die waren er niet in het gebied waar wij reden. Tot mijn schande moet ik bekennen dat ik al snel ziedend was. Hij dreigde mijn verjaardag te verpesten, mijn eerste leuke verjaardag in dit land. Uiteindelijk stopten we in een onbekende buurt. Hij zei dat hij de weg ging vragen. Ik zei inmiddels geen woord meer tegen hem. Op dat moment was ik met alle liefde van hem gescheiden. Even later kwam hij terug en klaagde hij dat de vrouw in het huis alleen Frans sprak en hij er geen woord van begreep.' Zaina kneep haar ogen tot spleetjes en gromde boos, waar iedereen smakelijk om moest lachen. 'Woedend stapte ik uit en ik ging in het Arabisch tegen hem tekeer; ik noemde hem de grootste sukkel ter wereld. De voordeur van het huis ging open en iedereen die ik in Princeton had leren kennen, was daar om mijn verjaardag te vieren. Niet alleen expats, maar ook Amerikanen. Het was het huis van een collega van Cecil. Hij had diens vrouw verteld dat ik jarig was, en had er misschien bij gezegd dat ik eenzaam was, maar zij had het helemaal georganiseerd. Het was een geweldig feest. Dat was mijn mooiste verjaardag, tot vanavond. Want ook al had ik Libanon niet meer, en had ik mijn familie niet meer om me heen, er was hier een nieuwe familie voor me als ik bereid was om me ervoor open te stellen. Dus.' Ze hief haar glas en keek een voor een de tafelgasten aan. 'Op familie!'

Rosalind hief haar glas, verblind door tranen die ze probeerde weg te slikken. 'Proost.'

'Proost.' Emil omhelsde Caitlin, die duidelijk geëmotioneerd was.

'Proost, mama.' Leila keek naar de tafel.

Iedereen dronk. Zaina verbrak de sombere stilte. 'En nu wil ik weten wat júllie fijnste verjaardag was.'

'En de cadeautjes dan?' vroeg Emil.

'Eerst dit,' zei Zaina streng. 'Dan de cadeautjes. En daarna ga ik naar bed als een gelukkig mens. Leila, mijn lieve dochter. Jij begint. Dan de rest.'

'Goed.' Leila glimlachte dapper en pakte haar moeders hand. 'Voor mij is het makkelijk. Het was die keer dat papa en jij me meenamen naar New York om Barnum & Bailey's Circus te zien in Madison Square Garden. Drie pistes waar de hele tijd iets gebeurde. Ik had nog nooit zoiets geweldigs gezien. Ik ben er ook een keer met jou geweest toen jij klein was, Caitlin, weet je nog?'

'Natuurlijk.' Caitlin knikte en glimlachte beleefd. 'Dat was wel leuk.'

Honend zei Leila: 'Jullie zijn opgegroeid met al die special effects op de televisie en de computer en de telefoon. Dat maakt het moeilijker om te waarderen wat mensen op eigen kracht kunnen, met hun eigen talent. Zonder trucs.'

'Hou toch op, en dat messen werpen dan?' vroeg Caitlin. 'We deden *Carnival* op school, de circusmusical, weet je nog?'

'Jij had de hoofdrol,' zei Leila trots.

'Nee, Katie Hostetler had de hoofdrol, ik had de tweede hoofdrol, maar hoe dan ook, die messenwerper doet net alsof hij gooit en verbergt dan snel het mes achter zijn rug. Een halve seconde later steekt er een mes uit het bord waar de vrouw vóór staat. Het gaat zo snel dat je hersens het niet kunnen bijhouden.'

'Oké, oké.' Leila wuifde haar dochters commentaar weg. 'Een paar trucs. Hoe dan ook, dat was mijn leukste verjaardag.'

'Wij vonden het ook leuk.' Zaina kuste haar dochters hand en keek de tafel rond. 'Emil. Jouw beurt.'

'Oké.' Hij keek even naar Rosalind. 'Mijn leukste verjaardag was het jaar dat mijn vader me een paar honderd dollar gaf en zei dat ik het over de balk mocht smijten in de stad.'

Caitlin keek hem aan alsof ze hem voor het eerst zag. 'Dat heb je me nooit verteld. Wat heb je gedaan?'

'Eh... Het was mijn eenentwintigste verjaardag, dus er kwam drank bij kijken, want dat mocht toen eindelijk. Hoe heette die plek ook weer?' Hij boog zijn hoofd en kneep met zijn vingers in de brug van zijn neus. 'Oude kroeg... bestaat al een eeuwigheid... in een hotel...'

'Bemelmans?' opperde Bryn. 'In het Car–'

'Bemelmans!' Emil knipte met zijn vingers en wees naar hem. 'Ik ging naar Bemelmans in het Carlyle Hotel en bestelde een martini. Gewoon omdat het kon.'

'Te gek!' Caitlin keek hem stralend aan. 'Klasse vind ik dat.'

'Toen ging ik uit eten en daarna naar een voorstelling.'

Caitlins gezicht betrok. 'Alleen?'

'Het was geweldig.' Hij grinnikte ongemakkelijk en wierp weer een blik op Rosalind. Caitlin volgde zijn blik en Rosalind glimlachte beleefd, hopend dat Emil niet steeds naar haar zou kijken. Wat wilde hij toch? Medelijden? Goedkeuring?

Bryn kneep zachtjes in haar bovenbeen. Dankbaar glimlachte ze naar hem, verrast dat hij haar spanning aanvoelde en wist hoe hij die kon verhelpen.

'Volgens mij was het doordeweeks en vlak voor de examens. Niet veel klasgenoten hadden zoveel geld te besteden op één avond.' Emil pakte zijn halfvolle glas champagne en nam een bescheiden slokje. Of hij was laatst van zichzelf geschrokken, of van Caitlin, want tot nu toe dronk hij ongeveer evenveel als de rest. 'Nu jij, Rosalind. Wat was jouw leukste verjaardag? Het was vast een wild feest.'

'Helemaal niet.' Ze glimlachte naar Zaina om Emils brutale grijns niet te hoeven zien. 'Ik ben in april jarig.'

'Welke dag?' vroeg Emil.

'De achtste.' Ze keek even naar Leila, die – zoals inmiddels te verwachten was – enkel reageerde met een beleefd glimlachje. 'Mijn leukste verjaardag was toen ik twaalf werd. Mijn moeder was net klaar met een film. Met haar carrière ging het toen bergafwaarts, dus het was nogal een slechte film. Ik geloof dat ze een oudere vrouw moest spelen die een affaire had met een jongeman.'

'Wie speelde de man?' vroeg Caitlin.

'Geen idee.' Ze zag de verbaasde blikken aan tafel. 'Mijn moeder heeft in heel veel films gespeeld. Mijn zus Olivia heeft ze allemaal gezien. Maar voor ons was het normaal; het was haar werk. Om ze allemaal te bekijken, dat is net zoiets als... ik weet het niet...'

'Alle powerpointpresentaties zien van een vader die CEO is?' vroeg Bryn.

Rosalind lachte, net als de rest, en keek naar iedereen aan tafel. Ze wilde dit moment zo lang mogelijk koesteren. 'Precies, ja. Dus de film was klaar en mijn moeder was blij en opgelucht. Ze wilde het vieren door haar ouders op te zoeken in Maine en daarna naar ons huis aan de kust te gaan.'

'Wilde ze vieren dat de film klaar was of dat jij jarig was?' vroeg Emil.

'De film. Maar we waren in het huis op mijn verjaardag.'

'Begin april – moest je niet naar school?' vroeg Leila.

'Ha! Echt zo'n moederopmerking,' zei Caitlin.

'Ga verder, Rosalind.' Zaina knikte naar haar.

'We moesten inderdaad eigenlijk naar school. Mama nam ons een week mee. In tegenstelling tot mijn vader vond ze school niet zo belangrijk, en als ze iets echt graag wilde, gaf hij bijna altijd toe.' Rosalind keek nog eens steels naar Leila, die het onbewogen aanhoorde. 'In april is het daar in het noorden nog behoorlijk koud, maar dat jaar was het op mijn verjaardag verrassend warm, boven de twintig graden. Mijn ouders, mijn twee zussen en ik waren de enigen op het hele schiereiland. Mama wilde 's middags per se een visbarbecue houden. We groeven een kuil op het strand, legden er stenen omheen en maakten een vuurtje.'

'O, wat leuk.' Zaina klapte in haar handen. 'Ik heb wel over die fameuze visbarbecues in New England gehoord, maar heb er nog nooit een meegemaakt. Wel heb ik eens kreeft gegeten in Maine. Verrukkelijk.'

'Ja.' Rosalind aarzelde, twijfelend over hoeveel details ze zou vertellen, en voelde toen Bryns hand weer op haar dij. 'Er was iets magisch aan die dag, wij met ons vijven alleen op dat prachtige, ongerepte stukje van de wereld. In LA is het op z'n zachtst gezegd niet zo makkelijk om op jezelf te zijn. Vooral niet wanneer je moeder een superster is.'

'Wat een mooie herinnering.' Leila glimlachte koeltjes. 'Ik ben weleens in Maine geweest, ik kan me er iets bij voorstellen. Bryn, jouw beurt.'

Bryn legde zijn arm op de rug van Rosalinds stoel. 'De mijne was toen ik door Europa reisde in plaats van te gaan studeren. Mijn ouders kwamen op mijn verjaardag als verrassing naar Parijs. Ze namen me mee uit eten. Toen kwam ik erachter dat mijn moeder was gestopt met drinken, wat zo ongeveer het beste cadeau was dat ik had kunnen krijgen. Daarna hebben we ook nog een paar leuke dagen gehad.' Hij hoestte in zijn vuist. 'Het was voor het eerst dat ik echt begreep, als volwassene in plaats van als boze puber, dat ze ondanks alles van me hielden.'

Rosalind snifte en moest haar tranen bedwingen.

'O, Rosalind, ja, ik ook.' Caitlin klopte op haar hart.

'O, ik ook.' Emil wreef met zijn vuisten in zijn ogen. Iedereen lachte een beetje plichtmatig.

'Natuurlijk houden ze van je, Bryn. Het zijn je ouders. Dat doen ouders.' Leila stond op en klapte in haar handen. 'Iemand nog champagne? We hebben genoeg.'

'Zeker weten.' Emil hield zijn inmiddels bijna lege glas op.

'Lekker,' zei Bryn.

'Wanneer ben je eigenlijk jarig?' vroeg Rosalind. Er was nog zoveel wat ze wilde weten.

'Negentien december. De ergste tijd van het jaar om jarig te zijn.

Iedereen is druk met Kerstmis en wil er niet nog een agendapunt bij hebben.'

'Bij een vriendin van mij is dat ook zo,' zei Caitlin. 'Zij prikt gewoon een datum in juli en viert het dan.'

'Ja, maar...' Bryn schudde grijnzend zijn hoofd. 'Ik ben niet in juli jarig.'

In de keuken klonk een plop.

'Wat een heerlijk geluid.' Emil leegde zijn glas en stond op. 'Tijd voor de cadeaus. Caitlin is door het dolle heen over wat ze voor je heeft, Zaina.'

'Echt?' Zaina schonk haar kleindochter een liefdevolle glimlach. 'Ik hoop dat het *Oorlog en vrede* is.'

'Jakkes.' Caitlin fronste haar wenkbrauwen. 'Waarom?'

'Omdat iedereen dat moet lezen voor hij sterft, en aangezien het meer dan duizend bladzijden is, moet ik dan nog een hele tijd blijven leven.'

'O, Teta. Had ik daar maar aan gedacht.' Caitlin schoof haar stoel naar achteren, bleef even hulpeloos zitten en liep toen naar het hoofd van de tafel om haar grootmoeder een arm te geven. 'Sorry, het is niet *Oorlog en vrede*.'

'Wat een teleurstelling.' Zaina kwam zonder steun overeind, zette een stap en struikelde toen. Haar glimlach sloeg om in een paniekerige blik. Bryn schoot haar te hulp.

'Rustig maar. Ik heb je.'

'Natuurlijk ben ik rustig.' Haar glimlach was terug, maar ze ademde moeizaam en er stond angst in haar ogen. 'Dank je, Bryn. Ik heb denk ik iets te veel wijn op. Maar o, wat was die lekker – toch?'

'Jazeker.' Hij begeleidde haar voorzichtig naar de woonkamer.

Caitlin nam haar bij de andere arm, en Rosalind en Emil liepen achter hen aan.

'Iemand koffie?' Leila verscheen met de champagne in een ijsemmer. 'Of houden we het bij bubbels?'

'Bubbels natuurlijk, het is feest!' Caitlin ging naast haar grootmoeder op de bank zitten, stralend van opwinding. Op de salontafel voor haar lagen Zaina's cadeaus, waaronder die van Rosalind: de jurk en sjaal, zorgvuldig in een doos gevouwen, ingepakt in felgeel pakpapier met stippen, het tasje met de stukken van de oorspronkelijke jurk eronder gestopt.

'Lieve hemel.' Zaina sloeg haar handen voor haar mond. 'Kijk nou! Is dat allemaal voor mij?'

'Natuurlijk, Teta. Voor wie anders?'

'Wat moet ik nog met al die spullen?'

'Nee.' Caitlin schudde vastberaden haar hoofd. 'Dat soort praatjes wil ik niet horen. Niet vanavond.'

'Je hebt gelijk.' Zaina stak haar hand op om haar dochters aanbod van nog een glaasje af te slaan. 'Ik niet meer, dank je.'

Leila schonk de rest in en ging aan de andere kant naast haar moeder zitten. Bryn, Emil en Rosalind pakten een stoel en groepeerden zich rond de salontafel.

'Welke zal ik als eerste pakken?' Zaina liet haar blik over de pakjes gaan.

'Wat jij wilt, mama.'

'Deze.' Ze koos de doos met het gestippelde papier. 'Van Rosalind.'

Rosalind keek toe hoe ze het rode lint losmaakte en hield haar adem in. Het was zo'n fijne avond geweest, en ze voelde zich zo verbonden met deze mensen, dat ze vurig hoopte dat haar cadeau als een geschenk van liefde werd gezien, zoals het bedoeld was.

Zaina tilde het deksel op en keek verbijsterd naar de inhoud. Rosalind kon zich niet inhouden en liep op haar af om de jurk uit de doos te tillen, zodat hij in volle glorie bewonderd kon worden. Het was bijna middernacht geweest toen ze de laatste pareltjes erop had genaaid. Daarna had ze de jurk zorgvuldig gestreken, zodat hij er zo mooi mogelijk uitzag. Het was precies geworden zoals ze had gehoopt: hij leek heel erg op de oude, maar was toch nieuw. Ze hoopte maar dat Zaina dat ook vond.

'Rosalind!' riep Zaina met een vertrokken gezicht uit. 'Wat heb je gedaan?'

Rosalind verstijfde.

'Hoe heb je dit klaargespeeld? Hoe heb je... Wat is dit?'

'Ze heeft een jurk voor je gemaakt,' zei Bryn trots. 'Helemaal nieuw.'

'Behalve de pareltjes; die zijn van de oorspronkelijke jurk.' Rosalind keek angstvallig naar Zaina's reactie. 'De oude jurk zit erbij, in een zakje. Ik dacht dat je misschien de losse stukken nog wilde.'

'O...' De tranen stroomden over het gezicht van de oude vrouw. Ze drukte haar handen tegen haar wangen en zei iets in het Arabisch. Rosalind meende de naam van Cecil te horen. 'Dit is... magisch.'

Rosalind blies haar adem uit. Toen keek ze naar Leila en haar hart sloeg over. Haar biologische moeder keek naar haar zoals een moeder naar haar dochter zou moeten kijken, een glimlach om haar lippen, haar ogen glanzend van trots en warmte. Dank je wel, zei ze geluidloos.

Rosalind knikte en bedwong de tranen van vreugde die achter haar ogen prikten. Deze avond ging niet over haar.

'Hemeltjelief.' Zaina legde een hand op haar borstkas. 'Ik zei nog wel: geen tranen, en moet je nou kijken! Ik ben een wrak. Lieve Rosalind, dit is het bijzonderste cadeau dat ik zou kunnen krijgen. Dank je wel, *habibti*, dank je wel... Ik heb er gewoon geen woorden voor. Dank je wel.' Ze kwam moeizaam overeind en spreidde haar armen. Rosalind snelde op haar af, terwijl Bryn de salontafel opzijschoof. Zaina's omhelzing was zacht en verrassend sterk – de perfecte grootmoederlijke knuffel. Ze droeg een heerlijke bloemengeur en hield Rosalind vast tot dier keel zeer deed van het ingehouden huilen. Uiteindelijk hield Zaina haar op een armlengte afstand en keek ze haar recht in haar ogen. 'Dank je wel, lieverd, vanuit de grond van mijn hart. Je hebt me nog één keer mijn jeugd gegeven. Je bent een zegening voor deze familie.'

‘Heel graag gedaan,’ fluisterde Rosalind.

‘Ik ga hem morgenochtend meteen passen.’

‘Ik hoop dat hij past.’

‘Ik weet het wel zeker.’ Zaina ging weer op de bank zitten. Bryn schoof de salontafel terug en keek Rosalind stralend aan, alsof ze een prijs gewonnen had. Zo voelde Rosalind zich ook, tot ze de ijzige blik van Caitlin zag. Haar blijdschap verdween als sneeuw voor de zon.

Mijn god. Ze had het wéér gedaan. Hoe kon ze het deze keer goedmaken?

‘Welke nu, mama? Niet te lang wachten, straks ben je te moe.’ Leila had Caitlins blik ook gezien.

Zaina wendde haar ogen met duidelijke tegenzin van de jurk af. ‘Ja. Goed. Wat dacht je van deze?’

Het volgende cadeau was van Bryn: een klein, redelijk abstract beeldje van cederhout – het beroemde Libanese hout – van drie vrouwen die bij elkaar kropen voor warmte, steun of kracht. Rosalind was er meteen weg van geweest toen hij het haar had laten zien, en ze was opnieuw verbijsterd hoe hij met een paar lijnen en vormen zoveel emotie wist uit te drukken.

‘O, Bryn. Wat een prachtig beeld. Het straalt zoveel gevoel uit. Perfect voor dit huis. Ik ben heel trots op je, en op wat je hebt gedaan.’ Zaina streelde het gladde hout. ‘Leila, we moeten dit een ereplekje geven.’

‘Absoluut.’ Leila stond op, schoof een antiek uitziende klok op de schoorsteenmantel opzij en zette het beeldje er neer. Het stond er een beetje vreemd. ‘Hm. Misschien niet de ideale plek, maar die vinden we nog wel. Dank je, Bryn, ik vind het schitterend.’

‘Alsjeblieft.’ Met gesloten mond keek hij naar het plafond, en Rosalinds hart zwol. ‘Ik ben blij dat je het mooi vindt.’

‘Nu de mijne, mama.’ Leila ging weer zitten. ‘Bewaar die van Caitlin maar voor het laatst. Ze loopt al weken te hinten.’

'Is goed.' Zaina scheurde het roze papier van een grote platte, rechthoekige doos. Bryn en Leila openden de kartonnen flap en haalden er een schilderij uit, zodat Zaina het als eerste zag. 'O, Leila. Wat mooi. Schitterend.'

'Een kennis van me heeft het gemaakt.' Leila draaide het schilderij om naar de kamer, zodat de rest de welbekende trouwfoto kon zien, waar een schilderij van gemaakt was. Zaina en Cecil op het terras, jong en knap, de fonkelende lampjes van Beiroet op de achtergrond.

'Wat mooi, mijn lieve kind.' Zaina strekte haar armen uit, en Leila boog voorover om haar te omhelzen. 'Wat een perfect cadeau. Een eeuwige herinnering aan je vader en mij. Dank je wel. Wat een prachtige, betekenisvolle cadeaus hebben jullie me gegeven. Ik ben diep geraakt, door de cadeaus en door de liefde die ik in deze kamer voel.'

'Nu de mijne, Teta.' Caitlin drukte een ingepakt doosje in haar grootmoeders hand.

Zaina scheurde het papier eraf en zag het beroemde blauw van Tiffany's. 'Hemeltjelief. Caitlin, wat heb je gedaan?'

'Het is van Emil en mij.'

'Ik heb er alleen voor betaald.' Emil stond op om zichzelf bij te schenken. 'Het was Caitlins idee.'

Bryn en Rosalind wisselden een blik. Hij had het op een onheilspellende toon gezegd.

Zaina maakte het doosje open en hapte naar adem. Ze keek eerder verward dan blij. 'Lieve hemel. Kind, ik... Lieve hemel.' Ze hield een glinsterende diamanten armband omhoog, die duizenden dollars moest hebben gekost. Er viel een verbijsterde stilte.

'Wauw,' zei Bryn.

Rosalind deed haar best om omwille van Caitlin iets aardigs te zeggen. 'Wat prachtig!'

'Caitlin, mijn god.' Leila's ogen waren zo groot als schoteltjes.

Zaina lachte kort. 'Zoiets heb ik nog nooit gedragen.'

Caitlin keek haar grootmoeder opmerkzaam aan. Er verscheen een kleine rimpel op haar gladde voorhoofd. 'Nou, nu kun je dat.'

'Ja, ja natuurlijk, mijn hemel. Kijk nou… Maar het is te duur, Caitlin. Dit is… Nou ja, het is prachtig. Ik vind hem schitterend. Natuurlijk vind ik hem schitterend.' Zaina deed hem om haar pols. De armband fonkelde obsceen. 'Hij is perfect. Helemaal perfect. Mijn hemel!'

Caitlin keek naar haar handen.

'Caitlin, wat een mooi cadeau.' Zaina sloeg een arm om haar kleindochter heen. 'Weet je nog toen je klein was? Toen wilde jij ook zo'n armband. Je had natuurlijk geen idee waar je om vroeg, maar je wilde er een voor je verjaardag hebben. Weet je nog, Leila?'

Leila knikte uitdrukkingsloos. 'Ja, dat weet ik nog.'

'Ik word de mooiste vrouw op de bruiloft van mijn kleindochter. De mooiste armband, de mooiste jurk. Ik ben nog mooier dan de bruid!' Ze keek in vervoering naar de jurk die Rosalind had gemaakt en streelde het zijden lijfje. 'Cecil zal bij me zijn op de bruiloft, een familiebruiloft. Nogmaals bedankt, Rosalind. Jullie allemaal. Ik ben… overweldigd.'

'Geen tranen! Jouw regel!' Leila keek bezorgd naar haar dochter. 'Anders beginnen wij ook allemaal.'

'Je hebt gelijk.' Zaina klopte op haar borst en glimlachte. Ze deed de armband af en borg hem terug in het doosje. 'Wat een verjaardag was dit. Ontzettend bedankt dat jullie met mij wilden eten, en voor de cadeaus! Het beeldje en het schilderij leven door wanneer ik er niet meer ben. Ik wil graag begraven worden in de nieuwe jurk, met de jurk die ik aanhad toen ik met Cecil trouwde naast me. De armband is heel speciaal, te speciaal om met me mee te gaan. Ik laat die bij jou achter, Caitlin. Die krijg je voor je verjaardag in juni, precies wat je als meisje wilde.'

Caitlin knikte stijfjes en sloeg haar armen om zichzelf heen.

Emil stak zijn kaak naar voren. 'Ik ben blij dat je hem mooi vindt.'

‘Goed.’ Leila stond abrupt op. ‘Meer champagne. En laten we muziek opzetten. Mama, blijf je nog heel even bij ons?’

‘Bryn en ik doen de afwas wel.’ Rosalind keek hem aan, hopend dat hij de hint begreep. Zij – en met name Rosalind – moesten subtiel de kamer verlaten om het gezin even alleen te laten met de jarige. ‘Goed?’

‘Met alle plezier.’

‘O nee, Emil en Caitlin kunnen –’

‘Nee, nee.’ Rosalind stak haar hand op en trok Bryn al mee naar de eetkamer. ‘Wij doen het. Het gezin blijft hier. Feest vooral verder.’

‘Bedankt,’ riep Leila hun achterna.

In de keuken barstte Rosalind meteen los tegen Bryn, niet langer in staat om haar ellende te verbergen. ‘Dat was vreselijk. Ik heb het helemaal verpest voor Caitlin. Het is geen moment in me opgekomen –’

‘Jij hebt het niet verpest.’ Bryn schudde stellig zijn hoofd. ‘Maar zij.’

‘Zo zal zij het niet zien.’

‘Na verloop van tijd wel.’ Hij pakte haar bij haar schouders. ‘Geloof me.’

Rosalind haalde diep adem en vroeg zich af hoe het mogelijk was dat ze steeds het juiste probeerde te doen en toch telkens weer haar halfzus voor het hoofd stootte. ‘Ik hoop dat je gelijk hebt.’

‘Kom, we gaan afwassen. We hebben het er nog wel over.’

Ze knikte ongelukkig en hielp Bryn met afruimen, het eten opbergen en de afwas. Emil kwam twee keer de keuken in. Eén keer liep hij naar de koelkast om nog een fles champagne te pakken, waarbij Rosalind en Bryn elkaar bezorgd aankeken, en de tweede keer, toen ze bijna klaar waren, liep hij naar de drankkast om de Bombay-gin te pakken.

‘Hé, man,’ zei Bryn rustig.

‘Hè?’ Emil draaide zich om, de fles tegen zijn borstkas geklemd. ‘Het is een feestje – relax.’

Bryn pakte een glas op om af te drogen. 'Ja, dat snap ik. Maar misschien kun je tussendoor een glas water drinken?'

'Bemoei je er niet mee, Bryn,' zei hij met dubbele tong. 'Niet vanavond.'

'Oké.' Bryn knikte. 'Ik heb gezegd wat ik wilde zeggen. Dit is jouw keuze.'

'Klopt.' Emil leunde tegen het aanrecht. 'Leuke jurk heb je gemaakt, Rosalind. Onze armband stak er maar armzalig bij af.'

Rosalind draaide zich bij de gootsteen om. 'Dat is niet waar. Hoe kom je daar nou bij? Hij is van Tiffany. Hij is prachtig.'

'Caitlins idee. Armzalig.' Hij zuchtte en liet zijn hand met de fles gin zakken. 'Ik schaamde me kapot.'

'Maak je niet druk.' Bryn zette het afgedroogde glas neer en pakte het volgende. 'Zaina weet dat Caitlin van haar houdt. Ze zijn altijd heel hecht geweest. Het is niet belangrijk.'

'Het is wel belangrijk.' Emil ging wat zachter praten. 'Voor mij. Ze heeft dat ding voor zichzelf gekocht. Hoe moet ik daar in vredesnaam op reageren? Haar grootmoeder gaat dood en zij koopt iets waarvan ze weet dat zij het zal erv–'

Rosalind hapte naar adem. Bryn schraapte zijn keel. Emil stopte nog net op tijd.

'Zaina gaat naar bed. Ze wil nog even welterusten zeggen.' Caitlin liep langs haar verloofde, gaf Bryn een kus op zijn wang en keek vluchtig naar Rosalind. 'Bedankt voor de afwas.'

'Graag gedaan.' Bryn legde de handdoek neer. 'We komen eraan, we zijn zo goed als klaar.'

Zwijgend liepen ze naar de woonkamer en ze wensten Zaina welterusten. Leila bracht haar naar haar kamer en nam op verzoek van Zaina de jurk mee. De andere cadeaus bleven op tafel liggen.

'Zullen we nog wat drinken?' Emil haalde zijn hand door zijn haar en negeerde Caitlins ziedende blik.

'Ik ga naar huis.' Bryn streelde Rosalinds schouder. 'Ik moet morgen vroeg op om naar de stad te gaan. Ik heb een afspraak met een nieuwe galerie.'

'Loser.' Emil keek naar Rosalind. 'Jij hoeft niet vroeg op, toch? Wat dacht je ervan?'

In geen honderd jaar, dacht ze. 'Bedankt, maar ik ben doodop. Ik ga ook.' Ze omhelsde hem en trok zich terug toen hij het contact langer probeerde te laten duren dan nodig was, en omhelsde toen Caitlin, die nauwelijks reageerde.

'Gaan jullie naar Bryns huis?' Emil liep achter hen aan naar de keuken, waar ze hun jas aantrokken.

'Ik ga naar de overkant,' zei Rosalind. 'Bryn gaat naar huis. Bedankt voor de avond.'

'Ik heb niets gedaan.' Emils stem achtervolgde hen toen ze de druilerige regen in stapten. 'Ik heb alleen maar op mijn krent gezeten.'

'Hou je mond, Emil,' hoorden ze Caitlin nog zeggen voordat Bryn de deur dichttrok.

Toen die achter hen in het slot viel, slaakte Rosalind een zucht waar Bryn om moest grinniken. 'Niet meer twijfelen. Je hebt het echt goed gedaan met de jurk.'

'Misschien moet ik proberen te zorgen dat ze me haat, want dat gaat ook vast mis en dan vindt ze me misschien opeens geweldig.'

'Je kunt het proberen.' Hij sloeg zijn armen om haar heen en zoende haar, zijn lippen warm in de koele lucht. 'Maar ik vind dat je alles goed doet. Caitlin moet doormaken wat Caitlin moet doormaken.'

'Je zult wel gelijk hebben.'

'Natuurlijk heb ik gelijk.' Hij zoende haar met meer passie en drukte zich tegen haar aan. 'Weet je zeker dat je niet wilt blijven slapen?'

'Natuurlijk wil ik dat. Maar ik heb nu al een paar nachten bij je geslapen en...' Ze trok een grimas. 'Ik weet het niet. Zo ben ik nu eenmaal.'

'Je hebt ruimte nodig.'

'Ja...' Ze keek hem flirterig aan. 'Maar wel maar een klein beetje.'

'Dat kan ik wel aan. Denk ik. Mag ik je dan morgenavond? Samen eten?'

'Zal ik koken? Ben je dan al terug uit de stad?'

'Ja, leuk, dank je.' Hij pakte haar hand en liep met haar naar zijn auto. 'Wil je een lift voor dat eindje naar je huis?'

'Ik denk dat ik het wel red.' Ze keek hem na toen hij wegreed, en de eenzaamheid sloeg haar om het hart – een duidelijk signaal dat ze veel te hard gingen, te snel te veel samen waren. Ze wilde zich niet afhankelijk van hem voelen voor haar eigen geluk. Niet van hem of van wie dan ook.

'Hé, Rosalind.' Ze draaide zich om en zag Emil over het natte gras op haar af komen.

Rosalind zette zich schrap. 'Ha, Emil. Wat is er?'

'Ik breng je wel even thuis.'

'Dat hoeft niet.' Ze gebaarde naar haar huis en liet haar arm weer neerhangen. 'Het is vlakbij.'

'Weet ik.' Hij stak zijn handen in zijn zakken. 'Eigenlijk wil ik even met je praten.'

Ze deed behoedzaam een stap achteruit. 'Waarover?'

'Alsjeblieft.'

Ze wilde hier niet bij betrokken raken. Dat was in alle opzichten een slecht idee. Maar in plaats van zijn gebruikelijke arrogante en gelikte pose, stond hij er nu met gebogen schouders bij. Hij zag eruit als een hoopje ellende, en voor het eerst leek hij menselijk en oprecht. Bovendien begon het harder te regenen, en ze had geen zin om met een dronkaard in de kou te staan kibbelen. 'Oké. Loop maar mee.'

Vijf tellen later begon het te hozen en zetten ze het op een rennen. Toen ze bij haar deur waren, waren ze allebei doorweekt. Rosalind trok de piepende hordeur open, rommelde met haar sleutels en opende de voordeur.

Emil liep naar binnen. 'Wat een noodweer.'

'Ja.' Ze deed het licht in de hal aan, want ze wilde geen gesprek met Emil in het donker. Sterker nog: ze wilde helemaal geen gesprek met Emil. 'Wat is er aan de hand?'

'Kunnen we even gaan zitten? Dat praat wat makkelijker.'

'Waarom?'

'Omdat ik het heel moeilijk vind om het hierover te hebben.' Hij beefde, maar ze wist niet of het van de kou, de alcohol of de emotie was. 'Ik kan niet zomaar losbarsten.'

'Weet Caitlin dat je hier bent?'

'Ze blijft bij haar moeder en Zaina slapen. Het kan haar niet schelen. Op dit moment zou ze het niet erg vinden als ik mijn auto tegen een boom geparkeerd had.'

'Dat vraag ik me af.' Rosalind trok haar natte jas uit en hing hem samen met die van Emil in de badkamer, zodat de jassen op de tegels konden uitdruppen in plaats van op het hout of het tapijt. 'Wil je een glas water?'

'Nee, dank je.'

'Oké.' Ze pakte een glas water voor zichzelf en ging op de bank zitten, met één been onder zich opgetrokken. Ze wees op een stoel, maar in plaats daarvan kwam hij ook naar de bank.

'Bedankt, Rosalind.'

'Geen probleem.' Ze keek of ze verder bij hem vandaan kon schuiven, maar dat ging niet. 'Vertel het eens.'

'God, ik ben gewoon...' Hij drukte zijn handen tegen zijn slapen. 'Ik zie het niet meer zitten.'

'Wat niet?'

'Trouwen. Ik denk dat ik het niet kan.' Hij steunde met zijn onderarmen op zijn benen en leunde toen abrupt naar achteren, waarbij hij zijn hoofd achterover liet vallen en naar het plafond keek. 'Ik zit klem. Ik kan haar geen pijn doen, ik wil haar geen pijn doen. Ik kan het gewoon niet.'

'Waarom vertel je dit aan mij? Waarom bespreek je het niet met Bryn?'

'Omdat jij het begrijpt. Omdat wij op elkaar lijken.'

Van alles wat hij had kunnen zeggen... 'Wat?'

'Wij zijn kolibries.'

Rosalind gaapte hem aan. 'Waarom gebruik je dat woord? Waar heb je dat gehoord?'

'Van Bryn. Hij zei dat je vader jou zo noemde.' Hij keek naar haar verbijsterde blik alsof ze medicatie nodig had. 'Ik ben zijn beste vriend. Je betekent veel voor hem. Hij praat over je.'

'Oké.' Ze vond het geen prettig idee, aangezien ze in haar leven altijd erg had gehecht aan het kleine beetje privacy dat ze kon krijgen, maar ze vertrouwde erop dat Bryn haar vertrouwen niet zou schenden.

'Mensen zoals jij en ik.' Hij ging rechtop zitten en maakte een gebaar naar hen tweeën. 'Wij... Wij willen niet gevangen worden. We willen ons niet voorgoed aan iets binden. Dit leven benauwt me, deze baan, deze verloving. Ik heb iets nieuws nodig, een nieuwe stimulans, een...'

'Therapeut.' Ze zei het fel, om hem tegen te houden, om te voorkomen dat hij nog meer zou zeggen. Want anders zou hij haar misschien met de door haar gekoesterde filosofie om de oren slaan, en ze wilde tegen hem zeggen dat hij oppervlakkig en onvolwassen was. Maar wat was zij dan?

'Heb jij een therapeut?'

Ze haalde haar schouders op en probeerde niet te laten blijken hoe erg het haar raakte. 'Ik ben niet verloofd met iemand met wie ik niet wil trouwen. En ik heb geen baan waar ik een hekel aan heb.'

Hij krabde op zijn hoofd en keek de kamer rond. 'Heb je wijn in huis? Of gin? Of –'

'Nee.'

Emil rolde met zijn ogen. 'Ja, ik weet het: ik heb een probleem. Dat moet ik onder ogen zien. Tot nu toe was het niet zo erg en had ik het onder controle. Maar door alles wat er nu aan de hand is... Weet je dat ik Caitlin twee jaar geleden ten huwelijk heb gevraagd omdat we dachten dat ze zwanger was? Wist je dat? Het was eigenlijk een grapje.'

Ze schrok van deze plotselinge verandering van onderwerp, maar nog meer van waar hij op zinspeelde. 'Dat meen je niet.'

'Nee, dat is waar, je hebt gelijk.' Hij stak zijn hand op. 'Geen grapje, maar... Jezus, het was zo ver weg, Rosalind. Het leek een geweldig idee toen het nog zo ver weg was. Ik vond het fantastisch. Toen kwam het dichterbij, en toen werd Zaina ziek, en in plaats van een jaar was het ineens nog maar een paar weken.'

'Emil, je moet dit gesprek met Caitlin hebben, niet met mij.'

Hij stond op en begon te ijsberen, zwaaiend met zijn armen. 'Als zij eenmaal ergens haar zinnen op heeft gezet, is ze er niet meer vanaf te brengen. De jongen met de juiste diploma's en een dikke baan. Het huis in Princeton. Die belachelijke diamanten armband, waarover ze al jaren loopt te hinten dat ik die voor haar moet kopen, en waarover ze elke verjaardag en elke kerst zichtbaar teleurgesteld is, hoe hard ik ook mijn best doe om iets anders te vinden wat ze mooi vindt. Toen ik zag wat ze voor haar grootmoeder had gekocht, Rosalind...' Zijn knappe gezicht was verwrongen. 'Toen hield het stemmetje in mijn achterhoofd op met fluisteren en begon het te schreeuwen: *Dit is niet de vrouw voor jou.*'

'Emil.' Rosalind stond op en pakte hem bij zijn arm. 'Hoor eens, ik heb echt met je te doen. Dat meen ik. Ik snap wat je zegt, en het is heel ingewikkeld en moeilijk. Maar je moet met haar praten, Emil. Niet met mij. Ik kan hier niets aan veranderen.'

'Dat vraag ik ook niet van je.' Hij nam haar gezicht in zijn handen en keek ernstig in haar ogen. 'Luister gewoon even terwijl ik dit op een rijtje zet. Alsjeblieft, Rosalind.'

Hij was ontzettend knap wanneer hij een dronken maniak was. Ze baalde ervan dat ze dat vond. 'Ik luister.'

Hij liet haar gezicht los en pakte haar handen vast alsof het teugels waren. 'Het gaat om meer dan alleen Cait. Als ik in de toekomst kijk, strekt mijn leven zich voor me uit zonder enige verandering, zonder enige kans om een van mijn andere dromen na te jagen. Altijd in Princeton. Altijd deze baan. Altijd met Cait. Ik heb het idee dat ik stik.'

Rosalind probeerde haar handen terug te trekken en was geïrriteerd toen hij ze vasthield. 'Wat zou je dan willen?'

'Onder andere? Jazz spelen. Piano.' Hij lachte verbitterd. 'Dat kon ik best goed. Ik had alleen niet zoveel talent als Bryn, of als Leila, of als jouw ouders. Dat soort mensen heeft geluk. Mensen die genoeg aanleg hebben om uit de ratrace te stappen.'

Vinnig zei ze: 'Ze hebben er allemaal ontzettend hard voor gewerkt.'

'Ja.' Hij zwaaide lichtjes op zijn benen. 'Klopt. Vooral Bryn, na de hel waar hij doorheen is gegaan. Hij is uit het dal geklauterd, heeft zich herpakt en nu heeft hij ook het meisje. Hij is een held. Mijn punt is dat ik nooit de kans zal hebben om zo hard te werken voor iets wat ik belangrijk vind, omdat ik vastzit.'

'Je kunt –'

'Ik wil een motor kopen. Een motor kopen en gewoon gaan. Het zou mijn leven veranderen, me bevrijden uit deze luxegevangenis die ik heb gebouwd.' Hij trok haar dichterbij en pakte haar ellebogen vast. Zijn ogen fonkelden en hij had een blos op zijn wangen. Rosalind nam niet meer de moeite om te reageren. Ze had er net zo goed niet kunnen zijn. Emil wilde zijn hart luchten. Ze moest hem zo snel mogelijk het huis uit zien te krijgen. 'Jij was zo verstandig om je niet te laten opsluiten, Rosalind. Jij bent vrij gebleven. Ik bewonder je meer dan je ooit zult weten.'

'Emil.' Ze pakte zijn schouders beet en schudde hem door elkaar. Dat probeerde ze tenminste, maar het was alsof ze een rotsblok heen en weer probeerde te schudden.

'Wat?'

'Hou op met tegen mij te praten. Praat met Caitlin, zeg dat je niet met haar kunt trouwen. Koop die motor en ga.'

Hij liet zijn hoofd hangen. 'Dat kan ik niet.'

'Waarom niet?'

Er verstreken een paar seconden. Toen keek hij op, en tot haar verbazing zag ze tranen op zijn wangen. 'Omdat ik niet durf.'

Rosalinds hart smolt. Ze sloeg haar armen om hem heen en streelde hem als een moeder die haar kind troostte. Ze begreep angst. Ze begreep claustrofobie. Maar het leek alsof Emil een lezing gaf die zij had geschreven en haar woorden niet meer klopten.

'Praat met Cait. Vertel haar wat je mij –'

De hordeur kraakte. In de hal klonken harde, vrouwelijke voetstappen. Emil en Rosalind sprongen bij elkaar vandaan, een seconde voordat Rosalind besefte dat dat het stomste was wat ze hadden kunnen doen.

Caitlin verscheen in de deuropening en plantte haar handen op haar heupen. 'Als je klaar bent met mijn verloofde, Rosalind, zou ik hem graag terug willen.'

Hoofdstuk 17

18 juli 1968 (donderdag)

Ik ben verliefd op Daniel Braddock. Dat duurde niet lang. Ik geloof dat ik na dat eerste etentje al een beetje verliefd op hem was, maar ik was bang dat het door de wijn en het chique restaurant kwam, en doordat hij me aandacht gaf op de manier die ik wilde – als actrice. Nu wil ik dat hij me ook ziet als vrouw... of een soort vrouw... maar hij houdt het strikt zakelijk, zoals hij had beloofd. We hebben aan de Shakespearemonoloog gewerkt, en aan monologen van Tsjechov (oersaai), aan Gogol (al leuker) en aan Mark Twain (het allerleukst!). We gingen maar door, tot mijn hoofd tolde van de woorden en instructies en emoties.

Maar, maar, maar... wanneer ik het goed doe, heel goed, dus niet zoals op school, dan krijgt hij zo'n blik in zijn ogen, een soort vurige trots waardoor ik helemaal afgeleid raak en opgewonden en bibberig word omdat ik weet dat hij blij van me wordt, en dan denk ik dat hij heel misschien ook wel iets voor mij voelt.

Als dat niet zo is, besterf ik het. Maar hoe kan ik een serieuze relatie aangaan wanneer ik niet vrouwelijk ben op de manier waarop dat voor een man nodig is?

Rosalind deed haar ogen dicht en hoopte dat ze droomde, en dat Caitlin weg zou zijn zodra ze haar ogen weer opendeed. Helaas. 'Caitlin –'

'We waren alleen aan het praten, Cait.' Emil slaagde erin rustig te klinken. 'Meer niet. Práten.'

'Ja hoor, en ik ben een schildpad van Mars.'

'Er zijn geen schildpadden op Mars.'

'Hou je mond, Emil.' Caitlin deed een paar passen naar voren, haar handen nog steeds op haar heupen, haar mooie gezicht vertrokken van woede en verdriet. 'Als jullie alleen aan het praten waren, waarom keken jullie dan zo schuldbewust toen ik binnenkwam?'

'Omdat we wisten dat jij de stomste en minst waarschijnlijke conclusie zou trekken en me aan de hoogste boom zou willen opknopen.'

'Ho, wacht even.' Rosalind zwaaide met haar armen om hem het zwijgen op te leggen. 'Zo zou ik het niet formuleren. Maar we waren alleen aan het praten. Niet over iets romantisch.'

'Bepaald niet,' mompelde Emil.

Rosalind wierp hem een vernietigende blik toe en wendde zich weer tot haar halfzus. 'Echt. Je hoeft je geen zorgen te maken.' Te laat besefte ze dat Caitlin genoeg had om zich zorgen over te maken, maar voor de verandering niet iets wat Rosalind had gedaan.

'Ik bepaal zelf wel of ik me ergens zorgen over maak.' Caitlin kwam woedend op hen af. 'Waar hadden jullie het dan over?'

'De bruiloft,' zei Emil nog steeds kalm.

'Ja hoor, alsof ik dat geloof. Zelfs met mij wil je niet over de bruiloft praten. Of bedoelde je júllie bruiloft?'

'Kom op, Caitlin.' Rosalind probeerde haar halfzus tot rede te brengen. Ze wilde niet nog dieper met haar in de problemen komen. 'Je weet dat ik stapelgek ben op Bryn.'

'Laat haar hierbuiten.' Emil pakte zijn verloofde bij haar schouders en keek haar somber aan. 'Het enige wat ze zei, was dat ik met jou moest praten, niet met haar.'

'Waarover?' Caitlin stak haar armen tussen die van Emil en duwde ze fel opzij om zijn handen van haar schouders te slaan. 'Dat je niet met me moet trouwen?'

Rosalind raakte geïrriteerd. 'Zo ging het niet.'

'Hoe ging het dan wel?' Ze bleef op een halve meter afstand van haar staan, haar knappe gezicht vlekkerig van woede. 'En waarom had jij het over mijn bruiloft met mijn verloofde? Mijn bruiloft gaat jou geen barst aan. Ga terug naar waar je vandaan kwam, Rosalind. Ga je eigen familie zieken in plaats van de mijne.'

Rosalind drukte haar handen tegen haar slapen. Ze had bijna de neiging om eruit te flappen dat Caitlins familie ook haar familie was. Maar die waarheid moest Leila haar vertellen.

'Allemachtig!' Emil lachte hard. 'Niet te geloven dat ik dit niet eerder doorhad.'

Caitlin keek Emil vol minachting aan. 'Wat niet eerder doorhad?'

'Jullie twee.' Emil wees naar hen en sloeg toen tegen zijn voorhoofd. 'En ik al die tijd maar denken dat Caitlin het resultaat was van Leila's affaire met Daniel Braddock.'

'Nee, Emil.' Rosalind schudde driftig haar hoofd. 'Niet doen.'

'Maar het was Rosalind.' Hij keek haar met een brede grijns aan. 'Natuurlijk was jij het. Daarom ben je naar Princeton gekomen. Ik vond het al zo toevallig.'

'Waar heb je het in godsnaam over?' Caitlins stem klonk zo schril dat ze bijna gilde.

Emil lachte weer – een lelijk geluid. 'Leila is Rosalinds moeder, schat. Niet alleen die van jou. En jij bent niet meer enig kind. Rosalind is je halfzus.'

'Nee.' Caitlin sloeg haar armen over elkaar. 'Absoluut niet. Daar geloof ik geen barst van.'

'Het spijt me, Caitlin.' Rosalind liep op haar af. Het had geen zin om het nog langer te ontkennen. De situatie kon niet nog erger worden dan ze al was. 'Hij heeft gelijk. Daarom ben ik naar Princeton gekomen: om erachter te komen of het waar was.'

'Het is niet waar.' Caitlins ademhaling haperde. Ze keek woedend van Rosalind naar Emil, die afwachtend terugkeken.

'Het spijt me.' Rosalind kon de stilte niet langer verdragen. 'Ik ben de baby die je moeder heeft gekregen. Het was geen miskraam. Ze heeft me weggegeven.'

'O, god.' Caitlins gezicht vertrok van ellende. Haar hand gleed naar haar keel. 'Mama ging met jou een jurk kopen.'

'Nee, nee. Zo was het niet.' Rosalind strekte haar arm naar haar uit. Misselijkheid en paniek welden in haar op. 'Je zult altijd haar dochter zijn op een manier waarop ik dat nooit ofte nimmer zal zijn.'

'Je... hebt... alles van me afgepakt.' Ze ademde zwaar. 'Mijn moeder, mijn grootmoeder, Bryn... en nu ben je bezig met Emil.'

'Hoe bedoel je: ze heeft Bryn afgepakt?' Emil klonk perplex. 'Wanneer had je hem dan?'

Caitlin negeerde hem en priemde met een vinger naar Rosalinds borstkas. 'Het kan me niet schelen wie je bent, maar je kunt niet zo mijn leven ruïneren. Dat laat ik je niet ongestraft doen.'

Rosalind schudde haar hoofd. Het had geen zin dit nu uit te praten. Caitlin was te kwaad om te luisteren.

'Wanneer had je Bryn, Caitlin?'

'Hou je mond, Emil.'

'Nee, ik hou mijn mond niet.' Hij pakte haar elleboog en dwong haar hem aan te kijken. 'Toen we uit elkaar gingen? Drie jaar geleden, of wanneer was het? Verdomme. Dat beantwoordt een hoop vragen die ik besloten had niet te stellen. En weet je waarom ik ze niet stelde? Omdat ik dacht dat je me zoiets afschuwelijks nooit zou aandoen.'

'Wij waren niet samen, ik heb je niet bedrogen.' Ze ontweek zijn blik. 'Hoe dan ook, het doet er niet toe.'

'Doet het er niet toe dat je met mijn beste vriend naar bed ging zodra het uit was?'

'Zo ging het niet. Dat is niet gebeurd.'

'Laat me raden. Jij wilde, maar hij niet, of althans, hij deed het niet.'

Ze kromp ineen alsof hij haar geslagen had.

'Ik ken Bryn. Hij is een fatsoenlijke kerel die de domme fout beging verliefd op jou te worden. Ik ben alleen maar blij dat hij eindelijk een echte vrouw gevonden heeft.' Hij kneep zijn ogen tot valse spleetjes. 'Wil je weten waar Rosalind en ik het over hadden?'

'Emil,' zei Rosalind scherp. 'Wacht tot je gekalmeerd bent –'

'We hadden het – nee, ík had het – over dat ik dacht dat ik niet meer met je wilde trouwen. En na deze kleine onthulling...' Hij lachte en boog naar voren tot vlak bij Caitlins verbijsterde gezicht. 'Nu weet ik het zeker.'

Caitlin wankelde achteruit. Ze zag er zo gewond en hulpeloos uit dat Rosalind zich moest inhouden om niet naar haar toe te gaan. 'Dat meen je niet echt.'

Hij liet een kakelende lach horen, als een schurk uit een film, wat grappig zou zijn geweest als het niet zo akelig was. 'Ik zal je eens wat zeggen. Ooit zal ik een vrouw treffen die twee dingen doet die jij nooit hebt gedaan. Naar me luisteren, en van me houden om wie ik ben, niet waar ik voor sta. Heb een mooi leven, Cait. Ik ben weg.'

Hij beende de kamer uit. De hordeur ging krakend open en sloeg weer dicht.

Rosalind knipperde langzaam met haar ogen. 'Caitlin... Het spijt me vreselijk.'

'En terecht.' Ze keek Rosalind met zoveel haat aan dat die terugdeinsde. 'Je hebt alles kapotgemaakt.'

'Dat is niet eerlijk.' Rosalind onderdrukte haar woede en frustratie, en probeerde kalm te blijven. 'Ik heb niets te maken met jullie relatieproblemen. Dat is iets tussen jou en Emil. Wat dat andere betreft: deze zomer ontdekte ik dat mijn moeder mij niet gebaard heeft. Ik kwam hier om antwoorden te vinden die ieder mens zou willen hebben.'

'Waarom heb je dan niets gevraagd? Je kwam gewoon hierheen en dacht dat je deel kon uitmaken van ons gezin? Dat is gestoord!'

'Ik zie nu in dat dat een vergissing was, maar ik heb nooit iemand willen kwetsen. Ik probeerde juist te voorkomen wat ik heb veroorzaakt.'

Caitlin werd overmand door tranen. 'God, wat als Emil het meent?'

Rosalind verzamelde moed en liep met open armen op haar zus af. 'Alsjeblieft.'

Caitlin duwde haar terug. 'Raak me niet aan.'

'Oké.' Ze bleef staan. 'Oké.' Vriendelijkheid zou niet werken. Medelijden? 'Toen mijn moeder –'

'Welke moeder? Mijn moeder? Heb je het over mijn moeder? O nee, je andere moeder. De superster. Degene die zorgde dat je veilig was en alles kreeg wat je wilde, je hele leven lang. Degene die het mogelijk maakte om in de dertig te zijn en geen serieuze baan te hebben. Die de wereld aan je voeten legde, met ons allemaal als... als... voetveeg.' Ze gebaarde er zo wild bij dat Rosalind een absurde lach kon onderdrukken. 'Jij hoeft nooit op kantoor te werken, er is nooit iets wat je niet kunt kopen omdat het te duur is, en zelfs dat is voor jou niet genoeg. Je moet zo nodig hier komen en alles wat ik heb ook afpakken.'

'In godsnaam, Caitlin.' Rosalinds goede bedoelingen maakten plaats voor minachting. 'Niet alles draait om geld. En nu we het er toch over hebben: niet alles draait om jou.'

'Zegt de vrouw die alles heeft.' Caitlin zette drie passen naar de haard en liep weer drie passen terug. 'Probeer jij maar eens een moeder te hebben die zo met zichzelf bezig is dat je elke dag wakker wordt en niet weet of ze die dag een echte moeder voor je zal zijn of niet. Probeer jij maar eens een ouder te hebben die je bestaan niet eens erkent. Probeer jij maar eens te ontdekken dat je ouder heeft gelogen over het fundament van je familie.'

'Dat heb ik alle drie. Jillian is de eerste. Jouw moeder is de tweede. Mijn vader is de derde. Ik weet precies hoe het is.' Rosalind deed een stap dichterbij. 'Alsof de bodem onder je bestaan wordt weggeslagen, toch?'

Caitlin keek haar met stomheid geslagen aan. Godzijdank. Misschien zou ze nu eindelijk luisteren.

De hordeur kraakte. 'Caitlin? Ben je hier? Wat is er aan de hand?'

'Mama.' Caitlin rende op haar moeder af en viel in haar armen.

Leila streelde haar haar en keek Rosalind scherp aan. 'Emil scheurde hier net met piepende banden weg alsof de politie hem op de hielen zat. Wat is er gebeurd?'

'Hij zegt dat hij niet meer wil trouwen,' snikte Caitlin.

'O mijn god, Cait.' Leila bleef Rosalind aankijken. 'Waar kwam dat opeens vandaan?'

Caitlin tilde snuffend haar hoofd op. 'Weet ik niet. Ik kwam hier en toen stonden Rosalind en hij heel dicht bij elkaar. Ze hadden het over de bruiloft. Toen draaide hij helemaal door en zei hij dat hij niet meer wilde.'

'Wat voor spelletje ben je aan het spelen, Rosalind?'

'Spelletje?' Rosalind riep het zo geschokt uit dat het klonk als een lach. 'Als ik een spelletje zou spelen, zou dit leuk zijn.'

'Wat deed je hier met Emil?'

'Luisteren.' Ze deed haar best rustig te klinken. 'Hij vroeg of hij met me mee naar huis mocht lopen, omdat hij wilde praten. We gingen naar binnen omdat het stortregende. Ik zei tegen hem dat hij alles wat hij over de bruiloft te zeggen had tegen Caitlin moest zeggen, omdat ik er niets mee te maken had. Op dat moment kwam zij binnen.'

Caitlin keek naar haar moeder, die nog steeds Rosalind strak aankeek. 'Nou... zo zag het er niet uit. Ze sprongen bij elkaar vandaan toen ik binnenkwam. Het was overduidelijk.'

'Ja hoor!' Rosalind werd witheet. 'Ik ben inderdaad naar Princeton gekomen om Caitlins bruiloft te verpesten. Sterker nog: ik ben niet alleen zwanger van Bryn, maar ook van Emil. Ik heb het met hen allebei tegelijk gedaan boven op de stenen leeuwen van Palmer Square op de eerste avond dat ik hier was. Oké? Heb je nu je zin?'

Caitlin wierp nog een blik op haar perplexe moeder en zei toen: 'Dat is niet grappig.'

'O nee? Dan heb ik een vraag voor je.' De hele weg naar deze hel was geplaveid met haar goede bedoelingen; ze kon zichzelf net zo goed een hoop asfalt besparen. 'Waarom zou ik in vredesnaam, als ik verliefd ben op een lieve, begripvolle, geweldige man als Bryn, tegelijkertijd iemand proberen te verleiden die niet alleen niet mijn type en niet beschikbaar is, maar ook nog eens een onvolwassen, oppervlakkige alcoholist met bindingsangst?'

Caitlin gaapte haar aan. 'Hij is geen alcoholist.'

Rosalind moest haar best doen om niet te snuiven.

'Zo is het wel genoeg.' Leila's ogen spuwden vuur. 'Caitlin, ga terug naar huis. Rosalind en ik hebben iets te bespreken.'

'Wat – dat jij haar moeder bent?'

Leila stond met haar oren te klapperen. Rosalind had verwacht dat ze zich schuldig zou voelen, maar werd alleen maar kwader.

'Wat heb je haar verteld?' vroeg Leila.

'Ik heb haar niets verteld. Emil heeft het geraden.'

'Je had het niet tegen haar moeten zeggen.'

'Dat heb ik niet gedaan.' Voor Rosalinds geestesoog verscheen een absurd beeld van haar kleuterjuf die tegen de afgeleide kinderen zegt dat ze moeten luisteren met hun oren.

'Je wist niet hoe snel je het moest bevestigen,' zei Caitlin nuffig.

Ze zou haar zus met liefde willen wurgen. 'Ik wilde niet tegen je liegen, Caitlin. Sinds ik hier ben, heb je telkens aan het kortste eind getrokken, omdat ik niets durfde te zeggen.'

'O, dus je deed het voor mij?' zei Caitlin spottend. 'Wat aardig van je.'

'Caitlin, stil.' Leila duwde haar dochter van zich af en zette een stap in Rosalinds richting. 'Ik wil dat je weggaat.'

'Dit is mijn huis.'

'Ga weg uit Princeton.'

'Nee.' Rosalinds woede groeide alleen maar. 'Ik heb nog vragen.'

'Ik geef geen enkel antwoord –'

'Als je een affaire hebt gehad met mijn vader, hoelang heeft die dan geduurd en hoeveel kinderen heb je gekregen? Waarom geeft hij jou nog steeds geld? Pers je hem af? Hoe heb je dit in hemelsnaam mijn moeder kunnen aandoen?' Haar stem brak. 'Heeft ze ooit geweten waar ik vandaan kom? Zo ja, hoe hebben jullie haar dan weten over te halen om iemand met zoveel trots het bastaardkind van haar man te laten grootbrengen?'

Caitlin deinsde achteruit alsof Rosalind een besmettelijke ziekte had.

Leila ademde in door haar neus en ontspande haar schouders, die bijna tot haar oren hadden gereikt. 'Ga weg uit Princeton en blijf uit de buurt van mijn familie. Als je hier overmorgen nog bent, bel ik de politie voor een straatverbod.'

'Een straatverbod!' riep Rosalind honend uit. Ze klonk even hysterisch als ze zich voelde. 'Het is al erg genoeg dat ik één mafketel van een moeder had, maar nu blijk ik er twee te hebben! Wat een bofkont ben ik toch.'

Leila kneep haar ogen tot spleetjes. 'Niemand heeft jou hier uitgenodigd.'

'Aangezien je al vanaf de eerste dag dat ik bij jullie binnenliep wist wie ik was, had je me op elk moment kunnen vragen te vertrekken.'

'Dat doe ik nu.' Leila draaide zich om en vertrok, Caitlin met zich meeslepend. Voor de derde keer die avond hoorde Rosalind de piepende hordeur opengaan… en dichtgeslagen worden.

Hoofdstuk 18

5 augustus 1968 (maandag)

De beste dag van mijn leven. De aller-, aller-, allerbeste. Daniel heeft gezorgd dat ik ben toegelaten tot de Stella Adler-opleiding! Niet alleen losse lessen, maar de hele opleiding, met een volledige beurs! Ik was zo ontzettend blij dat ik, toen hij het me vertelde, na onze les in zijn appartement – dat heel bijzonder is, vol met mooie, dure dingen, mijn hemel, kennelijk is hij schathemeltjerijk dankzij zijn vader, die iets in de scheepvaart doet... Nu weet ik niet meer wat ik wilde schrijven, zo door het dolle heen ben ik.

O ja! Toen hij het vertelde, was ik zo blij dat ik moest huilen, en toen sloeg ik mijn armen om zijn hals en bleef ik maar zeggen dank je wel, dank je wel, en hij lachte en hield me vast. En de manier waarop hij me vasthield...

Toen wist ik het. Precies op dat moment. Hij keek me aan met die diepe, donkere ogen – ik heb altijd gedroomd van een man die langer is dan ik, zodat ik me vrouwelijker voel, maar dat deed er helemaal niet toe. We werden allebei heel stil, en net toen ik dacht dat ik het zou besterven van de spanning zoende hij me. En nog eens, en nog eens, en het was totaal anders dan Ben Jacobs of Mr Carter of de mannen naar wie ik glimlach en die me mogen aanraken in het restaurant, en omdat ik mijn hele ziel en zaligheid in die zoenen legde, waren het de meest fantastische zoenen die ik ooit had gehad.

Toen zei hij dat hij iets duidelijk wilde maken, namelijk dat ik zijn meisje was en van niemand anders. En dat ik dat goed in mijn oren moest knopen.

Ik smolt helemaal. Er bleef niets van me over. Zijn meisje! Een knappe, rijke man die kan acteren. Is dit een droom?

PS ik heb sinds ik hier ben elke week naar huis geschreven. Ik heb mijn ouders geld gestuurd om de rekening van de dokter terug te betalen. Ik heb niet één keer iets terug gehoord.

Rosalind stond voor het huis van de Allertons en belde aan, wachtend tot Zaina opendeed. Ze dacht terug aan die ochtend, niet lang geleden, toen ze voor het eerst hier op de stoep had gestaan, gespannen als een veer over wat ze zou aantreffen.

Nu stond ze hier weer, doodmoe na een gebroken nacht waarin ze alle lakens en dekens had omgewoeld. Vanochtend vroeg had ze haar spullen gepakt en geprobeerd een kom yoghurt met muesli te eten, toen Zaina had gebeld om te zeggen dat ze alleen thuis was en wilde praten.

Het allerlaatste waar Rosalind vandaag – op haar moeders verjaardag – zin in had, was met iemand praten over de puinhoop die Jillians aandoening niet alleen bij de familie Braddock had veroorzaakt, maar via Rosalind nu ook bij de Allertons. Ze had Bryn nog niet eens gebeld. Zaina was waarschijnlijk de enige van de zevenenhalf miljard mensen op aarde voor wie ze, na de nachtmerrie van de avond ervoor, de radiostilte wilde verbreken.

De deur ging open en Zaina slaakte een zachte kreet. '*Ya habibti.* Je ziet eruit alsof je niet veel geslapen hebt. Net als iedereen in dit huis.'

'Klopt.'

Zaina deed een stap naar achteren en spreidde haar armen. '*Ahla w sahla.* Welkom.'

Rosalind stapte over de drempel en viel in haar armen, haar ogen dichtgeknepen, en probeerde haar grootmoeders warme, stevige lichaam en bloemengeur in haar langetermijngeheugen te prenten.

'Kom. Ik zal Libanese koffie voor je zetten, zoals ik je al lang geleden beloofd heb. Dan praten we wat en kijken we wat we met deze toestand aan moeten.'

'Het is inderdaad nogal een toestand.' Rosalind liep achter Zaina aan naar de gele keuken en zag tot haar ontsteltenis hoe moeilijk haar grootmoeder liep en hoe zwaar ze ademde. 'Het komt voor een groot deel door mij.'

'Onzin.'

'Jij bent de enige die er zo over denkt.'

'*Malesh*, trek het je niet aan. Iedereen komt wel weer tot rust. Ga hier staan, zodat je kunt kijken.' Zaina wees naar het fornuis en schuifelde hoestend naar de andere kant van de keuken.

'Kan ik iets doen?'

'Nee hoor, let gewoon op.' Ze bukte en trok een kast open, waar ze een met bloemmotieven gegraveerd koperen kannetje met een lange steel uit haalde. Het metaal was donker van ouderdom en het vele gebruik. 'Dit was een huwelijksgeschenk voor mij en Cecil van mijn tante Munira.'

'Wat een mooi kannetje.' Rosalind nam het exotische voorwerp aan van Zaina, die met een maatbeker naar de gootsteen liep.

'Per persoon vul je het met water, altijd koud, iets meer dan het kopje dat je gebruikt. Ongeveer zoveel als een espressokopje.' Ze kwam terug met het water en schonk het in het kannetje. 'Dan een theelepel koffie, heel fijngemalen. Ik gebruik Café Najjar, uit Libanon, want dat is natuurlijk de beste.'

Rosalind beantwoordde Zaina's knipoog met een stroeve glimlach. 'Dat geloof ik graag.'

'Als je dat niet kunt vinden, pak je andere koffie, zolang het maar Turkse maling is. Heel fijn.' Ze roerde het mengsel op het fornuis en stak het vuur aan. 'Nu kunnen we praten.'

Zaina stond daar met een afwachtende glimlach en maakte geen aanstalten om te beginnen, dus sprong Rosalind in het diepe. 'Ik... ga vandaag terug naar New York.'

'Je geeft jezelf de schuld.' Aan de lange steel draaide Zaina het kannetje een paar keer op het vuur. 'Dit was niet jouw schuld. Zoals ik al zei: iedereen komt wel weer tot rust.'

'Dat gaat beter zonder mij. Ik heb al genoeg veroorzaakt.'

Zaina schudde haar hoofd. 'De bruiloft zou toch niet zijn doorgegaan. Emil kon het niet aan. Caitlin is te jong om te begrijpen dat van iemand houden nog niet wil zeggen dat hij ook goed voor je is. Emil begrijpt dat. Misschien heb jij hem de moed gegeven om het onder ogen te zien.'

'Ik zou niet weten hoe. Ik heb alleen geluisterd.'

Zaina schonk haar een moederlijke glimlach. 'Misschien was dat voldoende. Wie zal het zeggen? Het doet er niet toe hoe het gebeurd is; het is gebeurd.'

'Blijkbaar.'

'Ik ben dol op Emil, maar ik wilde niet dat hij met mijn kleindochter trouwde. Leila denkt er hetzelfde over. Kijk, het gaat koken. Let op.' Ze keek geconcentreerd naar het kannetje, waarin het water opborrelde. Op het allerlaatste moment, vlak voor het donkere goedje overkookte, haalde ze het van het vuur en liet ze het tot rust komen. 'Nu zetten we het terug op het vuur. Drie keer in totaal.'

'Je kookt het.'

'Ja. Drie keer. De beste koffie van je leven. Wacht maar af.' Ze keek naar de donkere vloeistof.

'Leila was woedend op me.'

'Leila komt op voor haar dochter, en Caitlin had het gisteravond zwaar. Ze draait wel bij. Kijk, daar gaat-ie weer.' Opnieuw wachtte Zaina tot Rosalind zeker wist dat de koffie over het hele fornuis zou stromen, en wéér trok ze het kannetje net op tijd weg, en de koffie kwam weer tot rust.

'Caitlin dacht dat ik Emil wilde verleiden.'

'Nee hoor. Diep vanbinnen wist ze dat ze hem dreigde kwijt te raken, en die angst zette ze om in woede. Het is makkelijker om kwaad op jou te worden dan op de man van wie ze houdt. Wanneer ze tot rust gekomen is, keert de logica terug. Oké, derde keer.' Voor de derde keer werd de koffie vlak voor het overkoken gered. 'Zo, klaar. We laten de koffie een beetje zakken en schenken hem dan in. Ik haal even kopjes uit de eetkamer.'

'Laat mij dat doen.' Rosalind kwam in beweging om Zaina de inspanning te besparen.

'Dank je, schat. Ze staan in de kast met de glazen ruitjes. Wit met een goud randje. Ik had ze al eerder willen pakken.'

'Prima.' Ze vond ze zonder moeite en nam er twee mee terug naar de keuken. 'Deze?'

'Dat zijn ze.' Zaina nam de kopjes aan en zette ze op het aanrecht. 'Cecil en ik hebben deze in New York gekocht toen we tien jaar getrouwd waren.'

'Mooie kopjes.'

'We hebben veel gelukkige koffiemomenten gehad.' Zaina trok de theedoek achter de greep van de koelkast vandaan. 'Laten we ter zake komen, lieverd. Je bent naar Princeton gekomen om ons op te zoeken.'

'Ja.' Rosalind probeerde niet eens over haar antwoord na te denken. 'Ik wilde erachter komen of... Is Leila mijn biologische moeder?'

'Ja.'

Rosalind blies uit alsof iemand een stop uit haar had getrokken. Eindelijk een rechtstreeks antwoord. 'Dank je wel. Dat wilde ik heel graag horen.'

'En ik ben dus je oma.' Zaina veegde de kopjes schoon met de theedoek. 'Ik wilde je dat die eerste dag al vertellen, toen je zei dat je de dochter van Daniel was. Maar het was niet aan mij om dat te zeggen.'

Rosalind knikte en leunde tegen het fornuis. Haar knieën knikten en ze voelde zich zwaar van opluchting en ontzag. 'Ik had iets moeten zeggen. Er waren verschillende momenten waarop ik dat had moeten doen.'

'Het heeft geen zin om te denken wat had gemoeten. Het enige wat we hebben, is het nu.' Zaina grinnikte en zette de kopjes weer op hun schoteltje. 'Zo klink ik net als een wijze oude oma die alle antwoorden heeft.'

'Nee, oma, ik waardeer het.'

'Nee.' Ze stak waarschuwend haar vinger op. 'Je moet me Teta noemen.'

'Teta.' Rosalind proefde het onbekende woord op haar tong, en wilde vragen of ze samen koekjes konden bakken, of ze alle Libanese recepten die in Zaina's hoofd zaten kon leren, of ze terug kon gaan in de tijd en kon opgroeien aan de rokken van deze prachtige vrouw met haar grote hart.

'Het probleem is dat tegen de tijd dat je een beetje doorhebt hoe je leven in elkaar steekt, je te oud bent om te leven zoals je wilt.' Zaina mompelde iets in het Arabisch en pakte het koffiekannetje. 'Maar genoeg daarover. Je hebt vast nog meer vragen.'

'Heeft Leila een affaire gehad met mijn vader?'

'Ik weet niet wat er gebeurd is, habibti. Tijdens haar zwangerschap verdween ze regelmatig. Sterker nog: ze heeft me nooit verteld dat ze zwanger was. Maar ik raadde het al vrij snel.' Ze schonk de koffie in de twee kopjes en liep ermee naar het kookeiland, waar Rosalind en zij gingen zitten. 'Toen ze dikker werd, vertrok ze. Veel rollen, zei ze, door het hele land. Heel spannend. Ze zou een paar maanden wegblijven.'

Rosalind kreeg bijna geen adem meer. 'Wat heb je gedaan?'

'Ik zei dat ik wist dat ze een baby kreeg. Dat ze hier een huis had, en een moeder die van haar hield, welke keuzes ze ook maakte. Daarna kwam ze thuis met Kerstmis, maar ze vertelde me bijna niets. Het is misschien een schrale troost, maar ik denk dat ze verliefd was op je vader.'

'Wie is mijn vader?'

Zaina sloeg haar ogen neer. 'Dat weet ik niet zeker. Mijn dochter heeft veel mannen gehad. Te veel mannen, te veel verschillende fases in haar leven. Maar ik ben er altijd van uitgegaan dat Daniel Braddock je vader was, en nu jij hier bent, ben ik er vrijwel zeker van.'

Rosalind stootte een onbegrijpelijke lettergreep uit, iets tussen 'ah' en 'o' in. Dit was voor haar voldoende bewijs. Haar vader was vreemdgegaan, maar misschien had hij voldoende van Leila gehouden om haar financiële zekerheid te bieden. En wie weet ook nog twee andere vrouwen...

In plaats van dat ze de gebruikelijke woede voelde opwellen, werd ze nu stil van dit nieuws, alsof er een steen zwaar op haar ziel drukte. Aanvaarding? Of was ze gewoon te moe om te reageren? Misschien had ze haar boosheidsquotum voor deze week opgebruikt en moest ze wachten tot het weer aangevuld was.

'Goed.' Zaina wees op Rosalinds kopje. 'Je moet je er niet meer druk over maken. Proef de koffie, voordat hij koud wordt.'

Gehoorzaam nam Rosalind een slokje. Bitter. Dik. Zo sterk dat het zweet haar uitbrak. 'Heerlijk.'

'Ja.' Zaina knikte tevreden. 'Ik dacht al wel dat je het lekker zou vinden. Je bent tenslotte voor een kwart Libanees.'

'Dat is waar.' Ze glimlachte welgemeend en stond versteld van haar eigen rust. Ze wilde terugkomen op iets wat Zaina had gezegd over Leila, wat haar was opgevallen. 'Je zei dat Leila veel fases heeft gehad in haar leven. Ik dacht dat het altijd over muziek ging.'

'Ja, maar eerst was het Broadway, en toen wilde ze popster worden, toen concertzangeres, en toen een operadiva... Ze hield het nooit lang genoeg bij één ding om er echt voor te gaan. Ze kreeg een rol, ontmoette een man en dan verdween de opera een tijdje naar de achtergrond, kwam er eventueel een nieuwe rol voorbij, of ze probeerde haar memoires te schrijven, en dan weer wilde een andere man haar mee op reis nemen en vertrok ze, en zo ging het maar door. Ik vrees dat ik als moeder gefaald heb. Maar nadat haar vader was overleden, wilde ik haar niet één kant op dwingen. Ze was kapot van zijn dood.'

Rosalind keek fronsend in haar kopje. 'Denk je niet dat sommige mensen gewoon snel verveeld raken en nieuwe dingen moeten blijven proberen? Dat ze genetisch nu eenmaal zo in elkaar zitten?'

'Misschien.' Zaina nam een slokje van haar koffie en glimlachte goedkeurend. 'Als jong meisje las ik een keer een verhaal. Ik weet niet meer hoe het heet of wie het geschreven heeft, of de precieze details, maar ik weet nog wel dat er een meisje in voorkwam – of misschien meer dan één, maar laten we het bij één houden – dat naar een veld met bloemen werd gestuurd met de opdracht om de mooiste te plukken. De enige regel was dat als ze een bloem voorbij was gelopen, ze niet terug mocht; ze mocht alleen vooruit. Dus het meisje begint te lopen en vindt een mooie bloem. Maar net op het moment dat ze hem wil plukken, ziet ze verderop een nog mooiere bloem. Dus loopt ze naar die bloem, maar dan ziet ze verderop de prachtigste bloemen die ze ooit heeft gezien. Zo gaat het maar door. Na een poosje probeert ze er geen meer te plukken, maar rent ze door, terwijl de bloemen mooier en mooier worden. Dan ziet ze dat sommige bloemen niet meer zo mooi zijn. Ze loopt door, denkend dat ze wel weer mooier zullen worden. Maar ze worden steeds verlepter en lelijker. Uiteindelijk komt ze bij het eind van het bloemenveld en moet ze genoegen nemen met een klein, half aangevreten stuk onkruid.' Zaina haalde haar schouders op en nam nog een slokje. 'Zoiets.'

'Mooi verhaal.' Rosalind boog haar hoofd en draaide het kopje aan het oortje heen en weer op het schoteltje. Na haar confrontatie met Emil gisteravond, en na haar gesprekken met Bryn, was ze zo in de war dat ze niet meer haar gebruikelijke opstandige 'ik doe wat ik wil'-gevoel kreeg. 'Ik wou dat ik het hier helemaal anders had aangepakt. Behalve dan wat Bryn betreft.'

'Aha.' Zaina keek haar stralend aan. 'Hij is een parel. Ik heb altijd gehoopt dat hij Caitlin wat tot rust zou brengen, maar ze zijn niet voor elkaar bestemd. Nu is hij met mijn andere kleindochter – wie had dat gedacht?'

Rosalind keek op en glimlachte warm. 'Jij bent zo anders dan de grootmoeder met wie ik ben opgegroeid. Mijn moeders moeder.'

'Wat is zij voor iemand?'

'Koud. Ze glimlacht nooit. Onontwikkeld. Kleingeestig. Kan niet koken.'

'Lieve hemel.' Zaina draaide de koffie rond in haar kopje. 'Ze zal toch niet echt zo vreselijk zijn geweest, als ze zo'n mooie dochter heeft gekregen?'

Rosalind haalde haar schouders op, niet in staat haar wrok te delen over hoe oma Betty haar moeder had behandeld, en waarom. 'We hebben niet echt een band.'

Haar mobiele telefoon ging over. Ze haalde hem uit haar zak en keek erop.

'Toe maar. Neem maar op.'

'Het is Bryn. Ik bel hem straks wel.'

Zaina keek op de klok en perste haar lippen op elkaar. 'Aha. Helaas voor ons komt Leila zo terug.'

'Dan ga ik.' Rosalind pakte haar kopje voor de laatste slok.

'Nee, niet leegdrinken!' Zaina hield haar tegen met een hand op haar arm. 'Dan heb je je mond vol koffiedik. Neem gewoon kleine slokjes tot het bijna op is. En als mijn zus hier was, kon ze je toekomst voorspellen. Ik heb die gave niet, om dingen te verzinnen. Niet zoals Samia. Zij kletst je de oren van het hoofd. Maar volgens mij staat je een rooskleurige toekomst te wachten, Rosalind. Er zijn nog een paar hobbels te nemen, maar daarna verloopt het gladjes. Als de zijde van mijn jurk.'

'Die je nu niet naar een bruiloft kunt dragen.' Rosalind zette haar kopje neer, intens ongelukkig dat ze afscheid moest nemen van Zaina. 'Ik zal je missen.'

'Ga dan niet weg. Geef Leila een paar dagen, misschien een week, en praat dan nog eens met haar. Je moet vasthoudend zijn.'

'Ik heb genoeg gedaan, Teta.' Ze glimlachte verlegen, het woord nog steeds onwennig in haar mond. 'Ik kan niet iedereen blijven kwellen. Jullie zullen al genoeg over je heen krijgen nu de bruiloft is afgezegd. Ik zou een constante herinnering zijn aan iedereens ellende. Het was... naïef van me om te denken dat ik alleen maar door het te willen deel kon uitmaken van een nieuwe familie.'

'Voor mij zul je altijd familie zijn, habibti.'

Rosalind stond met tegenzin op. 'Zou ik je misschien nog eens mogen opzoeken? Wanneer je alleen bent. Als alles wat tot rust gekomen is?'

'Natuurlijk, natuurlijk.' Zaina hees zichzelf uit haar stoel. 'Ik zal je laten weten wanneer het goed uitkomt. Wat vind je daarvan?'

Rosalind knikte, niet in staat een woord uit te brengen. Wat was het toch oneerlijk dat haar een levenslange relatie met deze bijzondere vrouw ontzegd was, die haar door haar ziekte nu veel te snel zou worden afgenomen.

'Geef me je adres en telefoonnummer in New York maar.' Zaina schoof een blocnote en een potlood naar haar toe. Rosalind schreef het op en liet zich toen door Zaina naar de voordeur begeleiden.

'Tot ziens.' Ze omhelsde haar grootmoeder, haar keel dichtgeknepen van verdriet. 'Dank je wel voor... alles.'

'Je hoeft me niet te bedanken.' Zaina hield haar stevig vast. 'We zien elkaar weer voordat ik in de hemel ben. Deze toestand wordt snel rechtgezet. Dat beloof ik je.'

'Natuurlijk.' Niet overtuigd maakte Rosalind zich los uit de omhelzing.

'Goede reis. En wacht niet te lang om je bloem te plukken.' Het oude gezicht stond vredig, glimlachend ondanks de tranen die over haar gerimpelde wangen rolden.

Rosalind draaide zich resoluut om en stak de straat over zonder om te kijken, voor het geval Zaina nog in de deuropening stond. Die aanblik zou ze onverdraaglijk vinden.

Ze ging haar huis binnen, trok de deur overdreven hard achter zich dicht, en in een opwelling van boze energie rende ze de trap op. Ze wilde het inpakken en opruimen achter de rug hebben, zodat ze hier weg kon, terug naar de enorme, bruisende anonimiteit van de stad, waar ze mocht voelen wat ze wilde, mocht zijn wat ze wilde, zo lang als ze wilde. Waar haar relaties niet gecompliceerd of veeleisend waren. Terug naar haar schilderijen, naar haar jurken, naar het eethuisje op de hoek en het ziekenhuis aan de overkant van de straat, waar het niemand kon schelen of ze bestond of niet.

Ze wachtte met Bryn bellen tot ze alleen nog maar haar koffer hoefde dicht te klappen en kon vertrekken. Tot haar opluchting kreeg ze zijn voicemail. Wat er de avond ervoor allemaal gebeurd was, was te ingewikkeld om even snel te bespreken. Bryn had die dag geen tijd en geen ruimte voor dat soort narigheden, en Rosalind stond ook niet te popelen om ze nog een keer te herleven.

'Hai, Bryn. Hopelijk heb je een leuke dag vandaag en ging de afspraak ook goed. Bel me wanneer je tijd hebt. Ik ben... Bel maar gewoon.'

Een paar tellen nadat ze had opgehangen, piepte haar telefoon dat ze een berichtje had. Van Bryn. Net Caitlin gesproken. Klinkt als een hoop ellende gisteravond. Ik bel je zodra ik kan.

Rosalind gooide haar telefoon op het matras en stond briesend op, met haar handen op haar heupen. Die lieve halfzus van haar liet er geen gras over groeien. Ze was nauwelijks vrijgezel of ze rende direct naar haar reservevriendje, om hem ongetwijfeld een pro-Caitlin-versie van het verhaal te geven.

Het vertrouwde gevoel van verstikking welde op in Rosalinds borstkas.

Weg hier. Weg van deze puinhoop van een familie, weg van het melodrama, weg uit dit idyllische plaatsje, terug naar haar versnipperde, drukke, volledig veilige bestaan.

Ze deed haar koffer dicht en rukte aan de rits om hem dicht te krijgen. De telefoon ging over. Bryn. Ze liet hem op de voicemail springen en stuurde een berichtje.

Kan nu niet praten. Onderweg naar de stad.

Daar ben ik nu, samen eten?

Nee, nee, nee. Rosalind sloot haar ogen. Ze wilde hem niet zien. Niet vanavond. Ik moet even alleen zijn.

Oké. Wanneer zie ik je weer?

Ongewild raakte ze geïrriteerd.

Weet ik nu even niet. Hebben we het nog wel over.

Ze gooide haar telefoon weer op het bed, leunde met haar volle gewicht op de koffer en kreeg zo de rits dicht. Dat was dat.

Ze laadde haar huurauto in en liep nog een laatste keer door het huis om zeker te weten dat ze niets vergeten was of ergens nog rommel had achtergelaten. Toen reed ze naar het postkantoor op Palmer Square om haar naaimachine naar zichzelf op te sturen. Vervolgens leverde ze de auto in bij het verhuurbedrijf, waar ze de verbazing en ergernis van de medewerker over zich heen liet komen omdat ze de auto te vroeg terugbracht.

De trein naar New York vanuit Princeton Junction was op tijd, godzijdank – van meer dan een minuut vertraging was ze misschien al over de rooie gegaan – en niet druk, waardoor ze haar koffer op de stoel naast zich kon zetten om te voorkomen dat iemand daar zou gaan zitten.

Ze stapte uit op Penn Station, liep door de doolhof van gangen en kwam uit op Seventh Avenue, waar ze in de rij ging staan voor de taxi. Ze snoof de koude, stoffige stadsgeur op en genoot van de krioelende menigte en de ongeduldige voetstappen.

Na iets meer dan een halfuur in het drukke verkeer kwam ze aan bij haar gebouw aan West 60th en werd ze binnengelaten door Tim, de portier, die haar met een brede glimlach verwelkomde. Rosalind was zo blij om weer thuis te zijn dat ze hem bijna om zijn nek vloog.

Een kort ritje in de lift met twee mensen die gelukkig niets zeiden en ze was boven. Ze ontgrendelde de deur en stapte in de vertrouwde – zij het enigszins bedompte – sfeer, omringd door haar eigen kleurrijke bezittingen. Ze danste door het huis om alles te bekijken en zichzelf ervan te vergewissen dat ze er echt was.

Haar schilderijen! In het midden van haar atelierruimte stond een werk dat nog niet af was, een berkenbos in de herfst, de vormen en kleuren vaag en vlekkerig – een van haar lievelingswerken.

Haar stoffen! Een jurk als een lappendeken van bonte kleuren op een paspop. Alleen de mouwen ontbraken nog – ze moest nog beslissen wat voor soort mouwen – en hij moest nog omgezoomd worden.

Haar boeken! Haar muziek! Haar fitnessapparaten! Haar keuken! Ze maakte de koelkast open, die grotendeels leeg was, op een fles Pierre Péters-champagne na, omdat Rosalind heilig geloofde dat je altijd voorbereid moest zijn op een feestje.

Ze pakte snel uit, trok haar roze gebloemde joggingbroek aan en zette haar Keurig-machine aan om pepermuntthee te zetten. Terwijl het apparaat zijn werk deed, haalde ze het dekbed uit haar slaapkamer. Deze middag zou in het teken staan van een knusse reünie met haar bank. In de wijde omgeving geen familielid te bekennen.

Ze snoof de zalige pepermuntgeur op en kroop onder het zachte, warme dekbed. Ze zou zo lang als ze wilde lekker van haar eigen ruimte genieten. Ze had haar emoties onder controle, haar omgeving, en zichzelf.

Ze was alleen.

Hoofdstuk 19

26 september 1968 (donderdag)

De Stella Adler-opleiding is fantastisch, maar ik moet harder werken dan ik ooit heb gedaan. Omdat ik lang en knap ben, hebben alle vrouwen een hekel aan me. Ik moet dubbel zo vriendelijk zijn om een klein beetje te worden geaccepteerd. Ik zal hier niet veel vrienden maken. Veel mannen zijn nogal flirterig, op een paar na, maar die zijn denk ik homo. Met hen kan ik tenminste bevriend zijn, wat ik fijn vind, want anders zou ik me eenzaam voelen.

Daniel en ik moeten onze relatie geheimhouden, om te voorkomen dat mensen een nog grotere hekel aan me krijgen. Hoe meer ik hem zie, hoe meer ik van hem hou, en hoe banger ik ben dat hij niet meer van me zal houden als hij achter de waarheid komt. Hoe kan ik hem zoiets vreselijks vertellen? Dat ik misvormd ben, niet in orde, en wie weet of er iets aan gedaan kan worden, of ik ooit kinderen kan krijgen of een leven kan leiden zoals een man dat wil? Soms kan ik er bijna niet van slapen, maar tegelijkertijd word ik dolgelukkig van hem. En volgens mij wordt hij ook gelukkig van mij.

Nog steeds niets van papa of mama gehoord, maar Christina stuurde me een kort briefje dat mama vorige zomer aan tafel had gezegd dat ik voor de familie dood was en dat ze nooit meer met me mochten praten. En dan vindt ze mij melodramatisch? Als ik een ster ben, ga ik hen opzoeken wanneer ik maar kan en hen met dure cadeaus overladen. Dan zullen ze eens zien wat ik waard ben. Dan willen ze vast wel met me praten.

Gelukkig praat in elk geval Christina nu met me. Ik vergeef het haar dat ze zo'n vreselijke zus is geweest.

Rosalind zat opnieuw op de bank onder haar dekbed met een kopje pepermuntthee. Ze was nu een week thuis. Haar baas had haar baantje bij de koffiebar aan iemand anders gegeven, maar ze vond wel weer iets anders, misschien zelfs dichterbij. Ze had een beetje aan haar berkenschilderij gewerkt, maar was nog niet tevreden en wist niet goed waarom. Een paar keer was ze naar de sportschool gegaan, ze was met een studievriendin wezen eten en was een keer met een ex-collega naar de film gegaan. Ze had een tentoonstelling over Zuid-Amerikaanse kunst in het Guggenheim bezocht en had overwogen een hond te nemen.

Af en toe had ze wat berichtjes uitgewisseld met Bryn, die haar behoefte aan ruimte leek te respecteren en niet aandrong.

Al met al een prima week. Het perfecte tegengif tegen haar stressvolle tijd in New Jersey. In de verte hoorde ze het verkeer op straat, een bevestiging dat het leven verderging, ongeacht hoe zij het ervaarde. In de dodelijke stilte van Princeton had het negatieve bij haar snel de overhand gekregen.

Ze nam nog een slok van de warme, rustgevende pepermuntthee.

Toen de beker halfleeg was, besloot ze Olivia te bellen. Ze had Eve vermeden, die te veel vragen over Leila zou hebben, en 'Zie je wel' zou zeggen wanneer ze hoorde hoe rampzalig het allemaal verlopen was. Olivia wilde er met geen woord over spreken. Zij ook niet.

'Ha, Olivia.'

'Rozzy! Hoe gaat het? Lang niet van je gehoord.'

Rosalind zei maar niet dat je met een telefoon ook zelf kon bellen. 'Ik ben druk geweest.'

'Waarmee?'

'Dat wil je niet weten.'

'Oef, dat klinkt verdorven.'

'Nee, ik bedoel letterlijk dat je dat niet wilt weten. Je zei dat ik er niet over moest beginnen.'

'O, dat.' De stem van haar zus werd vlak. 'Klopt. Dat wil ik ook niet. Praat maar over iets anders. Het weer? Werk? Mannen?'

Rosalind aarzelde voor ze antwoord gaf. Ze wist niet hoe ze haar relatie met Bryn moest omschrijven. En toen bedacht ze dat dat ook niet hoefde als ze dat niet wilde. 'Ik heb iemand leren kennen.'

'O, wat geweldig! Wie? Hoelang hebben jullie al iets? Heb je mijn advies opgevolgd over je kleren en je haar?'

'Nee.' Rosalind haalde haar vingers door haar tweekleurige kapsel, waardoor het rechtovereind stond. 'Maar hij lijkt me desondanks leuk te vinden. Kun je nagaan.'

'Natuurlijk vindt hij dat, je bént ook superleuk. Woont hij in New York?'

'New Jersey. Princeton.'

'Hoe heb je hem ontmoet?'

'Kan ik je niet vertellen.'

'God, hij is toch niet je geadopteerde broer of zo?'

Rosalind liet bijna haar beker vallen. 'Nee!'

'Godzijdank. Wat doet hij?'

Ze grijnsde bij het vooruitzicht van Olivia's reactie. 'Hij is beeldhouwer.'

'O, nee,' jammerde Olivia. 'Hij heeft toch geen knotje, hè?'

'Nee, geen knotje.'

'Baard? Piercings? Wietverslaving?'

'Geen van bovenstaande, mevrouw Stereotype. Hij is stabiel. Zelfs jij zou hem leuk vinden.'

'Wat een goed nieuws dan!'

Op cynische toon vroeg Rosalind: 'Zou het dat anders niet zijn?'

Olivia zuchtte ongeduldig. 'Je snapt heus wel wat ik bedoel. Hij klinkt leuk. Ik wist dat je niet voor altijd single zou blijven. Hou deze vast.'

'Doe ik.' Plechtig vervolgde ze: 'Heel, heel lang.'

Haar zus hapte naar adem. 'Bedoel je –'

'Misschien wel twee of drie maanden.'

'Rosalind.'

'Grapje.' Ze onderdrukte een giechel om haar zus niet nog meer te irriteren. 'Hoe gaat het bij jou?'

'Geen nieuws. Ik word gek van Derek. Ik wil de badkamer verbouwen, maar hij houdt het af. "Zolang de wc en de douche het doen, hoeft er toch niks gemaakt te worden?"' Ze imiteerde zijn chagrijnige stem perfect.

'Ha!' Rosalind nam een slok thee en zakte onderuit op de bank. 'Het gewone getrouwde leven dus. Wat nog meer?'

'Ik heb papa gisteravond gesproken. Hij klaagde dat jij de enige dochter bent die hem bijna nooit belt. Hoe zit dat?'

Rosalind ging rechtop zitten en zei stijfjes: 'Druk. Zei ik toch?'

'Kom op. Zo druk dat je niet even kunt bellen? Hij moet alles opnieuw leren: lopen, praten, eten, lezen, rekenen – alles.'

'Ja, dat heb je bij een beroerte.' Rosalind zette haar beker op de Picasso-onderzetter die haar glazen salontafel tegen kringen moest beschermen. Na een zalige week in afzondering maakte haar zuurverdiende ontspanning direct weer plaats voor woede en schuldgevoel zodra het over haar vader ging.

'Au. Dat is hard, Rosalind. Papa heeft je nodig nu.'

Hun moeder had hem ook nodig gehad, als trouwe echtgenoot. Zijn dochters hadden hem ook nodig gehad, als eerlijke vader. Zoals verwacht was Rosalinds kalme aanvaarding in Zaina's keuken van zijn zo goed als bewezen overspel louter ontkenning geweest, een uitstel van de onvermijdelijke emoties die zouden volgen. 'Hij wordt ook wel beter als ik niet bel.'

'Wat? Wat is dat nou voor houding?'

'Olivia, ik wil even geen contact met papa. Langer dan even, eigenlijk.'

'Waarom niet?'

Rosalind schoof het dekbed van zich af. Had ze maar niet gebeld. Het was makkelijker om haar vader te negeren wanneer ze er niet op gewezen werd dat ze hem kwetste met haar stilzwijgen. 'Het is ingewikkeld.'

'Je kunt niet voor dingen blijven wegrennen zodra het moeilijk wordt, Rosalind.'

Die scherpe opmerking was als een klap in haar gezicht. 'Dat is gemeen. Je hebt geen idee wat mijn redenen zijn.'

'Heeft het met mama te maken?'

'Ja.'

'Nou, wat het ook is, zet je er alsjeblieft overheen. Het is wreed om hem in de steek te laten. Hij is altijd zo sterk geweest; nu is hij heel zwak en kwetsbaar. Je weet hoe mannen zijn. Het is een enorme klap voor hem geweest. Eve was afgelopen weekend bij hem en zei dat het een kwelling was om hem te zien worstelen om een simpele zin te lezen. Ze zei dat het personeel hem behandelt als een zieke, oude man, als een van de velen.'

'Hij ís ook een zieke, oude man. Hij is een van de velen.'

'Nee, dat is hij niet! Hij is Daniel Braddock!'

Rosalind rolde met haar ogen. Dat was precies de houding die zijn arrogantie had gevoed. Zet mannen op een plek met macht en ze gingen hun eigen propaganda geloven. 'Oké, hij is een zieke, oude Daniel Braddock.'

'Beloof me dat je hem belt.'

'Olivia, dat beloof ik niet.'

'Beloof me dat je erover na zult denken.'

'Oké. Ik beloof dat ik erover na zal denken.' Ze veranderde van onderwerp en stelde wat vragen over Olivia's kookprogramma en hoe het weer was in LA, en hing toen opgelucht op. Ze trok haar dekbed weer over zich heen en pakte haar thee.

Maar hoe ze ook haar best deed om terug te keren naar de zalige ontspanning van ervoor, ze kreeg het beeld niet uit haar hoofd van de doffe blik en het verzwakte lichaam van haar altijd zo energieke vader, toen ze hem voor het laatst in Maine had gezien. Twee maanden geleden.

Ze ging weer rechtop zitten en drukte op de afstandsbediening die naast haar op een stapel deels gelezen *New Yorkers* lag. Misschien hielp televisiekijken. Misschien was er een goede film. Na een paar keer gericht en vervolgens ongericht zappen trok ze zoals verwacht de conclusie dat er niets op tv was. Haar stemming werd van kwaad tot erger. Waar was ze mee bezig? Zat ze hier nou midden in een van de rijkste, grootste steden ter wereld te balen dat er niets op televisie was?

Haar hand hield stil op de afstandsbediening. Een verlangen overspoelde haar, zo sterk dat ze eraan moest toegeven. Iets wat ze al zo lang niet had gedaan dat ze niet meer wist wanneer het voor het laatst was geweest, onder welke omstandigheden, en of Jillian Croft nog leefde of al dood was.

Ze wilde een film van haar moeder kijken.

Niet zomaar eentje. De enige echte. Rosalinds lievelingsfilm: *Dangerous Fall*, een meeslepende romantische film van eind jaren zeventig, toen Jillian op de top van haar roem was. Met bevende handen bladerde ze door het aanbod op Netflix. Ze vond de film en zette hem aan, waarna ze de afstandsbediening als een schild tegen haar borst klemde. Ze stond op het punt haar moeder weer te zien.

Bij de intro van de film vloeiden de tranen. Toen verscheen Jillian op het scherm, lang, vitaal en zo adembenemend mooi dat Rosalind weemoedig door haar tranen heen glimlachte.

Jillian speelde Maura, een stoere, nuchtere verpleegster met een hart van goud, die gaat werken in het huis van Curt, een zwaarmoedige, teruggetrokken miljonair, gespeeld door James Coburn. Maura verpleegt Curt, die tijdelijk verlamd is geraakt na (zoals de titel al verraadde) een gevaarlijke val.

Jillian Croft spatte van het scherm. Het was jammer voor de andere spelers, maar zij trok als een magneet alle aandacht naar zich toe. Ze vertolkte Maura zo natuurlijk dat de gestileerde dialogen en onwaarschijnlijke plotwendingen tot het einde toe aangrijpend bleven. Haar kastanjebruine haar viel glanzend over haar schouders, elke lok precies op de juiste plek. Haar lichtbruine ogen weerspiegelden elke emotie die ze voelde, tenzij ze die bewust verborgen hield; in dat geval sprak ook haar uitdrukkingsloze gezicht boekdelen.

Rosalind was immens trots op wat haar moeder ondanks alle obstakels op haar pad had bereikt, en werd volledig in beslag genomen door de film: Curt, die geleidelijk ontdooide; de ontluikende liefde tussen de twee personages, ondanks hun ruzies; Curts uiteindelijke herstel, en de ontluisterende ontdekking dat Maura een dodelijke ziekte heeft.

Halverwege kwam Rosalinds lievelingsscène, waarin Curt op de grond valt, uitgeput door zijn vergeefse pogingen om te lopen. Maura zet haar handen in haar zij en berispt hem met haar geheel overtuigende zuidelijke accent: 'Mijn moeder zei altijd: "Stop pas met hozen als de boot droog is."'

De eerste keer dat Rosalind de film zag, had ze dat een raadselachtige zin gevonden. Onder het eten had ze haar moeder gevraagd wat het betekende. Haar moeder had met haar ogen gerold en verteld dat ze het een geweldige film vond, maar dat dat de moeilijkste zin was die ze ooit had moeten zeggen, omdat Coburn hem afgrijselijk vond. Hij schoot steeds in de lach en stak haar dan aan. Ze hadden Sydney Pollack, de regisseur, gevraagd om de zin te veranderen, maar dat had hij geweigerd. Uiteindelijk was de hele crew zo geïrriteerd door het gegiechel van de twee sterren, en was het zo laat geworden, dat ze niet meer durfden te lachen.

Rosalind had direct gevraagd waarin ze de zin hadden willen veranderen. Haar moeder had haar ellebogen op tafel gelegd en met een schalkse blik gevraagd of iemand een suggestie had. Vanaf dat moment werd het een en al hilariteit aan tafel.

Puber Olivia had bedacht: 'Stop pas met mest scheppen als de stal schoon is.'

Tiener Rosalind kwam met: 'Stop pas met roeren als je geen klonten meer in je pap hebt.'

En zelfs kleine Eve had een duit in het zakje gedaan: 'Laat je zonnebril niet vies worden, want dan zie je niks.'

Op het scherm wist Jillian zelfs de grootste clichés fris en betekenisvol te laten klinken, al werd Rosalinds plezier getemperd door de duidelijke parallellen met haar vaders gezondheid. Leren lopen wanneer je vroeger kon rennen…

Ze zette haar medelijden van zich af en concentreerde zich op Maura, die de gebroken Curt overeind hielp, hem aanspoorde om te blijven oefenen en hem licht aan het eind van de tunnel beloofde. Uit haar hele doen en laten bleek overduidelijk dat ze ervan overtuigd was dat een volledig herstel de enige mogelijke uitkomst was.

Natuurlijk werd Curt beter en natuurlijk werden ze smoorverliefd. Daarna bedreigde haar diagnose hun geluk. Ze gingen samen picknicken, met bladeren die in rode, gouden en oranje tinten om hen heen dwarrelden, terwijl Maura er duidelijk ziek en vermoeid uitzag. Curt pakte haar hand en probeerde zijn eigen angst en verdriet te onderdrukken door stoïcijns haar moeders zin te herhalen: stop pas met hozen als de boot droog is, mijn lief…

De tranen stroomden zo hard over Rosalinds wangen dat ze niet eens kon glimlachen. De film eindigde met Coburn in smoking, nog maar heel licht hinkend, die een bos rode rozen op Maura's graf legt en vervolgens naar de kerk rijdt waar hij gaat trouwen.

Een klassieke tearjerker van Sydney Pollack, met prachtige muziek van Jerry Goldsmith en kostuums van Theoni Aldredge.

Rosalind snoot haar neus en veegde haar tranen weg. Ze schoof het dekbed van zich af, want ze had het warm gekregen van alle emoties. Minutenlang keek ze naar de aftiteling die over het scherm rolde. Haar onderbewuste had kennelijk deze film gekozen vanwege de boodschap die erin zat. Of haar moeders geest had het gedaan.

Stop pas met hozen als de boot droog is.

Haar boot was nog niet droog. Het water stond nog tot aan de dolboorden. En terwijl ze zichzelf de afgelopen week had wijsgemaakt dat ze moest bijkomen, was ze in feite helemaal opgehouden met hozen.

Bryn nam direct op. 'Hai.'

'Ha, Bryn.' Alleen al bij het horen van zijn stem voelde ze vlinders in haar buik.

'Je wordt gemist.'

'Het spijt me. Ik was zo –' Er klonk een sirene aan de andere kant van de lijn. 'Waar ben je?'

'Onderweg naar jou.'

'Wacht even – wát? Nu?' Ze bleef abrupt staan. Haar hart begon te bonzen en ze miste hem met terugwerkende kracht zo sterk dat het leek alsof ze uit een soort emotioneel coma was ontwaakt.

'Ik was vandaag weer bij een galerie en ik dacht: ik waag het erop.'

'Hoe weet je mijn adres?'

'Zaina belde me nadat je weg was. Ze dacht dat ik misschien achter je aan wilde gaan.'

Rosalind glimlachte. 'En dat wilde je.'

'Ja. Geen enkele trots. Volgens Google ben ik er over een halfuur. Ik heb avondeten bij me. Heb je honger?'

Haar glimlach werd nog breder. 'Ja.'

'Tot zo.'

Rosalind stak een vuist in de lucht – *yes!* – en realiseerde zich toen dat de man op wie ze verliefd was zo meteen voor de deur stond, nadat ze hem een week lang links had laten liggen. Hij verdiende beter dan dat ze voor hem opendeed in een joggingbroek en met een vlekkerig gezicht van het huilen.

In de badkamer waste ze haar gezicht met koud water en haalde ze haar natte handen door haar haar om het een beetje te fatsoeneren, wat het alleen maar erger maakte. Ze hield haar hoofd onder de badkraan, wat tot gevolg had dat de droge warboel een natte warboel werd.

De situatie vroeg om drastische maatregelen.

In het badkamerkastje vond ze de tondeuse die ze had gekocht toen ze dit kapsel nam, met opzetkam nummer 8 er nog op. Ze legde een oud douchegordijn op de vloer en sloeg er eentje om haar schouders. Twintig minuten later waren beide gordijnen weer opgeborgen en blies ze met de föhn alle losse haartjes weg. Tevreden keek ze in de spiegel. Er was nog een bescheiden twee centimeter van haar oorspronkelijke bruine haarkleur over.

Nu: eyeliner, blush, mascara. Paarse yogabroek met een zwarte tuniek met bloemmotief die ze zelf had ontworpen, waar het paars van de broek in terugkwam. Zwarte platte schoenen.

Tim belde van beneden. 'Er is hier ene Mr Griffiths.'

'Stuur hem maar naar boven.' In de slaapkamer maakte ze haar outfit af met gouden oorbellen en een armband die van haar moeder was geweest, waarna ze een laatste blik in de spiegel wierp.

Zelfs Olivia zou dit goedkeuren.

Dus deed ze nog een felgele buikband om en verruilde ze de zwarte schoenen voor gele sandalen met open neuzen en regenboogzolen. Ze streek haar tuniek glad en wou dat ze dat ook met haar zenuwen kon doen. Toen werd er geklopt en deed ze de deur open.

Toen ze hem zag, zijn krullen, zijn warme, blauwe ogen, ruikend naar de koude stad, een boodschappentas in de hand, vroeg ze zich af hoe ze ooit had kunnen denken dat het iets zou oplossen om hem uit haar leven te bannen. Hoe ze überhaupt ooit had kunnen denken dat iemand buitensluiten de oplossing was.

'Hallo.' Hij bekeek haar van top tot teen. 'Wauw. Je ziet er fantastisch uit.'

'Jij ook.' Dat meende ze. Al zat hij onder de puisten, dan nog zou ze hem op dat moment fantastisch hebben gevonden. Ondanks haar kinderachtige terugtrekgedrag was hij naar haar toe gekomen. Híj was wél blijven hozen.

'Leuk, je haar zo.' Hij wees naar haar geschoren hoofd. 'Wanneer heb je dat laten doen?'

'Nu net. In de badkamer.'

'Dat meen je niet.' Hij schoot in de lach. 'Wat, ben je met een grasmaaier over je hoofd gegaan?'

'Zoiets.' Ze grijnsde, absurd blij om hem te zien, en wist niet zo goed wie de eerste stap moest zetten.

'Ik ben blij dat je belde. Ik was al bang dat ik een flinke strijd met de portier zou moeten leveren om binnen te komen.'

'Het werd ook de hoogste tijd.' Ze lachte zenuwachtig. 'Dat ik je belde, bedoel ik.'

Ze glimlachten nog even naar elkaar en deden toen allebei een stap naar voren, waarop hij haar in zijn armen nam en haar innig zoende, de boodschappentas bungelend tegen haar billen. Daarna volgden nog meer zoenen. Nog veel meer. Gepassioneerd, lief, met alle remmen los. Het was lang geleden.

'Bryn.' Rosalind hield haar armen om zijn nek geslagen en probeerde alles zo goed mogelijk te zeggen. 'Afgelopen week was een vergissing. Jou buitensluiten was... verkeerd. Zo heb ik het altijd gedaan. Maar dat is geen kolibrie... Dat is een angsthaas. Het spijt me.'

'Je bespaart me mijn preek.' Hij wreef met zijn wang tegen de hare. 'Het geeft niet als je soms ruimte nodig hebt, Rosalind. We moeten het alleen van tevoren uitpraten, zodat ik er niet honderddrieënvijftig uur over hoef te piekeren dat ik je kwijtraak.'

'Ik weet het.' Ze kneep haar ogen dicht. 'Het was echt egoïstisch van me.'

'Sst, het is al goed. Voel je maar niet schuldig.'

Rosalind sperde haar ogen open. 'Heb je echt de uren geteld?'

'Welnee. Zo sneu ben ik nou ook weer niet.' Na een laatste zoen liet hij haar los. 'Kom, we gaan lekker eten. Leuk huis heb je, trouwens. Mooi appartement.'

'Bedankt dat je eten hebt meegenomen.' Ze ging hem voor naar de keuken, dolblij en opgelucht dat ze op tijd tot inkeer was gekomen, dat ze verder konden, dat hij haar nog een kans had gegeven. 'Ik zou anders een soepje maken.'

'Dat krijg je nu ook. Ik heb kippensoep bij me, maar ook een broodje pastrami dat groot genoeg is voor vier personen, koolsla, en brownies met karamel en zeezout.' Hij zette de tas op het aanrecht.

'Een New Yorks feestmaal.'

'Waar staan de borden?' Bryn begon kastjes open te trekken. 'Ah, hier. Vertel eens waarom je me toch hebt gebeld.'

Haar hart smolt omdat hij die belangrijke vraag expres zo terloops mogelijk stelde.

'Mijn moeder zei dat ik stom bezig was.'

Met twee borden in zijn hand bleef hij staan. 'Leila?'

'Jillian. Een boodschap vanuit het graf.' Ze grinnikte toen ze zijn verwarde blik zag en pakte twee glazen voor het bier. 'Ik heb een van haar films gekeken.'

'Welke?' Hij sneed het gigantische brood in stukken en legde die op de twee borden.

Het water liep Rosalind in de mond. *'Dangerous Fall.'*

'Die is me ontgaan. Ik heb wel een paar andere gezien. Ze was echt bijzonder.' Hij zette de soep in de magnetron en stelde de tijd in. 'Wat was haar boodschap?'

'Stop pas met hozen als de boot droog is.'

Hij schoot in de lach en keek haar aan. 'Ik denk dat als iemand dat zei, ik ook mezelf zou bellen.'

'Het is een sentimenteel verhaal, en ik hoop dat ik er zonder film ook wel achter gekomen zou zijn. Maar het hielp wel.' Ze pakte twee kommen voor de soep en dacht aan iets wat Bryn eerder had gezegd. 'Ik heb nog helemaal niet gevraagd hoe het bij de galerie ging vandaag. Hoe was het? Je zei dat de eigenaar van vorige week niet heel enthousiast was over je werk. Die man heeft geen smaak.'

'Inderdaad. Maar vandaag ging het goed.' Bryn haalde de soep uit de magnetron en zette hem direct weer neer, wapperend met zijn handen.

'Ja?' Ze reikte hem een paar bordeauxrode siliconen ovenwanten aan die naast de broodrooster lagen en trok de bestekla open voor vorken en lepels. 'Vertel dan!'

Bryn schonk de soep voorzichtig in de twee kommen. 'Clyde, de eigenaar, was niet alleen geïnteresseerd in een solo-expositie van mijn beelden, maar was ook enthousiast over mijn nieuwe werk.'

'Bryn!' Ze liet het bestek weer in de la vallen en omhelsde hem. 'Wacht even, welke nieuw werk?'

'De beelden van jou.'

'Heb je ze af?'

'Alleen schetsen. Maar het concept sprak hem aan.'

'Maar dat is fantastisch! Ik ben heel trots op je.'

'Er valt nog genoeg te doen.' Hij liep met de soep naar de tafel. 'Nu ik eraan denk: ik wil straks je schilderijen zien.'

'O. Oké.' Ze legde de servetten en het bestek op tafel, bij voorbaat in verlegenheid gebracht bij het idee dat hij haar werk zou beoordelen. 'Ik ben erg blij met je goede nieuws. Gefeliciteerd.'

Hij zette de kommen neer. 'Je hebt geen idee hoe dankbaar ik je ben, omdat je me uit een artistieke en emotionele sleur hebt gehaald. Ik zat vast in de rouw om Jakes dood. Dankzij jou kon ik verdergaan.'

'Wat fijn om te horen.' Rosalind raakte zijn wang aan toen ze weer naar de keuken liep voor de bierglazen. 'Maar het enige wat ik gedaan heb, is ten tonele verschijnen en je beste vriendschappen verpesten.'

'Dat is waar.'

'Emil! Hoe kon ik dat nou vergeten?' Rosalind haastte zich met de glazen terug naar de tafel. 'Heeft Caitlin gezegd wat haar die avond ontglipte? Over jou en haar?'

'Emil heeft het me verteld.'

'O, god.' Rosalind zette de glazen neer. 'Ik had je moeten waarschuwen. Ik ben deze week alleen maar met mezelf bezig geweest.'

'Dit is niet jouw puinhoop.' Hij pakte haar bij haar schouders en keek haar aan. 'Het is de mijne. Ik wil al drie jaar dat Caitlin het tegen hem zegt. Misschien niet in deze context, maar...'

'De context was vreselijk.' Ze kreunde bij de herinnering. 'Was hij kwaad?'

'Er is aardig wat geschreeuwd. Maar dat had ik ook verdiend, en het moest er even uit. Daarna kalmeerde hij en hebben we gepraat. Hij neemt ontslag en koopt een motor.'

Rosalind gaapte hem aan. Ze had niet gedacht dat Emil dat in zich had. 'Is dat wel een goed idee?'

'Misschien. Het zou hem goed kunnen doen, maar het zou ook rampzalig kunnen uitpakken. Waarschijnlijk iets ertussenin. Maar als hij het graag wil, kan hij het maar beter nu doen, nu hij nog jong en single is.' Bryn haalde zijn schouders op. 'Maar wat veel belangrijker is: we hebben een flesopener nodig.'

'Die heb ik. Ik zal hem... Wacht! Ik bedenk net iets.' Ze haalde de bierglazen weer van tafel en liep naar de koelkast. 'We moeten champagne drinken om het te vieren.'

'Wat, Emils motor?'

'Je expositie.' Ze pakte de fles, draaide het ijzerdraad eraf, ontkurkte hem en schonk de champagne in twee fluitglazen. Ze reikte Bryn er een aan. 'Op jouw succes!'

'En op het jouwe.'

'Het mijne?' Rosalind trok sceptisch haar wenkbrauwen op. 'Wat heb ik dan gedaan?'

'Je hebt je met succes herinnerd dat ik de man van je dromen ben.' Hij lachte toen hij haar blik zag en hief zijn glas. 'Op ons, Rosalind. Ik ben dolblij dat je belde.'

'Ik ook.'

Ze toostten en stortten zich vervolgens op de soep, die goed gevuld en precies zout genoeg was, met noedels en grote stukken vlees – bijna een maaltijd op zich. Samen aten ze nog een half broodje en ze bewaarden de rest. De calorieën van de brownies besloten ze in te ruilen voor de rest van de champagne. Ze ruimden snel af en Bryn vulde de glazen bij.

Rosalind ging hem voor naar haar atelier en voelde zich opeens verwant met mensen die op het punt staan geëxecuteerd te worden.

'Huh?' Bryn bleef vlak over de drempel staan en keek om zich heen naar de achterkanten van de doeken die tegen de muur stonden. 'Bewaar je ze omgedraaid?'

'Ik vind het niet fijn om te zien wat ik heb gemaakt. Ik wil alleen zien wat ik aan het maken ben.'

'Oké.' Hij liep naar haar berken, zette de fles op de grond en bekeek het schilderij. Nam een slok champagne. Bekeek het nog wat langer. Wreef bedachtzaam over zijn kin. Rosalinds wangen brandden van vernedering, en hij had nog niet eens iets gezegd. 'Ik vind deze heel mooi, Rosalind.' Hij deed een stap achteruit. 'Heel mooi. Mag ik er nog meer zien?'

'Natuurlijk.' Ze liep de kamer rond en draaide doeken voor hem om. Van de zenuwen dronk ze de champagne te snel op, en ze dacht aan haar moeder, die van jongs af aan heilig in haar eigen talent had geloofd. Nog meer bewijs dat ze genetisch niet verwant waren.

Bryn liep langzaam de ruimte door. Bij sommige doeken bleef hij wat langer staan kijken, terwijl hij op andere slechts een vluchtige blik wierp. 'Zijn dit alle Maine-schilderijen?'

'Ja. Colorado staat in de opslag.'

'Ik vind ze heel mooi, Rosalind. Je hebt een goed oog voor verhoudingen en kleur, en je geeft duidelijk veel om je onderwerp. Er gaat iets weemoedigs van uit. Heel interessant.' Hij kwam weer bij haar staan en tikte met zijn bijna lege glas tegen het hare. 'Op jou. Je hebt veel talent. Dank je wel dat je ze me hebt laten zien.'

'Graag gedaan. Jij ook bedankt.' Ze dronk haar glas leeg en voelde zich vreemd ontgoocheld. Kennelijk had ze gehoopt dat hij zou zeggen dat het de beste doeken waren die hij ooit had gezien, ook al wist ze dat het niet zo was.

'Wat is er?'

'Niets!' Ze probeerde zo oprecht mogelijk te glimlachen en pakte zijn lege glas. 'Ik ben blij dat je ze mooi vindt.'

Hij kneep zijn ogen tot spleetjes. 'Maar...'

Waarom kon die man zo goed gedachtelezen? 'Maar... Ik weet het niet. Wat kan er beter aan?'

'Beter?'

'Professioneler.'

'Wat betekent dat eigenlijk?'

'Geen idee.' Ze drukte de glazen tegen haar gloeiende wangen. Als ze het daarnet warm had gehad, had ze het nu bloedheet. 'Gewoon... beter.'

'Ik geloof dat ik je wel begrijp.' Hij kuste haar zacht en keek haar met een geamuseerde blik aan, maar op zo'n tedere manier dat ze zich er niet aan kon ergeren. 'Het slechte nieuws is ook het goede nieuws. De enige die jou kan doen geloven dat je voldoende talent hebt, ben jijzelf. Wat andere mensen vinden doet er niet toe. Vorige week vond een galerie mij helemaal niks. Deze week vindt een andere galerie me briljant. Ik heb hun allebei hetzelfde portfolio laten zien. Is het dan slecht? Of niet? Geen van beide: het is wat het is, en mensen vinden het mooi of niet mooi. Erger nog: ze kunnen het nu mooi vinden en dan over een paar maanden, of over tien jaar, collectief van mening veranderen. Maar als ik er zelf niet in geloof, wordt het niet gemaakt.'

'Ik heb dat zelfvertrouwen niet.'

'Jawel, want je blijft schilderen. Ik zeg niet dat je je demonen kwijt moet zien te raken, want dat is onmogelijk, tenzij je een enorme narcist bent. Je moet alleen zorgen dat ze een hinderlijk stemmetje in je achterhoofd worden, geen brullende leeuwen op de voorgrond.'

Rosalind luisterde geboeid en knikte. 'Hoe dan?'

'Eh...' Hij krabde op zijn hoofd. 'Dat weet ik niet. Tegen jezelf liegen?'

Ze schoot in de lach en keek hem aan zonder de emotie in haar ogen te verbergen. Het kon haar niet schelen als hij wist dat ze tot over haar oren verliefd op hem was. 'Dank je, Bryn. Jij zei daarnet dat ik je heb bevrijd van een last die je al lange tijd met je meedroeg. Jij doet hetzelfde voor mij, alleen ben ik zelf de last die ik meetors. Ik ben mijn eigen lastpak.'

Hij nam de glazen van haar terug en zette ze op de grond onder de ezel. 'Klinkt alsof we goed bij elkaar passen.'

'Misschien heb je gelijk.'

'Natuurlijk heb ik gelijk.' Hij kwam dichterbij, tot hun lichamen elkaar van borst tot benen raakten. 'Wat denk je ervan om deze rondleiding door je appartement voort te zetten?'

Ze sloeg zijn armen om zijn nek en drukte zich suggestief tegen hem aan. 'Had je een bepaalde kamer in gedachten?'

'Jij mag kiezen.' Ze schonk hem een verleidelijk lachje, kuste hem en liep langzaam naar haar slaapkamer, ondertussen traag het ene kledingstuk na het andere uittrekkend. In de deuropening draaide ze zich om, en ze zag dat Bryn ook naakt was, wat ze een prima idee vond. Ze vielen op haar bed en bedreven de liefde alsof ze elkaar maanden niet hadden gezien, in plaats van een paar dagen. De vertrouwde handelingen leken intenser en nieuwer door lange blikken, gefluisterde woorden en emoties die diep en hevig waren. En maar een klein beetje beangstigend.

Naderhand lag Rosalind naast Bryn, haar hand op zijn borstkas, het geruststellende kloppen van zijn hart onder haar vingers, en kreeg ze het gevoel dat ze op het punt stond iets groots en belangrijks te ontdekken, alsof er iets in haar wilde uitbarsten, maar ze nog niet wist wat het was.

Ze ontspande zich en liet de emoties, gedachten en herinneringen door haar hoofd wervelen zonder er een samenhang in te willen zien, in de hoop dat die vanzelf zou komen.

Bryns strelingen over haar haar vertraagden, zijn ademhaling vertraagde, zijn hartslag vertraagde. Ze lag heel stil, eindelijk een keer geduldig, tot het haar duidelijk werd wat ze moest doen.

Net als Emil die vertrok op zijn motor, en net als Leila die Rosalind wegstuurde toen het ingewikkeld werd, zo ging ook Rosalind weg, tevergeefs op zoek naar een situatie die nooit lastig of ingewikkeld werd, of ze trok zich terug.

Als ze naar de toekomst keek, wilde ze anders leven. Dat ze vandaag Bryn had gebeld was een goede eerste stap geweest. Nu moest ze een volgende, veel moeilijkere stap zetten. Vreemd genoeg voelde ze geen angst, maar kalme vastberadenheid, tevredenheid zelfs.

Naast haar voelde ze Bryn bewegen en slikken. Hij knipperde met zijn ogen.

'Bryn,' fluisterde ze. 'Ik heb iets besloten.'

Zijn hand hervatte het strelen van haar haar. 'Hm-m?'

'Overmorgen rijd ik naar Boston om Eve op te zoeken en daarna ga ik naar Maine.'

'O ja? Maine? Hoe dat zo?'

Ze drukte zich warm en gelukkig tegen hem aan. Ze wilde snorren als een tijgerin. 'Om met mijn vader te praten.'

Hoofdstuk 20

15 december 1968 (zondag)

Ik ben doodop. Het voelt alsof ik afgelopen semester tot de grond toe ben afgebroken en maar voor de helft weer ben opgebouwd. Alles wat ik dacht te weten, is op de proef gesteld, en mijn diepste emotionele privacy is geschonden. Ik vond het geweldig! Want ik ben goed. Ik ben heel goed, en dat weet ik, dat heb ik altijd geweten, maar erkend worden door al deze mensen op een school waar de beste acteurs van het land op hebben gezeten... Ik kan het bijna niet omschrijven. Door de gangen lopen, dingen aanraken die anderen misschien ook hebben aangeraakt: stoelen, bureaus, tafels – Karl Malden, Marlon Brando, Anthony Quinn. Hoeveel medestudenten zullen ooit een podium of filmdoek met me delen? Wie worden er onsterfelijk, net als al die sterren vóór hen? Ik krijg er kippenvel van.

Ik heb mijn naam gekozen. Zeg maar dag tegen Sylvia Moore uit Jackman, Maine, God hebbe haar ziel. Hier is Jillian Croft! De wereld zal deze naam nog vaak horen, dat garandeer ik je.

Het beste nieuws is nog – er gebeuren zo ontzettend veel goede dingen in mijn leven hier in New York – dat ik Daniel volgens mij kerstinkopen zag doen bij Tiffany's. Ik krijg bijna geen adem als ik denk aan wat hij misschien voor me gekocht heeft. Volgens mij is het binnenkort tijd om hem de waarheid te zeggen. Maar ik ben erg bang.

Sylvia, het allerbeste, God zegene je en opgeruimd staat netjes.

Van Jillian.

Rosalinds huurauto liet een bevestigend bliepje horen toen ze hem afsloot. Ze was aangekomen bij het huis van Eve aan Littles Point Road in Swampscott, Massachusetts, een van de bescheidener huizen in deze mooie, rustige buurt vlak bij de kust. Haar zus had zichzelf het huis cadeau gedaan nadat ze aan Harvard was afgestudeerd met een master in architectuur, de enige Braddock-zus met zo'n hoog diploma.

Het was een eenvoudig wit koloniaal huis met zwarte luiken, witte kozijnen en een felrode voordeur. De tuin had een totaal ander aanzien gekregen sinds Rosalind er voor het laatst was geweest, een jaar of vijf geleden, niet lang nadat Eve het had gekocht. De iele den in de voortuin was vervangen door een volle blauwspar met naalden in een vage poederblauwe kleur. Het grote bloemperk voor het huis was opgefrist met hulst en rododendron, het kronkelende pad met flagstones was rechtgetrokken en was voorzien van nieuwe stenen in verschillende tinten en langs de randen kasseien in een donkere kleur. Eve had een scherp oog voor design, al miste Rosalind ergens ook de groene wildernis van de vorige eigenaar.

'Hé, Rosalind! Dat heb je snel gedaan.' Eve kwam met gespreide armen naar buiten. Ze leek nog dunner dan vorige zomer, en ze was al zo dun.

'Ha, Eve.' Rosalind omhelsde haar innig, gehinderd door de onwelkome gedachte dat haar zus waarschijnlijk geen bloedverwant was. Het deed er niet toe, nu niet en in de toekomst ook niet, maar toch was het moeilijk te bevatten. 'Het verkeer viel mee toen ik eenmaal Connecticut door was.'

'Mooi zo. Kom binnen. Ik ben heel blij dat je naar papa toe gaat. Hij is nogal...' Eve maakte een vaag gebaar.

'Ik weet het. Kwaad op mij dat ik niet eerder langs ben geweest.'

'Ja.' Ze draaide zich om bij de voordeur. 'Maar je moet je ook voorbereiden. Het herstel gaat langzaam. Langzamer dan iedereen wil, vooral hijzelf. Hij mocht van de artsen bij Lauren gaan wonen, zolang er maar altijd een verpleegkundige aanwezig is, maar ze weten niet zeker wat er aan de hand is.'

'Oké.' Rosalind kreeg een knoop in haar maag. 'Goed dat je het zegt.'

'Die arme Lauren krijgt het flink voor haar kiezen. Kom, ik zal je je kamer laten zien.'

'Voor haar kiezen?' Rosalind liep achter haar zus aan de blankhouten trap op, die pas gerenoveerd leek.

'Zijn frustratie en zijn buien en zo.'

'Is dat ooit anders geweest dan?'

'Daar zeg je wat. Hier is het.' Eve liep de gang in en deed de eerste deur aan haar rechterhand open. Wanneer ze bewoog, kleefden haar beige broek met wijde pijpen en haar beige-wit gestreepte tuniek aan haar benen en romp, wat haar magere postuur benadrukte. 'Je hebt weleens eerder in deze kamer geslapen, toch?'

'Ja.' Toen Rosalind over de drempel stapte, wist ze het echter niet meer zeker. 'Dacht ik. Heb je hem veranderd?'

'We hebben heel veel veranderd. Wat vind je ervan?'

'Prachtig.' Ze gleed met haar handen over de zachte grijs-witte beddensprei, met daarop zachtgroene en donkerblauwe kussens waarvan de kleuren terugkwamen in de gordijnen en het schilderij dat boven het bed hing. 'Wat heb je toch een goede smaak. Mijn appartement is een bij elkaar geraapt zootje.'

'Daar is toch niets mis mee?' Eve pakte een kofferrek uit de kast. 'Alsjeblieft. Handdoeken liggen in de badkamer. Pak op je gemak uit, dan zie ik je zo weer beneden. Marx is in de keuken. Hij is vast door het dolle heen als hij jou weer ziet.'

'Als hij me nog herkent.' Marx was Eves hond, die bij Rosalinds vorige bezoek meteen weg van haar was geweest en haar overal achterna had gelopen.

'Vast wel.' Ze liep naar de deur. 'Heb je nog iets nodig?'

'Nee, het is prima zo, Eve. Bedankt.'

'Mooi.' Ze draaide zich om en legde haar hand zachtjes tegen de deurpost. 'Mike is pas laat thuis, dus we eten met z'n tweetjes.'

'Gezellig.' Daar was Rosalind blij om. Mike kon de stemming nogal drukken, vooral als hij een van zijn buien had. Hoe neerslachtiger hij werd, hoe meer Eve haar best deed zijn negativiteit te bestrijden met vrolijk gebabbel. Het eind van het liedje was dat zij doodmoe werd van zijn stugge antwoorden en hij haar ongetwijfeld een hersenloze kletskous vond. Olivia wist hem uit zijn stilzwijgen te lokken door hem bij gesprekken te betrekken die hij interessant vond – nog een karaktertrek die ze van hun moeder had geërfd, of beter gezegd: gekopieerd, maar Rosalind had daar geen talent voor, en het interesseerde haar ook niet genoeg om dat talent te ontwikkelen.

Ze borg haar kleren op in de lege kersenhouten commode, die versierd was met houtsnijwerk, ook op de steunen van de spiegel. Het was een van de weinige spullen geweest die Eve had willen hebben toen hun vader uit Beverly Hills vertrok; de kast had in haar slaapkamer gestaan.

Rosalind waste haar handen en ging naar beneden. Marx, een aandoenlijk middelgroot vuilnisbakkenras, sprong onmiddellijk op om haar te begroeten, snuffelend met zijn spitse zwarte snuit en zwaaiend met zijn pluimstaart. 'Hé, Marx.' Ze bukte zich om op zijn crèmekleurige borst te krauwen en kreeg een lik in haar gezicht. Niet haar favoriete soort zoen, maar ja, het was Marx. 'Jakkie, ik hou ook van jou.'

'Marx, hou je lichaamssappen bij je.' Eve verscheen in de deuropening van de keuken met een schort om en een houten lepel in haar hand. 'Ik drink een wijntje. Wil je ook?'

'Lekker.' Rosalind kwam overeind en liep naar de keuken, geescorteerd door een vrolijk kwispelende hond. 'Wat ruikt het hier lekker.'

'Rodelinzensoep met kokos. Heerlijk en supermakkelijk te maken.'

'Het perfecte recept.'

'En wat belangrijker is: je kunt het gewoon laten staan tot je klaar bent om te gaan eten.' Eve overhandigde haar een glas rode wijn, deed haar schort af en nam de fles mee. 'Kom mee, ik heb een verrassing.'

Rosalind liep achter haar aan naar de achterkant van het huis, waar de verrassing een prachtige serre bleek te zijn die in de achtertuin was uitgebouwd. 'O! Wat gaaf.'

'Ja, hier zitten we wanneer het te warm of te koud is om in de tuin te zijn, dus eigenlijk het grootste deel van het jaar. Laten we hier even bijkletsen.' Eve wees haar een olijfgroene leunstoel aan en plofte zelf ertegenover neer op een loveseat met een groen-wit patroon. 'Vertel eens wat er allemaal gebeurd is. Ik heb zo'n vermoeden dat het heel interessant is.'

'Interessant...' Rosalind lachte ongemakkelijk en dacht terug aan de gebeurtenissen van afgelopen maand. Hoe kon ze haar zus bijpraten zonder dat het klonk als een filmscript? 'Ik weet niet waar ik moet beginnen.'

'Je hebt je biologische moeder gevonden in Princeton, zoveel weet ik. Je denkt dat papa en zij een affaire hebben gehad. Verder hebben jij en ik ruziegemaakt, ontloop je papa, en wat nog meer?'

Rosalind ontspande haar schouders. 'Het is een behoorlijke puinhoop geworden. Je had gelijk, ik had hun eerder moeten vertellen wie ik was. Ik had sommige dingen voorzichtiger moeten aanpakken. Kort samengevat: het begon geweldig en eindigde beroerd. Leila sommeerde me uit Princeton te vertrekken en nooit meer terug te komen. De bruiloft van Caitlin, mijn halfzus, met haar verloofde Emil werd nog geen maand van tevoren afgeblazen. Het enige wat niet misging, was mijn relatie met mijn grootmoeder, Zaina, en met... Bryn.'

Eve leefde op. 'Bryn?'

'Een vriend van de Allertons. Ik ben... We hebben iets.' Rosalind durfde haar zus niet aan te kijken. 'Het is best serieus.'

'Dat meen je niet. Wat leuk.'

Ze keek op en zag dat Eve haar nieuwsgierig bestudeerde. 'Wat nou? Waarom kijk je naar me alsof je je afvraagt of ik een dubbelganger ben?'

'Als je iets met een man krijgt ben je normaal altijd helemaal lyrisch. O, *hij is zó geweldig, hij is zó knap*, enzovoort. Dit klinkt echt.'

Rosalind voelde dat ze een kleur als een biet kreeg. 'Ik hoop het.'

'Daar moeten we op drinken.' Eve keek haar met een stralende glimlach aan, wat niet ongebruikelijk was, maar Rosalind besefte dat ze die glimlach nu pas voor het eerst echt zag. 'Goed gedaan, Rosalind.'

'Dank je.'

'Wat dat andere betreft...' Eve bewoog haar hoofd wat heen en weer, alsof ze op zoek was naar een punt van evenwicht – een typisch trekje van haar. 'Je wist dat er risico's aan kleefden. Dit was wat je wilde doen, en je hebt het gedaan. Daar is niets mis mee. Sterker nog: het is bewonderenswaardig. Ik en Olivia waren allebei niet dapper genoeg.'

'Bedankt.' Rosalind klopte op de blonde kop van Marx, die hij inmiddels op haar schoot had gelegd, om niet te laten merken hoe blij ze was met het compliment van haar zus. 'Ik blijf maar denken dat er meer is. Ik bedoel, dat het nog niet klaar is. Dat de Allertons straks wat bedaard zijn en ik dan –'

'Rosalind.' Eve schudde haar hoofd. 'Laat het rusten. Je hebt het geprobeerd, en het is niet gelukt. Wij zijn jouw familie. Wij zijn er nog.'

'Ja, weet ik. Je hebt gelijk.' Ze aaide Marx peinzend over zijn kop. 'Ik zat te denken dat misschien als ik er met papa over praatte, heel voorzichtig, hij misschien –'

'Laat het rusten. Het kan gevaarlijk zijn.'

'Nog steeds? Is hij niet vooruitgegaan?' Ze ging er niet alleen heen om een familiebezoekje af te leggen en tegen hem te zeggen dat hij moest volhouden en dat soort dingen. Ze wilde het begrijpen, en hem voorzichtig laten zien, dat hij niet alleen zijn echtgenote had bedrogen, maar ook de drie mensen die hem het meest vertrouwden. Daarna wilde ze luisteren, echt luisteren, en verder kijken dan zijn eeuwige grootspraak en ontkenning en woede, tot hij met een waarheid kwam die ze kon begrijpen.

'Nee. Het duurt lang voordat de gesprongen bloedvaten in zijn hersenen weer hersteld zijn. Nieuwe bloedingen zijn altijd mogelijk. Eén theorie is dat hij al een lichte tweede beroerte heeft gehad, maar hij weigert nog een CT-scan, dus het is giswerk. Je moet hem hier niet mee belasten.'

Rosalind staarde in haar glas. Marx gaf een duwtje tegen haar knie, toen nog een, en keek haar smachtend aan. Vervolgens leunde hij met een berustende hondenzucht zwaar tegen haar been. 'Je hebt gelijk. Dat zou ik mezelf nooit vergeven. En anderen mij ook niet. Het is het niet waard.'

'Ik ben blij dat je dat zegt.'

Rosalind knikte en nam een slok wijn zonder hem te proeven. 'Ik heb pas een film van mama gekeken. *Dangerous Fall.*'

'Eh...' Eve fronste haar wenkbrauwen. 'Welke was dat ook weer?'

'James Coburn raakt verlamd door een ongeluk, mama verzorgt hem en gaat dan dood.'

'O ja.' Ze fronste nog steeds en tikte met haar vinger tegen haar wang. 'Iets met een emmer?'

'Stop pas met hozen als de boot droog is.'

'Ha!' Eves gezicht klaarde op. 'Dat was het. Ik kan me de film niet meer herinneren, maar nog wel de grappen die we er thuis over maakten. Jarenlang hebben we dat volgehouden. Stop pas met blablabla tot blablabla. Hilarisch was dat. Dat waren goede tijden.'

Rosalind boog zich naar voren; Marx volgde haar bewegingen nauwlettend. 'Denk je weleens terug aan de avond dat mama stierf?'

'Nee.' Eves gezicht betrok. 'Waarom zou ik dat in vredesnaam doen? Het was een nachtmerrie.'

Rosalind haalde haar schouders op. 'Ik heb erover nagedacht. Aan wat ze onder het eten zei. Toen ze moest huilen.'

Eve keek gepijnigd. 'Moet dit? Ik had gehoopt op een gezellig zussenavondje.'

'Wij waren de enigen die er waren, naast papa. Ik kan er met niemand anders over praten.'

'Oké, oké.' Ze pakte haar glas en hield het tegen haar borstkas. 'Toe maar.'

'Ik heb altijd geloofd wat papa zei: dat mama overstuur was vanwege haar carrière. Maar nu denk ik dat er misschien iets anders aan de hand was.'

Eve trok haar volmaakt gevormde wenkbrauwen op. 'Ik luister.'

'Dat papa niet alleen is vreemdgegaan met Leila, maar daarvoor ook met Olivia's moeder en daarna met jouw moeder, en dat mama ons als haar eigen kinderen moest grootbrengen.'

Eve keek haar sceptisch aan. 'Denk je dat serieus? Dat hij mama gedwongen heeft om zijn bastaardkinderen op te voeden?'

'Ja.'

'Dat zou toch nooit gelukt zijn? Mama die zich ergens toe liet dwingen? Ze moet het zelf gewild hebben.'

'Ik vraag me af of papa haar op de avond dat ze stierf heeft verteld dat hij nog een minnares had. Of misschien dat hij bij haar wegging. Weet je nog wat ze zei? *Ik ben te oud. Ik voldoe niet meer. Het is voorbij.*'

'Dat is grote onzin, Rosalind. Ze waren al tientallen jaren samen. Hij deed alles voor haar. En dan zou hij haar opeens verlaten toen ze hem het hardst nodig had? Toen ze op een dieptepunt zat? Met haar carrière in het slop? Dat is het belachelijkste wat ik ooit heb gehoord.' Eve stond abrupt op en liep naar de openslaande deuren die uitkwamen op de ruime achtertuin. Toen draaide ze zich zo snel om dat ze bijna wijn morste. 'Mama wilde ons. Ons allemaal. Waarom zou ze doen alsof ze zwanger was, poseren in *People* en de mond vol hebben over het moederschap, als ze ons niet heel graag wilde adopteren?'

'Ze was een actrice.'

'Dan zou papa een monster zijn.'

'Het is niet onmogelijk.'

'Het is wél onmogelijk. Jij bent na mama's dood het huis uit gegaan. Ik heb nog jaren bij hem en Lauren gewoond toen jullie weg waren. Hij was een ander mens zonder haar. Kalmer, vriendelijker.'

'Dat bedoel ik nou. Hij wilde van haar af –'

'En hij had het voortdurend over haar. Op een liefdevolle manier. Een tedere manier.'

'Hij was ook een acteur.'

'Stop, Rosalind. Hou op,' zei Eve kwaad, zodat Marx Rosalind alleen liet en op zijn baasje af liep. 'Dat is bizar.'

'Ik weet het. Het is akelig.'

'Nee, jij bent bizar. Je hebt een veel te romantisch beeld van mama. Ze was een egoïstische, manipulatieve vrouw.'

'Nee.' Rosalind dacht aan het meisje uit het dagboek, dat verwaarloosd was door haar harteloze moeder en dolgraag als normaal wilde worden gezien; dat aan de ene kant wilde uitblinken en aan de andere kant erbij wilde horen. 'Ik ken haar beter dan jij.'

'Vast wel. Ik was nog jong toen ze stierf. Maar ik herinner me dingen van haar die ik nu vanuit een volwassen perspectief bezie, en het is... het is duidelijk dat ze een manipulator was.'

'Ze was doodongelukkig.' Rosalind overwoog haar zus te vertellen van het dagboek, en dacht toen: wat kan het mij ook schelen, en speelde open kaart. 'Iemand heeft me een dagboek gestuurd dat mama vroeger heeft bijgehouden, van de tijd dat ze op de middelbare school zat totdat ze papa leerde kennen in New York en uiteindelijk de diagnose kreeg.'

'Wie heeft dat gestuurd?'

'Weet ik niet. Ik dacht misschien Lauren. Of een goede vriendin van mama die het ons wilde geven. De timing was bizar, want het was niet lang nadat we erachter waren gekomen dat ze ergens aan leed. Daarom moest ik aan Lauren denken. Ik had met haar gepraat, dus zij wist dat ik het wist...'

'Lauren lijkt me onwaarschijnlijk. Zij wil nooit stof doen opwaaien. Ik kan me niet voorstellen dat zij iets wil oprakelen. Misschien had Leila het.'

'Leila? Meen je dat? Papa's minnares? Echt niet.' Rosalind schudde zo hard haar hoofd dat ze er duizelig van werd.

'Mij verbaast niets meer.'

'Je zou het dagboek moeten lezen, Eve. Je leert mama als meisje kennen, hoe bang ze was om abnormaal te zijn, hoe slecht oma Betty met haar –'

'Jezus, Rosalind.' Eve plofte weer neer op de loveseat. Toen Marx zag dat ze weer zat, nam hij weer zijn plek naast Rosalind in. 'Waarom doe je jezelf dit aan?'

'Waarom ben jij niet nieuwsgierig?'

'Omdat de situatie niet zwart-wit is. Het is subjectief. Elk menselijk conflict is subjectief. En het is zo lang geleden dat het geen zin heeft om te speculeren of je erover op te winden.' Haar stem werd zachter – het kleine zusje dat haar doorgedraaide grote zus raad geeft. 'Concentreer je op wat er goed was aan ons leven samen. Er was ook veel goed. Anders kun jij alles altijd zo goed van de positieve kant zien.'

Rosalind glimlachte stijfjes. Ze voelde zich als een vliegtuig dat op haar eerste vlucht wordt neergeschoten. Bryn zou zeggen dat zolang Rosalind wist dat ze gelijk had, het niet uitmaakte wat Eve zei, maar dat was een schrale troost in een strijd die zo persoonlijk was, waarbij ze zo graag haar zus aan haar kant wilde hebben.

Buiten trok de wind aan. Een eekhoorn rende door de tuin en Marx begon te grommen. Dat zou Rosalind ook het liefst willen doen. 'Oké. Misschien heb je gelijk. Alweer.'

Eve boog zich voorover, duidelijk opgelucht, en schonk zichzelf nog wat wijn in.

Rosalind zocht troost bij Marx en aaide hem over zijn kop. 'Heb je nog met Lauren gepraat over die ontwerpklus in Wisconsin?'

'Aha.' Eve hield vragend de fles op naar Rosalind, die haar hoofd schudde. 'Grappig dat je daarover begint.'

'Waarom?'

'Omdat ik het idee maar niet uit mijn hoofd kan zetten.' Ze draaide zich een kwartslag en met haar rug tegen de armleuning strekte ze haar lange benen voor zich uit op de bank. 'Het is totaal onpraktisch, het is aan de andere kant van de wereld, ik kan vast dichterbij net zo'n leuk project vinden als ik een keer iets anders wil, maar…'

'Je gaat het doen?'

'Ik zou niet weten waarom, maar eerlijk gezegd blijf ik er zoals ik zei maar aan denken.'

'Dat betekent dat je het moet doen. Is Mike al bijgedraaid?'

Eve zette haar glas neer en trok haar knieën tegen haar borst. 'Niet echt.'

'Maar je laat je toch niet door hem beïnvloeden, hè?' Rosalind zou het vreselijk vinden als haar prachtige zus zich liet tegenhouden door Mr Loodzwaar.

'Waarschijnlijk minder dan ik zou moeten. Ik voel me te jong om in deze sleur te zitten.'

'Mee eens. Ik vind dat je het moet doen.'

'Lauren heeft me foto's gestuurd van het huis.' Eve kwam van de bank en liep de kamer uit. Marx keek haar bezorgd na, tot ze weer terugkwam met haar telefoon. Ze bladerde door de foto's tot ze vond wat ze zocht en gaf de telefoon aan Rosalind. 'Moet je kijken. Als je naar rechts veegt, zie je meer foto's.'

'Wauw.' Het was een prachtige plek, direct aan Lake Michigan. Over de hele breedte van het huis liep een veranda, en het had vier dakkapellen met uitzicht op het meer. De foto moest aan het begin van de lente genomen zijn, te vroeg voor bladeren aan de bomen, maar met dik groen gras in een tuin vol narcissen. 'Wat schitterend.'

'Acht hectare. Gericht op het oosten voor spectaculaire zonsopgangen. Lauren zei dat ik daar kon slapen, bij de eigenaresse, een gepensioneerde lerares. Er zijn zes slaapkamers, maar ze woont er alleen, en ze wil dat ik een gastenverblijf ontwerp voor wanneer haar kinderen en kleinkinderen op bezoek komen. Kennelijk is ze erg op zichzelf, dus ze zit niet de hele dag op mijn gezelschap te wachten. Dat betekent dat ik echt zou kunnen werken.'

'Marx zou het daar ook heerlijk vinden.' Bij het horen van zijn naam drukte de hond zich tegen Rosalinds been. Ze krabbelde hem op zijn kop. 'En je zou gave dingen kunnen ontwerpen.'

'Ja.' De ogen van haar zus glansden en ze had een blos op haar wangen gekregen. 'Het is verleidelijk.'

Verleidelijk? Als ze Eves enthousiasme zag, was ze allang om. 'Kun je vrij krijgen van je werk?'

'Dat weet ik niet zeker. Maar zelfs als ik ontslag moet nemen, ga ik misschien wel. Ik vind mijn werk wel leuk, maar het is nogal conservatief en jonge mensen schuiven niet snel door. Misschien ben ik te ongeduldig – dat weet ik wel zeker –, maar ik wil graag méér doen en daar niet eindeloos op hoeven wachten.'

'Gelijk heb je. Ga ervoor.'

'We zullen zien.' Eve pakte haar telefoon weer terug. 'Heb je al honger?'

'Ja.' Rosalind legde een hand op haar lege maag, blij dat het moeilijke gesprek achter de rug was, ook al was het anders gelopen dan ze had gehoopt. 'Ik heb alleen onderweg iets kleins gegeten vanmiddag, dus ik heb wel zin in een echte maaltijd.'

'Dan warm ik de soep en het brood op.' Eve pakte de fles wijn en liep naar de keuken. 'Ik heb geen hulp nodig, maar je mag me wel gezelschap houden.'

'Ik kan op z'n minst de tafel dekken.' Rosalind liep achter haar zus aan. Op dat moment ging haar telefoon, en gretig trok ze hem uit haar zak. Bryn? Ze bleef staan. 'Het is Leila.'

'O mijn god.' Eve draaide zich om.

'Hallo?'

'Rosalind. Mama is net terug uit het ziekenhuis. Ze is hard achteruitgegaan. Veel sneller dan verwacht. Ze kunnen niets meer voor haar doen. Ze is nu thuis met een hospiceverpleegkundige.'

'O, Leila. Wat erg.' Rosalinds ogen vulden zich met tranen. 'Dank je wel dat je me belt om dit te –'

'Ze vraagt naar je. Ze wil graag dat je komt en bij haar bent. En bij Caitlin.' Haar stem brak. 'En bij mij.'

Hoofdstuk 21

26 december 1968 (donderdag)

Supernieuws. Ik had gelijk! Daniel heeft me gisteren ten huwelijk gevraagd. Hij had me uitgenodigd voor het kerstdiner bij zijn ouders. Zijn ouders deden heel aardig en we konden het heel goed met elkaar vinden. Het was de meest fantastische Kerstmis die ik ooit heb gehad. Zoveel eten, zo chic! Daarna gingen we naar zijn huis om elkaar cadeaus te geven. Ik had voor hem een sjaal van Saks, omdat hij de zijne was verloren. Hij gaf mij ook een sjaal, omdat de mijne oud en versleten is. Daar moesten we om lachen. Toen wees hij naar nog een pakje onder de boom, een kleintje, voor mij.

Mijn hart bonkte zo hard dat ik bang was dat het appartement ervan zou gaan schudden en hij zou denken dat er een aardbeving was. Ik pakte het uit en zag een fluwelen doosje. Toen wist ik het al, maar het lukte me om niet te huilen tot ik het opengemaakt had en de ring zag. Het fonkelde van de diamanten.

Ik wist niet hoe snel ik ja moest zeggen. Het was allemaal helemaal perfect, behalve dan wat er daarna gebeurde, hoewel het uiteindelijk weer helemaal fantastisch was. Ik had erover nagedacht wat ik in deze situatie zou doen, dus ik was er klaar voor toen hij met me naar de slaapkamer wilde gaan.

Ik heb hem eerst alles verteld. Zodat hij het wist. Het was het moeilijkste wat ik ooit heb moeten doen. Ik beefde van angst dat hij me zou afwijzen omdat ik niet normaal of niet honderd procent vrouw was, en tegelijkertijd hoopte ik dat hij een arts zou weten die me kon helpen.

Hij keek heel even geschrokken en toen trok hij me bij hem in bed en hield me vast tot ik ophield met beven. We zoenden elkaar eindeloos en toen kleedden we elkaar uit. Hij keek naar mijn abnormale lichaam, van top tot teen, terwijl ik duizend doden stierf. Toen zei hij dat hij me alleen maar heel mooi vond. Hij meende het, dat zag ik. Ik spatte bijna uit elkaar van blijdschap en van opluchting.

Maar toen... konden we het niet doen. Hij paste niet. Hij probeerde het vanuit verschillende hoeken, maar het deed allemaal pijn. Het was net als de dokters die liepen te porren en te mompelen, behalve dan dat Daniel niet mompelde.

Hij zei dat ik waarschijnlijk een uitzonderlijk dik maagdenvlies had, en dat we naar een dokter zouden gaan – dank u, Heer – om ernaar te laten kijken. Ik huilde de ogen uit mijn hoofd. Natuurlijk! Natuurlijk! Een maagdenvlies dat zo ondoordringbaar is dat mijn ongesteldheid er niet uit kan!

Ik ben normaal! Ik ben normaal! Een echte vrouw.

Ik ben een echte vrouw. Dat heeft Daniel van me gemaakt.

Rosalind belde aan bij het huis van de Allertons op Laurel Road, rillend van kou, angst en verdriet. De nacht ervoor was er een dik pak sneeuw gevallen, wat ongebruikelijk was zo vroeg in november. Auto's reden zachtjes voorbij. Takken en struiken bogen door onder het gewicht; af en toe hoorde ze iets kraken, gevolgd door de plof van vallende sneeuw.

Ze verplaatste de schaal met *namoura* naar haar andere hand. Ze had het gerecht de avond ervoor gemaakt, nadat ze op internet had gezocht naar een Libanees dessert dat makkelijk te maken en eenvoudig te eten en te verteren was.

Er klonken voetstappen binnen, gevolgd door gerammel van de klink. Caitlin deed open in een pyjama en een oude blauwe badjas; haar haar was slordig in een paardenstaart gebonden, en ze had gezwollen ogen zonder make-up. Ze zag er jong, lief en verslagen uit.

Rosalind voelde een steek in haar hart. 'Hai, Caitlin.'

'Hai.' Caitlin wierp een blik op de afgedekte schaal in haar handen. 'Kom binnen. Ze is boven in haar oude kamer.'

'Oké.' Rosalind volgde haar, dankbaar dat haar halfzus in elk geval beschaafd deed. 'Hoe gaat het met haar?'

'Ze slaapt veel. Ze zegt dat ze geen pijn heeft.'

'Gelukkig. Eet ze nog? Ik heb namoura voor haar gemaakt.' Ze sprak het woord onzeker uit en twijfelde opeens of ze wel Libanees eten naar een Libanees huis had moeten meenemen. Zelf was ze maar een kwart Libanees, en dus misschien niet de aangewezen persoon.

'Namoura.' Caitlin sprak de klinkers ronder, eleganter uit. 'Dat zal ze lekker vinden.'

Ze kwamen op de overloop en liepen naar Zaina's deur. Rosalind deed haar best rustig te blijven ademen.

Het bed was aan de kant geschoven om plaats te maken voor een ziekenhuisbed, waar Zaina in lag, haar donkere ogen geopend. Naast haar zat Leila, die opkeek toen Rosalind binnenkwam. Haar gelaatsuitdrukking veranderde niet. 'Mama, Rosalind is er.'

'Mooi zo.'

Rosalind kwam dichterbij, zodat Zaina haar kon zien zonder haar hoofd te hoeven draaien. 'Hallo, Zaina.'

'Rosalind, habibti.' Ze keek afkeurend. 'Maar je vergeet me Teta te noemen.'

Rosalind keek naar Leila's onbewogen gezicht en daarna met een warme glimlach naar Zaina. 'Sorry, dat was ik vergeten. Hoe voel je je, Teta?'

'Alsof iemand mijn ziel opzuigt.' Zaina glimlachte flauwtjes. 'Ik hoop maar dat het God is en niet die ander.'

'Zeker niet die ander, mama.' Leila pakte haar moeders hand.

'Ik ben blij dat je er bent, Rosalind.' Zaina's vingers omklemden die van Leila. 'Nu we allemaal samen zijn, ben ik tevreden. Behalve dan dat ik doodga. Ik had gedacht dat ik nog eens voor jullie ging koken. Voor ons viertjes.'

'Ik heb namoura voor je gemaakt.' Rosalind probeerde het uit te spreken zoals Caitlin had gedaan.

'Mmm.' Zaina's ogen vielen langzaam dicht. 'Cecil kon op namoura leven. Ik wil straks wel een stukje. Dank je wel.'

'Graag gedaan.' Rosalind vond de situatie heel onwerkelijk. Haar moeders dood was zo chaotisch en traumatisch geweest; het was zo'n afschuwelijke schok geweest om haar lichaam in de slaapkamer aan te treffen. Nu ging het geleidelijk, rustig, aanvaard, maar intens verdrietig.

'Hier.' Caitlin zette een stoel achter Rosalind neer. 'Ik ga theezetten. Willen jullie ook?'

'Ja, lekker, Cait,' zei Leila.

'Rosalind?'

'Graag.' Ze had geen idee op welke voet ze stond met de twee vrouwen. 'Kan ik je helpen?'

Caitlin schudde haar hoofd en pakte de schaal op Rosalinds schoot. 'Ik zal de namoura mee naar beneden nemen. We brengen haar wel wat wanneer ze trek krijgt.'

'Dat is goed, dank je.' Rosalind deed te beleefd, te formeel, maar ze wilde op veilig terrein blijven zolang ze niet wist waar ze stond bij de twee vrouwen.

Rosalind en Leila keken een paar minuten naar Zaina's ademhaling.

'Bedankt dat je gekomen bent.' Leila bleef naar haar moeder kijken.

'Graag gedaan. Wat vreselijk dat het zo snel gaat.'

'We dachten dat we nog minstens een maand zouden hebben. We hoopten op meer.' Er verscheen een rimpel tussen haar wenkbrauwen. 'De dokter zei dat het elk moment kan gebeuren – vandaag, morgen, overmorgen. We wachten af.'

'Dat voelt vast eindeloos.'

'Ja.' Leila keek even naar Rosalind. Haar ogen stonden vermoeid, maar helder, en haar blik was niet warm, maar ook niet koud. 'Ik ben dankbaar dat ik altijd met haar heb kunnen praten. Dat we alles wat we wilden tegen elkaar konden zeggen. Er is niets onafgemaakt of onzeker tussen ons.'

'Dat is heel belangrijk.' Rosalind vroeg zich af of Leila het alleen over haar relatie met Zaina had.

'Dus dit is verdrietig, maar vredig. Een natuurlijk proces. Als kind vrezen we dit moment zodra we oud genoeg zijn om te beseffen dat onze ouders sterfelijk zijn.' Leila's woorden klonken meer als een monoloog dan als een gesprek. Maar zolang ze aan het woord was, had Rosalind hoop. 'Nu is het zover, en het is geen vreselijke dood, niet zoals bij papa. Dat hopen we allemaal, voor onze ouders en voor onszelf.'

'Ja.' Rosalind voelde zich geroepen om ook iets betekenisvols te zeggen, maar was nog te onzeker; ze voelde zich een vreemdeling in een vijandelijk kamp. Ze liet Leila het voortouw nemen.

'Hoe is het met je vader?'

'Langzaamaan wat beter.' Ze voelde dat ze bloosde, kneep haar handen samen en hield haar blik op Zaina's vredige gezicht gericht. 'Ik was naar hem op weg toen je belde.'

Buiten hoorden ze het gekraak van een afbrekende tak. Leila en Rosalind keken naar het raam. *Plof.*

'Zoveel sneeuw,' zei Leila. 'Hoe was het op de weg?'

'Ik reed vooral op de snelweg. Die was schoon.'

'Gelukkig.'

Ze keken weer naar Zaina, die kleine beweginkjes met haar lippen maakte, als een zuigeling. Het was een verontrustend gezicht, maar ook lief – een terugkeer naar de geboorte in de dood.

'Het spijt me dat ik je weggestuurd heb.' Leila keek nog steeds naar haar moeder.

Rosalind had op dit moment gehoopt, maar had het niet durven verwachten. 'Het geeft niet, Leila. Ik had ook afstand nodig. Hierheen komen en iedereen ontmoeten was stukken... ingewikkelder dan ik had verwacht.'

'Ja.'

Caitlin kwam weer de kamer in met een dienblad met drie bekers thee, een kleine theepot met een kop en schotel ernaast, en een bord met Rosalinds namoura. 'Ik heb wat voor ons meegebracht, en ook voor Teta, mocht ze het willen proberen als ze wakker wordt.'

'Hoelang is ze al thuis?' Rosalind pakte een beker en een van haar cakejes, benieuwd hoe ze smaakten. Ze had lang gepiekerd over wat ze zou meenemen, want ze wilde niet met lege handen aankomen. Eve was degene geweest die een Libanees gerecht of dessert had voorgesteld. Ze was met haar meegegaan naar de markt om de juiste ingrediënten te vinden en had geholpen met bakken. Rosalind had genoeg kleren bij zich, dus had ze de namoura ingepakt, de makelaar in New Jersey gebeld om te zeggen dat ze het huis, waar ze al voor betaald had, weer ging gebruiken, en had ze de dikke vijf uur naar Princeton gereden met maar één pauze.

'Drie dagen,' zei Leila.

'Ze is donderdag thuisgekomen.' Caitlin pakte een vierkant stukje cake en nam een hap. Haar wenkbrauwen gingen omhoog. 'Lekker.'

'Heerlijk.' Leila hield haar eigen vierkantje op, waar ze een hap uit had genomen, en bekeek het van alle kanten. 'Heel lekker.'

'Bedankt.' Rosalind nam zelf ook een hap en werd beloond met een zachte, kruimelige cake, zoet en kleverig van de oranjebloesemsiroop.

'Wat eten jullie?' Zaina was wakker geworden en keek naar hen.

'Rosalind had namoura voor je meegenomen, weet je nog?' vroeg Leila. 'Zelfgemaakt. Wil je een hapje proeven, Teta?'

'O ja, nu weet ik het weer. Natuurlijk wil ik ook wat.' Zaina glimlachte zwakjes naar Rosalind, maar haar ogen waren levendig en warm. 'Dank je, lieverd.'

Rosalind knikte. De cake werd zompig in haar mond, en de tranen brandden in haar keel.

'Ik zet je wat meer rechtop, mama, zodat je kunt eten.' Leila drukte op een afstandsbediening naast het bed, en de bovenste helft van het bed ging omhoog, tot Zaina bijna rechtop zat. Leila brak een brokje cake af en voerde het aan haar moeder.

Zaina sloot haar ogen en glimlachte gelukzalig. 'Mmm.'

'Nog wat?' Leila hield haar nog een piepklein stukje voor.

'Ja, graag.' Dat at ze ook op, en toen nog een stukje. Bij het volgende stukje schudde ze haar hoofd. 'Water?'

'Hier, Teta.' Caitlin reikte haar een kopje aan.

'Dank je.' Zaina's donkere ogen gleden over de drie vrouwen. 'Ik zal dit missen. Ik zal het missen om bij jullie te zijn. Bij mijn meiden.'

'Mama, je maakt ons aan het huilen.' Leila's stem klonk een halve octaaf hoger.

'Ik ben verdrietig dat ik doodga. Maar ik heb een mooi leven gehad. Ik heb nergens spijt van.' Zaina glimlachte. 'Hooguit van één ding.'

'Wat dan?' vroeg Caitlin.

'Na de dood van Cecil...' Zaina's ogen glinsterden, al kwamen de woorden moeizaam. '...had ik vaker seks moeten hebben.'

Leila, Rosalind en Caitlin proestten het uit. Zaina grinnikte en sloot haar ogen. Na een paar seconden vertraagde haar ademhaling en sliep ze weer.

'Laten we naar beneden gaan. Ik haal Jane wel even.' Leila zag Rosalinds vragende blik. 'Jane is de hospiceverpleegkundige. Ze is 's nachts bij mama wanneer wij er niet zijn. Ze houdt de wacht.'

Rosalind liep achter Leila en Caitlin aan naar beneden, opnieuw zenuwachtig, onzeker over hoe ze zich moest gedragen als Zaina er niet bij was, onzeker over hoe zij zich zouden gedragen. 'Kan ik je ergens mee helpen? Ik heb overwogen avondeten mee te nemen, maar ik wist niet zeker of dat nodig was.'

'We hebben genoeg.' Leila maakte de koelkast open. 'We hebben ingeslagen bij een geweldige zaak aan Route 206, Lucy's Kitchen. Artisjokkenravioli en een Griekse salade. Het enige wat we hoeven te doen, is water koken.'

'Klinkt perfect.' Rosalind keek van haar moeder naar haar halfzus en had het liefst gevraagd: *Hoe erg haten jullie me nog, op een schaal van één tot en met tien?* 'Zal ik de tafel in de eetkamer dekken?'

'Laten we gewoon hier eten.' Caitlin gebaarde naar het kookeiland met de zwart-gele krukken. 'Ik hoef niet uitgebreid te dineren. Ik denk wij allemaal niet.'

'Nee, klopt.' Leila maakte de drankkast open en haalde er een fles Jack Daniel's uit. 'Ik weet niet hoe het met jullie zit, maar ik kan wel een borrel gebruiken.'

'Ik ook,' zei Caitlin.

'Ik ook.' Rosalind hield niet zo van whisky, maar ze was inmiddels zover dat als Caitlin en Leila van het Empire State Building af zouden springen, zij dat ook zou doen.

Leila vulde drie glazen met ijsblokjes en whisky, terwijl Caitlin een pan water op het vuur zette en Rosalind het kookeiland voor drie personen dekte. Ze gingen naast elkaar zitten met hun drankje, Leila tussen haar twee dochters in.

Leila hief haar glas. 'Proost.'

'Proost,' herhaalde Caitlin. 'Op Zaina.'

'Op Zaina.' Rosalind nam een slok en wist de whisky zonder huiveren door te slikken. Ze dacht terug aan haar eerste dag in dit huis, toen Leila op dezelfde plek naast haar was komen zitten.

Er was zoveel gebeurd. Er gebeurde nog steeds veel. Het voelde goed om terug te zijn, om het verdriet te kunnen delen. Ze kon alleen maar hopen dat de wapenstilstand met Leila en Caitlin zou standhouden.

'Dank je wel dat jullie me uitgenodigd hebben na alles wat er gebeurd is. Dat betekent heel veel voor me.' De woorden kwamen er zelfverzekerd uit, zoals ze het in de auto had bedacht, maar gingen gepaard met een brandende angst.

'Zaina wilde dat je kwam,' zei Caitlin.

'Je had het kunnen weigeren.'

'Dat zouden we niet doen,' zei Leila.

Rosalind draaide onrustig op haar kruk. Niet bepaald de warme reactie waar ze op had gehoopt, maar daar liet ze zich niet door tegenhouden. Ze nam nog een slokje whisky en zette haar glas weer neer, maar bleef het met beide handen vasthouden. 'Ik heb nooit het gevoel gehad dat ik thuishoorde in mijn familie. Mijn zussen zijn lang en mondain en zelfverzekerd, en ik ben klein en stevig en waai alle kanten op. Mijn moeder was... Nou ja, jullie weten hoe mijn moeder was. Moeilijk, maar bijzonder, en in zekere zin onaantastbaar, hoeveel we ook van haar hielden. Mijn vader was erg kritisch en veeleisend. Zijn liefde leek altijd voorwaardelijk: je moest wel leven zoals hij wilde en degene zijn die hij wilde.' Ze zweeg even, hopend op een aanmoediging of een duidelijk signaal dat ze haar mond moest houden.

Caitlin keek naar haar gevouwen handen. Leila pakte haar glas op en nam een slok; de ijsblokjes rinkelden in de stilte. Geen hulp.

'Ik kwam naar Princeton in de hoop die andere familie te vinden, de familie waar ik me wel thuis voelde, waar ik wel bij hoorde.' Ze sprak wat harder, zodat haar stem wat minder zou trillen. 'Naïef misschien, maar ik had het gevoel dat het mogelijk was. Eerst leek het alsof ik precies had gedaan wat ik van plan was geweest.'

Nog steeds geen reactie. Ze schraapte haar keel en wilde niet nog een slok nemen, ook al snakte ze ernaar, want haar handen trilden te erg. 'Ik wil alleen maar zeggen dat ik een paar grote fouten heb gemaakt, waar ik me oprecht voor wil verontschuldigen. Ik hoop dat jullie in elk geval een klein beetje beter begrijpen waarom ik ben gekomen en wat ik hier zocht.'

'Dat doen we ook,' zei Leila.

'Caitlin...' Rosalind boog naar voren om haar zus te zien, die haar hoofd afgewend hield. 'Bij jou heb ik het het ergst verprutst. Telkens wanneer ik het goed probeerde te doen, deed ik het juist verkeerd.'

'Het geeft niet,' zei Caitlin zonder haar aan te kijken. 'Mama en ik hebben er veel over gepraat. Nou ja, Zaina is erover begonnen. Ze stond erop dat we zouden praten. Met haar en met elkaar.'

'Zij is de enige die aardig is in de familie,' zei Leila.

Ze lachten alle drie nerveus.

'Emil zou het sowieso niet hebben doorgezet.' Caitlins stem klonk gesmoord. 'Ik wist dat hij twijfelde, alleen niet dat het zo erg was.'

'Omdat die eikel niets tegen je zei,' zei Leila.

'Uiteindelijk wel.' Caitlin liet haar hoofd zakken en perste haar lippen op elkaar. Toen blies ze uit. 'Dat was niet jouw schuld, Rosalind. En die verrassing dat jij mijn zus was zou voor mij een stuk makkelijker te verteren zijn geweest als ik het eerder had geweten. Een jaar of twintig eerder.'

Leila stak haar hand op. 'Daar is een reden voor, maar dat is mijn schuld.'

Rosalind stak haar hand op. 'Het werd pas een probleem toen ik kwam opdagen.'

'Het is... moeilijk als je je hele leven enig kind bent geweest en dan opeens niet meer.' Caitlin keek Rosalind voor het eerst rechtstreeks aan. 'Het is ook moeilijk om opeens te ontdekken dat je moeder niet van jou bevallen is. Dat heb je verteld, maar die avond drong het niet tot me door.'

'Natuurlijk niet.' Rosalind hoopte dat dit een handreiking was. 'Je was in shock.'

'Nog steeds.' Caitlin snufte en wreef in haar ogen. 'Ik vind dit niet zo'n geweldige maand.'

'Wij alle drie niet.' Leila wreef over Caitlins rug. 'De komende dagen worden ook niet makkelijk. Daarna rouwen we om mama, en om Emil, en verwerken we het. Dat wordt ook niet leuk, maar uiteindelijk komt het goed.'

'Dat probeer ik maar te geloven. Het is te vroeg, maar ik probeer het.' Caitlin nam een slok whisky en gebaarde naar Rosalind. 'Vertel haar het hele verhaal, mama. Laten we alle geheimen op tafel gooien. Ik wil het ook weten.'

Rosalinds blik gleed naar Leila. Haar huid tintelde van de spanning.

'Ja. Goed.' Leila boog haar hoofd, haar handen om het glas geklemd. 'Ten eerste wil ik dat jullie begrijpen waarom ik het jullie niet eerder heb verteld, ook al wist ik direct wie je was, Rosalind. Ik had beloofd niets te zeggen. Ik had gezworen en mijn handtekening gezet dat ik nooit iemand over deze afspraak zou vertellen. Als ik dat zou doen, zou er geen geld meer komen. Dat was Daniels stok achter de deur.'

Rosalind dacht tandenknarsend aan Lauren, die ook had gezegd dat ze gezworen had te zwijgen. Twee vrouwen die volledig onder de duim gehouden werden door haar lieve vader – vier, eigenlijk, want waarschijnlijk gold voor de biologische moeders van Olivia en Eve hetzelfde. 'Geld voor jouw stilzwijgen nadat hij klaar was met je.'

'En om mijn leven en dat van mijn familie comfortabeler te maken. Je vader was een gulle man. Hij begreep hoe ingrijpend het voor mij was om ons kind te dragen en af te staan, en hij heeft me erg gesteund in mijn carrière op het podium.'

Om iets te doen te hebben nam Rosalind een grote slok, want anders zou ze waarschijnlijk in woede uitbarsten. 'Wat hield die zogenaamde afspraak in?'

Leila sloot met een bittere glimlach haar ogen. 'Mijn moeder is waarschijnlijk de enige ter wereld die me kon overhalen om mijn belofte te breken.'

Caitlin legde een hand op haar arm. 'Mama…'

Leila hief haar glas naar het plafond. 'Op jou, Zaina Serhan Allerton. Ik hoop vurig dat je gelijk hebt.'

'Ze héëft gelijk.' Rosalind knikte beslist. 'Het leven van mijn zussen en mij is overhoopgehaald door de jarenlange leugens van onze vader. Het is tijd om dat recht te zetten.'

'Oké.' Leila keek op en staarde in de verte. 'Ongeveer een jaar voordat je geboren werd, Rosalind, ging ik naar een signeersessie van je vader. Ik woonde destijds in LA; volgens mij heb ik je verteld dat ik daar studeerde. Ik sprak met hem terwijl hij mijn boek signeerde, dat ik eerst twee keer had laten vallen, zo zenuwachtig was ik. Ik vertelde dat ik overwoog om lessen bij hem te gaan volgen. Hij was heel vriendelijk en ik voelde me gevleid dat hij zoveel tijd nam om met me te praten, want er stond nog een hele rij achter me. De manager kwam langs en kuchte nadrukkelijk of iets dergelijks, dus vroeg je vader of ik wilde wachten, zodat we na de signeersessie verder konden praten.'

Rosalind moest haar best doen om haar afkeer te onderdrukken. Een vrouw versieren die half zo oud was als hij. Hoe vaak had hij dat nog meer geprobeerd? Ze werd al misselijk bij het idee.

'Toen iedereen weg was, zaten we nog een hele tijd te kletsen. Hij stelde me allerlei vragen. Even dacht ik dat hij me wilde versieren, maar toen zei hij dat Jillian en hij uit eten gingen en vroeg hij of ik mee wilde.'

Rosalind keek ontsteld op. 'Hij nodigde je uit voor een etentje met mijn moeder?'

'Ja.' Leila keek haar even aan en begreep kennelijk niet waarom Rosalind zo verbaasd was. 'Ik vond het vleiend en spannend – mijn hemel, niet alleen mijn idool, maar ook nog Jillian Croft! Je vader en ik reden naar Chasen's, destijds een hotspot voor beroemdheden, niet ver van Beverly Hills. Je moeder was er nog niet, dus bestelden we een drankje en we wachtten. En wachtten. En wachtten.'

Rosalind knikte zelfvoldaan. 'Ik snap het.'

'Net toen ik dacht dat hij ging zeggen: "Nou, mijn vrouw komt niet, laten we naar een hotel gaan", kwam ze binnen.'

Rosalind gaapte haar verbijsterd aan. 'Kwam ze wel?'

'Ja.' Leila nam een slokje en zette haar glas voorzichtig neer. 'Ze was oogverblindend. Nog mooier dan in de film, want op de een of andere manier ga je ervan uit dat mensen op het scherm mooi zijn.

Maar in werkelijkheid was ze even knap. Ik was zo onder de indruk dat ik nauwelijks een woord kon uitbrengen. Ze was zo mondain, zo elegant. Ze leek heel geïnteresseerd in mij en vroeg waar ik woonde, wat ik deed en wat ik wilde in het leven – net als je vader had gedaan.'

Rosalinds mond ging open om iets te zeggen, maar ze was met stomheid geslagen en kon geen woord uitbrengen.

'We hadden een heerlijk diner met zalige wijn. Ik stond in het middelpunt van de belangstelling. Ik had de tijd van mijn leven.'

'Dit geloof ik niet.'

'O nee? Denk je dat ik lieg?' Leila keek haar aan. 'Of is het niet wat je had verwacht?'

Rosalind fluisterde met moeite: 'Dit had ik niet zien aankomen.'

'Ik ook niet,' zei Caitlin. 'Mama, ik kan gewoon niet geloven dat je me dit nooit hebt verteld.'

'Ik heb het niemand ooit verteld, lieverd. Dat kon ik niet.'

'Ga verder,' zei Rosalind.

'Die avond brachten Jillian en hij me thuis en zeiden ze dat ze het heel leuk hadden gevonden en me nog eens wilden zien, en dat ze me een zakelijk voorstel wilden doen.'

'Zé?' Rosalind was niet voorbereid op deze wending van het verhaal. 'Leek mijn moeder ongelukkig? Ik bedoel, zag het eruit alsof mijn vader haar hiertoe aanzette?'

'Je vader?' Leila keek haar ontsteld aan. 'God, nee. Jillian was dolenthousiast. Je vader was juist de terughoudende van hen twee. Hij deed het voor haar.'

'Wat? Wacht, wát?' Caitlin maakte met haar handen een 'T' voor time-out. 'Wat deed hij voor haar? Ik volg je niet.'

'Jillian was kennelijk niet in staat om kinderen te krijgen. Ze heeft mij ingehuurd om Daniel Braddocks kind te dragen, terwijl ze tegenover de buitenwereld deed alsof zij zwanger was.'

Rosalind zat als verlamd op haar kruk. Haar moeder had dit gedaan. Haar moeder.

'Dat meen je niet.' Caitlin keek haar perplex aan. 'Hoe hebben ze dat klaargespeeld?'

Leila haalde haar schouders op. 'Niemand heeft het ooit in twijfel getrokken. Ze verkleedde zich, gaf interviews, zei tegen iedereen dat ze zwanger was en zich prima voelde, dat ze thuis ging bevallen. Toen mijn buik groeide, huurde ze een appartement voor me bij hen in de buurt en regelden ze goede zorg voor me. Tegen de tijd dat ik bijna moest bevallen, gaven ze hun personeel vrijaf met het excuus dat ze alleen wilden zijn wanneer de baby geboren werd, en namen ze mij stiekem in huis. Volgens mij wist zelfs je zus Olivia niet dat ik er was. Toen de weeën begonnen, hielp Jillians zus, jouw tante Christina, bij de bevalling. Kennelijk was ze vroedvrouw geworden om haar zus te helpen. Nadat ik hersteld was, brachten ze me terug hierheen. Mama wist dat ik zwanger was, maar niet van wie, al had ze wel een donkerbruin vermoeden. Toen jij kwam opdagen, Rosalind, had ze het vrij snel door, maar ze wilde mijn geheim niet verklappen. Destijds had ik haar verteld dat ik de baby ter adoptie had afgestaan. Daar heeft ze het moeilijk mee gehad. Ze moet geweten hebben dat er iets vreemds aan de hand was, vooral toen ik meer geld had dan uit mijn carrière viel te verklaren. Maar ze heeft mijn privacy altijd gerespecteerd.'

'Ik kan nog steeds niet geloven dat het heeft gewerkt.' Caitlins verbijsterde gezicht weerspiegelde Rosalinds gevoel. 'En je vrienden dan? Je professionele relaties? Hoe wist je de zwangerschap voor hen allemaal verborgen te houden?'

'Ik was drieëntwintig, ik had nog niet echt een carrière. Toen mijn buik dikker werd, bleef ik weg uit Princeton. Het was makkelijk om te verdwijnen. Mensen dachten dat ik ergens auditie deed of aan het optreden was.'

'Niet te geloven dat je dat is gelukt.' Caitlin rechtte haar rug. 'Wacht, je bent toch niet ook nog bevallen van Rosalinds zussen, hè?'

Leila stak haar hand op. 'Nee, dat waren andere vrouwen. Daniel mocht van Jillian niet meer dan één kind hebben bij een vrouw.'

Rosalind maakte een geluid dat het midden hield tussen een snik en een lach, waardoor ze even krankzinnig klonk als ze zich voelde. 'Dat mocht hij niet van haar?'

'Nee.' Leila draaide zich kalm naar haar om. 'Ze wilde dit, maar was tegelijkertijd ziekelijk jaloers. Het was voor alle betrokkenen een martelgang.'

Rosalind kromp ineen. Haar verwekking en geboorte. Een martelgang.

'Maar hoe deed je het dan logistiek om te voorkomen dat iemand erachter kwam?' vroeg Caitlin gefascineerd. 'Hij werd vast overal gevolgd. Spraken jullie af in een hotel?'

'Nee, dat lag te veel voor de hand. We zagen elkaar in het huis van een vriend van hem. Eén keer per maand. Heel klinisch. Het was voor ons allebei ongemakkelijk. We kwamen apart aan, deden ons ding en gingen weer weg.' Ze bracht haar whisky met een trillende hand naar haar mond. 'Je vader zei dat als we langer samen waren dan volgens je moeder noodzakelijk was, ze tegen hem tekeerging en dingen naar zijn hoofd gooide zodra hij binnenkwam.'

Rosalind stond op en schoof haar stoel naar achteren. 'Ik kan dit niet langer aanhoren. Het spijt me.' Leila en Caitlin staarden haar met grote ogen aan. Ze ademde zwaar en voelde zich een idioot. 'Ik dacht dat het allemaal mijn vaders idee was. Ik dacht dat hij was vreemdgegaan. Ik dacht dat het... anders was gegaan.'

'Waarom dacht je dat?' vroeg Leila vriendelijk.

Daar had ze geen antwoord op.

'Het spijt me.' Leila raakte haar schouder aan. 'Het is geen mooi verhaal. Maar je moeder wilde jullie zo graag. Ze was –'

'Er was al zo weinig van haar over. Nu pak je de rest ook nog van me af.' Rosalind verborg haar gezicht in haar handen. 'Ik snap niet eens wat ik zeg.'

'Sst.' Leila stond op en sloeg haar armen om haar heen. Ze aaide over haar rug totdat Rosalind zwichtte en de omhelzing beantwoordde. Even vroeg Rosalind zich af of haar biologische moeder haar als pasgeborene had kunnen vasthouden.

'Je moeder was een dappere, heel sterke vrouw, die als een leeuwin vocht voor wat ze wilde.' Leila's mond was vlak bij Rosalinds haar, en ze voelde de warme adem op haar hoofdhuid. 'Als je dat maar onthoudt.'

Rosalind koesterde zich nog een paar tellen in Leila's beschermende armen. Toen liet ze los en deed ze een stap achteruit. 'Bedankt dat je me dit hebt verteld. Vooral nu je al zoveel aan je hoofd hebt.'

'Graag gedaan.' Leila wreef over haar armen alsof ze het opeens koud had. 'Ik hoop dat het meer goed dan kwaad doet.'

De vrouwen gingen weer zitten. Het duizelde Rosalind. Haar vader had haar moeder niet bedrogen. Rosalind had hem voor niets gestraft. Mama was niet alleen van het begin af aan bij het complot betrokken geweest, ze had het ook zelf bedacht, haar man overgehaald om ermee akkoord te gaan, en het hem vervolgens kwalijk genomen dat hij deed wat ze wilde.

Ze dronk haar glas leeg en leunde ellendig tegen Leila aan, die haar armen om haar beide dochters sloeg en hen tegen zich aan trok.

Hoofdstuk 22

7 januari 1969 (dinsdag)

Ik ben niet normaal. Ik heb geen maagdenvlies. Ik heb geen vagina. Ik heb geen eierstokken en heb die ook nooit gehad. Er zijn bij mij testikels verwijderd. Ik ben half man, half vrouw, maar ben niet in staat me voort te planten. Een speling van de natuur in een mooi omhulsel. Ik zal nooit kinderen kunnen krijgen, hun nooit de vreugde van het mens-zijn kunnen bijbrengen, nooit de moeder kunnen zijn die mijn moeder nooit is geweest.

De enige manier waarop ik een echte vrouw kan zijn, is door er in de film een te spelen.

De herdenkingsdienst voor Zaina vond een week na haar dood plaats in het centrum van Princeton in een charmant kerkje dat vanbuiten een beetje op een Griekse tempel leek. De kerkbanken zaten vol met vrienden en leden van de kerkgemeenschap die haar hadden gekend en in hun hart hadden gesloten. Leila stond erop dat Rosalind en Bryn voorin naast haar en Caitlin zouden zitten. Leila was in het bordeauxrood en zwart, Caitlin in het marineblauw en wit. Rosalind droeg een jurk in paarse, gele en groene tinten. Ze had van Zaina moeten beloven dat ze geen donkere kleuren zou dragen tijdens de dienst en als haar mooie, kleurrijke zelf zou komen. Emil had een gigantisch boeket gestuurd, maar kon niet komen, aangezien hij op zijn motor ergens in het westen van Pennsylvania was, op weg naar San Francisco en Joost mocht weten waarheen nog meer. Caitlin had bij wijze van prille eerste stap op het pad van vertrouwen aan Rosalind verteld dat hij haar af en toe een berichtje stuurde om haar op de hoogte te houden van zijn avonturen, waardoor Rosalind zich zorgen maakte dat ze aan hem zou blijven hangen.

Na de dienst had Leila een kleine receptie gehouden bij hen thuis met Libanees eten, klaargemaakt door een restaurant in het nabijgelegen Skillman. Ze stelde Rosalind zo vaak voor als de verloren dochter dat Caitlin opperde om het op een naamkaartje te schrijven om tijd te besparen. Leila maakte korte metten met alle vervolgvragen door stralend te glimlachen en steeds te herhalen: 'We zijn erg blij dat ze erbij is!', totdat de vragensteller het opgaf en afdroop.

Leila zou later ongetwijfeld nog een heleboel vragen voor haar kiezen krijgen, maar dit was haar keuze geweest, en Rosalind was zielsgelukkig dat ze publiekelijk werd getoond, ook al was het ongemakkelijk om al die geschrokken en vragende gezichten te zien.

Toen de laatste gast vertrokken was en Rosalind zich wilde klaarmaken om met Bryn naar het vliegveld te gaan – om haar uitgestelde reis naar Maine te hervatten –, trok Leila haar mee naar de woonkamer, terwijl Caitlin en Bryn in de keuken bleven kletsen.

'Ga je je vader vertellen dat je mij gevonden hebt?' Ze vroeg het rustig, maar één voet bewoog als in een nerveus danspasje van links naar rechts.

'Nee.' Rosalind had daar de afgelopen week veel over nagedacht. 'Het heeft geen zin. Hij zou er alleen maar door van slag raken, wat in deze fase van zijn herstel gevaarlijk is. Kennelijk loopt hij nog steeds een groot risico op een nieuwe beroerte.'

'Nee toch.' Leila pakte Rosalind zichtbaar aangeslagen bij haar arm. Na hun gesprekken van afgelopen week was Rosalind het met Zaina eens dat Leila in elk geval een beetje verliefd op haar vader was geweest, wat de gedachte aan Rosalinds verwekking iets minder pijnlijk maakte.

'Maar ik denk dat ik het hem zelfs niet vertel wanneer hij beter is.' Rosalind kneep haar biologische moeder zachtjes in haar hand. 'Wat telt, is dat ik het weet, dat ik jou en Caitlin heb gevonden en dat we geen hekel aan elkaar hebben gekregen. Uiteindelijk.'

Leila's grijns verdween weer even snel als hij gekomen was. Ze boog haar hoofd. 'Je zult tegen hem moeten zeggen dat hij geen geld meer hoeft te sturen.'

'Als ik dat zeg, weet hij dat ik je gevonden heb. Hou het geld. Je hebt het verdiend.'

'Nee.' Ze keek met zorgelijke blik op. 'Dat is niet eerlijk. Ik heb het je verteld en dat had ik niet moeten doen. Dat was de voorwaarde voor de betalingen.'

Rosalind had haar mond al geopend om ertegen in te gaan, toen ze een van haar beste ideeën ooit kreeg. 'Gebruik het om Caitlins studie te betalen.'

Leila keek haar onthutst aan. 'Haar wát?'

'O, nee.' Rosalind verstijfde. 'Ben ik ertoe gedoemd om Caitlin voor altijd onbedoeld vreselijke dingen aan te doen?'

'Daar lijkt het wel op.' Leila verzachtte haar opmerking met een glimlach. 'Goed van haar. Ze vertelt het me vast wel wanneer ze er klaar voor is. Ze denkt er waarschijnlijk alleen over na en weet dat ik haar niet meer met rust laat zodra ik ervan op de hoogte ben. Ze heeft iets nodig om te voorkomen dat ze terugvalt op je-weet-wel-wie.'

'Mijn vader is zijn hele leven docent geweest. Hij wil vast graag helpen.'

Leila trok haar wenkbrauwen op.

Rosalind lachte. 'Wie weet, het zou toch kunnen? Hoe het ook zij, hij heeft veel te veel geld, en mijn zussen en ik hebben ook meer dan genoeg, dus maak je er niet druk om.'

'Dank je.' Leila gaf haar een kus op haar wang en keek haar liefdevol aan. 'Je bent een gul en lief mens, Rosalind. Ik ben er trots op dat ik je ken.'

Rosalind schoot vol. Het was een dierbaar moment. 'Dank je.'

Bryn verscheen in de deuropening. 'Rosalind? Sorry dat ik stoor. We moeten gaan, anders missen we ons vliegtuig. Volgens Google staat het muurvast op de snelweg.'

'Bah. Het zal eens niet.' Leila gaf Rosalind een dikke knuffel. 'Goede reis. Kom ons snel weer opzoeken.'

'Doe ik.' Rosalind knipperde de tranen weg die opnieuw opkwamen op deze zeer emotionele dag. Toen liep ze naar haar vermoeid uitziende halfzus, die achter Bryn aan de keuken uit kwam. 'Tot ziens, Caitlin.'

Caitlin beantwoordde haar omhelzing een beetje terughoudend. 'Dag Rosalind. Goede reis.'

'Ik beloof dat ik niet te vaak op bezoek zal komen.'

'Nee, nee!' Caitlin klemde haar nog harder vast. 'Kom wanneer je wilt. Je bent welkom.'

'Fijn. Dan kom ik volgende week. Misschien kunnen we samen een kamer delen.'

Caitlin begon een beetje hysterisch te giechelen. 'Ja... Eh...'

Rosalind en Bryn namen afscheid en stapten in de auto. Rosalind bleef naar de twee vrouwen zwaaien, die gearmd op de stoep stonden, tot ze uit het zicht verdwenen. Toen draaide ze zich weer naar voren.

'Pff.' Ze liet haar hoofd tegen de hoofdsteun rusten.

Bryn grinnikte naar haar. 'Pff.'

'Weer een ervaring rijker.'

'Denk je dat je vaak langs zult gaan?'

'Geen idee.' Ze zette haar rugleuning wat naar achteren. 'Misschien.'

'Denk je dat je mij vaak zult opzoeken?'

'Hm.' Ze pakte zijn hand. 'Zou kunnen.'

Hij sloeg rechts af bij Jefferson, links af bij Terhune en reed voorbij het winkelcentrum van Princeton naar Snowden Lane. 'Heb je nagedacht over wat je tegen je vader gaat zeggen?'

'Niet echt.' Ze deed het raam een stukje open en zuchtte. 'Hij weet niets van de emotionele strijd die ik heb geleverd, dus waarschijnlijk hou ik het op: "Hoi, hoe gaat het, sorry dat ik niet eerder ben gekomen."'

'Klinkt goed.'

Ze reden verder door Princetons groene woonwijken. Rosalind

zou willen dat ze de andere kant op reden voor een week spelen en slapen bij Bryn thuis. Of dat ze op weg waren naar het vliegveld voor een vakantie naar Hawaii. Maar in plaats daarvan ging ze opnieuw een lastig gesprek tegemoet.

'Bryn...' Ze probeerde luchtig te klinken. 'Ik zit te denken om een tijdje in Maine te blijven.'

Zijn hand verslapte in de hare. 'Een tijdje.'

'Het is belangrijk. Papa heeft me nodig. Ik heb hem nodig. Enzovoort.'

'Hoelang is een tijdje?'

'Dat weet ik niet precies. Zolang ik het uithoud. Een paar weken?'

'O.' Hij lachte zenuwachtig. 'Ik dacht dat je ging zeggen: een paar jaar.'

'O, nee. Maar het is iets wat ik moet doen.'

'Oké.' Hij stelde zijn spiegel bij. 'Natuurlijk.'

'Je zegt niet alles.'

'Nee.'

'Wat is er?'

'Dat vertel ik je op het vliegveld wel.'

'Aargh, moet ik zo lang wachten?'

'Ja.' Hij voegde in op Route 1, waar het verkeer, zo dicht bij de stad, nog redelijk doorreed.

Rosalind keek naar het weinig aantrekkelijke landschap dat aan haar voorbijtrok. Ze kende en vertrouwde Bryn inmiddels goed genoeg om te weten dat hij niet vlak voor een afscheid met slecht nieuws zou komen, maar toch was ze niet blij met zijn uitstel.

De rest van de rit vloog voorbij, niet omdat Google het mis had, helaas, maar omdat Rosalind haar ogen niet open kon houden en wegdommelde terwijl Bryn reed.

Ze werd wakker toen hij de bochten en afslagen nam om de Delta-terminal van luchthaven Newark te bereiken. In een gemoedelijke stilte reden ze verder, tot hij voor de vertrekhal stilhield.

'Bedankt voor de lift.' Rosalind stapte uit en wachtte bij de kofferbak tot Bryn hem van binnenuit had opengemaakt en ze haar koffer eruit kon pakken. 'Ik laat je weten wanneer ik er ben.'

'Oké.' Hij sloeg zijn armen om haar heen en hield haar lang en stevig vast. Toen zoende hij haar alsof hij voorgoed afscheid van haar nam.

'Ik zal je missen.' Ze klonk ademloos en klef, maar dat gaf niet, want ze wás ook ademloos en klef.

'Ik hou van je.'

Sprakeloos gaapte ze hem aan, starend naar zijn blauwe ogen en brutale grijns.

Hij wist dat hij haar zou verbijsteren. Hij had op dit moment gewacht om haar wereld op zijn kop te zetten.

'Bryn.' Zij voelde hetzelfde. Dat wist ze zeker. Maar dit was niet het moment. 'Ik heb nu te veel aan mijn hoofd. Ik kan niet –'

'Sst.' Hij legde een vinger tegen haar lippen. 'Goede vlucht. Kom terug. We hebben tijd genoeg.'

Ze was de gelukkigste vrouw ter wereld. 'Je bent inderdaad geduldig, zoals je zei. Ik zou mezelf allang aan de kant gezet hebben.'

'Zei ik toch?'

'Ja.' Ze zoende hem een laatste keer en liep toen naar de terminal. Nog één keer draaide ze zich om, met pijn in het hart, om naar hem te zwaaien, en ze hoopte maar dat hij het meende toen hij zei dat ze tijd genoeg hadden. Ze wilde heel graag bij hem zijn wanneer ze niet gek werd van al die familieperikelen.

De rechtstreekse vlucht naar Bangor verliep zonder problemen en landde zelfs eerder dan gepland. Rosalind stuurde Bryn een berichtje dat ze was aangekomen en belde Lauren dat ze er eerder zou zijn dan verwacht. Vervolgens haalde ze haar huurauto op en ze reed met een mengeling van vrees en ongeduld onder een donker wordende hemel naar Blue Hill. Route 1A, Route 46, Route 1.

Ze checkte in bij de Blue Hill Inn en haalde bij de conciërge de doos chocoladetruffels van Black Dinah Chocolatiers op die hij op haar verzoek voor haar chocolaverslaafde vader had gekocht. Daarna stapte ze weer in de auto en volgde ze de routebeschrijving van haar stiefmoeder naar hun nieuwe huis in Pine Ridge.

Toen ze aanbelde, deed Lauren direct open. 'Je bent vroeg.'

'Ja.' Rosalind stapte op haar af en omhelsde haar, want ze wist inmiddels dat het initiatief nooit van Lauren zou komen. 'Ik had je voicemail ingesproken.'

'Ik vergeet altijd op die telefoon te kijken.' Ze bekeek Rosalind van top tot teen, ondertussen met haar vingers friemelend. 'Mooi, je natuurlijke haarkleur. Veel beter zo.'

'Dank je.' Rosalind raakte haar hoofd aan, blij dat ze besloten had haar haar kort te houden. 'Hoe gaat het met papa?'

'Dat zul je zo wel zien.' Lauren wierp een blik op de weg, en Rosalind zag de rode vlekken in haar hals. 'Hoe was... New Jersey?'

'Goed. Slopend. Ik ben blij dat ik gegaan ben, maar ik ben niet hier om daarover te praten.' Ze zag dat haar stiefmoeder zich ontspande en een paar keer snel ademhaalde, alsof ze haar adem had ingehouden.

'Kom binnen. Hij is vast blij je te zien, al laat hij het misschien niet merken, omdat je een tijd niet geweest bent.'

'Oké.' Rosalind rolde met haar ogen. 'Ik moet gestraft worden voor mijn zonden.'

Tot haar verbazing moest Lauren bijna glimlachen. 'Hierheen.'

Het was een klein huisje, maar Lauren had het met hun meubilair dusdanig ingericht dat het de vertrouwde klassieke uitstraling had waar haar vader van hield, wat precies het tegenovergestelde was van hun moeders voorkeur voor de laatste woontrends. In de hoek stond zijn grote eikenhouten bureau. De woonkamer was vrijwel hetzelfde ingericht als op Candlewood Point, op een paar tafels en stoelen na. Toen Rosalind de kamer binnenkwam, zag ze om de hoek de keuken liggen en aan de andere kant van de kamer was een ontbijthoek met grote ramen die uitkeken op Mount Desert Narrows en Mount Desert Island erachter. Niet slecht.

'Waar is papa?'

'Ik ben hier. Leuk dat je een keer langskomt.'

Ze draaide zich met een brede grijns om, maar de glimlach bestierf haar op de lippen toen ze haar vader zag. Hij leek tien jaar ouder dan de laatste keer dat ze hem had gezien en strompelde moeizaam met zijn rollator de kamer binnen. 'Hallo, papa.'

'Te druk om je vader op te zoeken, zeker.'

'Veel te druk.' Rosalind liep naar hem toe en omhelsde hem. Ze kon haar haren wel uit haar hoofd trekken omdat ze hem verkeerd beoordeeld en veroordeeld had. 'Ik had belangrijker dingen aan mijn hoofd.'

'Wat dan?'

'Zeg ik niet.'

'Pff. Je hebt zeker een nieuw vriendje?'

'Inderdaad.' Ze keek hem stralend aan en zocht in zijn verdorde gelaatstrekken naar de mannelijke, aantrekkelijke vader die ze kende, en tot haar opluchting vond ze die ook. 'Hij is beeldhouwer.'

'Het werd de hoogste tijd dat een van jullie een creatieve geest wist te strikken. Al zal hij wel geen cent verdienen.'

'Hij verdient best aardig, eigenlijk.' Ze haalde diep adem en keek hem met vaste blik aan. 'Hij wil zijn agent een paar schilderijen van mij laten zien.'

Op haar vaders gezicht verscheen zijn beruchte frons, waarvan het intimiderende effect enerzijds werd getemperd door zijn verzwakte conditie, maar anderzijds juist versterkt door zijn borstelige wenkbrauwen, die anders altijd keurig verzorgd waren. 'Welke schilderijen?'

'Dat heb ik toch verteld, of niet?' Rosalind probeerde het zich te herinneren, maar wist het niet meer. Waarschijnlijk had ze verwacht dat hij een of andere vernietigende opmerking zou maken waardoor ze haar werk niet meer zou waarderen. Al die angst.

'Dat zou ik onthouden hebben. Tenzij mijn brei het niet –' Hij vloekte binnensmonds. 'Tenzij mijn brein het niet heeft vastgehouden.'

'Misschien heb ik het niet verteld.'

'Kom lekker zitten, Daniel.' Lauren hief haar arm naar hem op, alsof ze hem met die beweging kon ontbieden.

'Ja, ja, ik kom al.' Hij liep met de rollator naar de bank, onhandig achter de wieltjes aan schuifelend. 'Godzijdank is je haar weer normaal, Rosalind.'

Rosalind keek Lauren geamuseerd aan. 'Je bent niet de eerste die dat zegt.'

'Dat verbaast me niets. Nu moet je er nog mee ophouden je te kleden als een papegaai. Help me even.' Hij pakte haar arm en wankelde de laatste stapjes naar de bank, waar hij zich grommend op liet zakken. 'Het is vreselijk, dit. Ze leren me weer lopen. Ze behandelen me alsof ik geen heksen – geen hersens heb.'

'Zo klink je ook.'

Hij grinnikte. 'Brutale aap.'

'Hij heeft nog moeite met woorden,' zei Lauren. 'De dokter zegt dat het geleidelijk aan beter wordt.'

'Ik haat geleidelijk.'

'Kan ik me voorstellen.' Rosalind pakte zijn hand en kneep erin. Ze was ontzettend blij om hem te zien, maar er gingen zoveel vragen door haar hoofd dat ze niet wist of ze ze wel voor zich kon houden.

'Dus je hebt een nieuw vriendje en je bent kunstschilder geworden. Het zal mij benieuwen wat hierna komt. Wanneer kom je eens tot rust en blijf je bij één ding?'

Rosalind haalde rustig adem en dacht even na voordat ze antwoord gaf, want dat had ze zich voorgenomen. 'Wat als het nog tien jaar duurt voordat ik daarachter kom, papa? Wat als ik daar nooit achter kom? Zou dat zo erg zijn, zolang ik betrokken bij anderen, productief en gelukkig ben?'

'Hm.' Zijn nog steeds levendige donkere ogen keken haar vanonder zijn borstelige wenkbrauwen streng aan. 'De voldoening die je krijgt door één ding heel goed te doen is niet te vergelijken met jouw hapsnapbenadering.'

'Zou kunnen.' Ze glimlachte, kneep in zijn hand en vervolgde op vriendelijke toon: 'Maar dit is mijn leven en ik mag zelf bepalen wat mij het best lijkt.'

'Pff.' Zijn gezicht betrok. 'Het probleem met jullie meiden is dat ik jullie een eigen wil heb bijgebracht. Verdraaid onhandig is dat.'

Ze lachte en klopte op zijn schouder. Ze zei maar niet dat hij hun zíjn wil had bijgebracht en dat het een wonder was dat ze dat hadden overleefd. Rosalind voelde zich verrassend rustig en ging ruzie uit de weg. Ze had al te veel energie verspild door met haar hoofd tegen de Braddock-muur te bonken. 'Ja, sorry daarvoor.'

De voordeur ging open. Rosalinds mond viel open en ze sprong op. 'O mijn god! Jullie!'

'Surprise!' Olivia kwam binnen, zette een boodschappentas neer en spreidde haar armen voor een lange, duur ruikende omhelzing. 'Je ziet er fantastisch uit. Moet je haar haar zien, Eve.'

'Mooi.' Eve grinnikte en kuste Rosalind. 'Ik vind het ook leuk om de rest van haar te zien.'

'Niet te geloven dat jullie hier zijn! Hoe kan dat?'

'Eves idee,' zei Olivia. 'We zijn al zo lang niet meer samen geweest. Ik had toevallig dit weekend niets.'

'Eve.' Rosalind omhelsde haar jongere zus nog een keer. 'Dank je wel.'

'Het leek me gewoon leuk.'

'Wat vind je ervan, papa?' Olivia kwam de woonkamer binnen en haar lange, slanke gestalte was direct het middelpunt van het huisje. 'Wij allemaal samen.'

'Ik zie het.' Hij probeerde nors te kijken, maar kon een glimlach nauwelijks onderdrukken. 'Tot vijf tellen lukt nog wel.'

'Heb je alles gevonden wat je nodig had?' vroeg Lauren.

'Ja.' Eve pakte hun boodschappentassen op en liep ermee naar de keuken. 'Goede winkel.'

'Ze hebben een speciaal etentje voor ons georganiseerd,' zei Lauren tegen Rosalind. 'Het is een verrassing.'

'Gaan jullie nu nog koken?' Rosalind keek op haar horloge. Het was al na zessen. Papa en Lauren aten tegenwoordig altijd vroeg.

'God, nee. De cateraar kan hier elk moment zijn.' Olivia kwam met een fles de keuken uit. 'Wie wil er champagne?'

'Ik!' Rosalind stak haar hand op. 'Dank je, Olivia.'

'Ik weet dat Eve wil. En ik in elk geval. Lauren?'

'Ik wil wel een beetje.' Lauren knikte, wreef in haar handen en knipperde met haar uilenogen achter haar bril. 'Maar echt maar een beetje.'

'Papa?'

'Zie ik eruit alsof ik gek ben?'

'Nee, je ziet er niet uit alsof je gek bent.' Olivia glimlachte liefdevol. 'Je ziet er even knap uit als altijd.'

Hij wuifde haar opmerking weg. 'Jij met je complimentjes ook altijd.'

Rosalind ging naar haar zussen in de keuken, waar Olivia glazen pakte en Eve de spullen op het aanrecht zette: voldoende champagne voor een heel leger, crackers, blikjes gerookte oesters, roomkaas – alles wat haar vader lekker vond. 'Kan ik je ergens mee helpen?'

'Ja, graag. Ik wilde iedereen zijn eigen toastjes laten smeren. Ik heb ook suikererwten en babyworteltjes. Misschien kun je wat kommen en borden pakken? De cateraar brengt de rest.'

'Zullen we de tafel alvast dekken?' vroeg Rosalind.

Olivia schudde haar kastanjebruine lokken. 'Nee hoor, daar zorgen zij voor. Ze kunnen er elk moment zijn.'

Precies op dat moment ging de bel. Het volgende halfuur zaten ze met z'n vijven champagne te drinken en toastjes met gerookte oesters te eten, terwijl cateraars in uniform een ronde tafel binnenreden, die ze dekten met een wit tafelkleed, schalen en bestek, kaarsen en een klein bloemstuk van bordeauxrode chrysanten, Laurens lievelingsbloemen. De kok en zijn assistent sleepten enorme pannen en volle tassen naar binnen en verdwenen ermee naar de keuken. Zalige etensgeuren sijpelden de woonkamer in, onmiskenbaar iets met vis, tot uiteindelijk de deur openzwaaide en twee mannen in uniform een gigantische schaal naar binnen droegen vol rode kreeften, gele mais, grijze venusschelpen, beige aardappelen en roze worstjes.

'Visbarbecue!' Rosalinds vreugdekreet werd herhaald door haar vader en Lauren.

Olivia en Eve keken hen stralend aan. 'Omdat we voor het eerst in lange tijd weer samen zijn in Maine, vonden we dat we de oude traditie in ere moesten houden.'

'Jullie moeder was dol op visbarbecues.' Daniel kwam moeizaam met hulp van Rosalind overeind. Lauren had de rollator klaarstaan. 'Ze wilde er per se elk jaar een houden. Dat weten jullie vast nog wel.'

Rosalind dwong zichzelf te blijven glimlachen. Ze had zich voorgenomen te blijven houden van de moeder die ze dacht te hebben, en te proberen haar al het andere te vergeven.

Makkelijker gezegd dan gedaan.

'Natuurlijk weten we dat nog.' Olivia kwam terug uit de keuken, waar ze even had gekletst met de cateraars, die inmiddels stilletjes waren vertrokken. 'Wij waren er ook dol op.'

'Kun je venusschelpen krijgen in de winter?' Eve keek er bedenkelijk naar.

'Het zijn toch geen trekvogels?' Olivia zwaaide met een nieuwe fles champagne. 'Neem de glazen mee aan tafel. We drinken dit ook bij het eten.'

'Niet te veel voor je vader.' Lauren zette hun fluitglazen op tafel. 'Zijn medicijnen –'

'De pot op met die medicijnen. Mijn dochters zijn er.' Daniel wees naar zijn glas. 'Vul maar bij.'

Lauren tuitte afkeurend haar lippen toen Olivia hem bijschonk. Rosalind stond naast hem terwijl hij zijn verzwakte lichaam op een stoel liet zakken.

Ze deden zich tegoed aan het heerlijke, perfect klaargemaakte eten. Hun vader wilde nog een derde glas en wuifde Laurens smeekbedes weg om verstandig te zijn, waarop hij grommend reageerde dat hij morgen wel weer verstandig zou zijn en dat één avondje uit de band springen geen kwaad kon. Rosalind hoopte maar dat hij gelijk had, en ze moest met enige ironie toegeven dat het erg fijn was om te zien dat hij weer de energie had om bijdehand te doen.

Nadat ze zoveel hadden gegeten als ze konden, liet Olivia de cateraars weer komen om af te ruimen en vervolgens royale stukken frambozenroomtaart te serveren.

'Ik ontplof bijna.' Rosalind schoof haar bord van zich af en pakte haar glas. 'Dank je wel, Eve, dat je dit georganiseerd hebt.'

'Olivia heeft geholpen.'

'Niet veel.'

'Papa, op je herstel.' Rosalind keek hem aan, zielsblij dat ze achter de waarheid was gekomen vóór deze reünie, al viel het niet mee om terug te schakelen naar welwillendheid en vergeving. Maar het was in elk geval gemakkelijker en gezonder dan verbittering en wrok. 'Dat je maar lang moge heersen.'

'Hoe kan ik heersen als jullie het steeds overnemen? Het is mijn taak om een sentimentele toost uit te brengen.' Hij probeerde tevergeefs op te staan.

'Pap, je hoeft niet te gaan staan,' zei Olivia. 'We horen je ook prima wanneer je zit.'

'Zo hoort het niet. Help me even, Rosalind.' Hij stak zijn hand naar haar uit.

'Nee.' Ze sloeg haar armen over elkaar. 'Je hebt drie glazen champagne op. Blijf zitten.'

'Dank je,' zei Lauren.

Rosalind zag haar zussen een blik wisselen. 'Wat nou?'

'Sinds wanneer heb jij de broek aan?' vroeg Olivia.

'Jezus, Olivia.' Eve gaf haar zus een duw tegen haar schouder. 'Wat is dat nou voor opmerking?'

'Ik wil graag papa's toost horen.' Rosalind gebaarde dat ze stil moesten zijn. Ze was blij dat ze haar anders dan anders vonden. Ze voelde zich ook anders. Kalmer. Stabieler. Alsof ze erbij hoorde. 'Papa? Wat wilde je zeggen?'

Hij hief zijn glas en keek naar zijn dochters, waarbij hij met ieder van hen contact maakte. 'Op mijn drie meiden. Jullie moeder vond het heel belangrijk om moeder te worden. Naar elke geboorte werd met grote verwachting uitgekeken.'

Er viel een gespannen stilte. Rosalind keek heimelijk naar haar zussen. Eve keek haar even met grote ogen aan. Olivia bleef strak naar haar vader kijken, een bevroren glimlach op haar perfect gestifte lippen.

'Jullie zijn alle drie voor haar, en voor mij, een groot geluk geweest.' Zijn ogen werden vochtig. 'Ze zou heel trots zijn op de prachtige vrouwen die jullie zijn geworden. Heel trots. Ik denk er vaak aan hoeveel jullie van je moeder in je hebben. Hoe trots ze... Hoe ze...' Zijn stem stokte en hij keek verward.

'Wat een mooie toost, lieveling.' Lauren stond op en liep om de tafel heen om een hand op zijn schouder te leggen. 'Dank je wel.'

'Is de limo er al?' Hij keek fronsend naar haar op. 'Moeten we niet gaan?'

'Nee, lieverd.' Haar stem was pijnlijk teder. 'Je bent in ons huis met je dochters.'

Hij keek verbouwereerd om zich heen en gromde toen geërgerd. 'Dat zie ik ook wel.'

Olivia en Eve keken even paniekerig als Rosalind zich voelde.

'Papa, wil je even liggen?'

'Natuurlijk niet.' Kwaad keek hij de tafel rond. 'Ik voel me prima. Waarom doen jullie zo raar?'

Water. Lauren zei het woord geluidloos tegen Eve, die opsprong en een glas water uit de keuken haalde.

'Is hij... Is alles goed?' vroeg Olivia zachtjes.

'Te veel wijn,' fluisterde Lauren. Ze pakte rustig de champagne van haar man af en gaf hem het water van Eve, dat hij braaf opdronk. 'Hij raakt af en toe nog steeds in de war, maar lang niet zo vaak meer als eerst. Het is zo weer goed.'

'Echt?' Olivia keek bedenkelijk.

'Beloofd.'

Hun vader zette met een zwierig gebaar zijn glas neer. 'Dat was zalig, echt zalig. Goden noch mensen hebben ooit...'

De meiden maakten in koor de welbekende zin af. '...een heerlijker maal genuttigd.'

Hij keek liefdevol op naar Lauren. 'Dat zei ik vroeger altijd wanneer Sylvia iets lekkers had gemaakt.'

'Dat weet ik nog.' Lauren gaf hem een zoen op zijn hoofd. 'Nog een paar minuten, dan moet je naar bed.'

'Want anders...' zei Rosalind, waarop haar zussen in de lach schoten.

Hun vader rolde met zijn ogen. 'Alsof ik een klein kind ben dat te lang opblijft.'

'Je moet aansterken, Daniel. De meiden zijn er morgen ook nog.'

'Al goed, al goed.' Hij smeet zijn servet op tafel. 'Help me eens om bij die verdomde rollator te komen. Ik ben moe.'

Olivia, Eve en Rosalind gaven hem een kus, en Lauren hielp hem terwijl hij met zijn rollator naar de slaapkamer schuifelde, waar zijn verpleegster klaarstond om hem naar bed te brengen.

Terwijl de cateraars de keuken en de tafel opruimden, gingen de meiden met nog een fles champagne in de ontbijthoek zitten. Ze praatten over wat ze de volgende dag gingen doen, over Eves dilemma of ze in het voorjaar de baan in Wisconsin zou nemen, en over Olivia, die Derek eindelijk had overgehaald om ivf te proberen in hun niet-aflatende inspanningen om zwanger te worden.

Rosalind vertelde hun over haar schilderijen, over Bryn, over nieuwe ontwerpideeën voor jurken, maar ook dat ze voor het eerst niet het gevoel had een buitenbeentje te zijn, het kind dat er niet bij hoorde, het foutje van de ooievaar.

Zo kletsten ze door tot in de vroege uurtjes. Toen Olivia en Eve zich eindelijk klaarmaakten om te vertrekken, stond Rosalind er ondanks Olivia's bezwaren op dat ze zich met een taxi naar het hotel zouden laten brengen. De brave burgers van Blue Hill die nu op de weg waren, verdienden het niet om een van hen achter het stuur tegen te komen.

Na het hartelijkste afscheid van haar zussen in jaren, zelfs als ze de liefdesversterkende effecten van alcohol niet meerekende, ging Rosalind naar haar kamer en liet ze zich op bed vallen om Bryn te bellen. Ze had een geweldig idee en moest hem dat echt ogenblikkelijk vertellen. Ze hoopte maar dat hij zijn telefoon aan had gelaten en niet boos zou worden omdat ze hem wakker belde. 'Hai, sliep je?'

'Nu niet meer,' zei hij slaperig. 'Hoe laat is het?'

'Twee uur of zo? Ik kreeg net een geweldig idee.'

Hij kreunde en slaakte toen een berustende zucht, die overduidelijk nep was. 'Wat dan?'

'Nee, nee!' Ze veerde op en ging rechtop zitten met twee vingers in de lucht. 'Twee geweldige ideeën.'

'Oké, wat-wat?'

'Ten eerste: dat ik je wil zeggen dat...' Haar adem stokte. 'Dat ik van je hou. Het spijt me dat ik dat eerder niet kon zeggen. Ik had last van... emotionele constipatie.'

Het bleef even stil. 'Rosalind?'

'Ja?' Ze was een beetje bezorgd dat ze niet de juiste woorden had gekozen voor haar mededeling.

'Ben je dronken?'

Niet de juiste woorden dus. 'Dat zou heel goed kunnen. Maar ik hield op het vliegveld ook al van je en toen was ik nuchter, maar wel… bang. Morgen ben ik ook nuchter en dan zeg ik het nog een keer, beloofd. De eerste keer is het moeilijkst…'

Hij grinnikte vriendelijk. 'Oké.'

'Het punt is… dat ik van je hou zoals ik nog nooit van iemand heb gehouden, Bryn.' Haar uitgelaten stemming maakte plaats voor kalme zekerheid. 'Het is belangrijk voor me. Ik wil dat je dat weet.'

Ze hoorde hem diep ademhalen.

'Dank je wel.' Zijn stem was zo eerbiedig en teder dat ze een brok in haar keel kreeg. 'Jij bent ook belangrijk voor mij.'

'O.' De tranen prikten achter haar ogen. Ze kon bijna begrijpen hoe je kon sterven van geluk.

'Wat is het tweede idee?'

'Als je dit weekend geen plannen hebt…'

'Niets belangrijks.'

Ze stapte van het bed af en schoof het gordijn opzij om naar de maanloze hemel te kijken. Eén traan rolde over haar wang – voor haar vader. Nog eentje voor degene die ze was geweest. Een derde voor haar moeder; daar zouden er nog meer van volgen.

Ze veegde ze allemaal weg en glimlachte. 'Kom alsjeblieft naar Maine. Ik wil je aan mijn familie voorstellen.'

Bonusmateriaal

Muna onthult haar favoriete…

Boek: Omdat ik onmogelijk een volwassenenboek kan kiezen, ga ik voor *Max en de Maximonsters* van Maurice Sendak. Ik vind dit een perfect kort verhaal. Het leest als een gedicht.
Film: *The Sound of Music.*
Eten: Ofwel een combinatie van smaken die ik nog niet ken, ofwel een perfecte bereiding van iets heel eenvoudigs.
Drank: Champagne.
Plek: De veranda van mijn huis in Maine, of de rotskust eronder.
Seizoen: Herfst.
Televisieprogramma: Ik ben altijd te druk met lezen.
Liedje: Alles waardoor ik zoveel voel dat ik het niet kan beschrijven.
Bezit: Mijn oosterse tapijten, die familie-erfstukken zijn.
Kledingstuk: Zwarte broek.
Kleur: Knalroze.
Bloem: Incalelie.
Parfum: 4711.
Dagbesteding: Uitgebreid koken of een nieuwe stad verkennen.

Als het water je in de mond liep bij Muna's beschrijvingen van de Libanese delicatessen in dit boek, probeer ze dan eens zelf te maken!

Tabouleh – en een kleine geschiedenis

Hieronder volgt een opstel dat ik schreef voor een cursus 'Schrijven over eten'. Ik heb mijn hart verpand aan romans, maar toen ik in dit boek een recept voor tabouleh wilde opnemen, de trots van de Libanese keuken, heb ik ook dit verhaal opgeduikeld.

Van 1971 tot 1973 woonde mijn Libanese grootmoeder, mijn teta, bij mijn familie in Princeton, New Jersey. Vanuit mijn perspectief als klein meisje leek ze duizend jaar oud, haar gezicht een doolhof van rimpels, haar lichaam gebogen, haar tred moeizaam. Teta wist zeker dat ze een maagzweer had – even zeker als mijn vader wist dat ze die niet had – en beperkte haar menu tot gekookte schijven gehakt, aardappelen en wortelen; in een soep voor de lunch, en droog en apart op een bord voor het avondeten. Als ontbijt at ze wit geroosterd brood met Neufchâtel-kaas en jam. Misschien at ze ook nog wel andere dingen, maar dit zijn mijn onappetijtelijke herinneringen.

Heel af en toe, meestal op geërgerd en dringend verzoek van mijn vader, stond ze zichzelf een minuscule portie hummus of dessert toe, waarbij ze de grootte aangaf door haar duim tegen het topje van haar vinger te drukken. En altijd een beetje tabouleh.

Tabouleh komt van oorsprong uit Libanon, en alleen de Libanezen kennen de juiste manier om het klaar te maken. Probeer op dit punt niet de discussie met een Libanees aan te gaan. Nooit. Het is niet het beige, met peterselie bestrooide graanmengsel dat je hier vaak ziet. Echte Libanese tabouleh is een uitbundige groene peterseliesalade, die zorgvuldig is vermengd met bulgur en tomaten, geäromatiseerd met munt en bosuitjes, verlevendigd met zout en vervolgens gedrenkt in olijfolie en citroen.

In het tijdperk vóór de keukenmachine werd tabouleh alleen gemaakt voor speciale gelegenheden. Terwijl de fijnste soort bulgur lag te wellen, zaten mijn Libanese teta, mijn Schots-Canadees-Amerikaanse moeder en ik rond de keukentafel eindeloze hoeveelheden munt- en peterselieblaadjes te plukken (buiten het seizoen gebruikten we gedroogde), die we vervolgens wasten en op katoenen handdoeken uitspreidden.

Een tijdje later kwamen we terug met messen (een kleintje voor mij) en snijplanken en hakten we ze fijn. En fijner. En nog fijner. 'Is dit klein genoeg, Teta?' Ze bekeek mijn inspanningen en knikte dan goedkeurend of zei dat ik door moest gaan: 'Nog een klein beetje.'

Na de peterselie en de munt stortten we ons op de bosuitjes, die we meerdere keren in de lengte doorsneden en dan fijnhakten, en de tomaten, die we in kleine stukjes sneden. We halveerden citroenen en persten ze uit, en knepen ook het vocht uit de zacht geworden bulgur.

Dan kwam het magische moment waarop mijn vader het overnam en alles bij elkaar kwam: bulgur, peterselie, munt, bosuitjes en tomaten – de kleuren van de Libanese vlag, afstekend tegen het donkere hout van de schaal die we bij etentjes voor dit gerecht gebruikten. Mijn vader roerde en roerde, terwijl hij in opperste concentratie Libanese olijfolie erbij schonk. Daarna volgde het citroensap – altijd meer dan je dacht – en zout, een beetje peper, mengen, proeven, mengen, proeven, totdat hij zeker wist dat het goed was.

Uitgelaten en verwachtingsvol gingen we aan tafel. De volwassenen schepten de tabouleh op met stukken Romaanse sla. Mijn broers en ik maakten 'bootjes' van hele slabladeren, die we van voor- tot achtersteven volschepten. De bootjes waren onweerstaanbaar knapperig, de frisse smaken verslavend, en het sap droop langs onze kinnen en ellebogen – een noodzakelijk onderdeel van de eetervaring.

Teta overleed in 1973, keukenmachines kwamen in zwang, verse munt werd het hele jaar door in de supermarkt verkrijgbaar, en opeens was tabouleh niet alleen meer voor speciale gelegenheden, maar gewoon voor wanneer je maar wilde. Ik hielp niet meer mee met de voorbereidingen; daar had papa nu de keukenmachine voor, die alles in luttele seconden precies fijn genoeg hakte. Maar ik keek nog wel steeds toe wanneer hij, zoals altijd met plechtige ernst, de olie, de citroen en het zout toevoegde. Omdat ik ouder was, liet hij me proeven. ‘Moet er nog iets bij? Citroen? Zout? Olie?’ Ik dacht daar diep over na en knikte dan goedkeurend of schudde mijn hoofd en pakte een ingrediënt dat er naar mijn idee nog bij moest. ‘Nog een klein beetje.’

Nu maak ik tabouleh in mijn eigen keuken, duizend kilometer van de plek waar ik ben opgegroeid. Slechts een enkele keer weet ik mijn vader te evenaren bij het op smaak brengen van de tabouleh, maar ik denk altijd met weemoed terug aan de tijd toen drie generaties vrouwen rond de tafel zaten met messen en snijplanken.

Tijdens de maaltijd kijken mijn zoons, die maar een kwart Libanees zijn, me stralend aan boven hun tabouleh-bootjes, hun kinnen en ellebogen druipend van het sap. Ik voel dat mijn vader en mijn grootmoeder bij me zijn en goedkeurend knikken.

Mijn vaders recept voor tabouleh:
Libanezen noemen bulgur *burghul*, maar voor de duidelijkheid gebruik ik hier bulgur.

Ingrediënten:
2 flinke bossen peterselie, gewassen en gedroogd
Verse munt, ongeveer een kwart van de hoeveelheid peterselie, op het oog geschat, gewassen en gedroogd
5 bosuitjes
1 grote tomaat
100 gram nummer 1 bulgur (nummer 1 is het fijnst; gebruik geen grove)
125 ml extra vergine olijfolie
Sap van anderhalve citroen
1 eetlepel granaatappelsiroop (optioneel)
2–3 theelepels zeezout naar smaak
5–6 snufjes zwarte peper

Bereiding:

Zet de bulgur onder een laag water van ongeveer vijf centimeter en laat hem een uur wellen.

Pluk de peterselie- en muntblaadjes.

Snijd de bosuitjes in stukjes van twee centimeter.

Hak de peterselie, munt en bosuitjes in de keukenmachine in porties fijn, ongeveer dertig seconden per portie, tot alles fijngemalen, maar niet papperig is. Doe de massa in een grote schaal.

Hak de tomaat in kleine stukjes en voeg toe.

Knijp met je handen het vocht uit de bulgur en voeg toe. Goed mengen.

Besprenkel de salade met olijfolie, citroensap en (eventueel) granaatappelsiroop, en bestrooi met zout en peper. Goed roeren.

Laat de tabouleh minstens twee uur afkoelen in de koelkast, zodat de smaken zich mengen. Haal de salade een uur voor het opdienen uit de koelkast.

Serveer met Romaanse sla om mee op te scheppen.

De ontdekking van namoura

Bekentenis: mijn grootmoeder heeft nooit namoura gemaakt. Mijn vader heeft nooit namoura gemaakt. Ik proefde het voor het eerst in 2008 in Libanon, als onderdeel van een overheerlijk buffet. Onmiddellijk zei ik tegen mijn vader: 'Waarom heb jij dit nooit gemaakt?' Ik herinner me zijn antwoord niet, maar ik weet wel dat hij liever kaas en fruit als dessert at dan iets zoets en niet erg van gebak hield. Hij was echter wel dol op wat de meeste mensen baklava noemen, wat in het Libanees Arabisch wordt uitgesproken (voor zover ik dat kan omschrijven) als *b't-LEE-wie.* Het ziet er grappiger uit dan het klinkt wanneer een Libanees het uitspreekt. Papa was er gek op, en hij maakte ook de allerlekkerste.

Maar terug naar de namoura. Toen ik dit boek schreef, tien jaar na mijn eerste namoura-ervaring, had ik iets eenvoudigs nodig dat

Rosalind naar de Allertons kon meenemen toen Zaina op haar sterfbed lag, en koos ik voor dit gebak.

Op internet zijn talloze recepten te vinden. Sommige worden uitsluitend met griesmeel gemaakt, andere bevatten ook ongezoete kokos. Aangezien ik dit gerecht dus niet uit mijn familie ken, heb ik mijn eigen variant gemaakt. Hij is niet heel anders dan de rest, maar ik heb er een klein beetje mijn eigen draai aan gegeven. Als je wilt, kun je het oranjebloesemwater in de siroop vervangen door rozenwater of vanille, of ze combineren. Je kunt ook andere smaakmakers toevoegen, zoals kardemom, kaneel of citroenrasp. In veel recepten staat dat je de bakvorm moet invetten met tahin, maar al vind ik het een leuke verwijzing naar de Libanese keuken, naar mijn idee voegt het niet veel toe, dus als je het niet in je voorraadkast hebt staan, zou ik er niet speciaal voor dit recept voor naar de winkel rennen. Je kunt je bakvorm gewoon invetten zoals je normaal doet.

Eet smakelijk! Of, zoals de Libanezen zeggen: *Sahtein*!

Namoura

Siroop

200 gram suiker
60 ml water
60 ml gezeefd sinaasappelsap
1 eetlepel gezeefd, vers citroensap
driekwart theelepel oranjebloesemwater (of meer als je het graag sterk wilt!)

Cake

1 eetlepel tahin voor het invetten van het bakblik (of wat je normaal gebruikt)
115 gram yoghurt, volle of halfvolle
1 theelepel baksoda

245 gram fijne griesmeel
70 gram suiker
Een kwart theelepel zout
85 gram ongezouten boter, gesmolten
16 geblancheerde hele amandelen

Verhit in een kleine steelpan suiker, water, sinaasappelsap en citroensap op een matig vuur en blijf roeren tot de suiker gesmolten is. Breng aan de kook, zet het vuur lager en laat het zachtjes vijf minuten pruttelen zonder te roeren. Haal de pan van het vuur en roer het oranjebloesemwater erdoorheen. Schenk het in een maatbeker met schenktuit en laat het afkoelen terwijl je de cake maakt.

Meng in een kommetje de yoghurt met de baksoda en laat rijzen.

Verwarm de oven voor op 190 graden Celsius. Vet een bakblik van 20 bij 20 centimeter in met de tahin of wat je dan ook gebruikt (tip: de verpakking van de boter leent zich goed voor het invetten).

Smelt zes eetlepels boter in een middelgrote kom in de magnetron. Voeg griesmeel, suiker en zout toe en roer tot een glad mengsel. Spatel voorzichtig de yoghurt erdoorheen. Schep dit in het bakblik en strijk de bovenkant glad met een paletmes. Snijd in zestien vierkantjes en druk in elk stukje een geblancheerde amandel.

Bak de namoura in ongeveer 25 minuten goudbruin. Snijd de stukjes nog een keer door en schenk de siroop over het gebak. Laat in de vorm afkoelen.

Dankwoord

Hartelijk dank aan mijn droomredacteur Kate Byrne, omdat ze dit verhaal een kans wilde geven en het me liet vertellen op de manier die ik het meest geschikt vond. Dank ook aan de briljante kunstenares Tracy Miller, die geduldig mijn vragen beantwoordde over haar werk en opleiding. En in de laatste, maar niet de minste plaats diepe dank aan mijn man Mark Stodder, voor het rotsvaste vertrouwen dat hij in me had, vooral op momenten waarop het mijne scheurtjes vertoonde.